1. Auflage Juni 2017

Die Angaben in diesem Buch sind nach bestem Wissen und Gewissen zusammengestellt.
Die Heilwirkungen der Steine wurden sorgfältig überprüft. Da jeder Mensch aufgrund seiner
individuellen Konstitution jedoch unterschiedlich reagiert, können weder Verlag
noch Autorin im Einzelfall eine Garantie für die Wirksamkeit oder Unbedenklichkeit
der Anwendungen übernehmen. Dieses Buch ersetzt keinen ärztlichen oder therapeutischen Rat.
Wenden Sie sich daher bei ernsten gesundheitlichen Beschwerden an Ihren Arzt oder Heilpraktiker.

© 2017 ViaNaturale GmbH
www.vianaturale.de

ISBN: 978-3-9817978-2-4

*„Für alle Menschen,
die der EINEN Wahrheit
eine Stimme geben.*

*Möge jeder dem Ruf
seiner Seele vertrauen
und das gestalten,
worum sein Herz bittet."*

Inhalt

Seelenerinnerung

Das Blaulicht des vom Hof rasenden Streifenwagens spiegelte sich als kleine Sternchen in der Fensterscheibe von Evas Büro. Wie ein Weckruf drang das eingeschaltete Martinshorn an Evas Ohren und fesselte mit blauen Blitzen ihre Aufmerksamkeit.

Schon seit Stunden saß Eva an ihrem Schreibtisch im Polizeirevier und bearbeitete einen Stapel Akten, für die während des normalen Dienstes keine Zeit war. Zufrieden heftete sie mit einem knackenden Geräusch den letzten Abschlussvermerk an eine Strafanzeige und freute sich auf den Feierabend, der in einer halben Stunde beginnen würde. Da ihr der Rücken wehtat, legte sie die Schutzweste und den Gürtel ab und dehnte sich ausgiebig. Nach einem zwölfstündigen Dienst hatte sie oft das Gefühl, als sei sie einige Zentimeter geschrumpft, denn die Last aus Schutzweste und Gürtel mit Pistole, Ersatzmagazin, Pfefferspray, Handschellen und Taschenlampe schien mit Voranschreiten des Tages immer schwerer, immer unerträglicher zu werden. Müde und erschöpft bemühte sie sich um eine bequeme Haltung auf ihrem Stuhl und schloss die Augen.

Das Telefon am Arbeitsplatz gegenüber klingelte. Auf dem Display leuchtete die Nummer der Wache. *„Oh nein, bitte keinen Auftrag mehr. Wenn ich jetzt noch mal raus muss, dann wird es wieder nichts mit dem pünktlichen Dienstende"*, schoss es ihr durch den Kopf und sie entschied sich, den Anruf ins Leere laufen zu lassen. Das Telefon verstummte und Sekunden später hörte sie ein anderes im Nachbarbüro klingeln. Auch dieses Klingeln verebbte nach kurzer Zeit. Eva nahm ihre Kaffeetasse und machte sich auf den Weg, das Geschirr in aller Ruhe in der Teeküche zu spülen. Sie war schon an der Tür, als sie ihren Namen über die Gegensprechanlage hörte.

„Eva, deine Vernehmung ist da. Komm mal bitte her." Die Stimme ihres Dienstgruppenleiters Clemens klang genervt.

Irritiert lief Eva zurück zu ihrem Platz und holte den Kalender aus der Jackentasche. Niemals hätte sie einen Vernehmungstermin so kurz vor Dienstende ausgemacht. Es musste sich um einen Irrtum handeln. Ein Blick auf die richtige Seite des Kalenders brachte Klarheit: kein Eintrag. Ihre Fahrgemeinschaft, die heute nur aus Alfred bestand, wäre bei einem so späten Termin ebenfalls wenig begeistert gewesen. Eva wählte die Nummer der Wache - besetzt. Sie stand auf und ging nach vorne. Clemens telefonierte und man konnte an den Gesprächsfetzen erkennen, dass nun doch noch ein Unfall mit Verletzten reinkam. Der Notruf klingelte. Eine Streife meldete sich am Funk. Die Glocke an der Schranke zur Hofeinfahrt summte und im Hintergrund dudelte das Radio. Clemens beendete hastig das eine Telefonat, während er zum Hörer des Notrufs griff.

Der Warteraum war gut einsehbar. Eva erblickte einen großen Mann, welcher einen schwarzen, fast knöchellangen Mantel trug und ihr den Rücken zuwandte. Sie ging auf ihn zu und versuchte, so freundlich wie möglich zu klingen: „Guten Abend, ich bin Eva Michaelis. Was kann ich für Sie tun?". Er drehte sich langsam um und Eva stand plötzlich wie versteinert da, als sie sein Gesicht sah. Vor ihr stand eindeutig Nicolas Cage, gekleidet wie im Film „Stadt der Engel".

Das konnte doch nicht sein! Es musste sich um ein Double handeln - oder war er es doch? Nicht nur seine Gestalt, sondern auch die Kleidung und Erscheinung versetzten Eva in eine innerliche Starre. Behutsam bewegte er sich auf Eva zu und streckte ihr die Hand entgegen.

„Grüß Gott, Frau Michaelis. Wir sind verabredet", hörte sie ihn sagen, und der warme Klang seiner Stimme berührte ihr Herz. Dennoch war sie alles andere als entspannt und versuchte, sich in Windeseile ein Bild von diesem Menschen zu machen.

„Grüß Gott" war bestimmt kein üblicher Gruß für Nicolas Cage. So ganz ohne Akzent und in einem glasklaren Deutsch würde er gewiss nicht sprechen. Außerdem hätte er doch Anwälte, die polizeiliche Angelegenheiten für ihn erledigen würden. Aber die Ähnlichkeit mit diesem berühmten Schauspieler war beeindruckend. Egal, was auch immer er hier wollte, er würde diese Dienststelle nicht verlassen, ohne dass Eva ein Selfie mit ihm gemacht hätte. Ein Foto von sich mit Roland Koch, ihrem ehemaligen Ministerpräsidenten, hatte sie schon. Das wollte aber niemand sehen. Im Gegenteil, die meisten atmeten tief ein und zogen die Augenbrauen nach oben, wenn sie es in Evas Fotogalerie an ihrer Bürowand entdeckten. Mit diesem Selfie von sich und Nicolas Cage hätte sie endlich einen Grund, sich bei Facebook anzumelden.

Ein Lächeln huschte über sein Gesicht und Eva hatte das Gefühl, als könne er ihre Gedanken lesen. Sie fühlte sich peinlich berührt und gab ihm zögerlich die Hand, während sie ihre Fassung zurückgewann.

„Entschuldigen Sie bitte, wie war noch mal Ihr Name? Ich weiß nichts von einer Verabredung", entgegnete sie in formellem Ton.

„Können wir uns einen Moment ungestört unterhalten? Bitte glauben Sie mir, es ist wichtig!", hörte sie ihn wieder mit dieser unbeschreiblich schönen, tiefen Stimme sagen. Alles in ihr sträubte sich, denn sie wollte sich jetzt um keinen Problemfall kümmern. Nur schnell ein Selfie machen und dann nichts wie nach Hause, dachte sie als Eva. Doch die Polizistin sagte stattdessen: „Haben Sie eine Vorladung von mir bekommen? Ich kann Sie im Moment nicht zuordnen".

Eva war hin und her gerissen. Auf der einen Seite wollte sie zügig nach Hause. Anderseits schien sie keine Wahl zu haben und würde den Besucher so schnell nicht loswerden können.

„Folgen Sie mir. Wir gehen kurz in mein Büro." Nach einer einladenden Geste ging sie voraus. Beim Betreten des Büros fiel ihr Blick auf den am Stuhl hängenden Einsatzgürtel, an dem sich auch die Waffe befand.

„Verdammt, wie konnte ich den nur vergessen?", rügte sie sich. Eva nahm den Gürtel schnell an sich und deutete auf einen vor dem Tisch stehenden Stuhl. Dann schloss sie die Tür hinter ihm. Bevor sie sich setzte, schnallte sie den Gürtel um und fühlte sich wieder komplett einsatzfähig. Nun erwartete sie voller Spannung, was ihr der Mann zu sagen hatte.

Sehr selbstbewusst und freundlich wirkte der Fremde, während er aus einer kleinen Holzschatulle verschiedene Steine herausholte und auf dem Tisch ausbreitete. Neugierig beobachtete sie ihn dabei. Während er mit seinen strahlenden Augen Evas Blick fesselte, flossen die Worte in ihre Seele: „Liebe Eva, wir kennen uns. Bitte öffne jetzt dein Herz für meine Botschaft, die ich dir von deinem Schöpfer überbringe: Du kannst dich nicht mehr daran erinnern, aber du hast vor langer Zeit versprochen, dass du für dich herausfinden möchtest, was dir die Steine bedeuten."

Der Engel machte eine bedeutungsvolle Pause. Eva wiederholte stumm die

Worte und versuchte zu begreifen, was er ihr wohl sagen wollte. Auch Engel können lächeln, schoss Eva durch den Kopf, als er schließlich weiter redete: „Du hast dich dazu bereit erklärt, die EINE WAHRHEIT zu entdecken und den Platz, den du in dieser Wahrheit einnimmst. Du darfst jetzt ein Mosaik zusammensetzen. Diese Steine sind ein Teil dessen, was du als ein für dich passendes Gesamtbild zusammenfügen wirst. Erkenne dich selbst und trage diese Weisheit in einer für dich stimmigen Weise in die Welt. Zeige für die Menschen Wege auf, die wie du, nach Antworten auf die Fragen des Lebens suchen. Teile mit den Menschen das, was du an Erkenntnis gewonnen hast und vertraue deiner Herzensstimme. Du bist geführt und beschützt und nun ist es an der Zeit, dass du dich deinem Seelenplan in aller Konsequenz zuwendest."

Mit offenem Mund starrte Eva ihn an und in ihrem Kopf überschlugen sich die Gedanken. Ein Teil von ihr glaubte jedes Wort von dem, was er gerade gesagt hatte. Der andere Teil plapperte innerlich direkt drauflos, dass dieser Mann möglicherweise ein Fall für die Psychiatrie sei.

„Schlaf mal wieder aus. Das ist alles nur ein Traum. Du bist überarbeitet. Gönn dir mal eine Auszeit!", hörte Eva die Stimme ihres Verstandes auf sich einreden. Sie wusste nicht, was gerade mit ihr geschah und fühlte sich wie in einem Rauschzustand. Schlagartig wurde sie hellwach, als die Tür aufgerissen wurde und Clemens, mit einem halben Muffin in der Hand und der anderen Hälfte im Mund, ziemlich undeutlich erklärte, dass ihr Kollege Alfred beim Unfall sei und sie sich noch circa eine Stunde gedulden müsse.

„Warum hast'n die Tür zu? Hey, was is'n das für'n Schatzkästchen? Deine Vernehmung war auf einmal weg. Der Typ is einfach abgehauen, ohne was zu sagen. Kannst ja nach vorne kommen. Andy ist allein auf der Wache. Ich muss los. Heute ist Fußballtraining. Tschau, bis morgen Abend." Und weg war er.

Eva wandte den Blick von der Tür, starrte ihr Gegenüber an und fand erst allmählich ihre Sprache wieder. Vor ihr saß immer noch Nicolas Cage und lächelte sie an. Ohne darüber nachzudenken, sagte sie aus dem Bauch heraus:

„Sie wollen mir jetzt aber nicht weißmachen, dass Sie ein Engel sind und nur ich Sie sehen kann? Ganz offensichtlich ist mein Kollege davon ausgegangen, dass ich allein in diesem Raum bin. Sie können sich aber schon vorstellen, dass das alles ein bisschen viel für mich ist, oder?", reihte sie mit zitternder Stimme ihre Fragen aneinander. Der Mann erhob sich würdevoll und ging einen Schritt auf Eva zu. Er schien von innen heraus zu leuchten und seine sanften Augen erinnerten sie spontan an die Kuh, die ihr am gestrigen Abend im Feld begegnet war und den Weg versperrt hatte.

„Ihr habt viele Namen für den Zustand, in dem ich mich befinde. Ich möchte dich dazu ermutigen, mich für einen Engel zu halten. Auch wenn du jetzt noch nicht viel damit anfangen kannst. Dein Bewusstsein wird sich im Laufe der Zeit verändern und deine Unsicherheit wird vergehen."

Der Klang seiner Stimme verursachte ein leichtes Kribbeln in ihrem Körper. Dennoch wollte Eva Herrin der Lage bleiben und spürte, dass ihre Unsicherheit in Angriffslust überging. Nun erhob auch sie sich und war mit dem Engel auf Augenhöhe. Sie vergrößerte ihren Sicherheitsabstand, indem sie einen großen Schritt rückwärts machte und dabei ihre Hände in die Hüften stemmte. Mit einem zynischen Unterton erwiderte sie: „Sie haben gut reden. Wer sind Sie überhaupt? Als Engel haben Sie ja wohl keine Personalien. Ach, was rede ich denn da? Ich habe überhaupt keine Zeit, mich mit so einem philosophischen Engelkram zu befassen. Kann sein, dass ich irgendwann mal etwas versprochen habe. Aber Sie sagten es ja bereits, dass ich mich nicht daran erinnern kann."

Eva fühlte sich mit der Situation völlig überfordert. Sie befürchtete, dass gleich wieder einer ihrer Kollegen im Büro stehen würde, der den Engel nicht sehen könnte. Was würde er denken, wenn er sie dabei beobachtete, wie sie ein solch seltsames Selbstgespräch führte? Der Engel musste weg, und zwar so schnell wie möglich. In ihrer Not kam ihr der Gedanke, einfach das Fenster zu öffnen und ihn mit einem Schubs nach draußen zu befördern. Wenn er tatsächlich ein Engel war, dann könnte er ja davonfliegen. Wenn nicht, dann hätte sie ein noch größeres Problem, als das, was jetzt in Gestalt von Nicolas Cage vor ihr stand. Einen Sturz aus dem ersten Obergeschoss würde er bestimmt nicht ohne Verletzungen überstehen. Eva verwarf die Idee mit dem Fenster und entschied sich dann für die direkte Ansprache: „Bitte tun Sie mir einen Gefallen und nehmen Sie ihre Kiste und die Steine wieder mit. Wir vergessen das Ganze. Noch hat keiner etwas mitbekommen. Wenn ich über all das hier eine Akte anlege, dann befinden Sie sich in spätestens einer

Stunde in der Psychiatrie und wenn ich meinen Kollegen sage, dass in meinem Büro ein Engel sitzt, der mir ein paar Steine und schlaue Sprüche mitgebracht hat, dann können wir uns gegenseitig in der Gummizelle Gesellschaft leisten."

Eva spürte, wie ihr Herz schneller schlug und rote Stressflecken an Hals und Dekolleté nun deutlich für jeden sichtbar hervortraten. Sie wusste, dass sie verbal entgleisen konnte, wenn man sie reizte und in die Enge trieb. Darum atmete sie tief ein und unternahm noch einen Versuch, mit einer ruhigeren Stimme an die Einsicht des Mannes zu appellieren. „Bitte gehen Sie und suchen Sie sich für ihre Scherze jemand anderen."

Der Engel blickte Eva voller Mitgefühl an. „Es ist nicht immer alles so, wie es scheint. Vertraue auf dich und halte dich an das, was du tun musst. Gott sei mit Dir."

Eva blickte noch einmal in seine durchdringenden Augen und wurde dabei von einer tiefen Ruhe erfüllt, die ihre unterschwellige Angst in Nichts auflöste. Dann wandte er sich ab und verließ leise das Zimmer. Eva wusste, dass sie ihm nicht nachlaufen brauchte, denn er war bereits verschwunden. Im Inneren vernahm sie noch einmal seine Stimme: „Eva, du wirst die Zeit haben, dich deinem Seelenauftrag zuzuwenden. Alles kommt so, wie es kommen muss. Hab keine Angst und vertraue."

Kraftlos ließ sich Eva auf den Stuhl fallen und vergrub kopfschüttelnd ihr Gesicht in den Händen. Plötzlich überschlugen sich ihre Gedanken und sie hatte das Gefühl, den Verstand zu verlieren. Seit vielen Jahren beschäftigte sich Eva mit Engeln und Steinen. Gerade in der letzten Zeit hatte sie immer wieder gebetet und auf Hinweise gehofft, dir ihr bestätigen sollten, dass sie sich selbst nichts vormachen würde und die *Geistige Welt* tatsächlich existierte. War dieser Engel in Gestalt von Nicolas Cage nun wahrhaftig eine Bestätigung für die Gegenwart der Engel? Konnte ein Engel ganz materiell auf einer Polizeistation sitzen? Gehörte er nicht eher in eine Kirche oder an einen anderen heiligen Ort, wie einen Friedhof oder einen Kraftort in der Natur? Fein säuberlich hatte Eva bisher die Beschäftigung mit der Geistigen Welt in ihrem Privatleben von der Fokussierung auf die materielle Welt im Beruf getrennt. Das gab ihr Sicherheit, denn sie befürchtete, dass sie im Dienst erhebliche Schwierigkeiten bekommen könnte, wenn sich beide Welten vermischten und sie die Orientierung verlieren würde. Bei der Polizei gab es bisher noch keinen Platz für übersinnliche Wahrnehmungen – so etwas gab es höchstens in amerikanischen Fernsehserien. Hier auf ihrer Wache zählten einzig und allein Fakten und Beweise. Das Gefühl, dass ihr Leben ab sofort nicht mehr so war, wie sie es bisher geführt hatte, löste eine Panikattacke bei ihr aus. Sie zitterte am ganzen Leib, die Tränen strömten über ihr Gesicht und der schmerzende Piep-Ton in ihren Ohren schraubte den Stresspegel noch weiter nach oben. „Ruhig, ruhig, Eva. Alles ist gut", ermahnte sie sich immer wieder, bis ihre Atmung nach einiger Zeit ruhiger wurde. „Ich will, dass alles so bleibt, wie es ist. Lasst mich in Ruhe", hauchte Eva mit schwacher Stimme in den Raum. Dann atmete sie tief durch und rieb sich über die Augen, bevor sie sich weitere Gedanken zum Verbleib der Steine machen konnte. Sie wollte dieses Erlebnis mit dem Engel so schnell wie möglich vergessen. „Das kann kein Engel gewesen sein. So etwas gibt es in der Realität nicht!", sagte sie mit Entschlossenheit, die keinen Widerspruch duldete und griff in die Schublade ihres Rollcontainers, aus dem sie eine Plastiktüte herauszog. Hastig warf sie das Kästchen mit den Steinen hinein und verstaute diese ganz unten in ihrer Einsatztasche. Schließlich sank sie in sich zusammen, während sie aus dem Fenster in die Dunkelheit blickte und verzweifelt nach einem Licht suchte, an das sie sich mit ihren Augen hätte festhalten wollen.

Selenit – Kontrollverlust, Rückzug in die eigene Mitte

Es geht abwärts

In den folgenden Wochen verschlechterte sich Evas Gesundheitszustand zunehmend. Stirn- und Nasennebenhöhlenentzündungen lösten sich mit Infekten der Atemwege ab. Anstatt sich ihrem Innersten zuzuwenden und den Kontakt zur *Geistigen Welt* erneut zu suchen, flüchtete sich Eva immer mehr in ihre dunklen Gedankenspiralen und Krankheiten. Sogar ihre liebgewonnenen Steine räumte sie in einen Schrank und entfernte auch all das aus ihrem Umfeld, was sie ansatzweise an den Engel hätte erinnern können. Immerhin war sie ein gern gesehener Kunde in ihrer Heimatapotheke und konsumierte Berge von Medikamenten, die ihre Beschwerden zwar oberflächlich linderten, ihren Allgemeinzustand jedoch weiter schwächten. Eine große Operation sollte schließlich den gewünschten Heilerfolg bringen und der Arzt erklärte ihr recht anschaulich, wie ihre Stirn über der Augenbraue geöffnet werden sollte, um die hartnäckigen Wucherungen aus den Stirnhöhlen zu entfernen, die ihr qualvolle Kopfschmerzen bescherten. Doch dazu sollte es nicht kommen, denn der Termin wurde seitens der Klinik verschoben und Evas Angst vor der Operation siegte über die Hoffnung auf eine dauerhafte Genesung. In kurzen Intervallen ging sie zum Dienst, was sie jedoch nicht gut verkraftete. Eva war sehr empfindlich, nicht mehr belastbar, und ein schreckliches Unglück in Reichelsheim in der Wetterau, bei dem sie mit ansehen musste, wie ein Pilot bei lebendigem Leib in seinem Luftschiff verbrannte, führte stressbedingt zu einem Hörsturz, von dem sie sich nicht mehr erholte.

Aber auch viele Konflikte im zwischenmenschlichen Bereich, die Eva mit sich ausfocht, forderten ihren Preis. Sie hatte sich zurückgezogen, kündigte schließlich ihre Mitgliedschaft im Musikverein und ging auch zu keiner Feier mehr. Ihre Eltern und Schwiegereltern konnten mit den Bruchstücken, die Eva ihnen zu ihrem Gesundheitszustand erzählte, nichts anfangen. Eva haderte mit sich und der Welt und suchte nach Schuldigen auf allen Seiten. Sie fühlte sich vom Leben verraten, verlor durch ihre körperlichen Leiden den Bezug zu allem, was ihr früher Freude und Sinn geschenkt hatte, und musste sich irgendwann auch eingestehen, dass sie nicht mehr in der Lage war ihren Beruf auszuüben. Ihr wurde klar, dass ihr ein schwerer Schritt bevorstand – ein Schritt, von dem sie nicht wusste, wohin er letztlich führen würde.

Abschied

„Dann wünsche ich Ihnen für die Zukunft alles Gute und bitte melden Sie sich, wenn es Ihnen wieder besser geht."

Die Polizeipräsidentin, Frau Dr. Glimmer, übergab Eva einen bunten Blumenstrauß, nachdem sie ihr die Urkunde für den Ruhestand vorgelesen und mit einem kräftigen Händedruck überreicht hatte. Es war eine schlichte Veranstaltung im Büro ihrer Vorgesetzten, die Eva während ihrer Dienstzeit nie persönlich kennengelernt hatte. Die stets herb wirkende Behördenleiterin hatte sich bemüht, die Veranstaltung möglichst schlicht zu gestalten. Eva hatte vermutet, dass ihre Chefin kein Drama aus der Pensionierung machen wollte, weil sie spüren konnte, wie sehr das alles Eva belastete. Sie las einige Höhepunkte aus Evas Personalakte vor und man merkte ihr an, dass sie viele Fragen zum beruflichen Ausstieg von Eva hatte, die unbeantwortet geblieben waren. Doch sie respektierte, dass Eva ihre Probleme und Krankheitsgeschichte in erster Linie mit sich selbst ausgemacht hatte.

Eva war keine Frau, die von Büro zu Büro lief und ihr Schicksal öffentlich ausbreitete. Es reichte ihr, dass die Ärzte und Gutachter sich ein Bild von ihr machen konnten – und so hatte sie ihrer Präsidentin auch nur das Wesentliche erzählt. Eva hatte sich dafür entschieden, zu ihrem Abschied nur ihren Mann mitzunehmen. Tim teilte mit ihr das Gefühl von Erleichterung, denn das Verfahren im Zusammenhang mit der Pensionierung war für beide sehr belastend gewesen.

Eva liebte ihren Beruf und sie hatte nichts Anderes machen wollen, seit sie zehn Jahre alt gewesen war. Mit Eva, der Polizistin, identifizierte sie sich. Wenn sie im Dienst ihre Uniform trug, fühlte sie sich respektiert. Es war so, als schlüpfte sie mit diesem Kleidungsstück in eine andere Person, die Recht und Gesetz auf ihrer Seite hatte und Autorität ausstrahlte. Eva strebte gleich von Beginn an nach Höherem, wollte Karriere machen, was das auch immer damals bedeutete. Stets auf zu neuen Ufern – auf der Suche nach dem großen Glück, nach Erfüllung, nach Liebe, nach Anerkennung. Sie war wie eine Getriebene. Doch ihr Körper und ihre Seele hielten dem Tempo nicht stand.

Nach einem scheinbar endlosen Kampf, der monatelang gedauert hatte und den sie in erster Linie gegen sich selbst geführt hatte, war sie zur Einsicht gelangt, dass sie etwas Grundlegendes in ihrem Leben ändern musste, um nicht chronisch krank zu werden. Eva gab den inneren Widerstand auf und folgte dem Rat ihrer Ärzte, den Beruf aufzugeben. Die Stimme der Vernunft siegte schließlich über den Teil in ihrem Herzen, der diesen Beruf liebte. Aber es fühlte sich nicht richtig an, es fühlte sich eher an, als sei sie eine Marionette, deren Fäden jemand in der Hand hielt, den sie nicht kannte. Mit ihrem Ausstieg aus dem Beruf war etwas Wesentliches von ihr gestorben und sie hatte nicht die leiseste Ahnung, wer oder was der klägliche Rest war, der nun von ihr übrig blieb. Und so stand sie nun hier, fühlte sich völlig fehl am Platz und hoffte, dass sie so schnell wie möglich nach Hause fahren und sich dort einigeln konnte. Eva erinnerte sich weder an den Engel, noch an ihren Seelenauftrag – und das Gefühl von Perspektivlosigkeit verursachte eine tiefe Ohnmacht.

Nach der feierlichen Verabschiedung fuhren Eva und Tim nach Hause. Eva war unruhig und hatte das Gefühl, dass sie irgendetwas Sinnvolles tun sollte. Daher bügelte sie das letzte Diensthemd, um es in einer Kiste auf dem Dachboden zu verstauen. Ihr Blick fiel auf ihre Einsatztasche und sie nahm sich vor, diese nach dem Mittagessen auszuräumen. Erst tauschte sie die Clogs gegen ein paar festere Schuhe, dann nahm sie die Kiste und kletterte auf den Dachboden.

„Hier könnte ich auch mal wieder ausmisten. Na ja, ich habe ja jetzt Zeit", ging es ihr durch den Kopf. Sie schob einige Kartons zu Seite und schaffte sich Platz, um die Kiste mit den Memorabilien ihrer Dienstzeit möglichst weit nach hinten zu räumen. Sie wollte nicht ständig an ihre Uniform erinnert werden, wenn sie die Weihnachtssachen, Osternester, Winter- und Sommerklamotten hoch- und herunterschleppte. Als sie die Kiste nach hinten schob, sah sie den Koffer, in dem sie ihre alten grün-beigen Uniformteile aufbewahrte und konnte dem Drang nicht widerstehen, diesen zu öffnen.

Eine ziemlich verbeulte grüne Mütze kam zum Vorschein. Eva versuchte, sie in Form zu ziehen, doch der Zahn der Zeit hatte an dem alten Stück genagt und die Mütze verzog sich sofort wieder, nachdem Eva sie losließ. Ihre Hand glitt unter die Kleidungsstücke, wo sie eine Schachtel ertasten konnte und herauszog. Darin befanden sich das Reinigungsset für die Pistole, ein Schlagstock und eine Knebelkette, Fahndungskarten der RAF-Mitglieder, ein paar gebrauchte Röhrchen eines Alko-Tests, zwei Pistolenholster, der erste Lohn-streifen und eine Tatortspurenkarte mit ihren eigenen Fingerabdrücken.

Mit jedem Stück wurde die Vergangenheit lebendiger und es fühlte sich an, als sei es erst gestern gewesen, dass sie ihre Ausbildung bei der Polizei begonnen hatte. Sie erinnerte sich sogar wieder an einige Gesichter aus der 17. Hundertschaft des Ausbildungsjahrgangs 1988, dem sie angehörte.

„Eigentlich kann der alte Kram weg. Was soll ich denn noch damit?" Trotzig legte sie jedoch die Gegenstände zurück in die Schachtel und griff erneut in den Koffer. Mit etwas Mühe zog sie die Hose des alten Mehrzweckanzugs heraus.

„Oh Mann, da habe ich mal reingepasst", schmunzelte sie und suchte nach dem Etikett. „Größe 38 - lang ist's her." Das nächste Beutestück war ihr Tuchrock. Den Begriff „Tuchrock" konnte sich nur ein Verwaltungsbeamter einfallen lassen. Normale Menschen hätten diese Jacke als Jackett bezeichnet. Eva faltete es auseinander und durchsuchte die Innentasche. Ein Essens-märkchen, besser gesagt, das, was die Reinigung noch von ihm übrig gelas-sen hatte, war für sie ein historischer Fund, mit dessen Hilfe die Bilder aus der Vergangenheit lebendig wurden:

Sie sah sich in der Schlange anstehen und hatte augenblicklich den Geruch der Kantine in der Nase. Es gab Erbseneintopf mit Würstchen. Der Kollege vor ihr fragte nach einem Zweiten.

„Ich würde auch noch ein Drittes nehmen", sprudelte es süffisant aus ihm heraus. Das dritte Würstchen wurde über die Theke gereicht und plumpste in die weiße Schale. Der Inhalt schwappte über den Rand und durchtränkte die einfache Papierserviette. Eva stand wartend daneben, bis sie an der Reihe war.

Der Koch grinste sie an und sagte: „Tut mir leid, junge Dame. Dein Würstchen hat der Kollege bekommen." Eva sagte nichts, schob ihr Tablett weiter und hörte erneut die Stimme der Küchenhilfe: „War nur ein Scherz oder willste keins?" Etwas unsicher schob Eva ihr Tablett wieder zurück. „Doch, ich dachte nur... ach nichts."

Eva bekam ihr Würstchen und nahm sich dann noch eine Kaltschale mit Sahnehäubchen, die es freitags üblicherweise gab.

Die Bilder lösten sich auf und verwandelten sich in ganz andere: Wie sie das erste Mal in Uniform ihren Eltern begegnete. Es war ein großartiges Gefühl gewesen, als sie an diesen Tag zurückdachte: Eva hatte sich sehr wichtig und stolz gefühlt, als sie nach der Vereidigung zu ihren Eltern ging und von ihnen liebevoll in die Arme genommen wurde. Auch sie waren sehr berührt beim Anblick ihrer Tochter gewesen und mussten sich an ihre neue Erscheinung erst einmal gewöhnen. Die Fernsehserie „Großstadtrevier", mit der Hauptdarstellerin Mareike Carriére, die zur damaligen Zeit als erste TV-Polizistin zu sehen war, schien für ihre Eltern durch Eva noch lebendiger geworden zu sein. Eine Polizistin in der eigenen Familie zu haben, war Ende der Achtzigerjahre noch etwas Außergewöhnliches gewesen.

Nach und nach folgten weitere Erinnerungen an ihre Dienstzeit, die als innere Bilder aufblitzen, und in der sich Freud und Leid an manchen Tagen die Hand gaben. In einer Minute lachte und scherzte sie mit ihrem Streifenpartner und in der nächsten Sekunde kam der Funkspruch, dass sie zu einem Unglücksfall mit Toten mussten. So war es immer gewesen: Ein Ereignis war noch gar nicht abgearbeitet und verdaut, da kam das nächste. Das Leben bekam für Eva eine andere Bedeutung und sie fragte sich oft, wie derjenige wohl am Morgen sein Haus verlassen hatte, der jetzt von Sanitätern mit schweren Verletzungen abtransportiert wurde. Dieser Beruf hatte es in sich, denn man kam direkt und unverblümt mit allen Facetten des Lebens in Berührung.

Über zwanzig Jahre Polizeidienst hatten viele Spuren auf der Seele hinterlassen, und der Schmerz des Bewusstseins, alles verloren zu haben, flammte in Eva auf. Sie presste sich ihre Jacke an die Brust und ein unbeschreiblicher Kummer löste einen heftigen Weinkrampf aus. Eva schluchzte, rang nach Luft und ließ sich auf die Seite fallen. Sie lag mit ihrem Gesicht auf den alten Sachen und ihre Tränen vermischten sich mit dem Staub der Vergangenheit. Eva fühlte sich wie Rose im Film „Titanic", die vor Kälte bibbernd auf einem Stück Holz im Wasser trieb und ihrer großen Liebe zusah, die im Ozean versank.

Schalenblende – Wandlung dramatischer Konfrontationen

Neuorientierung

„Eva! Wo steckst du denn?", hörte sie Tims Stimme durch das Treppenhaus. Sie war vom langen Weinen und von den emotionalen Anstrengungen des Tages so erschöpft gewesen, dass sie einfach eingeschlafen war. Ruckartig setzte sie sich auf und spürte sofort, dass ihr alles wehtat. Schnell verstaute sie ihre Sachen im Koffer und schob ihn ganz nach hinten. Sie klopfte sich den Staub von ihrer Jeans und kletterte die Dachbodentreppe hinab.

Tim kam Eva entgegen und blickte in ihr müdes, verheultes Gesicht. Er sagte nichts und nahm sie nur in den Arm. Beide gingen wortlos in den Garten und tranken auf der Terrasse einen Espresso, den Tim zuvor aus der Küche geholt hatte. Lange saßen sie in einträchtigem Schweigen beieinander. Sie musste nichts sagen, Tim verstand sie auch so.

Nachdem sie sich etwas erholt hatte, ging Eva in ihr kleines Arbeitszimmer, in das sie sich gerne zurückzog, um ihre Gedanken in aller Stille ordnen zu können. Ihr Blick fiel auf die Einsatztasche, die neben ihrem Schreibtisch auf dem Boden stand. Eva hievte sie auf den Stuhl und packte eins nach dem anderen aus. Zum Vorschein kamen mehrere Einweghandschuhe, ein Spray zur Neutralisation von Leichengerüchen, verschiedene Formulare, ein Maßband und Bonbons, die mehr klebrig als lecker aussahen sowie verschiedene Plastiktüten für Spurenträger. Eva hatte keine Lust, den alten Krempel zu sortieren und so kippte sie schließlich den gesamten Inhalt, der auch aus verschiedenen Blöcken und Formularen bestand, in einen Müllsack, den sie mit Paketband zuklebte. Plötzlich stieg ein ungutes Gefühl in ihr auf und sie spürte, wie ein kalter Schauer ihren Rücken hinunterlief. Ihr kam der Gedanke, dass etwas dabei gewesen sein könnte, dass in die Kategorie „nur für den Dienstgebrauch" gehörte. Ohne zu zögern, riss Eva das Klebeband wieder ab und durchwühlte den Sack. Ihre Finger griffen sofort nach einer Plastiktüte mit sperrigem Inhalt und sie zog diese heraus.

Eva erschrak, als sie sah, was sie in Händen hielt: das Holzkästchen mit den Steinen. Sie konnte es selbst kaum glauben, dass sie dieses Geschenk, das doch sogar von einem Engel stammte, vergessen hatte. Obwohl sie ihre Einsatztasche während der Dienstzeit immer bei sich gehabt hatte, war ihr nicht bewusst gewesen, dass sich die Steine darin befanden. Wenn sie jetzt nicht wahrhaftig vor ihr liegen würden, hätte sie alles, was sich damit ereignet hatte, unter der Rubrik „Hirngespinst" eingeordnet und den Tag wie auch das Erlebnis endgültig ganz verdrängt. Vielleicht wären die Erinnerungen zurückgekommen, wenn sie Nicolas Cage in einem Film gesehen hätte.

„Ich hätte ihm doch hinterhergehen sollen. Dann hätte ich jetzt zumindest Gewissheit darüber, ob er sich tatsächlich in Luft aufgelöst hatte", überlegte Eva. „Clemens hat den Engel nicht gesehen, als er zu mir ins Büro kam, obwohl er direkt hinter ihm stand." Sie betrachtete die Steine in dem Kästchen genauer, nahm sie heraus und drehte jeden einzelnen in ihren Händen hin und her. Es waren zwölf in unterschiedlichen Farben. Die winzige Holztruhe hatte Messingbeschläge, wirkte sehr nostalgisch und war mit blauem Samt ausgekleidet. Sie legte die Steine wieder hinein – wie Puzzleteile fügten sich die Steine haargenau in das Kästchen. Es schien fast, als sei die kleine Truhe extra für diese Steine gemacht worden.

Über einen Zeitraum von vielen Jahren hatte sich Eva mit Steinen beschäftigt. Es hatte ihr gut getan, sich Schmuck aus Heilsteinen anzufertigen und mit anderen Steine-Fans darüber zu sprechen. Sie konnte sich nicht erklären, warum sie damals so in Panik geraten war, nachdem der Engel ihr die Steine auf die Dienststelle gebracht hatte. Irgendetwas war in ihr, dass mit Angst und Panik auf Engel reagierte. Zumindest dann, wenn sie tatsächlich physisch vor ihr standen. So heftige Gefühlsausbrüche hatte sie in der Vergangenheit nie gehabt, als sie von Engeln las, meditierte oder zu ihnen betete. Aber diese Kontakte spielten sich ja auch nur in ihrer Gedankenwelt ab, in ihrer Phantasie und nicht in der Realität. „Hoffentlich kommt der Engel nochmal vorbei, damit ich ihn fragen kann, was ich mit den Steinen machen soll", sagte Eva zu sich, während sie das Kästchen zu einigen Deko-Gegenständen ins Regal stellte. Schwungvoll schnappte sie sich den Müllsack und schleppte ihn zur Tonne nach draußen. Während der Deckel klappend zufiel, beendete sie ein weiteres Kapitel ihres Lebens.

Ein innerer Ruf

Es dämmerte bereits, als Eva in der folgenden Nacht erwachte. Sie drehte sich auf die Seite und schaute auf ihrem Wecker. 04:02 leuchtete es ihr in neongrünen Ziffern entgegen. Um Tim nicht zu wecken, tastete sie lautlos mit den Füßen nach ihren Hausschuhen und schlich aus dem Zimmer, um sich in der Küche eine Tasse Tee zu machen. Obwohl sie zuvor öfters um diese Zeit aufgewacht war und meist recht schnell wieder einschlief, fühlte sie heute einen ungewohnten Drang wach zu bleiben. Es war dieses besondere Gefühl, das man hatte, wenn ein besonderer Tag vor einem lag und man früher aufstand, um alles in Ruhe erledigen zu können. Eva blickte auf den Kalender, der neben dem Kühlschrank hing. Bis auf den Eintrag des Geburtstages einer Freundin war die Tagesspalte leer.

Sie nahm ihre Tasse und ging damit in ihr Arbeitszimmer, wo es recht kühl war. Die Heizung würde erst in ein paar Stunden anspringen. Eva kuschelte sich in eine Decke und setzte sich in ihren Lieblingssessel. Während sie an dem heißen Tee nippte, ließ sie den Blick durch das Zimmer schweifen. Ihre Augen blieben immer wieder an demselben Gegenstand hängen. Das Kästchen mit den Steinen fesselte ihre Aufmerksamkeit. Eva überwand einen kurzen Anflug von Trägheit und schälte sich aus ihrem warmen Kokon. Mit schnellen Schritten ging sie zum Regal, schnappte sich das Kästchen und hüllte sich sofort wieder in ihre warme Decke ein, während sie es sich gemütlich machte. Vorsichtig öffnete sie den Deckel und nahm den ersten Stein heraus. Sie hatte sich viel Wissen zum Thema Heilsteine angelesen und bekam Impulse in Form von inneren Bildern zu entsprechenden Steinen, die sie dann künstlerisch – vor allem als Schmuck – umgesetzt hatte. Die inneren Bilder waren anfangs wie aus dem Nichts aufgetaucht, ohne dass sie darauf vorbereitet gewesen wäre. Später hatte sie sich innerlich auf ein Thema oder eine Person einstellen können, indem sie im Gebet um Unterstützung durch einen Stein bat, den sie dann nicht nur als farbigen Stein gesehen hatte, sondern auch dessen Namen vernahm. Viele Mineralien ordnete sie namentlich auf Anhieb zu. Der Gedanke daran, dass sie den Engel und das Steinekästchen für eine lange Zeit aus ihrer Erinnerung verdrängt hatte, machte sie traurig. Selbst während ihrer Krankheitsphase, wo ihr wirklich viel Zeit zum Nachdenken geschenkt wurde, hatte sie sich nicht daran erinnert. Vielleicht wäre alles anders gekommen, wenn sie sich früher an den Engel und die Steine erinnert hätte. Der Stein, den sie jetzt in den Händen hielt, war ein Karneol. Er war rund und fühlte sich sehr angenehm an. Plötzlich konnte sie spüren, dass der Stein warm wurde und leicht zu pochen begann. Der Karneol nahm Kontakt zu ihr auf und projizierte ein inneres Bild des Engels, der ihr die Steine übergeben hatte. Sie fragte sich, ob die Begegnung mit dem Engel auf ihrer Dienststelle wirklich real gewesen war. Konnten Engel menschliche Gestalt annehmen und Gegenstände transportieren?

Eva fand keine Antwort. Die Steine und das Kästchen lagen auf ihrem Schoß. Daran bestand kein Zweifel. Aber der Überbringer war ihr suspekt. Warum sah er so aus wie Nicolas Cage? Hatte ihr Unbewusstes vielleicht einfach das Unerklärliche für sie in Bilder gekleidet, die ihr vertraut vorkamen? Hätte sie doch damals bloß Clemens auf ihn angesprochen. Aber die Angst, von ihm für verrückt gehalten zu werden, hatte sie schweigen lassen. Heute ärgerte sie sich über ihr Zaudern. Eva legte die Decke zur Seite. Ihr war jetzt warm, fast schon heiß. Selbst ihre Finger, die sich normalerweise ständig klamm anfühlten, hatten eine gesunde Farbe und fühlten sich gut durchblutet an. Aus ihrem Bücherregal suchte sie einige Heilsteinbücher heraus. Sie war ein großer Fan von Michael Gienger, einem Fachmann für Heilsteine, und liebte seine Bücher. Mit ihrem Verständnis für Wahrheit und Logik konnte sie seinen Argumenten zu der Wirksamkeit von Steinen folgen. Gienger hatte einen großen Anteil daran, dass ihr Interesse an diesem Thema stetig wuchs. Während die Bücher auf ihrem Schoß lagen und sie ganz friedlich und tief entspannt in ihrem Sessel saß, vernahm sie innerlich die Stimme des Engels: „Du hast vor langer Zeit versprochen, dass du für dich herausfinden möchtest, was dir die Steine bedeuten. Du hast dich dazu bereit erklärt, die EINE WAHRHEIT zu entdecken und den Platz, den du in dieser Wahrheit einnimmst. Du darfst jetzt ein Mosaik zusammensetzen – und diese Steine sind ein Teil dessen, was du als ein für dich passendes Gesamtbild zusammenfügen wirst. Erkenne dich selbst und trage diese Weisheit in einer für dich stimmigen Weise in die Welt. Zeige für die Menschen Wege auf, die wie du nach Antworten auf die Fragen des Lebens suchen. Teile mit den Menschen das, was du an Erkenntnis gewonnen hast und vertraue deiner Herzensstimme. Du bist geführt und beschützt, und nun ist es an der Zeit, dass du dich deinem Seelenplan in aller Konsequenz zuwendest."

Da war sie wieder – die Erinnerung an die Engelbotschaft. Wortwörtlich schwangen die einzelnen Worte zu ihr. Genau das hatte der Engel damals zu ihr gesagt. Hatte er auch Michael Gienger aufgesucht? Hatte auch Gienger diesen Ruf in seinem Inneren vernehmen können? Er hatte zwar gesagt, dass er keine Botschaften von Engeln empfangen, nicht „gechannelt" hätte, aber grundsätzlich vielen Möglichkeiten zur Informationsgewinnung offen gewesen sei. Leider konnte sie ihn nicht mehr fragen, denn er war bereits verstorben. Eva fühlte sich dennoch mit ihm verbunden. Sie selbst hatte wie Michael Gienger jahrelang an Nasennebenhöhlenentzündungen gelitten und sehr schmunzeln müssen, als sie bei einem seiner Vorträge erfuhr, dass er sich mit einem Smaragd drei Tage lang selbst behandelt hatte und gesund geworden war. Auch Eva konnte von einem faszinierenden Eigenversuch berichten: Sie hatte sich mit einer Nasennebenhöhlenentzündung ins Bett gelegt, einen Smaragd zur Hand genommen, eine Meditations-CD von Klaus Hüser gehört und sich vorgestellt, wie das Licht aus dem Stein ausgeströmt war. Nach der Meditation war sie eingeschlafen und circa eine Stunde später ohne erhöhte Temperatur aufgewacht. Auch die angeschwollene und gerötete Gesichtshälfte hatte sich deutlich gebessert. Sogar Tim, der immer sehr vorsichtig und kritisch war, staunte, denn er hatte gesehen, wie schlecht es Eva vor der Meditation gegangen war.

Damals wurde ihr durch dieses Ereignis bewusst, dass sie den Naturheilmitteln, vor allem den Steinen, oftmals nicht genug vertraute und nur dann zugriff, wenn „Not am Mann" war. Sie war skeptisch und vermisste in vielen Büchern die „Kann-Option", denn etliche Formulierungen lasen sich so, als seien bestimmte Folgen im Umgang mit Steinen fast schon garantiert. Dieses Erlebnis mit dem Smaragd war so einschneidend und beglückend, dass sie es wohl niemals vergessen würde und sie wünschte sich, dass viele Menschen auch solche Erfahrungen mit Steinen machen konnten und nicht gleich zur Tablette griffen.

„Dann schreib doch ein Buch zu diesem Thema", hörte sie im Inneren die Stimme des Engels.

„Ja, das ist eine gute Idee. Ich schreibe ein Buch mit meinen Erfahrungen und versuche, die Lücken zu schließen, die mir andere nicht beantworten konnten. Ich mache es wie früher und gehe an die Sache mit dem analytischen Verstand einer Polizistin heran. Ich werde Beweise zusammentragen, Vermutungen als Indizien bewerten und diese Ermittlungsakte mit wunderschönen Fotos abrunden. Ein Titel fällt mir auch gerade ein: Ermittlungsakte Heilsteine."

Während Eva noch über Einzelheiten nachdachte und auf prall gefüllte Ordner mit ihren Ausarbeitungen zu Steinen blickte, hört sie die Kaffeemaschine surren. Verdutzt sah sie auf die Uhr. Die Zeit war verflogen und Tim würde gleich zur Arbeit fahren.

Eva ging in die Küche und Tim begrüßte sie mit besorgter Stimme: „Na, du bist ja mitten in der Nacht aufgestanden. Du konntest wohl nicht schlafen?" Eva schmiegte sich in Tims Arme und blickte ihn an. An seinem Gesichtsausdruck erkannte sie, dass er sie durchschaut hatte und ahnte, dass sie einen Plan hatte.

„Was hältst du davon, wenn ich ein Buch über Steine schreibe?", fragte sie und sah zu ihm auf.

„Hast du dir das heute Nacht überlegt?" Tim zog die Augenbrauen hoch.

„Ich denke schon eine ganze Weile darüber nach. Mir hat nur irgendwie die zündende Idee gefehlt und außerdem habe ich ja keine Ausbildung zu

Steinen gemacht. Ich bin kein Therapiestein-Berater und auch kein Geologe. Dennoch würde ich gern ein kleines Büchlein über meine Erfahrungen schreiben. Ein Handbuch für unerfahrene Anwender. Es gibt zwar schon viele Bücher zu dem Thema, aber ich habe noch keins gefunden, was mir meine persönlichen Fragen zu Steinen ausführlich beantwortet hat und sowohl spirituelle, als auch wissenschaftliche Aspekte gleichwertig aufzeigt." Eva merkte selbst, wie enthusiastisch sie klang.

Ein Lächeln huschte über Tims Gesicht. Eva vermutete, dass er froh darüber war, dass sie ihm keine neuen Ideen zu Veränderungen an ihrem Haus und Garten präsentierte, die er umsetzen sollte.

„Das ist eine hervorragende Idee, mein Schatz. Damit solltest du gleich heute anfangen. Schmiede das Eisen, so lange es noch heiß ist." Tim löste sich sanft aus der Umarmung und griff zur Kaffeetasse. Er nahm einen kräftigen Schluck und sein Gesichtsausdruck verriet, dass ihm der Kaffee heute Morgen besonders gut zu schmecken schien. Während er sein Brot schmierte, summte er sogar eine Melodie. Eva setzte sich auf einen Stuhl und beobachtete ihn. Während er sein Frühstück einpackte, blickte er Eva immer wieder aufmunternd an und sagte schließlich: „Das ist wirklich eine tolle Idee mit dem Buch und lenkt dich etwas ab."

Woher die plötzliche Euphorie für ihr Buch bei ihm kam, konnte Eva nicht nachvollziehen. Dennoch freute sie sich über seine Unterstützung.

„Ich komme heute übrigens später nach Hause. Wir haben noch eine Besprechung und wollen anschließend etwas essen. Du hast also heute viel Zeit, um dir Gedanken zu machen. Bis später." Pfeifend und ein wenig zu enthusiastisch schnappte er seine Tasche und verließ, beinahe im Hopserlauf, das Haus.

Eva sah ihm lange nach. Die Idee mit dem Buch gefiel Eva immer besser, je mehr sie darüber nachdachte. Die analytische Steinheilkunde, so wie Michael Gienger sie ins Leben gerufen hatte, war ein guter Anfang und eine solide Basis für alle, die sich noch nicht mit Steinen beschäftigt hatten.

Voller Freude räumte sie die Küche auf, dann machte sie sich noch eine Kanne Tee und ging ins Arbeitszimmer. Während sie darauf wartete, dass der PC startete, fühlte sie eine tiefe Dankbarkeit und einen inneren Frieden.

Die ersten Zeilen ihres Buches waren blitzschnell getippt. Während sie schrieb und schrieb, hatte sie keine Vorstellung davon, wie groß der Stein war, den sie in diesem Augenblick ins Rollen brachte.

Grüner Fluorit - Einfallsreichtum

Kapitel 1- Die analytische Steinheilkunde

Anfang des Jahres 1988 begann Michael Gienger mit einer Gruppe von über 20 Personen, Steine systematisch zu untersuchen. Er wollte herausfinden, wie und warum ein Stein wirkte und suchte nach den Ursachen für diese Wirkung. Jeder der Teilnehmer bekam einen Stein, den er einen Monat lang bei sich trug und seine Erfahrungen dazu niederschrieb. Dann traf sich die Gruppe und jeder berichtete von seinen Erfahrungen, die er mit dem jeweiligen Stein gemacht hatte. Diese Ergebnisse wurden gesammelt und ausgewertet, um einen „roten Faden" zu finden, den man als Grundlage für eine Anwendung heranziehen konnte. Schnell wurde eine Wurzel der Wirksamkeit eruiert: Steine, die ähnliche Eigenschaften haben, wie zum Beispiel dieselben Farben, Mineralstoffe, Kristallgitter und Entstehungsmerkmale, wirken auch ähnlich.

Nachdem der erste Absatz innerhalb weniger Minuten geschrieben war, suchte Eva alles zusammen, was sie im Laufe der Jahre an Heilsteinliteratur gesammelt hatte. Fast alle Bücher zu dem Thema waren von männlichen Autoren geschrieben worden und in den letzten zwanzig Jahren erschienen. Ihr Lieblingsbuch, „Die Heilsteine der Hildegard von Bingen" von Michael Gienger, stammte zwar auch aus einer männlichen Feder, doch die Grundlage dafür lieferte Hildegard von Bingens „Lapis Lapidarium - das Buch von den Steinen".

Eva liebte Hildegard von Bingen, die Heilige, die Gottes Wort mit viel Leidenschaft, Mut und Demut in die Welt gebracht hatte. Die Worte dieser Ordensschwester kamen aus dem Herzen und hatten das Potenzial, die Seelen der Menschen zu erreichen. Vielen interessierten Menschen war bekannt, dass Hildegard von Bingen (1098 - 1179 n. Chr.) eine Pflanzenheilkundige war. Dass sie sich auch mit Heilsteinen auskannte und dieses Wissen in ihrem Buch „Physika" hinterlassen hatte, wussten jedoch nur die Wenigsten. Als Äbtissin hatte Hildegard Zugang zu Bibliotheken und konnte auf eine Fülle von Quellen zugreifen, die sie mit ihrem Verständnis für Naturheilkunde reformierte. Auch aus der Bibel schöpfte Hildegard ihr Wissen über die edlen Steine, die an vielen Stellen im Alten und Neuen Testament zu finden waren. So zum Beispiel im 2. Buch Mose, Vers 28, wo die 12 edlen Steine des Brustschildes der Hohepriester genannt sind.

Mit der Bibel hatte Eva jedoch ein großes Problem, denn sie fragte sich, inwieweit darin tatsächlich Gottes Wort enthalten war. Waren nicht eher viele persönliche Auslegungen von den jeweiligen Kompilatoren und Übersetzern zu Gottes Wort erklärt worden? Wäre die Bibel tatsächlich als eine Art Urschrift vom Himmel gefallen, in der kein menschliches Wesen etwas hätte verändern können, so könnte man diese Schrift als etwas direkt von Gott Stammendes bezeichnen. Doch aus einer Auswahl von vielen Schriften waren nur vier Evangelien ausgewählt und den Evangelisten Matthäus, Markus, Lukas und Johannes zugeordnet worden. Für Eva machte es keinen Sinn, nur vier Zeugen zu einem Sachverhalt zu vernehmen, wenn sie Einhundert oder mehr Zeugen zur Verfügung hätte haben können. Es sei denn, der Ausgang eines Ermittlungsverfahrens sei von vornherein beabsichtigt gewesen und man hätte bereits zu Beginn der Untersuchung selektiert, welcher Zeuge mit einer entsprechenden Aussage das beabsichtigte Ergebnis hätten untermauern können. Wo Menschen handeln, besteht grundsätzlich immer die Möglichkeit zur Manipulation. Ein gerechter Gott, der alle Menschen gleich liebt, hätte niemals die nachfolgenden Passagen in seiner Bibel hinterlassen. Dessen war sich Eva ganz sicher:

> *„Wie in allen Gemeinden der Heiligen sollen die Frauen schweigen in*
> *der Gemeindeversammlung, denn es ist ihnen nicht gestattet zu reden,*
> *sondern sie sollen sich unterordnen, wie auch das Gesetz sagt.*
>
> *Wollen sie etwas lernen, so sollen sie ihre Männer fragen.*
> *Es steht der Frau schlecht an, in der Gemeinde zu reden."*
>
> *(Paulus im ersten Brief an die Korinther)*
>
> *„Einer Frau gestatte ich nicht, dass sie lehre, auch nicht,*
> *dass sie über dem Mann sei, sondern sie sei still."*
>
> *(Erster Brief von Paulus an Timotheus, 2, 8)*

Frauen sollen still sein! So steht es in der Bibel. Eva fragte sich, inwieweit eine Schriftsammlung wie die Bibel als heilig und unantastbar gelten kann, die solch diskriminierende Äußerungen enthält. „Die Bibel ist einfach nicht mehr zeitgemäß", fand Eva. Es strengte sie an, die Originaltexte zu lesen. Die alte Sprache mit der komplizierten Wortwahl lag ihr persönlich nicht. Musste so ein Werk nicht auch an die jeweilige Zeit und Sprache angepasst werden? Doch wer sollte das tun? Vielleicht die Gelehrten aus dem Vatikan, frei nach dem Motto: In Gottes Namen mach ich mir die Welt, wie sie mir gefällt. Wer nicht daran glaubt und mitspielt, ist ein Sünder. Es hatte schließlich viele Jahrhunderte gut funktioniert, die Menschen mit Angst und Einschüchterung zu manipulieren.

Das große Problem bei der Kirche war leider, dass etliche Menschen nahezu alles glauben, was in ihrem Namen erzählt wird und somit als richtig gilt. Doch Wahrheit hat leider allzu oft nichts mit Fakten zu tun, sondern mit Gewohnheiten und bestimmten Vorlieben. Viele Menschen *wollen* nur an das glauben, was die Kirche ihnen sagt. Sie sind an Wissen und Fakten nicht interessiert. Viele gläubige Christen sind davon überzeugt, dass das Neue Testament auf göttlicher Eingebung beruht. „Wenn diese Eingebungen jedoch in der Art stattfanden, wie jene bei der Papstwahl der Vergangenheit, in der Versprechungen und Bestechungen an der Tagesordnung waren, dann dürften wir auch die Seriosität von Hütchenspielern nicht anzweifeln", dachte Eva.

Wo kein Kläger, da kein Richter. Wenn alle mit dem zufrieden sind, was im Religionsunterricht verbreitet wird, dann ist doch alles bestens, oder? Wenn es niemanden stört, dass selbst die Kleinen in der Grundschule getrennt werden, um evangelischen oder katholischen Religionsunterricht zu bekommen, dann brauchen wir uns alle nicht wundern, dass die Religionen die Menschen spalten und nicht vereinen. Der siebenjährige Paul fragt sich bestimmt, warum seine Freundin Marie in einer anderen Klasse Religionsunterricht bekommt und was an ihrem Gott anders ist, als an seinem. Wie wollen wir die Weltreligionen vereinen, wenn es die Christen schon nicht schaffen, unter sich Einigung zu erzielen und in verschiedene Gruppierungen aufgesplittert sind? Außerdem geht es doch auch gar nicht immer um den Glauben, sondern darum, das Spiel mitzuspielen und den eigenen Vorteil zu erkennen. Die Gedanken zur Bibel und zur Glaubwürdigkeit und Sinnhaftigkeit der Kirchen führten Eva wie von selbst zu ihrem eigenen Verhältnis zu Gott. Sie erinnerte sich, dass sie als Kind nie einen Bezug zu Gott gehabt hatte. Er spielte in ihrem Leben einfach überhaupt keine Rolle.

Sie dachte zurück: Als kleines Kind betete sie vor dem Einschlafen: „Ich bin klein, mein Herz ist rein, soll niemand drin wohnen, als Jesus allein. Amen." Dieses Gebet brachte ihr die Mutter bei und sie plapperte es jeden Abend nach, ohne sich Gedanken darüber zu machen, wer dieser Jesus eigentlich sei und wie winzig er sein musste, um in ihrem Herzen wohnen zu können. Während ihrer Konfirmanden-Vorbereitungszeit empfand Eva die Kirche dann als zunehmend lästig. Zwei Jahre lang jeden Sonntag zum Gottesdienst zu müssen, um eine Unterschrift in die Karte zu bekommen, nervte sie. Doppelt bitter war die Tatsache, dass ihr Vater zu dieser Zeit auch noch im Kirchenvorstand war. Natürlich fiel es auch auf ihn zurück, wenn sein Töchterchen im Gottesdienst durch Abwesenheit glänzte. Evas Unwohlsein in der Kirche gipfelte in zahlreiche Ohnmachtsattacken während des Betens, weil ihr ohnehin niedriger Blutdruck beim langen Stehen in den Keller ging und sie für einen kurzen Moment das Bewusstsein verlor.

Nach zwei Jahren Konfi-Plage kam dann der ersehnte Tag, an dem alle Strapazen vergolten wurden. Eva durfte sich für das große Fest endlich eine 80er-Jahre-Standard-Dauerwelle machen, mit der sie rückblickend betrachtet, ungefähr so attraktiv ausgesehen hatte, wie Else Kling aus der Lindenstraße. Ein weiteres Highlight waren die ersten Absatzschuhe, mit denen sie dann umherstakste wie ein Storch im Salat. Obwohl Eva gern eine schwarze Strumpfhose mit Naht gehabt hätte, hielten ihre Eltern diese Ausführung für „zu gewagt für eine anständige Konfirmandin" und so wurde sich darauf geeinigt, dass Evas Beine sich mit einer anthrazit-gepunkteten Feinstrumpfhose sehen lassen durften. Immerhin gab es noch einen engen schwarzen Rock mit zwei Schlitzen und einem breiten Gürtel, allerdings nur für später, nach dem Gottesdienst. Tagelang klingelte es an Evas Haustür und die Geschenke stapelten sich bis an die Decke. Jedes zweite war ein Handtuch. Aber auch Stofftaschentücher, Waschlappen, Obstschalen und Vasen gehörten zu den Präsenten. Zwischendurch kamen auch mal Karten mit Geld.

Der Konfirmationsgottesdienst war sehr festlich und der Pastor hatte offensichtlich vor, ein monumentales Epos aufzuführen. Die Kirchenbänke waren schon für Eva eine Qual und sie wollte sich nicht vorstellen, was die Leute mit Hämorrhoiden und Blasenschwäche durchstehen mussten. Leider gab es die Band „UNHEILIG" noch nicht, denn dann hätte sie sich als letztes Musikstück nicht „Nun lasst uns Gott dem Herren Dank sagen und ihn ehren", sondern „Es ist Zeit zu gehen" gewünscht.

Der Pastor verabschiedete die Konfirmanden in dem Wissen, dass er viele von ihnen für eine sehr lange Zeit, wenn nicht sogar für immer, das letzte Mal gesehen hatte. Eigentlich sollte doch die Konfirmation der Beginn eines vollwertigen Gemeindelebens sein – oder hatten das alle falsch verstanden? Wozu also das ganze Theater? Was hatte der Konfirmationskonsum mit dem Glauben zu tun? Wer würde sich denn noch konfirmieren lassen, wenn vorher feststünde, dass es nur einen normalen Gottesdienst in einer spartanischen Kleidung und keine Geschenke gäbe? Wer diese Frage für sich ehrlich beantworten konnte, der hätte möglicherweise erkennen können, welche Rolle der Glaube an Gott und das Bekenntnis zur Kirche für ihn persönlich spielte.

Stolz berichteten die Eltern, welche Gedanken sich die Konfirmanden gemacht hätten, wozu das Geld aus der Kollekte verwendet werden sollte. Doch wer von den Konfirmanden war denn bereit, selbst einen angemessenen Teil seiner Geldgeschenke für die Bedürftigen abzugeben, die von den anderen bedacht werden sollten? War es denn in den meisten Fällen nicht so, dass die Mutter dem Schützling noch schnell einen Euro für die Kollekte zusteckte, bevor es in die Kirche ging? Wäre es falsch, wenn man dieses

Event letztendlich als eine jährlich wechselnde Umverteilung des Geldes betrachtete, wo man schnell zum Außenseiter werden konnte, wenn man nicht mitmachen wollte? Welcher Konfirmand wusste denn, was seine Eltern für neue Kleidung, Einladungen, Danksagungen, Zeitungsannoncen, Blumen, Deko, Essen, Getränke und Fotos bezahlen mussten? Interessierte das überhaupt oder war es egal, weil es jedem Konfirmanden sozusagen zustand? Eva konnte sich nicht daran erinnern, was ihre Eltern für sie bezahlt hatten. Das war auch kein Thema zu Hause. Sie wusste nur, dass sie eine sehr schöne Feier hatte und dass sie ihren Eltern sehr dankbar für alles war, was sie ihr ermöglichten. Obwohl Eva in der Zeit rund um ihre Konfirmation nie ein Gefühl für den Glauben und für Gott bekam, hatte sie doch so etwas wie Gottvertrauen, als sie nach dem vierzehnten Schnaps nur noch hoffen konnte, dass sie irgendwie heil nach Hause kommen würde. Es war so üblich, dass sich alle Konfirmanden nach dem Mittagessen trafen, um nacheinander zu jedem nach Hause zu gehen und dort einen Schnaps zu trinken. Ab dem Fünften zählte sie nicht mehr mit, sondern fühlte sich wie ein Engel auf Erden, der weder laufen noch fliegen konnte.

Eva hatte das Bedürfnis, sich die alten Fotos aus dieser Zeit anzusehen und ging ins Wohnzimmer, wo sie die Fotoalben in einer großen Schublade aufbewahrte. Beim Durchblättern fühlte sie eine tiefe Sehnsucht nach der guten alten Zeit, von der ihre Großeltern auch oft gesprochen hatten. Einige Fotos waren über 30 Jahre alt und sie konnte es kaum begreifen, dass sie zu fast allen Freundinnen von damals keinen Kontakt mehr hatte. Sie fragte sich, was wohl aus ihren Klassenkameradinnen geworden war. Wurde Bettina Architektin, arbeitete Silke als Floristin und Vera als Pferdewirtin – so, wie es sich alle erträumt hatten?

Seite für Seite tauchte Eva tiefer in ihre Vergangenheit ein und bekam einen dicken Kloß im Hals, als sie sich daran erinnerte, wie sie als unglücklich verliebter Teenie, abends ins Bett ihrer Schwester gekrochen war, um ihr die Ohren vollzujammern. Die Arme! Während Eva weiterblätterte, musste sie immer wieder peinlich berührt den Kopf schütteln, als sie sich die Frisuren der 80er ansah. Die waren wirklich schrill. „Wer weiß, wie viele Tonnen FCKW damals mit den Haarsprays in die Luft gesprüht wurden", dachte sie. Heute würde sich wohl niemand mehr so eine Tortur zumuten und die Haare zuerst mit einer Plastikbürste und einem heißen Fön trocknen, um sie dann mit einem Lockenstab in Form zu brennen. Das Schönheitsideal hatte sich schon sehr gewandelt. Wer weiß, wie wir in 10 Jahren auf die überdimensional großen, gehäkelten Eierwärmer reagieren werden, die wir uns heute freiwillig als „Boshi-Mütze" auf den Kopf setzen. Das Kind braucht halt immer einen Namen und eine gute Vermarktung. Es soll mich nicht wundern, wenn wir in 20 Jahren geblümte Badekappen als Hüte tragen, um damit nach außen zeigen zu können, dass wir schon „weiter" sind.

Eva klappte das Album zu und legte es zurück. Sie atmete tief durch und ließ ihren Blick durch den Raum schweifen. Das Wort „Magdalena" auf einem Buchrücken sprang ihr ins Auge. Eine weitere Inspiration für ihr Buch wartete auf Eva, das konnte sie in diesem Moment fühlen.

„Maria Magdalena-Collier" aus Morganit

Maria Magdalena

Eva liebte historische Romane. Oftmals fand sie in den Geschichten eine tiefe Wahrheit und Antworten auf Fragen, die weder von Wissenschaftlern noch Historikern plausibel beantwortet wurden. Erst kürzlich hatte sie die Trilogie von Kathleen McGowan zu den Evangelien von Arques nach Maria Magdalena gelesen. Sie begann mit dem ersten Teil, „Das Magdalena Evangelium", an Deck der Fähre von Fishguard nach Rosslare, als sie die Möglichkeit hatte, ein paar Tage in Irland zu verbringen. Nie zuvor war sie von einem Buch so gefesselt worden, wie es bei diesem Roman der Fall gewesen war. Sicherlich hatten auch die irische Landschaft und die Autorin mit irischen Wurzeln zu diesem Gefühl von Verbundenheit beigetragen. Für Eva war dieses Buch eine Offenbarung, denn sie konnte die Wahrheit im Kern der Geschichte spüren. Ihr war klar, dass man hochbrisante Themen oftmals nur im Schutze eines Romans veröffentlichen konnte, so wie es im „Magdalena Evangelium" der Fall war.

Schon seit einigen Jahren hatte sich Eva mit Maria Magdalena intensiv beschäftigt, hatte viele Bücher und Beiträge zu ihr gesammelt und mit der Herangehensweise einer Ermittlungsbeamtin ausgewertet. Sie vermutete, dass es gravierende Folgen für die Menschheit hätte, wenn allen bewusst werden würde, welche umfangreichen Manipulationen dazu geführt hatten, dass Maria Magdalena die ihr zugedachte Rolle niemals hatte einnehmen können: sie war die wichtigste Zeugin der Kreuzigung und Auferstehung Jesu Christi. Für Eva war Maria Magdalena der symbolische Felsen des Christentums, der als Fundament für die Gleichberechtigung von Männer und Frauen sowie für Liebe und Vergebung stehen sollte. Sie hätte den Auftrag gehabt, die christliche Kirche im Sinne der Lehre Jesu aufzubauen. Die Zeit war damals aber noch nicht reif für eine Gleichberechtigung von Männern und Frauen, und die machthungrigen Männer taten alles dafür, ihren Status zu bewahren. Auch andere für das Christentum bedeutende Frauen wurden verdrängt, verschwiegen und aus der Heiligen Schrift gelöscht. Eva hatte vor einiger Zeit herausgefunden, dass es eine Frau namens Junia gegeben hätte, die eine wichtige Verbindung zwischen den Jesus-Anhängern und dem früheren Christentum gewesen sei. Im Mittelalter sei sie vom Bibelkommentator Ägidius von Rom in einen männlichen Apostel mit dem Namen Junias umgewandelt worden. Diese Fälschung sei nie korrigiert worden. Dass die katholische Kirche bis heute eine Kirche der Männer darstellt, in der es einer Frau nicht gestattet ist, ein höheres Kirchenamt zu bekleiden, dürfte ein Zeichen dafür sein, dass sie in dieser Form nicht zukunftsorientiert ist und aus sich heraus zerfallen wird.

Eva spürte, wie viel angestaute Wut sie mit sich herumtrug. Sie haderte mit dem Gedanken, dass es im Laufe der Geschichte bis heute möglich gewesen war, die Wahrheit durch Lügen und Manipulationen zu verschleiern. „Was kann ich denn nur machen, damit ich Licht ins Dunkle bringen kann", fragte sie sich und hörte, wie die Haustür ins Schloss fiel. Eva lief in den Flur und blickte Tim erstaunt an.

„Du bist ja schon wieder zu Hause", sagte sie mit einem erstaunten Gesichtsausdruck.

„Es ist doch schon nach Acht", erklärte Tim lapidar, während er seine Jacke an die Flurgarderobe hängte.

„Wie war dein Tag?", fragte er und gab ihr einen flüchtigen Kuss. Ohne eine Antwort abzuwarten, ging er an ihr vorbei ins Wohnzimmer und setzte sich mit seinem iPad aufs Sofa.

„Ich habe heute eigentlich gar nichts gemacht. Nur nachgedacht und mit meinem Buch angefangen. Ich habe sogar das Essen vergessen", antwortete sie und war sich nicht sicher, ob Tim ihr überhaupt zuhörte. Mit knurrendem Magen ging Eva in die Küche, schaltete die Espressomaschine an und schälte sich einen Apfel, während sie darauf wartete, dass die Maschine die erforderliche Betriebstemperatur erreichte. Es fühlte sich so an, als wenn es eine lange Nacht vor dem PC werden könnte, denn sie freute sich darauf, an ihrem Maria Magdalena-Kapitel zu arbeiten. Tief in ihrem Inneren wusste sie, dass heute der Tag war, um ein vor langer Zeit geleistetes Versprechen einzulösen, von dem der Engel auf der Dienststelle gesprochen hatte. Es war nur ein vages Gefühl in ihrem Herzen und kein konkreter Gedanke, aber dennoch drängte sie etwas dazu. Vorher wollte sie sich jedoch noch mit Koffein und Vitaminen dopen, schüttete einen Schuss Sahne in die Kaffeetasse und drückte den Knopf der Maschine. Der Duft von frischem Kaffee erweckte ihre Lebensgeister neu und sie packte noch ein Stück Apfelkuchen, eine eiskalte Dose Cola und eine Tafel Schokolade auf das Tablett.

„Alles nur Nervennahrung für eine gute Inspiration", beruhigte sie schnell ihr schlechtes Gewissen und log sich selbst in die Tasche, in dem sie versprach: „Morgen esse ich wieder nur Gemüse".

Tim blickte freudig auf, als Eva mit dem Tablett auf ihn zukam. „Oh, lecker. Darauf habe ich jetzt Appetit", sagte er und legte das iPad neben sich, um das Tablett auf seinen Schoß nehmen zu können.

Mit einem schelmischen Lächeln lief Eva jedoch an ihm vorbei zu ihrem Arbeitszimmer. „Es ist von allem noch genug da. Ich will jetzt in Ruhe schreiben. Warte nicht auf mich und schlaf gut", rief sie ihm über die Schulter zu.

Im Arbeitszimmer schaltete Eva den PC an und trank zunächst ihren Kaffee. Dann suchte sie in ihrer Foto-Datei die Aufnahmen aus dem Petersdom, die sie als zusätzliches „Augen-Schmankerl" mit in ihr Buch einfügen wollte. Fotos machten sich immer gut und ein Bild kann mehr aussagen als 100 Sätze. Während sie sich Foto für Foto ansah, schaufelte sie den Apfelkuchen gierig in sich hinein und spürte, wie die Erinnerungen an die Ereignisse in Rom lebendig wurden. Diese Story konnte sie nicht länger für sich behalten, das war klar, und sie bemerkte, wie sich die Energie in ihrem Arbeitszimmer veränderte. Es fühlte sich so an, als würde jemand hinter ihr stehen.

Eva drehte sich um und konnte niemanden sehen. Dennoch hatte sie das Gefühl, dass sie nicht allein im Raum war. Sie stellte ihren Teller auf das Tablett zurück und entschied sich dafür, all ihre Sinne offen zu halten. Vielleicht hatte der Engel jemanden geschickt, der ihr helfen würde. Oder war er es selbst? Wie dem auch sei - der unsichtbare Besucher hüllte den Raum in eine warme, lichtvolle Energie. Eva zündete eine Kerze an und betete seit langer Zeit wieder ganz bewusst, so wie sie es früher so oft getan hatte. Freude pulsierte in ihrem Herzen als sie um Hilfe für ihr nächstes Kapitel bat, dessen mystischer Zauber sie sofort wieder in seinen Bann zog. Dann setzte sie sich an den PC und wartete auf einen Impuls, der ihre Finger wie von Zauberhand über die Tastatur hinwegfliegen ließen.

Sarah – die Schwarze Madonna

Wenn der Zeitpunkt gekommen ist, wo das Licht in die Dunkelheit strömt,
dann öffnen sich die himmlischen Pforten und lassen all jene schauen,
die reinen Herzens sind.

(Botschaft von Sarah)

Gottes Wege sind unergründlich. Oftmals ist uns der Moment nicht bewusst, wo wir zu Gottes Licht in Tätigkeit werden. Diese Momente sind heilig und wunderschön, und sie möchten oft nicht geteilt werden. Es kann aber vorkommen, dass sie sich zur rechten Zeit, am rechten Ort offenbaren möchten, damit sie genau das Richtige bewirken können. Die nachfolgende Geschichte ist ein Beispiel für ein Erlebnis, welches ich an genau dieser Stelle präsentieren möchte, weil es sich gut und richtig anfühlt:

Tim buchte vor ein paar Jahren eine Mittelmeerkreuzfahrt, die er mir zu Weihnachten schenkte. Sofort fiel mir auf, dass wir an Silvester in Chivitavecchia, dem Hafen von Rom, anlegen würden und einen Tagesausflug zum Vatikan machen könnten. Ich ahnte, dass das kein Zufall sein konnte, ausgerechnet an Silvester den Petersdom besuchen zu können.

Ich bereitete mich gründlich auf die Reise vor, knüpfte auch mehrere Ketten aus Heilsteinen, die ich dann intuitiv an den bedeutenden Örtlichkeiten der Reise, zu denen u. a. Athen gehörte, fotografieren wollte. Da die Reise in die

Zeit der Rauhnächte fiel, packte ich auch ein Notizbüchlein und verschiedene Orakelkarten ein.

Die erste Nacht auf dem Schiff war sehr unruhig. Wir hatten hohen See-gang und ich träumte wirres Zeug, ohne dass ich mich am nächsten Morgen an Einzelheiten erinnern konnte. Nach dem Aufstehen segnete ich den Tag, sprach ein Gebet und zog aus dem Kartendeck „Maria Magdalena" von Jeanne Ruland und Marion Hellwig die Karte der Schwarzen Madonna mit dem Namen Sarah. Meine Hände begannen zu zittern und mein Herz schlug schnell in meiner Brust, als ich Satz für Satz die Botschaft auf der Karte nicht nur las, sondern auch verstand:

Sarah wurde in der mittelalterlichen Legendensammlung „Legenda Aurea" als Dienerin Maria Magdalenas erwähnt, die mit ihr über das Mittelmeer nach Frankreich geflüchtet war. Tatsächlich soll sie jedoch die Tochter von Maria Magdalena und Jesus Christus gewesen sein, die, wie ihre Eltern, über die Fähigkeit verfügte, heilen zu können.

Ich hatte schon an vielen Orten schwarze Madonnen gesehen und meine Gebete an sie gerichtet, ohne zu wissen, wer sich dahinter verbarg. Insbesondere die Schwarze Madonna auf Mallorca, im Kloster Santuari de Lluc, berührte mich vor vielen Jahren im Herzen und ich konnte die Liebe fühlen, die von dieser Heiligenstatue ausströmte. Wenn es tatsächlich Sarah war, die Tochter von Jesus Christus und Maria Magdalena, dann war mir auch klar, dass die Kirche alles dafür getan hatte, ihre wahre Identität zu verschleiern. Ein Kind aus einer Verbindung, die aus Sicht der Kirche nicht im heiligen Stand der Ehe gezeugt wurde, war nicht statthaft und musste in die Dunkelheit verdrängt werden. Ob Sarah tatsächlich die Tochter von Jesus Christus und Maria Magdalena war, konnte bisher durch objektive Beweise noch nicht belegt werden. Vielleicht wurden aber auch Fakten vernichtet oder verborgen gehalten. Die Wahrheit ließ sich jedoch mit dem Herzen fühlen und ich war mir sicher, dass die Legende ihre Berechtigung hatte. Während ich die Karte in der Hand hielt, erinnerte ich mich an eine Kette, die ich aus Ametrin geknüpft hatte und die bis dahin noch namenlos war. Ametrin war ein Stein, der aus Amethyst und Citrin bestand und wunder-schön aussah. Diese Kette wollte ich Sarah widmen und jeder sollte die Mög-lichkeit haben, mithilfe der Steine seine Herzens-Wahrheit, auch in Bezug auf Sarah und ihre elterlichen Wurzeln, finden zu können. Kein Ort auf der ganzen Welt hätte für mich passender sein können, als der Vatikan, an dem ich die Sarah-Kette fotografieren wollte. Ich war mir sicher, dass die Geistige Welt ihre Hände im Spiel hatte und ich als Zeugin in den Petersdom geschickt wurde. Als Polizistin hatte ich stets die Aufgabe, sowohl be- als auch entlastende Beweise zusammenzutragen. So wollte ich es auch in Sarahs Fall angehen. Die Suche nach der Wahrheit weckte die Leidenschaft in mir und mein Herz freute sich über diesen mystischen Ermittlungsauftrag.

„Sarah-Kette" aus Ametrin

Nach dem Frühstück verließen Tim und ich zeitig das Schiff und fuhren mit der Bahn nach Rom. Im Zug tippte ich noch schnell eine SMS an Marion, einer der Schöpferinnen des Maria Magdalena-Kartendecks, um sie von meiner Mission in Kenntnis zu setzen. Sie antwortete, dass sie mir Kerzen angezündet hätte, und wünschte mir viel Glück und Segen. Die mentale Unterstützung durch Marion tat mir gut und ich bat meine geistige Führung, die Engel und Meister, mich zu unterstützen.

Tim und ich kamen gegen 11:00 an der Station „San Pietro" in Rom an und liefen von dort aus noch eine Viertelstunde bei strahlendem Sonnenschein und eisiger Kälte zum Vatikan. Auf dem Vorplatz drängten sich Hunderte von Menschen, die alle noch in den Petersdom wollten. Auf einigen Plakaten wurde angekündigt, dass ein Einlass nur noch bis 13:00 Uhr möglich sei, weil danach die Vorbereitungen für die Neujahrsansprache beginnen würden. Ich sah die lange Schlange an der Sicherheitskontrolle und sagte zu Tim, dass wir es niemals schaffen würden, rechtzeitig durchzukommen, da vorher die Türen geschlossen werden würden. Tim schaute mich an und sagte: „Willst du da rein oder willst du dich wie ein liebes Schäfchen brav hinten anstellen?"

„Ich will und ich muss da rein, aber …", mehr brachte ich nicht raus, denn Tim nahm mich mit festem Griff an die Hand und lief schnurstracks an den anderen Menschen vorbei. Mit einer Selbstverständlichkeit drängelten wir uns vor und mein schlechtes Gewissen meldete sich permanent und wollte mir einreden, dass man sich nicht so unverschämt verhalten sollte. Die andere Stimme sagte, dass alles unter einer höheren Führung stand und man manchmal auf persönliche Befindlichkeiten keine Rücksicht nehmen konnte. Es schien jedoch niemanden zu stören. Vielleicht fielen wir auch gar nicht auf.

Dann war es soweit. Wir passierten die Kontrollstelle und liefen die großen Stufen hoch, in Richtung Hauptportal. Die Größe des Petersdomes überwältigte mich. Je näher wir in sein Inneres vordrangen, desto stiller wurde es in mir. Auch Tim konnte ich ansehen, dass er beeindruckt war, und bevor er mich aufforderte, allein und in Ruhe meinem Vorhaben nachzukommen, sagte er noch: „Dieses Gebäude ist mit dem Geld der Welt gebaut worden. Wie viel Leid damit verbunden ist, weiß kein Mensch."

Mir lief ein kalter Schauer über den Rücken und ich ermahnte mich, mich jetzt nicht einem inneren Drama hinzugeben, sondern meine Arbeit zu erledigen. Im Dienst hätte es den Unfallbeteiligten auch nicht geholfen, wenn ich mich in deren Leid geweidet hätte. Aber der Grat zwischen Mitgefühl und Mitleid kann schmal sein, das war mir bewusst. Ich schaute auf die Uhr und sah, dass mir nur noch wenig Zeit blieb, bevor ich den Dom verlassen musste. Innerlich bat ich meine geistige Führung darum, mir einen Platz zu zeigen, wo ich die Sarah-Kette fotografieren konnte. Die vielen Menschen und die Masse an Prunk und Sehenswürdigkeiten überforderten mich und so fasste ich den Entschluss, in einer Seitenkapelle zunächst zu beten und sowohl Sarah als auch Jesus und Maria Magdalena darum zu bitten, dass sie mir helfen mögen.

Während ich betete, tauchte ich in eine Dimension des Schmerzes ein, die sich mit Worten nicht beschreiben lässt. Immer wieder drangen die Fragen „Wer bin ich? Wer sind meine Eltern? Wo sind meine Wurzeln?", flehend an mein inneres Ohr. Dann tauchten wie aus dem Nichts Menschen auf, die sich an die Hand nahmen und wieder losließen. Ein innerer Impuls gab mir zu verstehen, dass sie darunter litten, dass ihnen die Identität ihrer Eltern nicht bekannt war und sie sich dadurch minderwertig und unvollständig fühlten. Aber auch die von Schmerzen gezeichneten Antlitze der Frauen und Männer wurden sichtbar, die glaubten, mit diesem Geheimnis leben zu müssen, weil sie es aus Angst nicht geschafft hatten, der Wahrheit einen Platz zu geben. Es fühlte sich so an, als seien alle verzweifelten Hilferufe an diesem heiligen Ort allgegenwärtig und suchten sich jetzt einen Weg, um gehört zu werden. Kein Weihrauch hätte diese heftigen Energieladungen neutralisieren können. Dieser geballte, kollektive Seelenschmerz drängte und flehte nach Erlösung durch Sichtbarmachung und Annahme. Gegenseitige Vorwürfe und Schuldzuweisungen erdrückten die zaghaften Versuche, der Wahrheit ihren Raum zu geben. Dann sah ich Sarah in Gestalt der Schwarzen Madonna und ich wusste, dass mit ihrer Anerkennung alle anderen „verdunkelten Kinder" ihren Platz in der Schöpfung bekommen würden. Jeder einzelne war ein Kind Gottes und es würde an der Bereitschaft der Menschen liegen, diesen Kindern ihre Ehre und Würde wieder zurückzugeben und sie nicht mit Lügen und Illusionen zurückzulassen. Die Schwarze Madonna erstrahlte in einem Licht der Herrlichkeit und ich spürte, dass die Zeit reif war, mit alten Glaubenssätzen, die nicht dem Licht dienten, zu brechen, und bat darum, mir Mut und Stärke für meinen Auftrag zu geben, diese Erkenntnis in die Welt zu bringen. Für mich war Sarah auch ein Kind, dessen Eltern von vielen Menschen nicht gesehen werden konnten oder anerkannt wurden. Aus tiefstem Herzen dankte ich Sarah dafür, dass sie mir erschienen war und ich wünschte ihr, dass sich die Wahrheit über ihre heiligen, elterlichen Wurzeln aus dem Zentrum dieses Ortes verbreiten möge, wenn die Zeit reif sei. Aus meinen inneren Welten kehrte ich zurück in das Tagesgeschehen, blickte auf meine Armbanduhr und erschrak, denn ich sah, dass mir noch 22 Minuten blieben, um die Kette fotografieren zu können.

Zügig verließ ich die Kapelle und versuchte, mich im Dom zu orientieren. Die Menschen strömten mir in Scharen entgegen, und ich hatte keine Vorstellung davon, wo ich in diesem Gedränge mein Foto hätte machen können. Hilfesuchend lief ich durch das riesige Kirchenschiff und der Gedanke stieg in mir auf, es einfach gut sein zu lassen. Doch dann sah ich Tim in einer Menschentraube stehen und lief intuitiv auf ihn zu. Er sah mich kommen und strahlte mich mit leuchtenden Augen an. „Wie sieht's denn aus? Bist du fertig? Wollen wir gehen?"

„Ich habe bis eben gebetet und finde einfach nicht den richtigen Platz, wo ich die Sarah-Kette fotografieren kann. Hier sind so viele Leute und ich will auch nicht auffallen und eventuell noch Schwierigkeiten bekommen", machte ich ihm klar.

„Dann fotografiere sie doch hier. Weißt du, was das ist?", bot mir Tim an und zeigte auf einen Altar, vor dem wir beide standen. Ich wusste es nicht und noch bevor ich ihm antworten konnte, sagte Tim: „Das ist der Altar der Lüge!"

Mir blieb in diesem Moment die Luft weg, und ich starrte auf das große Gemälde. Dass es ausgerechnet im Vatikan einen Altar der Lüge gab, fühlte sich fast so an, wie damals, als ich bei einer Alkoholkontrolle am Rosenmontag eingesetzt war, und der Wirt des Lokals, auf dessen Parkplatz wir die Kontrollstelle aufgebaut hatten, mit einem Tablett Schnaps für meine Kollegen und mich ankam.

Jetzt konnte ich mein Glück nicht fassen und war wieder einmal sprachlos darüber, was alles möglich war, wenn man die geistige Führung um Hilfe bat. Da das Foto noch nicht gemacht war, ermahnte ich mich schnell wieder zu Ruhe und Disziplin. Plötzlich entfernten sich alle Besucher, die sich um den Altar geschart hatten und wie von Zauberhand wurde der Weg frei, damit ich ungestört fotografieren konnte: die Kette auf dem Altar der Lügen.

Ich nahm die Sarah-Kette und es schien so, als wären mir die Hände von einer unsichtbaren Kraft geführt worden, als ich die Sarah-Kette wie eine querliegende Acht auf die Holzbrüstung hinlegte. Ich sprach auch hier ein Gebet mit dem Wortlaut, dass sich die Wahrheit über Sarah von diesem Ort verbreiten solle, wann auch immer der Zeitpunkt gekommen sei.

In diesem Moment strahlte die Sonne durch ein Fenster in den Raum hinein und tauchte alles in ein zauberhaftes Licht. Die Menschen sahen zum Fenster und deuteten freudig in die Sonnenstrahlen, die das dunkele Kirchenschiff erhellten. Ich nutzte die Gelegenheit und machte schnell ein Foto. Auf dem Display sah ich, dass sich die Kamera nicht scharf stellen ließ und sich die Kette auf dem Foto in ein hellviolett-goldenes Licht auflöste. Im Inneren vernahm eine Stimme, die sagte, dass die Wahrheit für alle Menschen, die mit den Augen der Liebe schauen, in Licht geschrieben sei. Fast ätherisch wirkte die Sarah-Kette auf mich und dann hörte ich ein befreites Kinderlachen, das mein Herz mit Frieden und Freude erfüllte.

„Spezial-Agentin Eva hat ihre Mission erfüllt", sagte ich augenzwinkernd zu Tim. Wir verließen den Petersdom und es schien, als würden die Engel im Himmel singen.

„Sarah-Kette" vor dem „Altar der Lüge"

Ein weicher Luftzug streichelte Evas Wange und sie war sich nicht sicher, ob ihr dieser von einem Engel geschenkt worden war. Beim Schreiben erging es Eva häufig so, als ob sie bestimmte Situationen noch einmal erleben würde, nur bewusster. Die *Geistige Welt* wurde in ihren Gedanken genauso sichtbar, wie die Menschen im Vatikan.

Eva las den Text für ihr Buch noch einmal durch und stellte fest, dass sie alles in der Ich-Form geschrieben hatte. War das überhaupt zulässig? Durfte man in einem Sachbuch über Steine einen Bericht aus der Perspektive des Erzählers schreiben? Wer würde darüber entscheiden, was zulässig war und was nicht? Es las sich jedenfalls sehr lebendig und Eva freute sich darüber, dieses Erlebnis mit anderen teilen zu können. Jeder sollte die Möglichkeit haben, sich seine eigenen Gedanken zu machen, ohne zu verurteilen und mit dem Finger auf andere zu zeigen und den Moralapostel zu spielen.

Eva stand auf, ging zum Fenster und ließ einen Schwall kalter Luft in das Zimmer wehen. Sie atmete tief ein und reckte sich. Es war mittlerweile 2:02 Uhr und im Haus herrschte eine friedliche Stille. Sicherlich würde Tim tief schlafen und sie überlegte, ob sie sich auch hinlegen sollte, doch sie war zu dieser späten Stunde putzmunter. Außerdem hatte sie das Gefühl, dass ihr unsichtbarer Besucher immer noch da war. Ob er ihr über die Wange gestreichelt hatte? Eva setzte sich in ihren Sessel und trank einen Schluck Cola, der jetzt nicht mehr eiskalt, sondern zimmerwarm war.

„Wie lange wird es noch dauern, bis die Wahrheit über Jesus Christus, Maria Magdalena und Sarah ans Licht kommt und die Mauern der Lügen und Illusionen einstürzen werden?", fragte sich Eva.

Sie schloss ihre Augen und nahm eine meditative Haltung ein, bei der sie innerlich still wurde. Vor ihrem geistigen Auge sah sie ein wunderschönes Collier, welches eine junge Frau am Hals trug. Eva wusste, dass es Maria Magdalena war. Sie saß in sich versunken am Ufer eines Sees und streichelte sanft die Wasseroberfläche.

Plötzlich wurde Eva in die Szene mit hineingezogen und war nun selbst Teil dieser Geschichte. Maria Magdalena blickte zu ihr auf und lächelte. Ohne zu sprechen bedeutete sie Eva, sich neben sie zu knien und es ihr gleich zu tun. Eva nahm ihre rechte Hand und streichelte unsicher über das Wasser.

In diesem Moment stiegen feine Nebelschwaden auf. Maria Magdalena hielt inne und konzentrierte sich auf einen Punkt unter der Wasseroberfläche, der zu leuchten begann. Aus Evas Perspektive sah es so aus, als ob aus den Tiefen des Sees eine Leinwand nach oben aufstieg. Je näher sie der Wasseroberfläche kam, desto deutlicher konnte Eva erkennen, was darauf zu sehen war:

Eva erblickte ein Meer aus Edelsteinen, Gold und Silber. Man schien darin eintauchen und baden zu können. Die Szene wandelte sich und Eva sah sich nun selbst, wie sie Steine auffädelte. Neben ihr standen verschiedene Engel und Heilige. Einige waren ihr bekannt, andere konnte sie nicht zuordnen. Obwohl Eva sich selbst erkannte, hatte sie keine Vorstellung davon, in welcher Zeit das stattfand, was ihr gezeigt wurde. Jetzt konnte Eva sehen, wie sie Steine zur Seite legte und nach einem Buch griff, um sich etwas aufzuschreiben. Eine Heilige trat an ihre Seite und flüsterte ihr etwas zu. Dann wurden die Bilder undeutlich und lösten sich mit der Leinwand wie Nebelschwaden auf, bis nur noch der stille See zu sehen war. Eva wandte sich mit ihrer Aufmerksamkeit Maria Magdalena zu, die sich mit einem Lächeln ihre Halskette abnahm und diese behutsam in Evas Hände legte. Die Steine waren warm und fühlten sich sehr angenehm an. Auf den ersten Blick hätte Eva sie für Rosenquarz halten können, doch sie fühlte, dass es Morganit war. Eva verbeugte sich vor Maria Magdalena und dankte ihr wortlos aus tiefstem Herzen. Sie hatte verstanden und wurde plötzlich von einem Kribbeln in ihrem rechten Fuß in die Realität zurückgeholt. Sie schüttelte den eingeschlafenen Fuß und ebenso den Kopf über dieses unwahrscheinliche Zwischenspiel. Sie brauchte noch einige Momente, bis sie sich aus dieser Verschmelzung von Fantasie und Realität gelöst hatte und wieder klar bei Verstand war. Schließlich stand sie auf und machte sich einige Notizen zur Kette, die sie Maria Magdalena widmen wollte.

Wie ein Geistesblitz schoss es Eva dabei durch den Kopf und ihr kam der Gedanke, dass sich im Holzkästchen möglicherweise auch ein Ametrin und ein Morganit befinden könnten. Der Drang, diese Eingebung zu überprüfen, wurde immer stärker und sie ging zum Regal, wo das Kästchen stand. Und tatsächlich: Zu den 12 Steinen gehörten sowohl ein Ametrin als auch ein Morganit, der in ihrer Hand in einem zarten rosa Glanz fast wie ein Pfirsich schimmerte. Das war ihr bisher gar nicht aufgefallen.

Da sie das Kästchen bereits halb ausgepackt hatte, wollte sie sich einen Überblick über die anderen Mineralien machen, die sie bisher noch nicht genau bestimmt hatte. Da lag ja auch der Karneol, mit dem alles angefangen hatte. Sie legte die Steine intuitiv der Reihe nach hin und schrieb parallel dazu die Bezeichnungen auf einen Notizzettel:

1 = Karneol, 2 = Smaragd, 3 = Ametrin,

4 = Morganit, 5 = Lapislazuli, 6 = Amethyst,

7 = Rhodochrosit, 8 = Rosenquarz, 9 = Granat,

10 = Bergkristall, 11 = Chrysokoll, 12 = Turmalin

Da lagen sie nun vor ihr und Eva hatte keine Ahnung, warum der Engel ihr ausgerechnet diese zwölf Steine gebracht hatte. Doch sie würde es herausfinden - dessen war sie sich ganz sicher.

Goethes Farben

In den darauffolgenden Wochen studierte Eva sehr gründlich alle Notizen, die sie während unterschiedlicher Seminare gemacht hatte und überarbeitete noch einmal sorgfältig ihre Heilstein-Ausarbeitungen. Letztendlich kam sie zu dem Entschluss, dass es sinnvoll sei, die Wirkung der Steine zunächst anhand der analytischen Steinheilkunde nach Michael Gienger zu erklären. Seine Erkenntnisse waren logisch und nicht zu spirituell oder gar esoterisch begründet und für „Otto-Normalverbraucher" nachvollziehbar. Da Eva jedoch nicht nur Giengers Meinung reproduzieren wollte, suchte sich nach weiteren Quellen, die sie als Ergänzung zu diesen Gedanken anführen wollte.

Bei ihren Recherchen zum Thema Farbe stieß Eva auf Goethes Farbenlehre, die zur damaligen Zeit ein Meilenstein seiner ganzheitlichen Denkweise war. Bei ihrem Besuch in Weimar vor ein paar Jahren hatte sie mit Tim das Goethehaus besucht. Sie erinnerte sich:

Ein Zimmer im Goethes Wohnhaus am Frauenplan, Weimar

Johann Wolfgang von Goethe hatte es bis zu seinem Tod im Jahre 1832 fast fünfzig Jahre lang bewohnt. Er zog zunächst als Mieter in das im barocken Stil erbaute Haus im Jahr 1782 ein. Zwölf Jahre später bekam er es von Herzog Carl August von Sachsen-Weimar und Eisenach geschenkt, nachdem er ihn, als seinen Staatsminister, in den Adelsstand erhoben hatte. Goethe baute das Haus großzügig nach seinen Vorstellungen um und veränderte es auch immer wieder farblich entsprechend der Nutzung. Eva konnte sich noch gut an die sehr unterschiedlichen Wirkungen der Farben an den Wänden erinnern und sie bewunderte Goethes Tiefgründigkeit bei seiner Farbgestaltung.

Goethe war ein Augenmensch, der davon überzeugt war, dass Farben ein Erlebnis seien. Er spürte die Lebendigkeit in ihnen und betrachtete sie nicht nur analytisch, sondern ganzheitlich. Auf seiner zweijährigen Italienreise entwickelte er ein Gespür für Licht und Farbe und entdeckte seine Liebe zur Malerei.

Seine Farbenlehre beruhte auf der Erkenntnis, dass alle Betrachtungen der unterschiedlichen Ausrichtungen, nämlich die wissenschaftliche, philosophische und spirituelle, mit einbezogen werden müssten. Er regte an, dass die Farbe von den Chemikern auf ihre chemischen Farbpigmente untersucht werden sollte und von den Physikern auf ihre Farberscheinungen durch Lichtbrechung. Aber auch Mathematiker, Maler, Historiker und Naturhistoriker müssten ihren fachspezifischen Beitrag bei der Untersuchung leisten. In diesem Verband durfte auch ein Kritiker nicht fehlen, welcher Koordinationsaufgaben wahrnahm und auf die korrekte methodische Durchführung des Projektes achtete.

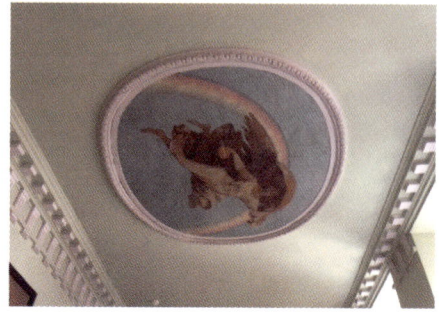

Deckengemälde der Friedensbotin „Iris" als Verkörperung des Regenbogens in der antiken Mythologie

Goethe betonte, dass der große Vorteil einer solchen Herangehensweise darin bestünde, dass es zu keiner einseitigen Betrachtung käme und keine Missverhältnisse in der Meinungsgewichtung entstehen würden. Die gemeinsame Betrachtung eines komplexen Problems, sowohl aus naturwissenschaftlicher, als auch geistig-spiritueller Sicht, spiegelte Goethes ganzheitliche Herangehensweise in vielerlei Hinsicht und war oft von großem Erfolg gekrönt. Er war der Vorreiter der „Realsimulation", wie wir sie heute im Automobilbau von den Windkanal- und Crashtests kennen. Goethe war bemüht, seine Versuche so real wie möglich durchzuführen. Er experimentierte in Alltagssituationen und vermied es, soweit möglich, in einem sterilen Versuchsumfeld zu forschen. Im Laufe seines Lebens brachte Goethe rund zweitausend Seiten rund um das Thema Farbe zu Papier, die überwiegend in den Jahren 1808 und 1810 veröffentlicht wurden. Der vorwiegend als Dichterfürst bekannte Goethe soll selbst gesagt haben, dass seine Farbenlehre sein Hauptwerk sei.

Goethes Farbkreis beruhte auf dem Gegenüber von polaren Gegensätzen wie Hell und Dunkel, Licht und Finsternis, zwischen Gelb, der Grenze zur Helligkeit und Blau, der Grenze zur Dunkelheit. Seine Farbenlehre spiegelte seine ganzheitlich, naturwissenschaftliche Weltanschauung. Er thematisierte die „sinnliche und sittliche Wirkung" der unterschiedlichen Farben und schlug damit den Bogen zur Farbpsychologie. Goethes Farbkreis enthielt die Grundfarben Gelb, Blau und Rot und deren Mischfarben Grün, Orange und Violett. Das Original seines Farbenkreises, eine von ihm selbst aquarellierte Zeichnung, befindet sich im Frankfurter Goethe-Museum.

Sein Vorgänger auf dem Gebiet der Farben, der Wissenschaftler, Forscher und Philosoph Isaac Newton, machte im Jahr 1730 die Entdeckung, dass es Farben an sich gar nicht gab. Er forschte auf dem Gebiet der Lichtbrechung und fand heraus, dass der durch ein Prisma gelenkte Lichtstrahl in seine Spektralfarben gebrochen wird. Newton setzte als Naturwissenschaftler vor allem auf eine quantitative, mathematische Vorgehensweise bei seiner Arbeit. Goethe dagegen verfügte über ein tieferes Verständnis der Sinnesphysiologie und beharrte darauf, dass sich ein Farbeindruck nicht nur physikalisch-mathematisch erklären ließe. Durch Newtons Veröffentlichungen sah Goethe im wahrsten Sinne des Wortes „rot". Das vor zweihundert Millionen Jahren entstandene Grün der Pflanzen war die erste Farbe, von der Goethe behauptete, sie würde dem Auge eine reale Befriedigung geben.

Eva fand unzählige Beiträge zu den Themen Licht und Farben und sie merkte, dass sie dabei war, sich zu verzetteln. Es sollte schließlich kein Sachbuch über Farben werden. Sie suchte sich zwei Farbkreise aus und begann mit dem nächsten Kapitel in ihrem Buch.

Bunte Trommelsteine

Die Farben

Jede Farbe ist Ausdruck einer Energie mit entsprechender Wellenlänge, die mit dem Auge als farbliche Sinneswahrnehmung aufgenommen wird. Aber auch der gesamte Körper, vor allem die Haut, reagiert auf diese physikalischen Reize der „Farbenergiewellen". Die Körperzellen wandeln diese zu Nervenimpulsen, die an das Gehirn weitergeleitet werden und dort Reaktionen auslösen. Eine solche Reaktion kann zum Beispiel ein warmes Wohlgefühl bei Infrarotstrahlung oder ein unangenehmes Kältegefühl bei Ultraviolettstrahlung hervorrufen.

Farben wirken weiterhin über Assoziationen, die aufgrund von Eindrücken oder überlieferten kulturellen Bedeutungen entstehen. Die Verfügbarkeit und das Vorhandensein der Farbe spielt bei der kulturellen Überlieferung eine Rolle. Demnach war Rot im alten Ägypten selten und daher kostbar. Rot wird in Bezug auf die Ur-Erfahrung des Menschen mit Blut in Verbindung gebracht und löst eine entsprechende Reaktion aus, die man damit ausdrücken kann, wenn man sagt, dass einem das Blut in den Adern gefriert oder das Blut in Wallung gerät.

Auch der Symbolcharakter führt zu einer Farbwirkung. Zum Beispiel symbolisiert Rot Liebe, Feuer und Mut und Blau Vertrauen, Wasser und Verlässlichkeit.

Die Farben sind eine Voraussetzung für die Wirksamkeit von Heilsteinen, welche für den Menschen deutlich wahrnehmbar sind. Der Mensch kann circa 160 Farben und 1 Millionen Farbnuancen wahrnehmen und erkennen. Er verfügt über 130 Millionen Sehzellen. Die Wissenschaft bestätigt, dass Farben bestimmte Reaktionen und Gefühle auf Lebewesen hervorrufen. Michael Gienger beschäftigte sich mit unterschiedlichen Farbsystemen, zu denen auch der Farbkreis von Johannes Itten gehörte. Sein Farbkreis aus dem Jahr 1961 ist weiter verbreitet, als die Farbkreise seiner Vorgänger Newton oder Goethe. Itten gelang es, in einfachen, geometrischen Darstellungen die Zusammenhänge der 12 Farben seines Modells aufzuzeigen. Dabei legte er auch den Fokus auf die Komplementärfarben:

Rot – Grün (haben fast den gleichen Helligkeitswert)

Orange – Blau (warm – kalt)

Gelb– Violett (hell – dunkel)

Beide zusammen ergeben Weiß oder Schwarz.

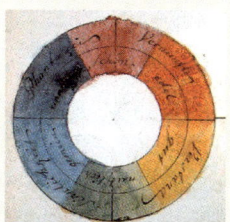

Farbkreis nach Goethe   *Farbkreis nach Itten*

Die Farben der Edelsteine resultieren aus der Beimischung chemischer Elemente zur eigentlichen Grundstruktur des Minerals. Zum Beispiel führt die Beimischung von Eisen und Titan zu einer Blaufärbung, während Chrom und Eisenoxid zu Rot werden.

Die Wirkungen der einzelnen Farben

Weiß/durchsichtig/ Silber	neutral, führt Energie zu, verstärkt die Wirkung anderer Steine, fördert Wahrnehmung, Erkenntnis, Klarheit Beispiele: Achat, Bergkristall, Diamant, Magnesit, Rutilquarz
Schwarz	neutral, zieht Energieüberschüsse ab (z. B. bei Schmerzen), befreit von Ablenkung, bewirkt Schutz und Abschirmung Beispiele: Gagat (Jett), Obsidian, Onyx, Sardonyx, schwarzer Turmalin (Schörl)
Gelb/Gold	muntert auf, fördert Verdauung, stärkt Immunsystem Beispiele: Bernstein, Calcit, Citrin, Mookait, Chrysoberyll
Orange	wirkt aufmunternd und belebend, unterstützt Dünndarm, Nährstoffaufnahme und hilft bei Entzündungen Beispiele: Orangencalcit, Dolomit, Karneol, Mondstein, Sonnenstein
Rot	wirkt anregend, kraftvoll, erhitzend, fördert Liebe und Hass, regt Kreislauf und Durchblutung an, verstärkt Mut und Durchsetzungsvermögen Beispiele: roter Jaspis, Rubin, Granat, Thulit, roter Turmalin
Grün	wirkt regenerierend, fördert Entgiftungsprozesse, stimuliert Leber und Galle, befreit die Emotionen und führt dadurch langfristig zu innerer Ruhe und Harmonie Beispiele: Aventurin, Amazonit, Chrysopras, Heliotrop, Peridot
Blau	wirkt beruhigend, entspannend und kühlend, fördert Offenheit und Ehrlichkeit, stimuliert den Hormon- und Flüssigkeitshaushalt sowie Niere und Blase Beispiele: Aquamarin, Chrysokoll, Lapislazuli, Sodalith, Larimar

Violett	wirkt befreiend, reinigend, hilft bei Trauer und Traumata, fördert inneren Frieden und geistige Gelassenheit, unterstützt das Gehirn und motorische Nerven, Haut, Lunge und Dickdarm Beispiele: Amethyst, Ametrin, Lavendelquarz, Charoit, Sugilith
Rosa	macht friedlich, empfindsam, fördert Herztätigkeit und Wärmehaushalt Beispiele: Kunzit, Morganit, Manganocalcit, Rhodochrosit, Rhodonit, Rosenquarz

Nachdem Eva ihr Kapitel zu den Farben beendet hatte, breitete sie die Steine vor sich aus. Sofort blieb ihr Blick an dem königsblauen Stein hängen, von dem sie wusste, dass es ein Lapislazuli war. Dieses Blau war schon immer ihre Lieblingsfarbe gewesen und sie hatte im Laufe der Jahre einige sehr schöne Exemplare davon gesammelt.

„Der Lapislazuli eignet sich hervorragend für die Überleitung zu meinem nächsten Kapitel, den Mineralstoffen", dachte Eva voller Begeisterung. Dass die Farbe eine Ursache für die Wirkung der Steine ist, hatte sie recht anschaulich dargelegt. Doch dieser Aspekt reichte nicht, denn der Lapislazuli konnte sowohl beruhigend als auch anregend wirken. Michael Gienger erwähnte in einem seiner Vorträge, dass bei einigen Personen auf einmal Hitze aufkam, während sie den königsblauen Stein trugen, bei anderen jedoch nicht. Die Frage stand im Raum, worauf so unterschiedliche Wirkungen zurückzuführen seien. Blaue Steine sollten doch beruhigen. In einem Forum sei diesbezüglich heftig diskutiert worden, denn gerade bei Bluthochdruckpatienten hätte eine anregende Wirkung fatale Folgen haben können. Michael Gienger gab die Frage in den Raum, wie der Stein exakt ausgesehen hätte, von dem beide Parteien behaupteten, es sei ein Lapislazuli gewesen. Die Antwort lieferte dann auch die Erklärung für den Unterschied. Der reine, blaue Lapislazuli oder der mit weißen Einsprenkelungen wirkte blutdrucksenkend und allgemein beruhigend, während der Lapislazuli mit goldenen Einschlüssen anregte. Bei diesen goldenen Einschlüssen handelte es sich um die Eisen-Schwefel-Verbindung Pyrit, die dem Element Feuer zugeordnet wurde. Auch wenn die

Einschlüsse weniger als ein Prozent des Steines ausmachten, so reichte das für die feurige Wirkung aus.

„Da soll doch einer sagen, dass man mit Steinen nichts falsch machen kann", dachte Eva. „Nicht auszudenken, wenn ein Bluthochdruckpatient einen Lapislazuli mit Pyrit bekommt und keine Ahnung davon hat, was so ein kleiner Stein bewirken kann."

Lapislazuli mit Pyrit-Einsprenkelungen

Viele Dinge muss man ausprobieren, denn es gibt auch bei Steinen oftmals keine für Jedermann gültigen Aussagen und Garantien. Dennoch sollte man so verantwortungsbewusst sein und sich darüber informieren, was über den Stein bekannt ist. Wenn ein Stein äußerlich angewendet wird, indem er eingesteckt oder an einem Lederband getragen wird, sind mögliche negative Folgen normalerweise nicht so gravierend, als wenn man ihn innerlich über das Wasser einnimmt.

„Es wäre eine Katastrophe, wenn ein giftiger Wulfenit, Nickelin oder Zinnabarit zur Aufbereitung von Trinkwasser als Wasserstein verwendet werden würde", sorgte sich Eva. Doch im selben Augenblick erinnerte sie sich an ihren Edel-Schungit und rügte sich für die unachtsame Äußerung, dass es beim Einstecken eines Steines nicht so heftige Reaktionen geben könnte. Vor ihrem Schungit hatte sie allerhöchsten Respekt und sie näherte sich ihm stets mit Vorsicht. Sobald sie ihn in die Hand nahm, reagierte ihr Energiesystem heftig. Manchmal fing ihr Herz an, schnell zu schlagen. Ein anderes Mal bekam sie Beklemmungen in der Brust. Eva wusste noch nicht, warum sie den Stein unbedingt haben musste. So erging es ihr mit vielen Steinen, die sie gesammelt hatte und sie war froh, dass sie über eine kleine Heilstein-Hausapotheke verfügte, auf die sie im Notfall zugreifen konnte.

Wenn man den richtigen Stein für ein bestimmtes Problem gefunden hatte, dann konnte er tatsächlich zum Segen werden.

So ähnlich wie mit den Steinen, so verhielt es sich auch mit der Homöopathie. Es gab so viele Mittel – und die Kunst bestand darin, das richtige zu finden.

Die nächsten Tage flogen nur so dahin. Während des Schreibens tauchte Eva mit allen Sinnen in die Welt ihres Buches ein. Sie wurde immer feinfühliger und benötigte wenig Schlaf und kaum Essen. Tim sah sie immer nur mal zwischendurch, wenn er zur Arbeit ging oder nach Hause kam. Er war viel unterwegs, fuhr stundenlang Rad und ließ Eva in Ruhe, damit sie Zeit für ihr Buch hatte. Sie fühlte sich so gesund und vital, wie schon lange nicht mehr, obwohl sie sich nicht viel bewegte, sondern häufig stundenlang schrieb. Diese Arbeit war für Eva nährend und sie vergaß ihre Kümmernisse und Wehwehchen aus der Zeit, in der sie noch bei der Polizei war.

Homöopathie und Schüßler-Salze

Eva war für sich selbst immer schon das beste Versuchskaninchen. In der Vergangenheit war sie häufig an Atemwegsinfekten erkrankt und eine Lungenentzündung heilte lange nicht richtig aus, weil sie gegen das viele und vor allem recht schnell verordnete Antibiotikum immun wurde. Sie suchte sich Hilfe bei einem naturheilkundigen Arzt, der ihr homöopathische Mittel verschrieb. Zunächst hielt sie nicht viel davon, weil sie irgendwann einmal gehört hatte, dass darin überhaupt „nichts" mehr zu finden sei. Durch die Verdünnung könnte man kein einziges Molekül des Wirkstoffes mehr nachweisen und der Glaube, als Placebo-Effekt, sei die eigentliche Ursache für entsprechende Heilungserfolge. Nachdem ihr die Globuli aber tatsächlich halfen, informierte sie sich umfangreicher. Als Eva las, dass man dem Körper nicht unbedingt einen fehlenden materiellen Stoff zuführen müsste, um gesund zu werden, sondern dass der Körper die verloren gegangene Information des Stoffes benötige, leuchtete ihr das ein.

Sie musste bei dem Gedanken schmunzeln, als sie sich an ihre Zeit im Streifendienst erinnerte. Egal zu welchem Ereignis sie fuhr, ob zu einem Verkehrsunfall oder Einbruch, einer Familienstreitigkeit oder einem Ladendiebstahl, Eva brauchte immer die Personalien, die Informationen zur Person. Es war egal, ob ihr diese mündlich mitgeteilt wurden und sie sich diese merkte oder einen Eintrag in ihr Notizbuch machte. Es zählte einzig und allein, dass sie die Informationen für das Protokoll zu Verfügung hatte. Hätte sie die Seite mit den Notizen im kriminaltechnischen Institut chemisch analysieren lassen, dann hätten man dort zweifellos Papier und Tinte gefunden, nicht jedoch die eigentliche Information.

In der Homöopathie wird die Information aus der Materie herausgelöst und diese Informationsebene kann erst durch die Potenzierung so wirkungsvoll werden. Bei der Zubereitung werden die Mineralien zunächst pulverisiert und dann mit Milchzucker im Verhältnis 1:10 über eine Stunde verrieben. Die so entstandene Ursubstanz wird als „D1" bezeichnet. Jede weitere Potenzierungsstufe erfolgt dann durch weitere Verreibung im Verhältnis 1:10, so dass eine „D6" 1:1.000.000 verdünnt ist und mindestens sechs Stunden verrieben wurde. Im „Homöopathischen Arzneibuch" ist die exakte Herstellungsvorschrift festgelegt worden. Wie passend hatte Paracelsius (1493-1541) doch formuliert, dass derjenige ein Arzt sei, der das Unsichtbare wisse, das keinen Namen hat, über keine Materie verfügt und dennoch eine Wirkung zeigt.

Eva suchte nach einem Zusammenhang zwischen Mineralien und Homöopathie. Da sie selbst so positive Erfahrungen damit gemacht hatte, wollte sie diese alternativmedizinische Behandlungsmethode in ihrem Buch zumindest erwähnen. Der deutsche Arzt Samuel Hahnemann veröffentlichte seine Vorstellungen ab 1796 und formulierte seine Ähnlichkeitstheorie mit dem Satz: „Ähnliches möge durch Ähnliches geheilt werden."

In der Homöopathie wurden in den letzten zweihundert Jahren verschiedene Mineralien auf deren medizinische Verwendbarkeit überprüft. Als sinnvolle homöopathische Mineralmittel wurden folgende hergestellt:

⑥ Silicea aus Bergkristall

⑥ Calciumsulfurikum aus Gips oder Anhydrit

⑥ Bariumsulfurikum aus Baryt

⑥ Calciumfluorikum aus Fluorit

Während Eva sich ein paar Notizen zum Mineralstoff-Kapitel machte, klingelte ihr Telefon. Auf dem Display konnte sie ablesen, dass Viviane, eine liebe Bekannte, am anderen Ende der Leitung war, bei der sie schon längst einmal ein Schüßler-Seminar besuchen wollte. Eva nutzte die Gunst der Stunde und bat sie um ein paar Kernaussagen zu den Schüßler-Salzen für ihr Buch.

„Ach Eva, wo soll ich da anfangen? Du könntest schreiben, dass Dr. Heinrich Schüßler ein Arzt war und 15 Jahre als Homöopath gearbeitet hatte. Er entdeckte dann die Bedeutung der zwölf Mineralsalze für die lebenswichtigen Funktionen im menschlichen Organismus und ging davon aus, dass Krankheiten Betriebsstörungen sind, die dann entstehen, wenn der Mineralstoffhaushalt der Zelle gestört ist." Eva griff schnell zu einem Zettel und machte sie stichwortartig einige Notizen, die sie dann später ausformulieren wollte.

„Jede Zelle hat ihren eigenen Stoffwechsel und alle 27 Mineralstoffe sind an diesem Zellstoffwechsel beteiligt. Sie werden als Baustoff für den Aufbau des Körpers gebraucht und sie sorgen als Betriebsstoff für den reibungslosen

Ablauf im Körper. Wenn die Speicher der menschlichen Mineralstoffe im Körper entleert sind, entsteht ein Mangel einzelner Zellnährstoffe. Dieses Ungleichgewicht der Zellnährstoffe führt bereits zu Fehlfunktionen in der Zelle."Evas kam mit dem Schreiben kaum mit. Daher bat sie Viviane darum, langsamer zu sprechen.

„Kein Problem, sag einfach, wenn du nicht mehr mitkommst. Wenn ein gewisses Maß an Fehlfunktionen überschritten wird, entsteht ein Mangel an Mineralstoffen und als Folge können Betriebsstörungen entstehen. Solche Mängel resultieren aus Übertragungen von Eltern auf Kinder, einseitiger Ernährung, Stress und Übersäuerung, Umweltgiften und Schadstoffansammlungen, Elektrosmog, Muskelarbeit, seelischen Belastungen, Gedankenarbeit und der Schwangerschaft. Mineralstoffe nach Schüßler füllen die Speicher in der Zelle wieder auf."

„Stopp, jetzt komme ich nicht mehr mit. Gedankenarbeit, Schwangerschaft. Danke, jetzt habe ich es. Du kannst weiterreden."

„Wir sind gleich fertig. Diese Prozesse geschehen feinstofflich. Sie sorgen dafür, dass die Zellen wieder richtig arbeiten. Die grobstofflichen Mineralien, die man üblicherweise in der Drogerie oder Apotheke kauft, wie zum Beispiel eisenhaltige Produkte, dringen nur bis in den Zellzwischenraum vor. Die Aussteuerung zwischen ihnen muss stimmen, damit die Zellen gut arbeiten. Anhand der Antlitzzeichen kann man feststellen, welche Mineralien dem Körper fehlen. Das war jetzt ganz schön viel, oder?" Eva konnte an Vivianes Stimme erkennen, dass sie Zweifel hatte, ob man solche Zusammenhänge ganz nebenbei erklären konnte.

„Ich habe mir einiges mitgeschrieben und werde auf alle Fälle zum nächsten Schüßler-Seminar kommen", versprach Eva. „Ich finde das alles sehr interessant. Was ich letztendlich in mein Buch aufnehme, kann ich jetzt noch gar nicht sagen. Es wird Leute geben, die werden es spannend finden und sich die Mühe machen, die Informationen mehrfach zu lesen, um sie zu verinnerlichen. Andere werden es grob überfliegen, weil es ihnen zu anstrengend ist und sie überhaupt keinen Zugang dazu bekommen. Mir kommt es letztendlich darauf an, den allgemeinen Unkenrufen über Homöopathie von Seiten der Pharmakonzerne und vieler Ärzte etwas Plausibles entgegenzusetzen. Jeder kann damit machen, was er will."

Eva bedankte sich noch einmal für die ausführlichen Informationen und beendete das Gespräch. Ihr rauchte der Kopf. Daher öffnete sie ein Fenster und nahm einige tiefe Atemzüge, bevor sie sich dem nächsten Kapitel ihres Buches widmete.

Die Mineralstoffe

Die Zusammensetzung der chemischen Elemente in den einzelnen Heilsteinen haben biochemische Auswirkungen auf den menschlichen Organismus. Jeder Stein enthält Mineralstoffe in unterschiedlichen Mengen und nimmt dadurch Einfluss auf die Mineralstoffaufnahme im Dünndarm und den Stoffwechsel. Gerade in der heutigen Zeit ist bei vielen Menschen der „Säure-Basen-Haushalt" aufgrund einer einseitigen und unausgewogenen Ernährung nicht im Gleichgewicht und führt zu einer Anfälligkeit für Krankheiten.

Beispiele

Magen   (sauer)   Störfaktor sind Viren

Dünndarm   (basisch)   Störfaktor sind Pilze

Blut   (neutral)   Störfaktor sind Bakterien

Charoit: Fördert den basischen Stoffwechsel

Bekannte Mineralstoffe in Heilsteinen sind z. B.

Eisen   blutbildend, regt Leber, Milz, Darm und Knochenmark an, stärkt Immunsystem, hilft bei rauer Haut, brüchigen Haaren und Fingernägeln.
Beispiele: Hämatit, roter Jaspis, Tigereisen

Fluor   stabilisiert Knochen und Zähne, hilft bei Karies und Osteoporose, Gelenkschwierigkeiten und erhöht die Großhirntätigkeit.
Beispiele: Fluorit, Apatit, Aventurin, Turmalin

Magnesium   hilft bei Krämpfen, Gewebe- und Gefäßverkalkungen, Migräne und Bluthochdruck, reguliert Insulin- und Glukose-Stoffwechsel und ist ein Antistress-Nährstoff für Gehirn und Herz.
Beispiele: Magnesit, Serpentin, Amethyst, Bronzit, Citrin, Heliotrop, Moosachat, Rubin, Tigerauge, Turmalin, Zoisit

Calcium   unterstützt den Aufbau und die Flexibilität der Knochen, Zähne und des Gewebes, wird zur Energiegewinnung in der Zelle beim Zellstoffwechsel benötigt; stärkt das Herz und die Nerven.
Beispiele: Calcit, Fluorit, Sonnenstein, Türkis

Kalium   fördert die Nierenfunktion
Beispiel: Halit/Steinsalz

Mangan   fördert den Knochen-, Knorpel- und Gewebeaufbau
Beispiel: Rhodochrosit

Silicium   stärkt Haut, Haare, Nägel, Schleimhäute und Drüsen
Beispiel: Aquamarin

Selen   unterstützt Stoffwechselprozesse, auch den der Leber, stärkt die roten Blutkörperchen, Immunzellen, Blutplättchen, Bauchspeicheldrüse, steuert die Aktivierung und Deaktivierung von Schilddrüsenhormonen
Beispiel: Selenit

Das sollte vorerst zum Thema reichen. Eva erinnerte sich, dass die Mineralstoffe nicht nur im Gesundheitswesen eine Rolle spielten und sie stöberte in ihren naturwissenschaftlichen Büchern. In einem Lexikon über Elemente fand sie noch eine Vielzahl von Beispielen aus dem täglichen Leben, indem Mineralien bzw. Mineralstoffe einen fundamentalen Zweck erfüllten und entschloss sich spontan dazu, Silicium als Beispiel für eine weitere Verwendung an dieses Kapitel anzuhängen:

Silicium (Si_{14})

ist in der Lage, ähnlich wie sein Nachbar Kohlenstoff (C_6), komplexe Molekülketten zu bilden. In der Science-Fiction-Literatur wird spekuliert, ob Leben auf Siliciumbasis möglich sei. Wir leben im Kristall-Zeitalter, was wohl den meisten Menschen nicht bewusst sein wird. Wenn wir uns jedoch veranschaulichen, dass unser Planet Erde eine Kristallkugel ist, die zum Großteil aus Silicatmineralien, das heißt, aus Verbindungen zwischen Silicium und Sauerstoff mit kleineren Mengen Aluminium, Eisen oder auch Calcium besteht, kommen wir um den Begriff Kristall-Kugel nicht herum. Nur Sauerstoff hat einen größeren Anteil an der Erdkruste als Silicium. Silicium ist dazu in der Lage, Halbleiterkristalle zu bilden, die für den Bau von Computerchips benötigt werden. Diese gibt es nahezu überall. Mittlerweile übersteigt die Rechenleistung gewöhnlicher Kinderspielzeuge die der Apollo-Raketen aus den 60er- und 70er-Jahren.

Siliciumhaltige Gesteine spielen in der Menschheitsgeschichte als Baumaterial eine wichtige Rolle. Ein Beispiel für ein solches Bauwerk ist Stonehenge. Siliciumhaltige Steine wurden in der Steinzeit auch als Werkzeuge verwendet, so zum Beispiel als Schneidwerkzeuge aus dem scharfkantigen Obsidian. Viele Schmucksteine bestehen aus reinem Siliciumoxid, dem Quarz. Durch Beimischungen anderer Stoffe entstehen z. B. Amethyst, Rosenquarz, Rauchquarz, Achat, Jaspis und Opal. Mit vielen Metallen bildet Silicium Silikate aus. Zu ihnen gehören Glimmer, Feldspat, Schiefer und Sandstein.

„Fertig. Das sollte zum Thema Mineralstoffe genügen. Die Chemiemuffel unter den Lesern könnten sich sonst langweilen. Aber das gehört nun Mal zum Thema dazu und wenn ich umfangreich informieren möchte, dann kann ich mir nicht nur einzelne Bereiche herauspicken", rechtfertige Eva vor sich selbst ihre wissenschaftlichen Ergüsse. Dann wurde sie kreativ und schreib eine unkonventionelle Überleitung für ihr nächstes Kapitel:

„Wer dachte, dass ich mit dem trockenen, wissenschaftlichen Kapiteln fertig bin, der darf sich jetzt über ein weiteres Highlight aus dem Chemieunterricht freuen: Fanfaren bitte! Meine Damen und Herren, ich präsentiere Ihnen auf dem silbernen Tablett ihre glorreichen Erinnerungen an das Periodensystem der Elemente aus dem Chemieunterricht. Halt!!! Warten Sie! Legen Sie das Buch jetzt bloß nicht aus der Hand. Ich verspreche, dass das total interessant ist. Halten Sie bitte diesen Abschnitt noch durch. Sie haben es gleich geschafft. Atmen Sie ruhig ein und aus. Ich weiß, dass sich das so anfühlen kann, als ob Ihnen jemand sagt, dass sie die Presswehen einfach wegatmen sollen. Aber das funktioniert – ich habe zumindest davon gehört. Machen Sie sich von mir aus noch schnell einen Tee und holen Sie sich die Schokolade für ganz schwere Fälle. Ich warte den Moment auf Sie."

Eva hoffte, dass sie die Leser mit ihrer direkten Ansprache motivieren konnte weiterzulesen. Sie war von sich ausgegangen und hätte das nachfolgende Kapitel einfach überblättert. Chemie war für sie in der Schulzeit schon immer ein Graus gewesen.

„Sind sie fertig? Na dann los. Zahnarztbesuche, Wahlplakate und Musikantenstadl sind schlimmer. Nehmen Sie mich beim Wort – und jetzt Augen auf und durch. Attacke!"

Die Mineralklassen

Mineralien lassen sich nach verschiedenen Kategorien ordnen. Die Systematik orientiert sich an der chemischen Zusammensetzung und wird in 9 Mineralklassen eingeteilt. Die Mineralklassen spiegeln, welche Verbindungen ein Mensch mit seiner Umwelt eingeht und welche Motive sein Handeln beeinflussen.

1. natürliche Elemente

Sie bestehen aus einem einzigen Mineralstoff und stehen für Reinheit, Entfaltung der Persönlichkeit ohne Einflussnahme von außen.
Dazu gehören Gold, Silber, Platin, Kupfer, Kohlenstoff, Schwefel

2. Sulfide

Das sind Abkömmlinge des Schwefelwasserstoffs. Sie stehen für Bewusstmachung, Verborgenes hervorholen.
Beispiele: Chalkopyrit, Pyrit, Schalenblende

3. Halogenide

Diese gehen leicht Verbindungen ein und werden dadurch einfach zu Salzen.
Sie stehen für Auflösung, Zersetzung, Reinigung. Beispiele: Halit / Steinsalz, Fluorit

4. Oxide

Abkömmlinge des Sauerstoffs. Sie stehen für Umwandlung, Transformation, Lebendigkeit, Energie.
Beispiele: Amethyst, Falkenauge, Hämatit

5. Carbonate

Abkömmlinge der Kohlensäure, labile Verbindung aus Wasser und Gas. Sie stehen für Entwicklungsprozesse, permanente Veränderung.
Beispiele: Malachit, Calcit, Rhodochrosit

6. Sulfate

Abkömmlinge der Schwefelsäure. Sie stehen für Beständigkeit, Ruhephase, Abgrenzung, Schutz.
Beispiele: Selenit, Baryt, Coelestin

7. Phosphate

Abkömmlinge der Phosphorsäure, die für Neutralisation (auch von Säuren und Basen im Körper), Energieaktivierung, Handlungsfreude stehen.
Beispiele: Türkis, Apatit, Purpurit

8. Silikate

Abkömmlinge der Kieselsäure. Sie stehen für Strukturierung, Stabilität.
Beispiele: Smaragd, Dumortierit, Zirkon

9. Organische Verbindungen

Chemische Verbindungen, die natürlich unter geologischen Verhältnissen entstanden sind. Sie stehen für Vertrauen in die göttliche Ordnung, Zulassen von Leere und Chaos.
Beispiel: Bernstein (Amber)

Bernstein-Splitterkette

Eva freute sich darüber, dass sie im Laufe der Jahre so viele Quellen gesammelt hatte, auf die sie jetzt zugreifen konnte. Dieses Kapitel hatte sie vor einigen Monaten für sich selbst aufgearbeitet und zusammengefasst. Insbesondere die Erkenntnisse zu den organischen Verbindungen waren eine Mischung aus eigenen Impulsen und Erfahrungen sowie eine Auswertung von Beiträgen aus Büchern und dem Internet.

Während Eva über das nächste Kapitel nachdachte, ging sie in die Küche und machte sich einen Tee. Es kam ihr so vor, als wenn ihr Leben nur noch aus Schreiben, Nachdenken, Essen und Schlafen bestehen würde. „Vielleicht ist das so, wenn man ein Buch schreibt", überlegte sie. Zum Glück hatte sie Ruhe und konnte sich voll auf ihr Buch konzentrieren. Wie würden es nur diejenigen machen, die Kinder hatten? Das konnte sich Eva überhaupt nicht vorstellen, mit kleinen, bockigen „Quälgeistern" Hausaufgaben zu machen, Berge von Wäsche zu bewältigen und dabei noch kreative Ergüsse auf Papier zu bringen. Sie griff nach ihrer Tasse und ging damit zurück ins Arbeitszimmer. Während der Tee abkühlte, konnte sie schon mit dem nächsten Kapitel beginnen.

Nach so viel Wissenschaft hatte Eva ein Bedürfnis nach spirituellen Aspekten, die in ihr Buch mit einfließen sollten und ihr in den letzten Jahren so wichtig geworden waren.

Esoterik

Viele Menschen hatten von der Steinheilkunde noch nichts gehört und konnten sich nicht vorstellen, wie ein „unbelebter" Stein eine Wirkung auf den Menschen haben konnte. „Die sind doch nur etwas für Esoteriker", hatte Eva schon häufig gehört und sie hatte sich gefragt, ob diejenigen, die so etwas behaupteten, überhaupt wussten, was Esoterik bedeutete. Dieser Begriff war für viele mit negativen Assoziationen, wie okkulten Praktiken und Spinnerei verbunden.

Hajo Banzaf, ein deutscher Astrologe und Buchautor auf dem Gebiet der Esoterik, schrieb in einem seiner Bücher, dass die Skepsis und Zurückhaltung gegenüber der Esoterik in Deutschland und Österreich viel höher seien, als in der von Krieg und Faschismus verschonten Schweiz, in der sie eine ungebrochene Tradition hätte. Eva machte sich auf die Suche nach der Bedeutung des Wortes Esoterik und wurde fündig. Der Begriff stammte aus den antiken Mysterienschulen, die zwischen einem inneren Kreis (griech. Esoteros für das Innere) und einem äußeren Kreis (griech. Exoteros für das Äußere) unterschieden. Die ursprüngliche Bedeutung des Begriffs stützte sich auf eine Lehre, die nur einem begrenzten Personenkreis zugänglich war. Umgekehrt blieb sie anderen Menschen verborgen, woraus sich die „Geheimlehre" ableiten ließ.

Bei den Gedanken an allerlei Kuriositäten, welche die Esoterik-Szene hervorbrachte, stellte Eva immer wieder fest, dass diese recht wenig mit dem wahren Geheimwissen zu tun hatte, dessen Ursprung zeitlich weit vor jeder Religion zu suchen war. Dieses Geheimwissen beinhaltete eine tiefe Weisheit, die sich hinter einem äußeren Erscheinungsbild verbarg, und dass sich beispielsweise in Form eines Rituals oder Mythos darstellte. „Wenn mir das nächste Mal jemand sagt, dass Heilsteine etwas für Esoteriker seien, dann werde ich ihm antworten, dass er recht hat. Denn viele spirituell interessierte Menschen begnügen sich nicht nur mit der Schönheit und dem materiellen Wert des Steines, sondern haben einen Zugang zu den verborgenen Kräften, die in seinem Inneren liegen", dachte Eva, während sie auf das Holzkästchen blickte.

Bei ihren Recherchen zum Thema Esoterik stieß Eva auf viele esoterische Symbole, deren ursprüngliche Bedeutung sie nicht kannte. Sie staunte, als sie herausfand, dass das Hakenkreuz in vielen alten Kulturen Glück, Segen und Schutz bedeutete. Sie kannte es nur als „Hitler-Kreuz" und war oft genervt gewesen, welches Aufheben die Polizei machte, wenn es wieder mal ein „Blödmann" irgendwo hingesprüht hatte. Eva bedauerte, dass sie bisher über die ursprüngliche Bedeutung des Hakenkreuzes, welches auch als Sonnenrad oder Svastika bezeichnet wurde, noch nichts erfahren hatte. Weder im Geschichtsunterricht, noch im Religionsunterricht war es ein Thema – und wenn es doch einmal auftauchte, dann nur negativ interpretiert, in Verbindung mit dem Dritten Reich als Propagandasymbol. Entweder wussten es viele Lehrer selbst nicht besser oder man durfte bei politisch brisanten Themen sowohl Lehrer als auch Schüler nur oberflächlich und einseitig informieren. Jetzt, wo sie die andere Bedeutung des Hakenkreuzes kannte, war ihr auch klar, warum Hitler es als Symbol gewählt hatte: um seine Macht zu stärken.

Grundsätzlich sind alle Symbole neutral. Es ist jedoch möglich, sie sowohl im positiven, als auch negativen Sinne einzusetzen, um dadurch die jeweiligen Kräfte zu verstärken.

Ein weiteres Symbol, das sie entdeckte und ungemein faszinierte, war das Shri Yantra. Es stand für den Weg der Einheit, über die Vielfalt, zur All-Einheit. Der Ursprung von allem entsprach dem Kreis, der Weg dem Kreuz oder dem Quadrat und das Ziel wieder dem Kreis.

Als Eva sich mit verschiedenen Heilslehren aus unterschiedlichen Kulturen beschäftigte, stieß sie häufig auf die Begriffe *Geheim, Geheimwissen* oder auch *Geheimbünde*. Als sie das Wort geheim auf der Tastatur tippte, unterlief ihr ein Fehler und beim Durchlesen entdeckte sie anstatt „geheim" die Worte „geh Heim". Hatte ihr das Unterbewusstsein einen Streich gespielt?

Shri Yantra

Jetzt wurde ihr plötzlich ein tiefer, verborgener Sinn bewusst. „Geh Heim" bedeutete: „Geh nach Hause, zurück zu deinen Wurzeln." Dieser Ursprung fühlte sich sehr kraftvoll an und Eva genoss diesen friedvollen Augenblick tiefer Erkenntnis.

Generell war sie eher ein Kopfmensch und hatte sich selbst lange Zeit etwas vorgemacht, indem sie glaubte, sie könne die Wahrheiten der Welt mit ihrem Verstand erkennen. Je mehr sie sich jedoch mit den drei Bewusstseinsebenen (Unterbewusstsein, Wachbewusstsein und Überbewusstsein) beschäftigte, desto mehr begriff sie den Satz aus der Bibel: „Du sollst dir kein Bild von Gott machen." Der Verstand war dazu einfach nicht in der Lage.

Wenn sie den Begriff *Gott* mit *Ur-Quelle, Schöpfung, Anfang von Allem* oder ganz einfach *Bewusstsein* ohne religiösen Bezug gleichsetzte, dann kam sie auch hier zur Einsicht, dass sie mithilfe der Sprache nicht in der Lage war, diesen „Gott-Zustand" zu beschreiben. In dem Moment, wo sie die göttliche Wahrheit denken und aussprechen wollte, konnte diese nur zwingend missverstanden und zu etwas Falschem gemacht werden. Das, was sie mit ihrem besten Wissen und Gewissen in diesem Buch schreiben wollte, konnte sich der Wahrheit bestenfalls annähern. Auf der anderen Seite konnte sie auch nicht missverstanden werden, weil man diese Weisheiten gar nicht allumfassend verstehen konnte.

Immer wichtiger wurde ihr der Gedanke, dass wir in einer polaren Wirklichkeit leben und nur dann etwas erleben oder begreifen können, wenn wir einen Bezugspunkt in Form eines Gegenpols haben. Die typischen Beispiele sind *männlich – weiblich* und *hell – dunkel*.

„Das Leben, welches wir auf der Erde haben, ist letztendlich eine Erfahrung, die wir machen, weil wir aus der Einheit mit Gott herausgefallen sind", machte sich Eva bewusst und haderte gleich wieder mit sich, weil sie das Wort Gott zwar gedacht hatte, es aber in ihrem Buch nicht haben wollte.

Eva hatte den Wunsch, neutrale Begriffe zu verwenden und nichts Religiöses mit einfließen zu lassen. Sie wusste, dass das nächste Kapitel in ihrem Buch nicht mit einem Dreizeiler abzuhandeln war und überlegte, wie sie die Kristallstrukturen am besten erklären könnte.

Es tat einen lauten Schlag und Eva schreckte auf. Ein Vogel war gegen das Fenster geflogen. Wie konnte das nur passieren? Sie hatte schließlich eine riesige Blume des Lebens auf die Scheibe geklebt. Doch dann begriff sie schlagartig, dass der Vogel ihr einen wertvollen Hinweis für die Überleitung zu den Kristallstrukturen geliefert hatte. Über die Blume des Lebens war es ihr möglich, von den platonischen Körpern zu berichten, die als geometrische Strukturen in den Heilsteinen enthalten waren.

Eva stand auf und ging zum Fenster. Sie öffnete es und sah nach unten, um nach dem Vogel zu sehen. Sie wollte sich vergewissern, dass er nicht tot oder verletzt war und Hilfe brauchte. Der Vogel war nirgends zu entdecken. So schlimm war der Zusammenstoß mit der Scheibe wohl doch nicht gewesen. Beruhigt trank Eva ihren Tee aus und setzte ihre Arbeit an dem Buch fort.

Blume des Lebens

Die Kristallstruktur

Mineralien entstehen und vergehen, denn sie sind ein Teil der Schöpfung. Alles, was in den Schöpfungsprozess von „Werden und Vergehen" eingebunden ist, enthält Energie, um sich wandeln zu können. Energie kann nie verloren gehen, sondern lediglich umgewandelt und gespeichert werden. Nach den Erkenntnissen von Albert Einstein ist Materie nur eine Form von Energie, die sich verdichtet hat. Am Beispiel des Wassers kann man sich das Phänomen sehr gut vorstellen. Fügt man dem Wassertropfen Energie in Form von Wärme zu, wird er zu Dampf; entzieht man ihm Energie, entsteht Flüssigkeit oder – wenn man den Energieentzug immer weiter betreibt – Eis. Kondensiert Wasserdampf, entwickelt sich Kälte. Chemisch bleibt es jedoch in allen Aggregatzuständen immer das gleiche Wasser (H_2O).

Kristalle gehören zu einer Kategorie der Mineralien und bilden von innen heraus eine Kristallstruktur. So, wie die Teilchen sich im Inneren ordnen, kann sich der Stein nach außen körperlich ausbilden. Diese Formen sind geometrische Kristallgitter, welche sich an den Bauplänen der fünf platonischen Körper orientieren. Mit diesen Körpern, die nach Platon (427 – 347 v. Chr.) benannt wurden, wird die heilige Geometrie der gesamten Schöpfung, zum Ausdruck gebracht. Der Begriff „Heilige Geometrie" bezieht sich auf nichts Religiöses. Heilig bedeutet in diesem Fall: heil, ganz, gesund oder schlichtweg ganzheitlich. Die fünf platonischen Körper sowie die Kugel sind die Grundbausteine, aus der sich alles, was existiert, konstruiert. Jede Form von Energie strebt danach, sich anhand von Ordnungskriterien zu manifestieren, die dem Schöpfungsplan entsprechen und der sich auch über die Naturgesetze ausdrückt.

Die fünf platonischen Körper

1. Tetraeder (die Grundfläche ist ein Dreieck, darauf befinden ich an den Seiten drei Dreiecke, die sich nach oben zu einer dreieckigen Pyramide verbinden; er hat insgesamt 4 Flächen)

2. Hexaeder (Würfel) mit sechs quadratischen Flächen

3. Oktaeder (die Grundfläche ist ein Quadrat auf dem nach oben und nach unten eine Pyramide sitzt; er hat insgesamt acht Flächen)

4. Dodekaeder (er besteht aus zwölf Flächen, die einzeln betrachtet wie eine Bienenwabe aussehen; jede der zwölf Teilflächen hat fünf Ecken und entspricht dem Pentagramm

5. Ikosaeder (die Grundfläche entspricht dem Dreieck des Tetraeders und fügt sich in 20 Flächen zu einem kugelförmigen Gebilde zusammen)

Es gibt acht Kristallstrukturen, die auf acht Strukturtypen des Menschen analog übertragen werden können. Diese Strukturtypen beinhalten allgemeine Aussagen über eine innere Ordnung des Menschen und zeigen sich im Außen, z. B. durch die Art seiner Lebensführung sowie seines Denk- und Verhaltensmusters. Die Steinheilkunde ist die Wissenschaft, welche sich mit der Beziehung zwischen Mensch und Mineral beschäftigt und hat entsprechende Analogien erforscht. Zum Vergleich beschränkt sich die Mineralogie auf die Gesetzmäßigkeiten der Mineralien.

Durch die exakten, geometrischen Kristallstrukturen ist es möglich, dass Energien fließen. Somit ist auch ein Stein in der Lage, Informationen abzuspeichern. Ein Computer speichert ebenfalls seine Informationen auf einem Kristall ab. Es handelt sich dabei um einen Quarzkristall. Wird bei dem Quarzkristall die geometrische Struktur beschädigt oder zerstört, dann verliert er, als Medium für den Computer, seine Speicherkapazität. Er bleibt zwar chemisch gesehen ein Silikat, doch die Informationen sind nicht mehr vorhanden und er kann auch keine mehr aufnehmen.

Wenn die kristalline Struktur im Menschen gestört ist, hat das Auswirkungen auf das gesamte Energiefeld. Daraus könnte ein Energieverlust entstehen, der sich in Form einer Krankheit ausdrückt.

Acht Kristallstrukturen und ihre Analogien zum Menschen

Kubische Struktur: besitzt ein quadratisches Kristallgitter und steht für Ordnung, Regelmäßigkeit, Struktur, Planung und Sicherheit.
Beispiele: Fluorit, Granat, Lapislazuli, Sodalith, Gold, Silber.

Trigonale Struktur: besitzt ein dreieckiges Kristallgitter und steht für Beständigkeit, Einfachheit, Geduld und Zufriedenheit.
Beispiele: Amethyst, Bergkristall, Chrysopras, Citrin, Heliotrop.

Trikline Struktur: besitzt ein trapezförmiges Kristallgitter und steht für Offenheit, Unbeständigkeit, Schicksalsgläubigkeit, Opferhaltung, Hellsichtigkeit und Bewusstsein.
Beispiele: Amazonit, Labradorit, Rhodonit, Sonnenstein, Türkis.

Tetragonale Struktur: besitzt ein rechteckiges Kristallgitter und steht für Trennung, geistige Regsamkeit, emotional gute Kontrolle, analytische Grundhaltung, Heimlichkeiten.
Beispiele: Apophyllit, Rutilquarz, Zirkon.

Hexagonale Struktur: besitzt ein sechseckiges Kristallgitter und steht für Konzentration, Zielstrebigkeit, Leistung, Konsequenz, Ausdauer, Schnelligkeit und Beherrschung.
Beispiele: Apatit, Aquamarin, Morganit, Smaragd, Sugilith.

Monokline Struktur: besitzt ein parallelogrammförmiges Kristallgitter und steht für Veränderung, Bewegung, Wandlung, schnelle Entwicklung, Dynamik, gute Intuition und Entscheidungsschwierigkeiten.
Beispiele: Charoit, Chrysokoll, Epidot (Unakit), Malachit, Mondstein, Nephrit, Serpentin.

Rhombische Struktur: besitzt ein rautenförmiges Kristallgitter und steht für Verbindung, Stille, Angepasstheit, Unauffälligkeit, Unberechenbarkeit, Gemeinschaftssinn und Einfühlungsvermögen.
Beispiele: Bronzit, Dumortierit, Peridot, Thulit, Topas, Zoisit.

Amorphe Struktur: besitzt kein regelmäßiges Kristallgitter und steht für Freiheit, Chaos, Spontanität, Flexibilität, Vielseitigkeit und intensives Leben in der Gegenwart.
Beispiele: Bernstein, Opal, Obsidian, Gagat (Jett), versteinertes Holz.

Es wird davon ausgegangen, dass der Mensch sein ganzes Leben lang einen bestimmten Kristalltyp verkörpert, genauso, wie er mit dem Sternzeichen entsprechende Merkmale sozusagen in die Wiege gelegt bekommt. Dieses Kristallsystem ist feinstofflich und eine Art geistige Formatierung, in dessen Rahmen Erlebtes, Gelerntes und Gefühltes abgespeichert wird.

Es wurde erforscht, dass Menschen eines bestimmten Kristalltyps besonders erfolgreich auf Mineralien der gleichen Kategorie (Kristallstruktur) ansprechen; frei nach dem Motto: „Ähnliches heilt ähnliches!"

Möglich ist auch, dass ein Mensch in einer bestimmten Lebensphase ein anderes Kristallsystem nachahmt. Gerade in der Pubertät wird feinstofflich viel experimentiert, bevor sich ein bestimmtes System herausbildet. Teenager finden oftmals erst ihre eigene Identität, nachdem sich ein Kristallsystem etabliert hat.

Durch den bewussten Umgang mit diesem Wissen kann es gelingen, dass zum Beispiel ein amorpher Mensch für einen bestimmten Lebensbereich ein Mineral mit einem kubischen Kristallsystem wählt und er dadurch Unterstützung erfährt. Amorphe Typen produzieren oftmals Chaos, was gerade am Arbeitsplatz Probleme mit sich bringen kann. In so einem Fall könnte ein kubisches Mineral zu mehr Ordnung im Sinne von Struktur helfen.

Pyrit

Eva suchte in ihren Dateien ein passendes Foto für ein kubisches Mineral und fand einen Pyrit. Dann stand sie auf, holte sich „Die Steinheilkunde" von Michael Gienger und las noch einmal das Kapitel für die Kristalltypenbestimmung durch. Sie fand sich in mehreren Kristallsystemen wieder. Insbesondere im kubischen erkannte sie viele Übereinstimmungen zu ihrem Verhalten und Lebensstil. Es gab die Möglichkeit, seinen Kristalltyp herauszufinden, indem man selbstkritisch in der Lage war, sich zu analysieren oder man konnte sich an einen ausgebildeten Heilstein-Therapeuten, bzw. Therapiesteinberater wenden, um sich durch ihn analysieren zu lassen. Nachdem Eva das Kapitel für ihr Buch aufbereitet hatte, nahm sie noch einmal ihre handschriftlichen Aufzeichnungen zu Hand, die sie vor einigen Jahren zu diesem Thema gemacht hatte. Je intensiver sie sich mit den platonischen Körpern befasste, desto stärker hatte sie das Gefühl, dieses Kapitel nicht mit wenigen Worten auf den Punkt bringen zu können. Was hier beschrieben wurde, war Schöpfung in der allerhöchsten Hierarchie. Bei den Grundbausteinen des Lebens kamen immer wieder Gott und Schöpfergötter ins Spiel. Gab es tatsächlich mehr als einen Gott? Stand diese Überlegung im Zusammenhang mit dem Gebot „Du sollst keine anderen Götter haben neben mir"? Was war mit diesem Satz wirklich gemeint?

Eva konnte sich an ein Seminar erinnern, das sie vor einiger Zeit besucht hatte, und ihr fiel wieder ein, dass mit den anderen Göttern nicht die Schöpfergötter gemeint waren, sondern die Götzen. Götzen, die sich die Menschen in unterschiedlichster Form zu jeder Zeit schufen und anbeteten. Dazu gehörten vor allem die weltlichen Güter wie Geld, Autos und teure Kleidung, aber auch einflussreiche Ämter, mit denen sich die Menschen identifizierten und an denen sie ihren eigenen Wert bemaßen.

Eva stellte fest, dass es schwierig war, Gott nicht in ihrem Buch zu erwähnen. So sehr sie sich auch darum bemühte, allgemeine Begriffe und Umschreibungen zu finden, lief es immer wieder auf „das Göttliche" hinaus. Mit dem Synonymwörterbuch war das Thema auch nicht zu umschiffen. Sie wollte ein authentisches Buch schreiben. Also musste sie auch die Begriffe benutzen, die sie in ihrem Sprachgebrauch verwendete. Sonst wäre sie nicht glaubwürdig und man würde spüren, dass da irgendetwas nicht stimmte.

„Ich sage nun mal, dass ich zu Gott bete und nicht zur Quelle oder wie man es sonst noch nennen könnte", machte sich Eva Mut. Mit diesem Gefühl von Entschlossenheit nahm Eva plötzlich eine Veränderung in ihrem Energiefeld wahr. Ohne sich umzudrehen, spürte sie, dass sie nicht allein war und jemand hinter ihr stand. Sie dachte an den Engel mit den Steinen und vernahm in ihrem Inneren seine Stimme.

„Ja, ich bin hier und die *Geistige Welt* freut sich über deinen Mut. Hab keine Angst vor deiner eigenen Courage. Du wirst nur schreiben, was deine Wahrheit ist, denn nur dazu kannst du stehen."

In inneren Bildern erschien wie aus dem Nichts die Szene aus dem Film „Das siebte Zeichen" mit Demi Moore und Jürgen Prochnow, in dem die weibliche Hauptfigur gefragt wurde, ob sie für ihr neugeborenes Kind sterben wolle, was sie am Ende des Films dann auch tatsächlich tat. Immer dann, wenn Eva den Film sah, musste sie weinen und es fühlte sich an, als wenn ihr Herz zusammengedrückt würde. Verunsichert spürte Eva, wie sich eine tief sitzende Angst zeigte, die sie aber nicht zuordnen konnte. Sie hatte das Gefühl, dass der Engel etwas damit zu tun hatte.

„Was soll das? Willst du mir Angst machen?", fauchte sie ihn an.

„Ich kann dir nichts geben, was du nicht schon hast. Aber ich sehe, dass du dieses Thema mit dir herumträgst."

Eva fühlte sich, als stünde sie mit dem Rücken zur Wand, denn der Engel hatte mit seinen Worten den Finger in eine schmerzende Wunde gelegt.

„Ich habe Angst, öffentlich zu meiner Wahrheit zu stehen. Jahrelang habe ich es ignoriert, dass es so etwas wie Engel gibt und Menschen mehr sind, als nur der physische Körper. Als es mir bewusst wurde, habe ich das für mich behalten. Dann bist du irgendwann bei der Polizei aufgetaucht und danach ging es mir so richtig schlecht. Jetzt habe ich mich dazu entschlossen, ein Buch zu schreiben, womit ich in die Öffentlichkeit gehe und es fühlt sich an, als ob ich mich nackt auf die Bühne stelle." Eva schnaubte, ihr Herz raste und sie spürte, wie sich die hektischen Flecken auf ihrem Hals und dem Gesicht ausbreiteten.

„Es ist an der Zeit, dass ihr Menschen euch dessen bewusst werdet, was ihr seid, und lernt, zu eurer Wahrheit zu stehen. Ob in der Öffentlichkeit oder im

Stillen – das muss jeder für sich entscheiden. Es gibt viele Seelen, die bereit sind und mutig vorangehen."

„Ich kann mir vorstellen, was du meinst. Auch ich bin letztendlich meiner Wahrheit gefolgt und musste erkennen, wie weh es tun kann, für die eigene Überzeugung kritisiert, angegriffen oder lächerlich gemacht zu werden. Ich habe am eigenen Leib erfahren, wie es sich anfühlt, wenn man für seine Wahrheit „stirbt". Das war schrecklich, das kannst du mir glauben."

„Liebe Eva, dann frage dich, worin der Unterschied zwischen deiner Wahrheit, der Wahrheit eines anderen Menschen und der Wahrheit Gottes besteht. Wenn du das für dich erkennst, dann bist du ein großes Stück auf dem Weg der Erkenntnis gegangen. Bitte beantworte mir noch diese eine Frage: Würdest du wieder so handeln? Würdest du wieder für deine Wahrheit sterben oder den bequemeren, aber für deine Seele qualvolleren Weg gehen?"

„Ich habe oft darüber nachgedacht und mit mir gehadert und habe den Entschluss gefasst, dass ich mich nie wieder hinter jemandem verstecke, andere manipuliere oder mich wie eine Marionette bewege, deren Fäden jemand hält, der nur seine egoistischen Ziele verfolgt. Ich will nicht mehr lügen, weil ich für die Wahrheit zu feige bin, oder mein Fähnchen in den Wind halten, weil ich dann einen Vorteil haben könnte. Ich werde mich nie mehr vor einem „Stinkstiefel" kleinmachen und hoffen, dass er mich dann in Ruhe lässt. Ich werde auch nie mehr mitlachen, wenn auf Kosten anderer üble Späße gemacht werden. Selbst dann nicht, wenn mich einige für eine blöde Kuh oder Querulantin halten könnten."

„Das ist gut und ich sehe, dass du Potenzial hast, deinen Worten auch Taten folgen zu lassen. Das beantwortet aber nicht so ganz meine Frage. Wovor hast du Angst? Warum tust du dich so schwer damit, das Wort ‚Gott' zu gebrauchen und auch öffentlich dazu zu stehen, dass du an Engel nicht nur glaubst, sondern auch mit ihnen sprichst?"

Eva spürte, dass der Engel sie in den Schwitzkasten nahm und sie konterte mit einer Gegenfrage: „Ihr Engel seht doch alles, also kannst du dir die Frage selbst beantworten."

„Das ist richtig. Ich sehe es. Doch das hilft dir nichts, wenn du es nicht selbst erkennst. Du bist dann wie ein Blinder, dem ich die Farbe Rot erkläre.

Solange du kein Bild oder Gefühl dazu hast, wirst du mit meinen Worten nichts anfangen können. Also frage ich dich noch einmal: Wovor hast du Angst?"

Eva atmete tief durch und sie wusste, dass der Engel nicht lockerlassen würde. Schade, dass man bei der Polizei nicht auf so eine Hilfe zurückgreifen konnte. Die Engel sahen, was jemand gemacht hatte und sie stellten die richtigen Fragen. Vielleicht könnte man ...

„Du brauchst gar nicht weiter zu denken, aber ich kenne deine Eigenschaft, dass du dich gern gedanklich verzettelst. Lass dir so viel sagen, dass wir auch bei euren Vernehmungen dabei sind und so manchen genialen Gedanken, den ihr plötzlich hattet, in euch ‚(hin)einfallen' ließen. Aber bitte lass es gut sein. Du wolltest mir etwas erklären."

Eva versuchte, die Kontrolle über ihre Gedanken zurückzugewinnen und redete sich ein, dass sie sich das alles nur ausdachte. Eines Tages hatte sie sich dabei ertappte, wie sie anfing, Selbstgespräche zu führen. Während sie oft stundenlang krank allein zu Hause war, kam es hin und wieder vor, dass sie mit sich selbst sprach. Sie war total entsetzt, als ihr das zum ersten Mal bewusst wurde. Doch diese Unterhaltung war irgendwie anders. Der Engel war ihr stets ein paar Gedanken voraus und schien über einen anderen Blickwinkel zu verfügen. Eva hatte das Gefühl, dass er unbestechlich war und von einer Klarheit, die ihresgleichen suchte.

„Du brauchst mir diese Frage nicht zu beantworten. Zumindest jetzt noch nicht. Werde dir über deine Ängste klar. Versuche, sie in Worte zu fassen, selbst wenn du feststellen musst, dass du keine Worte finden wirst, die diese Gefühle exakt beschreiben können. Du bist ein Mensch, der ständig formuliert. Deine Gedanken stehen niemals still. Selbst wenn du glaubst, dass du meditierst, versuchst du eigentlich krampfhaft, deine Gedanken zur Ruhe zu bringen. Das ist auf Dauer sehr belastend und auch ein Grund für deine starken Kopfschmerzen. Fasse deine Gedanken und Gefühle in Worte und es wird dir manches bewusster werden. Es ist wichtig, die Worte, die dein Handwerkszeug sind, richtig einzusetzen."

Die weisen Anmerkungen des Engels inspirierten Eva dazu, sich mit dem Verstand ein wenig genauer zu beschäftigen und diesen Aspekt in ihr Buch mit einfließen zu lassen. Sie hatte in den letzten Jahren zahlreiche spirituelle Bücher gelesen und entschloss sich dazu, einige Gedanken aus Jörg Starkmuths Buch „Die Entstehung der Realität" aufzugreifen. Doch nicht mehr heute, denn Eva war völlig fertig und wollte heute früh zu Bett gehen. Müde rieb sie sich ihre brennenden Augen, schaltete den PC aus und ging ins Wohnzimmer. Tim war nicht da.

„Vielleicht hat er mir eine WhatsApp geschrieben", überlegte sie, ging in den Flur und schaute auf ihr Handy, das auf einem kleinen Schränkchen lag. Sie stellte fest, dass es aus war. Die Batterie war leer und sie stöpselte es an das Ladekabel. Nach ein paar Sekunden blinkten die ersten Nachrichten auf. Tim schrieb ihr, dass es heute spät werden würde und sie nicht auf ihn warten bräuchte. Eva hatte ein komisches Gefühl im Bauch. Sie war zerrissen, weil sie nicht wusste, ob sie sich freuen sollte, weil sie so viel Freiraum hatte oder ob sie lieber ärgerlich sein sollte, weil er nicht da war und sie jetzt gerade mal Zeit gehabt hätte. Sie entschied sich für die erste Variante, legte das Handy zurück und freute sich auf ihr kuscheliges Bett.

Am nächsten Morgen wurde Eva von Tims Wecker regelrecht aus dem Schlaf gerissen. Sie tastete nach ihm und fühlte nur ein leeres, angewärmtes Bett. Aus dem Bad waren die Geräusche der elektrischen Zahnbürste zu hören. Wenige Minuten später stand er in seiner Fahrradkleidung vor ihr, gab ihr einen flüchtigen Kuss, verabschiedete sich nach einem fünfminütigen Small-talk von ihr und fuhr zur Arbeit.

Nach dem Duschen und einem Frühstück setzte sich Eva wieder an den PC. Die Sonne schien und sie nahm sich vor, heute weniger zu schreiben. Dennoch wollte sie fleißig weiterarbeiten und freute sich auf das nächste Kapitel, das sie ihrer Lieblingsbeschäftigung, dem Denken, widmete.

Die Rolle des Verstandes beim Denken

Die meisten Menschen identifizieren sich mit ihrem denkenden Verstand. Er ist ihnen vertraut und das Vertraute gibt Sicherheit. Die Instanz, in der die Gedanken zu Hause sind, ist das Gehirn mit seiner linken Gehirnhälfte, dem EGO-Verstand, und der rechten Gehirnhälfte, dem ICH-Verstand. Menschen, die viel beschäftigt sind oder unter Zeitdruck geistig arbeiten, sind nicht entspannt. Sie würden zum Beispiel einen Text nur oberflächlich analytisch lesen können und ihn logisch rational erfassen. Das bedeutet, dass sie dadurch nicht in der Lage wären, tiefer hineinzutauchen, und zwar in die Bereiche, wo zwischen den Zeilen die Gefühle und Emotionen zu finden sind. Wenn der Text inhaltlich dann auch noch uninteressant ist oder stilistisch nicht gefällt, dann sind die Menschen noch „„enger" und würden möglicherweise jedes Wort auf die Goldwaage legen und eine ironisch übertriebene Sachverhaltsschilderung als solche nicht erkennen. Das ginge auch gar nicht, denn die linke Gehirnhälfte ist aufgrund ihrer Beschaffenheit dazu nicht in der Lage. Oftmals müssen Schülerinnen und Schüler unter diesen Rahmenbedingungen Texte analysieren. Das hat mit Freude und kreativer Entfaltung beim Denken dann nichts mehr zu tun. Wenn jedoch mit Leichtigkeit und Offenheit an einen Text herangegangen wird und man sozusagen alle Zeit der Welt hat, dann ist beim Denken die rechte Gehirnhälfte aktiv, die, im Vergleich zur linken, eine Verbindung zum Herzen hat. Aus dem Herzen kommen die Impulse für die kreativen Gedanken, die häufig von der Seele inspiriert sind. Das Herz kann nicht denken, das kann nur der Verstand. Daher braucht das Herz die Verbindung über die rechte Gehirnhälfte. Noch geistreicher im wahrsten Sinne des Wortes kann es werden, wenn der Leser mit dem Verfasser des Textes den selben Humor teilt und mit ihm auf einer Wellenlänge schwingt. Dann ist es möglich, sich direkt über die Freude im Herzen in die Gefühlswelt, die hinter den reinen Worten zu finden ist, einzuschwingen. Aber auch Schmerz und Mitgefühl sind Türöffner für die Herzebene in Verbindung mit der rechten Gehirnhälfte.

Der Verstand kann ganz allgemein mit „eng und linear" beschrieben werden. Dadurch ist er in der Lage, Grenzen und Polaritäten zu erkennen. Er arbeitet alles nacheinander ab, wie Perlen auf einer Schnur: Perle für Perle, Gedanke für Gedanke. Man kann zum Beispiel nicht zeitgleich mehrere Aufgaben rechnen.

Citrin – Verarbeitung von Eindrücken und Impulsen

Wenn etwas neu erlernt wird, dann funktioniert das zunächst über das mittlere Bewusstsein (Wachbewusstsein), logisch linear und wird später vom Unterbewusstsein abgespeichert. Anhand von alltäglichen Beispielen kann nachvollzogen werden, was damit gemeint ist. Beim Autofahren müssen anfangs hoch konzentriert die einzelnen Sequenzen vom Treten der Kupplung über das Betätigen der Gangschaltung etc. erlernt werden. Später, wenn das Unterbewusstsein die einzelnen Schritte verinnerlicht hat, geht das Autofahren scheinbar wie von selbst. Andere Beispiele dafür sind: mit Messer und Gabel zu essen, Lesen, Schwimmen und Skifahren.

Die Sinnesorgane, Instinkte und Gefühle sowie die jeweilige Lebenserfahrung konstruieren unsere Vorstellungen von der Welt. Ohne diese Einflüsse ist eine direkte Wahrnehmung nicht möglich. Die Sprache spielt dabei eine große Rolle, denn sie ist sofort zur Stelle, wenn eine Wahrnehmung in eine sprachliche Begriffsschublade gesteckt werden soll. Im Laufe der Evolution entwickelte sich die Sprache immer effizienter und umfangreicher und nahm somit einen großen Anteil des Denkens ein.

Das menschliche Denken findet als eine Aneinanderreihung von Worten und inneren Bildern statt. Dinge, die wahrgenommen werden können, werden in sprachliche Begriffskategorien sortiert. Sprache gibt Sicherheit, etwas zu verstehen und einordnen zu können. Die Menschen haben es sich angewöhnt, die Welt in Schubladen einzuteilen, die sich bestimmten Begriffen zuordnen lassen. Bei Wahrnehmungen im materiellen Bereich mag das noch recht gut gelingen. Sich auf die Bezeichnung „Tisch" für ein Objekt zu einigen, an dem wir sitzen und das Abendessen einnehmen, bringt sicher Vorteile mit sich. Wenn jeder Objekten seine ganz eigene Bezeichnung geben würde, gäbe es endlose Schwierigkeiten bei der Kommunikation. Doch wie ist es mit den nichtmateriellen Dingen? Selbst Begriffe wie „Liebe", „Gott", „Wahrheit", „Angst" oder „Zeit" presst der Mensch in eine Schublade, weil es für ihn wichtig ist, sie ordnen und verknüpfen zu können. Doch bei diesen Begriffen ist eine Einigung auf einen hinter dem Begriff stehenden Sachverhalt gewiss weitaus komplizierter, da wir alle unter Umständen etwas völlig anderes unter diesen Begriffen verstehen.

Da die Sprache immer dominanter wurde, führte das zu der Illusion, dass sich grundlegende Wahrheiten mit der Sprache ausdrücken ließen. Dadurch entstanden künstliche Trennungen in realen Strukturen, die eigentlich miteinander verbunden waren. Wenn ein Blatt an einem Ast hängt, ist relativ offensichtlich, wo das Blatt anfängt und der Ast aufhört. Wenn die Blätter im Herbst auf die Erde gefallen sind und bereits die Zersetzung angefangen hat, werden die Bestandteile immer ähnlicher und eine Trennung hebt sich auf.

Die Realität sieht annähernd so aus, dass die Welt grenzenlos mit sich gegenseitig beeinflussenden Phänomenen bestückt ist, wovon sich keines vollständig beschreiben lässt. Unsere Erkenntnisse über die großen Zusammenhänge des Universums sind noch so eingeschränkt, dass die Menschen die größere Wirklichkeit nicht erfassen können.

Begriffe sind Hüllen, in die Vorstellungen über bestimmte materielle und nichtmaterielle Dinge eingepackt werden. Je gegenstandsloser das Ding ist, desto stärker variieren die damit verbundenen Vorstellungen. Bei einem Apfel mag die Vorstellung noch sehr identisch sein, doch bei Liebe und Angst gibt es wie gesagt riesige Unterschiede.

Sprache ist ein mächtiges Werkzeug des Menschen, mit deren Hilfe sich über den Klang der Stimme starke Emotionen auslösen lassen. Einzelne Buchstaben und Wörter schwingen und haben Einfluss auf die Psyche – selbst dann, wenn die Bedeutung des Wortes gar nicht bekannt ist. Mantren werden nicht übersetzt, weil der Klang bzw. der Ton die Botschaft in sich trägt. Solche Wörter sind unter anderem „Amen", „Halleluja", „Namasté" oder „ALOHA".

Während Eva an ihrem Beitrag arbeitete, meldete sich der Engel erneut zu Wort.

„Bitte gestatte mir den Hinweis, dass bekanntlich der Ton die Musik macht und es beim Sprechen auf die richtige Betonung ankommt. Wie sprichst du Amen aus?"

„Amen. So, wie ich es schreiben würde. Wieso fragst du? Ist das falsch? Liest du etwa mit?"

„So viele Fragen auf einmal. Ja, ich bin bei deinen Gedanken als Zuhörer dabei. Ich lese nicht mit. Ich kann die Buchstaben nicht sehen. Ich empfange deine Gedanken sozusagen als Komplettpaket. Ich sehe nicht mit deinen Augen. Ich sehe auch den Computer und die Tastatur nicht so, wie du. Ich fühle die Energie und wandle sie in mir, damit ich mit dir kommunizieren kann. Nun zur nächsten Frage: Ob etwas falsch ist, wäre nicht die richtige Frage an mich. Fühle deinen Atem, wenn du Amen sprichst, und lasse es zunächst in dir, in deinen Gedanken und dann aus dir, mit deinem Atem zum Schwingen und Klingen kommen. Kennst du die Bedeutung dieses Wortes?"

„Soweit mir bekannt ist, soll es Zustimmung ausdrücken. Das Gebet wird damit noch einmal bekräftigt."

„Dieses Wort beinhaltet die Weisheit in der Dankbarkeit dafür, dass alles bereits da ist. Gott ist Einheit und Überfluss. Die Kraft kommt aus dem Gewahrsein, dass du alles bereits bist und hast, worum du bittest. Aahhmenn."

„Sind meine Gebete jetzt nicht so wirkungsvoll gewesen, weil ich nicht wusste, was Amen bedeutet und wie ich es richtig betonen muss? Was ist mit denen, die es nie erfahren werden?"

„Jeder Mensch hat seine eigenen Lernaufgaben. Du bist hier, um viel zu lernen und dein Wissen weiterzugeben. Du wirst andere Dinge erfahren als jemand, für dessen Weg ganz andere Informationen wichtig sind. Bedenke, dass alles zur richtigen Zeit auf dich zukommt. Du lernst Menschen kennen, von denen du etwas lernen kannst, findest Bücher, die dich ansprechen und dir weiterhelfen. Manchmal siehst du einen Film oder hörst bewusst den Text eines Liedes. Die Perlen deiner Bewusstwerdung reihen sich auf und du arbeitest eine nach der anderen ab. Alles, was für dich heilig ist, fordert deine ganze Achtsamkeit. Nachdem du die Bedeutung des Wortes Amen erfahren hast, solltest du es nie mehr unachtsam aussprechen. Andere haben dich in diesem Zusammenhang nicht zu interessieren. Gib dein Wissen weiter, aber erwarte nicht, dass jeder dein Wissen auch für seine Wahrheit hält. Es geht hier um dich."

In diesem Moment meldete sich Evas schlechtes Gewissen. Sie war für so vieles nicht mehr dankbar, weil sie es bereits als selbstverständlich empfand. Wann hatte sie sich zuletzt für die Fülle in ihrem Kühlschrank bedankt?

Dankesgebete gab es nahezu gar nicht. Eher Wunschgebete mit erheblichen Zweifeln, ob sie auch erhört werden würden. Wie wunderbar könnte es sein, wenn sich die Unsicherheit beim Beten in Gewissheit wandeln könnte?

In Eva wurde es still und sie konnte in ihrem Inneren die ersten Takte eines Liedes hören, welches ihr die Tränen in die Augen trieb. Sie hörte die Stimme eines Engels, der sang: „Danke für die Liebe, die mich umgibt, Danke für die Liebe, die ich bin. Für die Liebe in meinem Leben, für das Wunder, das ich bin. Danke für die grenzenlose Fülle, die ich bin. Danke, dass ich bin."[1]

Ganz zart, beinahe flüsternd sang Eva den Text mit, während sie den Song auf ihrem MP3 Player suchte. Sie war allein und drehte die Lautstärke der Boxen hoch. Voller Inbrunst sang Eva zum Originalsong von Marietta Zumbült und spürte, dass sich ihre Seele befreite. Sie fühlte die Dankbarkeit für die einzelnen Bereiche ihres Lebens, die im Lied so wunderbar besungen wurden.

„Ich brauche keine Kirche und keinen Tempel, sondern den einzigen Moment in meinem Alltag, in dem das Gefühl von Dankbarkeit in mir aufsteigt und mich auflädt, wie eine Lichtdusche. Wie wohltuend ist doch Dankbarkeit. Das sollte ich mir immer wieder bewusst machen", seufzte Eva mit einem Lächeln im Gesicht.

„Wir Engel lieben die Musik, wie die Menschen. Singe täglich. Das befreit dein Herz und bringt deinen Körper zum Schwingen. Du kannst auch Aahmmenn mit einer Melodie singen, die dir Freude macht. Sei kreativ und probiere es aus. So wird dieses Wort mit viel Leichtigkeit und Freude in deinem Energiefeld schwingen und die Fülle wird, in Dankbarkeit gehüllt, zu dir fließen. Kannst du dir vorstellen, was du noch beachten solltest, wenn du singst, sprichst oder gar denkst?"

„Meine innere Haltung oder meine ehrliche Absicht?"

„Ja, aber präziser: Du brauchst die Herzfrequenz. Diese erreichst du nur dadurch, indem du dein Herz öffnest und Liebe in Form von Dankbarkeit fühlst. Liebe öffnet das Herz. Ein herzliches Lachen öffnet dein Herz. Es nützt dir nichts, wenn du wie ein Papagei im Käfig die Affirmationen plapperst: ‚Ich bin Liebe, ich bin glücklich, ich bin reich, ich bin das ‚ICH BIN', ich bin göttlich.' Du könntest genauso wirkungsvoll die Affirmationen aufsagen: ‚Ich bin ein bunter Hund, ich bin ein Professor der Astrophysik, ich bin ein veganes

---

[1] Text aus dem Lied „Danke – Der Song für den Tag nach einem Text von P'taah", Marietta Zumbült

Reiskorn.' Sage es dir jeden Tag, während du dich vor den Spiegel stellst und deinen äußeren Wandel beobachtest. Iss dein Müsli aus einem Hundenapf, bastle dir eine Reiskornkette und hänge sie dir um, mache dir eine Frisur wie Professor Hastig aus der Sesamstraße und nagele dir ein Planetenposter an die Wand. Kaufe dir den Tee ‚Hildegard von Bingens Sonnenhund' und setze dich in der Vollmondnacht auf die Erzengel-blau-gefärbte Yogamatte mit kosmischen Symbolen. Bitte vergiss dabei nicht, dir das Kartendeck ‚Transformationskarten zur Wandlung enttäuschter Erwartungen' bereitzulegen. Das könntest du dann gut gebrauchen."

Die Stimme verklang und hallte in Eva nach, die sich die Tränen vom Lachen abwischte. Schließlich fragte sie sich, ob ihr der Verstand oder der Engel einen Streich gespielt hatten.

„Was war denn das gerade? Es hat sich wie der Engel angefühlt, aber machen die solche Späße?" Es war zwar lustig, aber dennoch konnte sie eine gewisse Ernsthaftigkeit hinter all dem Humor fühlen. Wie heilig und ernsthaft die Spiritualität von einigen ihrer Spezies gesehen wurde, konnte Eva nicht einschätzen. Gerade die Vermarktung von Konsumartikeln mit heiligem Anstrich war ihr persönlich oftmals eine Spur zu viel. Sie war verunsichert, ob sie auch diesen Markt bediente, wenn sie ihren Heilsteinketten Namen von Heiligen, Meistern und Engeln gab.

„Natürlich tust du das. Mach dir bloß nichts vor. Es ist letztendlich auch ein Geschäft. Solltest du deinen Ketten nur Namen von Heiligen geben, weil du sie dann besser verkaufen kannst, dann ist das scheinheilig. Wenn du die Absicht hast, dass die Kette als Brücke zwischen dem Menschen und der Heiligen dienen soll, über die er sich leichter mit ihr verbinden kann, dann ist das etwas anderes. Erst recht, wenn du die Kette segnest und sie dadurch mit der Energie der oder des Heiligen verbindest und von dir löst. Du bist die Schöpferin der Kette und dafür verantwortlich, dass sie rein ist."

„Du bist aber streng", sagte Eva und fühlte sich überhaupt nicht wohl in ihrer Haut.

„Das sagt genau die Richtige. Bitte sei nicht so streng mit dir und den anderen, was den Konsum betrifft. Freue dich, wenn wieder einmal ein bunter spiritueller Katalog in deinem Briefkasten liegt. Lasse dich inspirieren und lächele, wenn du zu der Einsicht kommst, dass du das alles nicht oder nicht mehr brauchst. Gönne anderen die Freude an den schönen Dingen. Auch das ist Fülle und Überfluss und jeder hat sein eigenes Empfinden dazu. Ihr solltet euch da gegenseitig mehr zugestehen. Wie viele Ketten hast du dir gemacht? Brauchtest du sie wirklich alle oder hattest du einfach auch Freude an der Vielzahl? Oder schau mal in deine Schubladen und Regale. Wie hoch schätzt du die Anzahl deiner Kerzen- und Teelichthalter?"

Eva konnte es kaum glauben, dass der Engel über ihren Schmuck und die Deko-Gegenstände so gut Bescheid wusste. Sie schämte sich auf einmal, dass sie im Laufe der Zeit so viel angehäuft hatte. Vielleicht hätte sie doch bescheidener sein sollen. So viele Kerzenständer brauchte sie wirklich nicht.

„Nein, bitte fühl' dich jetzt nicht schlecht! Dann hast du die Botschaft nicht verstanden. Sei dankbar für die Fülle in deinem Leben, lerne den Überfluss wertzuschätzen und mach dir stets bewusst, wo Überfluss in Habgier mündet.

Erinnere dich an deinen Seelenauftrag. Es ist kein Zufall, dass du sehr kreativ und handwerklich geschickt bist. Es macht dir Freude, Schmuck zu entwerfen und die Geistige Welt über die Steine und deren Segnung für Menschen auch grobstofflich zugänglich zu machen. Die Freude an dieser Arbeit zeigt dir, dass du auf dem richtigen Weg bist. Sobald du die Freude daran verlierst, wird die Heiligkeit aus jeder deiner Handlungen weichen und du wirst dich fragen müssen, ob du noch deinem Seelenauftrag folgst."

Die Worte des Engels beruhigten Eva. Sie hatte zwar viele schöne Sachen, aber sie teilte auch gern mit anderen. Oft hatte sie Kleinigkeiten, wie Steine, verschenkt und sich mit den Beschenkten gefreut.

Eva ging zu ihrem Regal und zog einen Ordner heraus, in dem alles abgeheftet war, was sie an Schmuckideen umgesetzt hatte. Zielgerichtet suchte sie eine Kette, die sie als Vision empfangen hatte. Wieder war es ein Buch, von dem sie sich inspirieren ließ.

Die Vater-Unser-Kette

Vor einiger Zeit hatte Eva das Buch „VATER UNSER – Deine Schatzkarte zu Gott", von Kathleen McGowan geradezu verschlungen. Sie hatte es nicht aus der Hand legen könne, bis sie es innerhalb eines Tages komplett gelesen hatte. In der darauffolgenden Nacht hatte sie von einer Kette geträumt, in der die einzelnen Passagen des *„Vater Unsers"* mit unterschiedlichen Steinen symbolisch angeordnet waren. Sie hatte so einen großen Drang aufzustehen gefühlt, dass sie sich mitten in der Nacht Notizen machte und dabei die fertige Kette so konkret vor sich sah, dass sie sie regelrecht fühlen konnte. Sie hatte sich vorgestellt, wie sich die verschiedenen Steine anfühlten und konnte sogar den Duft einer Rose riechen, als sie eine goldene Rose in der Mitte der Kette betrachtete. Spontan war sie noch am selben Tag zu ihrem Lieblings-Steinehändler nach Ludwigsburg gefahren. Völlig überrascht wurde sie da mit einem neuen Sortiment an silbervergoldeten Rosen, die sie für die Mitte der Kette brauchte.

„Das ist ja ein toller Zufall", hatte sie die glückliche Fügung genannt. Zu Hause setzte sie sich hin und ihre Hände schienen wie von selbst die Steine anzuordnen. Es entstand eine zauberhafte Kette, die von einigen Frauen als eine Neuauflage des Rosenkranzes interpretiert wurde. Für Eva war dieses Schmuckstück eine wunderschöne kristalline Brücke zu Gott.

Eva musste dieses zauberhafte Exemplar unbedingt ihrer Schwester Lilith zeigen und sie darum bitten, ein Foto von der Kette zu machen. Lilith war auch Polizistin und arbeitete beim Erkennungsdienst der Kriminalpolizei. Sie hatte ihre große Leidenschaft, das Fotografieren, zu ihrem Beruf gemacht. Leider waren ihre dienstlichen Motive meistens nicht sehr schön anzusehen, denn neben Fotos von Tätern und Opfern gehörten auch Tatorte wie Leichenfundorte dazu. Eva war nicht sicher, ob Lilith zu Hause war. Daher schrieb sie ihr eine WhatsApp, lud sich bei ihr zum Kaffee ein, stieg ins Auto und fuhr bei strahlendem Sonnenschein los. Als sie nach 10 Minuten Fahrt bei ihr ankam, blickte sie noch schnell auf ihr Handy und wunderte sich, weil Lilith die Nachricht noch nicht gelesen hatte. Ihr Auto stand jedoch in der Einfahrt – sie musste also zu Hause sein. Eva klingelte. Nichts rührte sich.

„Wahrscheinlich ist sie im Garten", dachte Eva und ging um die Ecke. Von weitem konnte sie Liliths unbeschwertes Lachen hören. Vielleicht hatte sie Besuch. Etwas verunsichert lief Eva weiter und sah schließlich ihre Schwester, wie sie mit Adrian, ihrem neuen Freund, auf einer Picknickdecke rumalberte. Beide wirkten wie zwei frisch Verliebte und strahlten aus, dass die jetzt keine Lust auf Besucher, schon gar nicht auf Besucher mit einer Vater-Unser-Kette hatten. Eva freute sich für ihre Schwester und gönnte ihr das neue Glück, nachdem sie lange Jahre ohne Partner gewesen war. Daher entschloss sie sich, unbemerkt nach Hause zu fahren. Doch es war zu spät, denn Cleopatra, Liliths französische Bordeauxdogge, stürmte bellend auf sie zu. Hechelnd und sabbernd wurde Eva von ihr herzlich begrüßt. Lilith sah in Evas Richtung.

„Oh, was machst du denn hier?", fragte sie irritiert, kam auf Eva zu und ordnete dabei ihre Kleidung. Die Schwestern nahmen sich herzlich in den Arm. „Ich bin ganz zufällig hier vorbei gekommen", log Eva.

Lilith grinste, deutete auf Adrian und gab zu verstehen, dass Eva jetzt ganz schnell verschwinden müsse. Eva verstand natürlich, drückte ihr die eingepackte Kette in die Hand und bat sie darum, das Schmuckstück bei Gelegenheit zu fotografieren. Dann fuhr Eva nach Hause und dachte an Tim, als sie einen Radfahrer überholte. Wo war er eigentlich? Sie merkte, dass das Buch mehr Zeit in Anspruch nahm, als ihr bewusst war und ihre Partnerschaft darunter litt. Es würden auch wieder andere Zeiten kommen, machte sich Eva Mut. Zu Hause angekommen, verdrängte sie ihre Gedanken an Tim und lief gleich wieder in ihr Arbeitszimmer, um das nächste Kapitel ihres Buches zu schreiben.

Die Vater-Unser-Kette

Vater-Unser-Kette

Der erste Stein ist der *Amethyst* und steht für den *Glauben*.
Er entspricht dem Wortlaut:

> *Vater unser, der du bist im Himmel,*
> *Geheiligt werde dein Name.*

Der zweite Stein ist der *Rhodochrosit* und steht für die *Hingabe*.
Er entspricht dem Wortlaut:

> *Dein Reich komme,*
> *Dein Wille geschehe.*

Das Symbol für das *Dienen* ist die *Perle*, die an 3. Stelle steht.
Sie entspricht dem Wortlaut:

> *Wie im Himmel, so auf Erden*

Das Symbol für die Fülle ist Gold.
Es entspricht dem Wortlaut:

> *Unser tägliches Brot gib uns heute.*

Der fünfte Stein ist der Rosenquarz und steht für die Vergebung.
Er entspricht dem Wortlaut:

>*Und vergib uns unsere Schuld,*
>*Wie auch wir vergeben unseren Schuldigern.*

Der sechste Stein ist der Granat und steht für die Überwindung.
Er entspricht dem Wortlaut:

>*Und führe uns nicht in Versuchung,*
>*sondern erlöse uns von dem Bösen.*

Das Zentrum ist die goldene Rose und dieses steht für die Liebe.
Sie entspricht dem Wortlaut:

>*Denn dein ist die Kraft und die Herrlichkeit.*
>*In Ewigkeit, Aahhmenn.*

Eva hatte das VATER UNSER immer nur auswendig heruntergerasselt und war sich der Bedeutung der heiligen Worte nicht bewusst gewesen. Durch die verschiedenen Steine und Symbole der Kette, die sie mit dem Wortlaut des VATER UNSER gesegnet hatte, war es Eva möglich, eine bewusste Verbindung zu Gott herzustellen. Die Kette half ihr dabei wie ein kleiner Steinkreis, den sie in den Händen halten konnte, einen heiligen Raum um ihren physischen Körper herum aufzubauen, in dem sie sich sicher und geborgen fühlen konnte. Eva speicherte das Kapitel ab und ging für einen Moment in den Garten, um nach ihren Rosen zu sehen, deren Duft zu atmen und die Zeit für einen Moment anzuhalten.

Angst vor der Öffentlichkeit

So wie die Wolken vorüberzogen, kamen und gingen auch ihre Gedanken, die immer wieder zur Vater-Unser-Kette zurückkehrten. Obwohl sie dieses Schmuckstück wundervoll fand, fühlte es sich nicht leicht und unbeschwert an, darüber in ihrem Buch zu schreiben. Der ihr längst vertraute Kloß im Hals machte sich bemerkbar und die Angst kroch ihr langsam den Rücken hoch.

„Wer weiß, wer das Buch in die Hände bekommt und auf diese Weise erfährt, womit ich mich in meiner Freizeit beschäftige", ging es ihr durch den Kopf. Immerhin war es schon schwierig genug gewesen, ihrer Familie von ihrer leidenschaftlichen Beziehung zu Steinen und Engeln zu erzählen. Was würde geschehen, wenn ehemalige Kollegen das Buch entdeckten und so erfuhren, dass Eva ganz anders war, als sie sich im Polizeidienst gezeigt hatte?

„Am liebsten wäre es mir, wenn ich darüber bestimmen könnte, wer das Buch lesen darf", überlegte sie. „Denn dann könnte ich es vor denen verbergen, die damit bestimmt nichts anzufangen wissen und mich für nicht normal halten könnten."

„Da ist sie wieder, deine Angst, nicht wahr?"

Eva zuckte innerlich zusammen, als sie die Stimme des Engels hörte. Sie fühlte sich, als wenn er ihr aufgelauert hätte. Darum wetterte sie los: „Oh Mann, kann ich jetzt noch nicht mal mehr in Ruhe in meinen Garten gehen? Bekommst du alles mit? Kann ich keinen Gedanken mehr denken, ohne dass du ihn erfährst?"

„Wenn es so wäre, was würde dich daran stören?", hörte sie die Stimme, deren sanfter Klang sie allmählich zu nerven begann.

„Kennst du das Lied ‚Die Gedanken sind frei'?"

„Das kenne ich. Derjenige, der es schrieb, wusste noch nichts von morphogenetischen Feldern", entgegnete die Stimme jetzt in einer anderen Frequenz und einem schulmeisterlichen Ton.

„Na, du bist ja ein ganz Schlauer und hast wohl auf alles die passende Antwort", keifte Eva und blickte sich um. Sie wollte sichergehen, dass kein Nachbar in der Nähe war und sie hören konnte.

„Ich würde dir für dieses Kompliment danken, wenn ich nicht deine wahren Gefühle hinter den Worten spüren könnte. Aber bitte mache dir bewusst, dass auch du und jeder andere Mensch dazu in der Lage ist, die ehrliche Botschaft in jeder Äußerung wahrzunehmen. Nur wollt ihr das oftmals gar nicht wissen und überhört absichtlich das eine oder andere. Euer Verstand leistet euch da einen manipulativen Dienst."

„Ich weiß, was du meinst. Ich habe schon einiges von dem Wissenschaftler Robert Sheldrake gelesen und ich glaube daran, dass es diese energetischen Felder gibt, über die wir miteinander verbunden sind."

„Das ist ein Grund, warum du über diese Felder mit mir kommunizieren kannst. In diesem Fall ist dein Glaube daran tatsächlich die treibende Kraft, die dir diesen Zugang gewährt. Du bist ein schönes Beispiel für die wissenschaftlich, logisch denkenden Menschen. Du brauchst eine Erklärung, der du folgen kannst und die für dich Sinn ergibt. Du hast nach Erklärungen für bestimmte Phänomene außerhalb der Naturwissenschaften gesucht und bist fündig geworden. Hättest du dein Wissen rein auf die wissenschaftlichen Ansätze beschränkt, würde sich deine Realität auch nur innerhalb dieses Bereiches entfalten."

„Moment mal, das würde ja bedeuten, dass Jesus nur für die Menschen existieren würde, die an ihn glauben, also wirklich davon überzeugt sind, dass es ihn gibt und die anderen wären total benachteiligt."

„Dein Gedankensprung ist interessant. Insbesondere die Tatsache, dass du eben noch über Wissenschaft und Realität nachdachtest und jetzt sofort den Glauben und Jesus Christus mit ins Spiel bringst. Denke weiter, das wird deinen Leserinnen und Lesern neue Horizonte öffnen." Eva war total verblüfft, dass sie sich so leicht mit einem Engel unterhalten konnte und der auch noch so einen normalen Eindruck machte. Er kam ihr mit keinem heiligen Gesäusel daher und schien ganz normale Ansichten zu haben. Und dieser Hinweis auf die Leserinnen und Leser war echt putzig.

„Das ist ja lustig, du sprichst ja auch von Leserinnen und Lesern."

„Das ist nicht lustig, denn ich habe meine Sprache lediglich an deine ange-passt. Aber es freut mich, wenn dich das erheitert."

Jetzt musste Eva lachen. Sie schüttelte den Kopf und dachte: „Oh Mann, ich habe echt einen an der Rassel."

„Siehst du, jetzt lachst du wieder und denkst, dass du nicht normal bist. Blockiere dich jetzt nicht. Lass deine Leser daran teilhaben. Viele von ihnen haben dieselben Ängste und trauen sich nicht, darüber zu sprechen. Sie haben Angst davor, dass man sie - wie sagst du doch immer so amüsant – in die Gummizelle stecken könnte. Du wirst lernen, mit dieser Gabe offen umzugehen. Hier sind Halbwahrheiten oder nette Geschichten nicht angebracht. Die Glaubwürdigkeit hat nur das Fundament der Wahrheit. Die Menschen werden mit ihrem Verstand Fragen stellen. Sie werden zweifeln: an dir, an deinen Worten, an deiner Gabe – und nur die Stimme des Herzens wird ihnen zuflüstern können, ob sie deinen Worten Glauben schenken dürfen, auch wenn der Verstand ihnen keine akzeptable Erklärung dafür bieten kann."

„Du hast gut reden. Ich will nicht, dass mich die anderen für gestört halten. Ich kenne die Zweifel im Umgang mit der *Geistigen Welt*. Wenn ich euch nicht tatsächlich erlebt hätte, würde ich immer noch mit eurer Existenz hadern. Ja, ich glaube an Engel und weiß, dass es sie gibt und wir mit ihnen sprechen können." Eva fühlte sich sehr feierlich, als sie dem Engel ihre Sichtweise mitteilte.

„Jetzt sind wir voll im Kern der Spiritualität angekommen: Da, wo ihr nichts mehr wisst, da fängt der Glaube an. Dieser ist das mächtigste Geschenk, das ihr habt. Daneben gibt es nur noch die Freiheit, dass ihr euch dafür entscheiden dürft, an was ihr glauben wollt. Das kann euch niemand vorschreiben. Erst recht keine Religion. Es ist jedoch sehr schmerzlich für uns, wenn wir mit ansehen müssen, dass du Worte wie ‚gestört' oder ‚nicht normal' in Zusammenhang mit deiner Spiritualität verwendest. Sei dir bewusst, dass du Meinungen und Urteile in vielen Inkarnationen genährt hast. Einige Bewertungen hast du von anderen übernommen, weil du diesen Stimmen mehr Glauben geschenkt hast, als deinen eigenen Empfindungen. Andere hast du dir selbst im Laufe der Zeit zurechtgelegt. Wir haben dich lange in deiner Entwicklung beobachtet und konnten sehen, welche Gedanken und Gefühle du anderen gegenüber hattest. Jetzt ist es an der Zeit, dass du dich gemäß des Grades deiner Seelenentwicklung verhältst und zwar in aller Konsequenz. Wenn du tatsächlich das Gefühl hast, du seiest ‚gestört', dann begib dich in eine Therapie und nimm deine geistige Arbeit erst dann wieder auf, wenn du dir deiner selbst bewusst bist und den Verleumdungen und Diffamierungen von Menschen mit geringerer Seelenreife keinen Nährboden mehr geben möchtest. Beobachte dich selbst und sei diszipliniert, wenn du dich wieder einmal wie ein Teenager verhalten solltest, der sich seinen Emotionen voll hingibt, wie ein Sturm durch das Wasserglas zieht und anschließend viel Energie benötigt, um das, was er angerichtet hat, wiedergutzumachen. Mit deinen Zweifeln schürst du die Zweifel der anderen. Daher mache dir klar, was du bist und was du willst und handele entsprechend."

Eva schämte sich für ihr dummes Geplapper. Obwohl der Engel sehr streng zu ihr war, spürte sie dennoch eine tiefe Liebe, die von ihm ausströmte. Ihr war bewusst, dass sie sich endgültig von den alten Glaubenssätzen befreien musste, wenn sie sich weiterentwickeln wollte. Daher legte sie feierlich ihre Hand auf die Brust und versprach sich selbst, dass sie all ihre Überzeugungen und Zweifel überdenken wollte, um nur noch das für wahr und richtig annehmen zu können, was sich auch so anfühlte – ganz egal, aus welchem Mund es kam. Eine Aussage war nicht wertvoller oder richtiger, weil ein Professor Doktor „Sowieso" sie machte. Ein kleines Kind verdiente oftmals mehr Anerkennung und Respekt, als irgendein Prominenter, Akademiker oder sonstiger Wichtigtuer. Von Standesdünkel hatte sie die Nase gründlich voll und so sollte es auch bleiben! Eva stand wie angewurzelt da und blickte in das frische Blätterdach des Ginkgo-Baumes, der im Zentrum ihres kleinen Gartens stand. Sie vernahm ein leises Rauschen und es schien, als wäre ihr Engel auch körperlich anwesend. Für den Bruchteil einer Sekunde sah sie die leuchtende Silhouette einer menschen-ähnlichen Gestalt, die vor dem Baum stand. Doch als sie dieses Bild mit den Augen fokussieren wollte, löste es sich augenblicklich auf. „Wenn er sich doch noch einmal zeigen könnte, dann wäre ich mir sicher, dass ich mir diese Unterhaltung nicht nur eingebildet habe", wünschte sie sich aus tiefstem Herzen. Nach einer Minute gab sie die Hoffnung auf eine unzweifelhafte En-gelsichtung auf und ging in ihr Arbeitszimmer. Es war nicht leicht, den Faden immer wieder aufzunehmen und die analytische Steinheilkunde Punkt für Punkt aufzuschreiben. Der Engel hatte Eva immer wieder aus dem Konzept gebracht. Doch genau das schien sein Plan zu sein und Eva war schon sehr gespannt, mit welchem Thema er sie ganz nebenbei konfrontieren würde.

Eva scrollte durch ihr Manuskript und stellte fest, dass das vorerst letzte Thema der analytischen Heilsteinkunde noch fehlte – die Entstehung der Steine. Sie setzte sich hin und schrieb auch zu diesem Kapitel ein paar Zeilen.

Die Entstehung der Steine

Es gibt eine weitere, ganz plausible Erklärung zur Wirkung der Steine: so, wie sie entstehen, so wirken sie auch. Analog dazu kann man sagen, dass sich auch jeder Mensch entsprechend seines Lebensraumes und der Einflüsse entwickelt, in denen er aufwächst. Es gibt drei grundlegende Entstehungsmöglichkeiten im Kreislauf eines Steines:

1. Primäre Entstehung direkt aus dem Magma durch Abkühlung und Erstarrung

2. Sekundäre Entstehung durch Verwitterung und Zersetzungsprozesse

3. Tertiäre Entstehung durch Druck und Hitze innerhalb der Erdkruste

Primär

Primär entstandene Steine unterstützen in Lebensphasen, wo etwas grundlegendes Neues beginnt – eine Reise ins Unbekannte mit unbekanntem Ausgang. In solch einer Situation braucht man oftmals Kraft, um über die anfänglichen Schwierigkeiten hinwegzukommen. Typische Primärgesteine sind Lava und Obsidian. Die Abkühlung der Steine erfolgte so schnell, dass sie nicht in der Lage waren, Kristalle auszubilden. Daher sind sie hervorragend zur Unterstützung geeignet, wenn etwas „über einen hereinbricht" und man in keiner Weise darauf vorbereitet war. Das kann zum Beispiel der Tod eines Angehörigen sein, der jemanden in eine völlig neue Situation führt. Aber auch der Verlust des Arbeitsplatzes oder ein Ortswechsel, der einen zwingen könnte, sein altes Zuhause aufgeben zu müssen und weit weg neu anzufangen. Genauso gut unterstützen diese Steine, wenn eine schwere Krankheit oder Krise überwunden wurde und man sich mit neuen Ritualen oder Lebensgewohnheiten arrangieren möchte.

Sekundär

Sekundär entstandene Steine bieten Unterstützung bei Prozessen von Weiterentwicklung. Wenn die anfänglichen Schwierigkeiten überwunden wurden und „das Schiff sich in ruhigeren Gewässern" befindet, dann braucht es neue Impulse, um sich beständig weiterentwickeln oder auch anpassen zu können. In dieser Zeit geht es nicht um die aktive Selbstverwirklichung, sondern eher um die passive Anpassung, ohne die ein soziales Miteinander nur schwer möglich ist. Ein typisches Sekundärgestein ist der Brekzien-Jaspis. Er erinnert an Trümmer, die sich zu einem wunderschönen Stein neu zusammengefügt haben.

Tertiär

Die *tertiär* entstandenen Steine helfen in Phasen von Veränderung und Auflösung. Steine, die so entstehen, werden in die Erde hineingedrückt und eingeschmolzen. Tigereisen war vor seiner Umwandlung ein roter Sandstein. Immer dann, wenn wir selbst etwas verändern oder beenden wollen, weil diese Veränderung jetzt ansteht, dann helfen uns tertiär entstandene Steine. Aber auch in Prozessen, wo etwas zu Ende gegangen ist und wir es nicht halten können, unterstützen sie den Prozess des Loslassens. Mancher musste durch eine heftige Krise gehen, die ihn läuterte und für das Neue vorbereitete. Ein solcher Krisenstein ist der Granat. Er war auch ein Modestein in der Nachkriegszeit.

Bergkristall-Kette -
Der Bergkristall ist ein Beispiel für alle drei
Entstehungsmöglichkeiten

Eva speicherte das Dokument ab und sendete es an ihr Mailfach, um es auf dem iPad erneut öffnen zu können. In ihrem Lieblingssessel nahm sie eine entspannte Schmökerhaltung ein und las das letzte Kapitel noch einmal durch. Sie kam zu der Erkenntnis, dass sie mit ihrem Buch wohl nicht den nächsten Bestseller liefern würde. Das war zwar alles ganz interessant, aber stand zum Teil auch schon in anderen Büchern. Irgendetwas fehlte noch. Michael Gienger war für Eva ein „Heilstein-Guru", der seine analytische Heilsteinkunde ausführlich dargestellt hatte. Irgendwie empfand sie es anmaßend, wenn sie behaupten würde, dass es da noch mehr geben könnte, als nur die einzelnen Bestandteile, aus denen sich die analytische Steinheilkunde zusammensetzte. Nein, auf Kritik von Fachleuten hatte Eva keine Lust. Sie atmete tief durch, machte das iPad aus und legte es auf den Tisch. Eva hatte keine Ahnung davon, in welche Richtung ihr Buch gehen sollte.

„Ich brauche eine geniale Idee!", sagte sie spontan laut zu sich selbst.

„Bist du dankbar dafür, dass du dieses Buch im Jahr 2016 nach Christus schreiben kannst?"

Erschrocken blickte sich Eva um und reagierte nicht gerade freundlich auf die Frage des Engels. „Bist du schon wieder da? Bist du auch da, wenn ich auf die Toilette gehe oder mit meinem Mann im Bett bin?"

„Das kommt darauf an."

„Jetzt hör mir mal zu! Darauf steh ich gar nicht und wenn du solche Vorlieben hast, dann such dir jemand anderen! Du warst mir bis jetzt noch ganz sympathisch, aber irgendwie fängst du an zu nerven. Merkst du das nicht?"

„Wir beide haben einen Vertrag miteinander. Ich gebe dir Impulse für dein Buch. Du stellst die Verbindung zu mir her und nicht umgekehrt."

„Moment mal. Du hast dich bei mir gemeldet und nicht umgekehrt. Ich habe dich nicht gerufen und dich um Unterstützung gebeten."

„Dein Verstand hat mich nicht gerufen, aber deine Seele."

„Oh nein!!! Jetzt kommst du mir schon wieder mit diesem … Blödsinn! Kannst du nicht andere Begriffe verwenden? Das klingt so … ach, du weißt schon, wie ich das meine."

„Es ist großartig, wie du den Faden immer wieder aufnimmst. Du wolltest mir etwas über deine Angst erzählen. Du bist geschickt ausgewichen, hast dich gedanklich mit anderen Dingen beschäftigt und bist jetzt an dieser Stelle wieder angekommen. Wie viele Umwege brauchst du noch? Ich habe alle Zeit der Welt. Du bist da schon etwas eingeschränkter."

„Ich will nicht über meine Angst reden. Ich kann dir das nicht erklären. Ich möchte einfach nur dieses Buch über Steine schreiben – nicht mehr und nicht weniger." Eva erhob sich und ging ein paar Schritte im Zimmer auf und ab. Sie versuchte, sich vorzustellen, wo der Engel war und ob sie durch ihn hindurchlaufen konnte.

„Deine Angst hat etwas mit dem Buch zu tun. Hier musst du schwarz auf weiß zu dem stehen, an was du glaubst. Spiritualität ist von seinem Ursprung das Natürlichste und Selbstverständlichste, was es für einen Menschen gibt. Der Glaube ist etwas Elementares, wonach sich die Wirklichkeit konstruiert. Das hat jetzt nichts mit einem religiösen Glauben zu tun. Das, womit du Probleme hast, ist die Art und Weise, wie einige Menschen damit umgehen. Sie stellen ihren Glauben zur Schau. Sie liefern ein Schauspiel, indem sie sich durch ihre Kleidung, ihre Sprache und ihr Verhalten an bestimmten Gruppen orientieren, zu denen sie sich zugehörig fühlen oder fühlen möchten."

Eva hörte dem Engel aufmerksam zu. Sie setzte sich wieder aufrecht auf einen Stuhl und stellte beide Füße auf den Boden. Sofort spürte sie, wie sich ihre Füße nach unten mit der Erde verbanden, als würden ihre Fußsohlen am Boden kleben. Diese Haltung gab ihr im wahrsten Sinne des Wortes Halt und es fiel ihr leichter, den Worten des Engels folgen zu können.

„Jede Gruppe hat ihren Anführer. Manchmal sind es auch mehrere, wenn du jedoch aufmerksam bist, dann kannst du beobachten, wer hier wen kopiert oder nachahmt. Dieses Verhalten ist euch vertraut. Erinnere dich an deine Kindheit. Von wem wolltest du anerkannt sein und geliebt werden? Was hast du alles dafür getan, um gemocht zu werden? Führe dir vor Augen, wie schwer es dir fällt, dich so zu kleiden, wie du dich normalerweise kleidest, wenn du zu einer spirituellen Veranstaltung gehst. Du lässt die blaue Bluse und Stoffhose im Schrank und ziehst dir etwas an, von dem du glaubst, damit weniger aufzufallen. In Wirklichkeit fällst du damit viel mehr auf, weil du in deiner Verkleidung unsicher bist. Du bist nicht automatisch erleuchtet, wenn du dir weiße Kleidung anziehst und auch nicht von bösen Geistern umgeben, wenn du Schwarz trägst."

Eva musste sofort an Blütenkränze und Hawaiihemden denken und fragte: „Du spielst auf HUNA an, oder?"

„Es ist schön, dass du auch da neue Wege gehst. Nicht jeder kann mit dem ‚Hawaii-Style' etwas anfangen. Du kamst schon recht früh mit dem Thema in Kontakt und wir haben uns ein wenig über deine Resonanz auf Hawaii-hemden gefreut."

Hawaiihemden konnte Eva überhaupt nicht leiden und sie wünschte sich, sie könne diese schrillen Farbkombinationen auf Knopfdruck mit ihren Augen zu schwarz-weiß-Ausgaben umwandeln.

„Ich habe mich total darüber aufgeregt, wenn Kollegen im Hochsommer mit Shorts und Hawaiihemden zum Dienst kamen. Man kann sich als Kripobeamter nicht in so einem Urlaubsoutfit ins Büro setzen und seine Vernehmungen machen. Was sollen die Leute denken? Wir sind doch nicht bei Magnum[2]." Allein die Vorstellung davon machte Eva wütend.

„Liebe Eva. Das sind deine Gedanken dazu. Was nicht heißen soll, dass nur du so denkst. Es gibt genügend Menschen, denen würde das gar nicht auffallen, weil sie sich darüber überhaupt keine Gedanken machen. Andere legen sehr viel Wert auf Kleidung und sie könnten deinen Kollegen nur aufgrund seines äußeren Erscheinungsbildes nicht ernstnehmen. Du hast da sehr konservative Vorstellungen. Diese sind weder gut noch schlecht. Aber es sind deine persönlichen Parameter."

Eva stand wieder auf. Sie fühlte sich gestresst und musste sich bewegen, daher ging sie erneut ein paar Schritte auf und ab. Dann fragte sie: „Wo waren wir stehen geblieben? Wie sind wir jetzt auf Hawaiihemden gekommen?"

„Frage dich, warum du nicht mit der - lass uns den Begriff ‚Esoterik-Szene' verwenden - verbunden werden willst."

„Ich kann damit teilweise nichts anfangen. Als ich die ersten Veranstaltungen besuchte, da hatte ich das Gefühl, einige seien vom wilden Affen gebissen worden. Die Begrüßungen waren teilweise sehr lautstark, mit heftigen Um-armungen. Ich weiß nicht, wie oft ich gehört habe: ‚Schön, dass du da bist.

[2] Magnum ist eine Krimiserie aus den 80ern, die auf Hawaii spielt.

Schön, dass es dich gibt.' Ich fand das ja ganz nett, aber irgendwie eine Spur zu dick aufgetragen. Ich habe das dann auch mal eine Zeit lang gemacht. Ich wollte einfach dazu gehören. Als ich die HUNA-Seminare besuchte, da habe ich auch hin und wieder ‚ALOHA' oder ‚Namasté' gesagt und an den Anfang oder ans Ende einer Mail gesetzt. Das war dort so üblich und erschien mir wie eine Art ‚Fachjargon'. Ich habe bei dem Wort ‚ALOHA' genauso viel gespürt, als wenn einer ‚Ei Gude' auf hessisch zu mir gesagt hätte und mir eingeredet, dass ich wohl anders sei oder die anderen wohl schon weiter als ich." Eva war eine Meisterin darin, sich zu verstellen und sich situationsbedingt die entsprechenden Masken aufzusetzen. Sie konnte in Rollen schlüpfen, war „schwingungsfähig" und setzte diese Gabe häufig unbewusst ein. Das war aber auch anstrengend und oft wusste Eva selbst nicht, wer sie war, nachdem sie alle Masken abgenommen hatte. Ihre eigene Sprache war ein wichtiger Teil ihrer Initiierung. Sie konnte Menschen mit ihren Worten begeistern und hatte eine Gabe, sowohl Erwachsene mit einem hohen Bildungsniveau als auch kleine Kinder zu erreichen.

„Es ist mir bewusst, dass ich sehr empfindlich auf Sprache reagiere." Spontan fielen ihr ein paar Menschen ein, von denen sie wusste, dass sie momentan auf Hawaii waren. Eine leise Sehnsucht und ein Hauch von Fernweh stieg in ihr auf und sie hätte am liebsten sofort eine Reise zu diesem Traumziel gebucht.

„Ich hatte das Gefühl, dass die Menschen, die auf Hawaii waren, einen anderen Spirit erlebt haben. Sie sind vor Ort mit diesem Feld verbunden worden. Ich denke, dass ich bei einem HUNA-Seminar nur oberflächlich dabei sein konnte und nicht so tief eintauchte wie diejenigen, die ihre Wurzeln dort haben. Ich kann nur HUNA für Anzugträger - um es auf neudeutsch zu formulieren. Unsere Seminarleiterin hat am Ende gesagt, dass sie einen Samen mit uns angelegt hat und nun im Anschluss jeder Einzelne individuell sein HUNA-Feld bewirtschaften sollte. Es ginge nicht darum, einen anderen zu kopieren. Wenn andere exotische Blumen anpflanzten und ich nur Kartoffeln, dann könne es auch nur diese bei mir geben. Aber dafür identifizierte ich mich mit Kartoffeln und könne mein Wissen dazu viel authentischer rüberbringen, als wenn ich etwas mit exotischen Pflanzen machte. Das eine ist nicht besser oder schlechter als das andere, es ist nur anders. Oder wie seht ihr das?" Vor ihrem geistigen Auge sah sich Eva, wie sie in einem Anzug Kartoffeln am Strand verkaufte, während andere Seminarteilnehmerinnen in bunten Hula-Röcken die herrlichsten Blumen anboten. Diese Bilder verunsicherten sie.

„Es ist gleichgültig, wie wir das sehen. Für dich ist nur wichtig, wie du das siehst. Die Zeitqualität bringt es mit sich, dass der individuelle Weg jeder Seele geachtet und toleriert wird. Selbst wenn du das Gefühl hast, alle anderen machen es anders als du, dann bleibe bei dir, gehe weiter und zentriere dich nur auf dich. Die anderen können für deinen Seelenweg kein Maßstab sein. Es wird nicht funktionieren, wenn du mehr im Außen als im Innen bist. Oftmals wirst du feststellen, dass die anderen gar nicht so anders sind. Nur durch deine Gedanken machst du sie zu etwas ‚Anderem'. Du nährst über deine Gedanken ein geistiges Feld. Versuche allem neutral zu begegnen und wenn du ‚HUNA für Anzugträger' machen möchtest, dann tu es. Sag, was du zu sagen hast, aber mach die Qualität deiner Arbeit nicht davon abhängig, wie andere das finden, was du zu geben hast. Gib deine Gedanken ins Feld und schaue, was passieren wird. Sei ohne Erwartung, aber bleibe in der Liebe."

Wie wunderbar sich doch alles fügte. Eva wollte zwar kein HUNA für Anzugträger machen, aber sie hatte die Botschaft ihres geistigen Freundes verstanden. Warum sollte sie HUNA nicht in einem Heilsteinbuch zum Thema machen? Das gab es bestimmt noch nicht. Mal sehen, welche Ideen ihr dazu noch von den Engeln „einfielen". Sie überlegte einen Moment, ob sie in ihren alten Aufzeichnungen nach einer passenden Einleitung für das HUNA-Kapitel nachschauen sollte, verwarf den Gedanken jedoch ganz schnell wieder. Ihr war bewusst, dass sie ihre Sichtweise nur mit ihren eigenen Worten und Gedanken zum Ausdruck bringen konnte, wenn sie wirklich authentisch sein wollte. Daher setzte sie sich an ihren PC, bat ihre innere Stimme auf die Bühne und ließ ihren Gedanken freien Lauf.

HUNA

HUNA ist eine Philosophie und kann für Menschen aus allen Kulturen zur Heilsquelle werden, wenn es gelingt, den Kern dieses Geheimwissens zu erfassen. Der Begriff HUNA klingt fremdartig. Bücher zu diesem Thema sind häufig in einem blumigen Urlaubsoutfit verpackt und versprühen einen Hauch von „Batida de Coco" unterm Palmenschirm. Was bei dem einen ein Gefühl von Neugier, Leichtigkeit und bevorstehendem Karibikurlaub auslöst, stößt bei anderen auf Unverständnis und Ablehnung. Die tiefe Weisheit dieser Lehre, welche im Ursprung durch die Hawaiianer wiederbelebt wurde, kann in unserem Kulturkreis oftmals nicht erkannt werden, da die materielle Verpackung in Form von Blütenkränzen, bunten Hula-Röcken und einem bestimmten HUNA-Szene-Vokabular den „Durchschnitts-Deutschen" überfordert.

Die HUNA-Philosophie hat ihren Ursprung auf Hawaii

Ich bin von HUNA begeistert und habe durch die Übungen und Meditationen so viel Heilung erfahren wie nie zuvor. Es gelang mir, meine innere Haltung zu den blumig-plüschigen Verpackungen zu verändern. Dennoch bin ich davon überzeugt, dass der tiefe ALOHA-Spirit nur denjenigen erreicht, der Hawaii besucht und erlebt hat oder ein Gefühl dazu aufbauen kann. Dafür, dass ich mit HUNA in einem typischen Seminar-Umfeld konfrontiert wurde, ist es erstaunlich, wie belebend und befreiend der HUNA-Spirit auf mich wirkte. Für Menschen, die sehr kubisch im Sinne von ordnungs- und strukturliebend sind, sich unauffällig kleiden und „anständig" erzogen wurden, tun sich neue Welten aus Freiheit, Leichtigkeit und Freude auf. Vor meiner HUNA-Erfahrung fühlte ich mich schon total cool und locker, wenn ich mit offenen Haaren und Flip-Flops zum Bäcker ging. Nach der HUNA-Erfahrung sitze ich mit Bikini und Tiger-Puschen im Fünf-Sterne-Restaurant.

HUNA ist eine Form der Lebenshilfe und stellt alltagstaugliche und zeitgemäße Angebote zur Verfügung. Die Kernaussage dieser Weisheit „Verletze nie, helfe immer!", können alle Menschen verstehen. Auch diejenigen, die keine spirituellen Vorkenntnisse haben, können mit HUNA ein anderes Bewusstsein entwickeln. Viele haben bisher nur den Arzt aufgesucht und psychologische Hilfe in Anspruch genommen, wenn es ihnen nicht gut ging. Beide Wege sind legitim und legen den Fokus auf den physischen Körper und den gedankenvollen Geist. Aber die Seele gehört auch zu uns und wird dabei häufig übersehen. Es kann nur dann Heilung im Sinne einer Ganzwerdung geschehen, wenn alle drei Energiekörper behandelt werden. Aus meiner persönlichen Erfahrung heraus kann ich sagen, dass jede Form von Krankheit ihren Ursprung in den Gedanken und Gefühlen hatte. Immer wenn ich glücklich war, ging es mir gut und ich war gesund. Hatte ich Sorgen, Stress und Ängste, war ich anfällig für Infekte. Besonders litt ich unter Migräne. Dieses Krankheitsbild gibt der Schulmedizin viele Rätsel auf, denn die Ursachen sind so individuell wie auch die Menschen, die darunter leiden. Ich habe es geschafft, diese Krankheit annähernd zu heilen, und es war ein langer Weg, mit einem unbeugsamen Willen unermüdlich an mir zu arbeiten und die Verantwortung für meine Heilung nicht auf Ärzte oder Therapeuten zu übertragen. Doch es hat sich gelohnt und jeder, der weiß, was es heißt, regelmäßig unter Migräne zu leiden, kann sich vorstellen, welche neue Lebensqualität mich jetzt bereichert.

Wer HUNA für sich entdeckt und gelernt hat, das Wissen umzusetzen, kann frei und unabhängig von Menschen werden, die den Anschein vermitteln, dass nur mit ihrer Hilfe Heilung geschehen könne. Wer den innigen Wunsch mit der Bitte verspürt: „Hilf mir, es selbst zu tun!", dem reicht HUNA die Hand.

Eva speicherte die Datei und klickte auf „Ruhezustand", um sich eine kleine Auszeit zu gönnen. Voller Glückseligkeit dachte Eva an eine Halskette, die sie während ihrer HUNA-Ausbildung entworfen hatte. Zu Beginn der einzelnen Veranstaltungen bekamen alle Teilnehmer einen polynesischen Lei-Blüten-kranz um den Hals gehängt. Dieses Begrüßungsgeschenk symbolisierte die Wertschätzung und Achtung für jeden einzelnen Besucher, aber auch die Gastfreundschaft und Fröhlichkeit, so wie sie auf Hawaii praktiziert wurden. Auf Hawaii wurden diese Kränze aus den fünfblättrigen Frangipani-Blüten angefertigt. Jedes Blütenblatt stand für einen Aspekt der HUNA-Lehre, den es zu meistern galt.

Da Eva eher praktisch veranlagt war und recht schnell erkannte, dass diese üppigen Blütenkränze weder alltagstauglich waren, noch harmonisch zu ihrer Garderobe passten, kreierte sie eine Kette zu diesen fünf Prinzipien. Das Wort ALOHA, welches ebenfalls, wie die Frangipani-Blüte, aus fünf Teilen bestand, war im Rahmen des kosmischen Gesetzes der „Entsprechung" ein weiterer Ausdruck dieser auf Hawaii allgegenwärtigen Herzensweisheit. Da die Heilsteinliteratur auf diesem Gebiet entweder noch nichts zu bieten hatte oder Eva einfach nur keine Kenntnis darüber erlangte und sich somit ihre eigenen Gedanken machen musste, analysierte sie die einzelnen Steine und Eigenschaften. Dazu gehörte aber auch, dass Eva die Bilder unterschiedlicher Steine vor ihrem inneren Auge entstehen ließ. Oftmals war es in der Ver-gangenheit so gewesen, dass Eva die Steine erst sah und im Anschluss die Wirkung in Büchern nachlas. Zielgerichtet griff sie nach einem Ordner, in dem sie ihre handschriftlichen Aufzeichnungen abgeheftet hatte. Sie blätterte ein paar Seiten durch und wurde fündig. Auf den ersten Blick erkannte Eva, dass sie das Kapitel nicht mehr überarbeiten musste, sondern nur noch abzutip-pen brauchte. Bevor sie damit beginnen wollte, holte sie sich noch schnell ein Glas Wasser aus der Küche, trank es gierig aus und schrieb weiter.

Zuordnung der Steine zu den fünf HUNA-Aspekten

A	Geduld und Ausdauer	Baumachat
L	Einheit und Harmonie	Bergkristall
O	Liebenswürdigkeit und Friedfertigkeit	Flieder-Amethyst
H	Bescheidenheit und Demut	Chrysokoll
A	Freundlichkeit und Zartheit	Rosenquarz

Eva stand auf und suchte sich die passenden Steine heraus. Sie hatte das Gefühl, dass es noch andere Steine gab, die sie den einzelnen Aspekten zuordnen könnte. In einem Heilsteinbuch fand sie noch Magnesit und Chiastolith, Coelestin, Serpentin, und Ozeanachat, Sugilith und Moldavit sowie Morganit. Ihr Verstand ermahnte sie zu Einfachheit und Klarheit und so entschied sich Eva dann mit ihrem Bauchgefühl für fünf Steine, die man auch für die Schmuckverarbeitung sehr gut bekommen und verarbeiten konnte. In ihrer HUNA-Kette sahen die Steine zusammen sehr schön aus und in der Wirkung arbeiteten sie auch nicht gegeneinander, sondern ergänzten sich.

HUNA-Armband

In den nächsten Tagen geriet Eva in einen regelrechten Schreibrausch. Sie aß kaum noch etwas, brauchte wenig Schlaf und arbeitete ihre Bücher und Unterlagen sehr akribisch durch. Die sieben Lebensweisheiten, die im HUNA allgegenwärtig sind, brachte Eva zügig auf den Punkt und füllte damit ihr nächstes Kapitel.

HUNA offenbart 7 Lebensweisheiten

1. Meine persönliche Meinung über mich und die Welt ist einzigartig und bildet somit auch die Basis für mein individuelles Bewusstsein.

Es gibt ca. sieben Milliarden Menschen weltweit. Somit existieren auch sieben Milliarden Möglichkeiten der Wahrnehmung, die alle individuell und „richtig" sind. Es gibt keinen Menschen ein zweites Mal. Jedes Individuum hat seine eigenen Lebens- und Seelenerfahrungen im Gepäck. Das Wissen um diese Tatsachen schafft viel Raum für Akzeptanz und Toleranz bezüglicher der Meinungsbildung.

2. Meine Gedanken und Gefühle sind grenzenlos. Nur ich selbst kann mich begrenzen und mich auch über diese Grenzen erheben.

Die Gedanken sind frei und Teil unseres Verstandes. Je nach Vorstellungskraft sind die Menschen in der Lage, sich alles im Rahmen der begrenzten Möglichkeiten des Gehirns vorzustellen. Die Gefühle gehören zum Bereich der Seele, dem Unterbewusstsein. Der Mensch hat die Möglichkeit, mittels der Gedanken auf seine Gefühle Einfluss zu nehmen.

3. Die Kraft meiner Gedanken kann bewirken, dass sich etwas manifestiert, wenn ich meine volle Konzentration darauf richte.

Der Mensch ist ein geistiges Wesen, das eine menschliche Erfahrung macht. Alles Stoffliche besteht aus verdichteter Energie und ist in seinem Ursprung Information. Die Quantenphysik forscht an den Ursprüngen der Materie. Alles, was existiert, war zunächst als Information vorhanden. Das Wort zeigt, dass etwas in Form gebracht wurde. Das Gebet ist eine Möglichkeit, Gedanken zu bündeln und auf ein gewünschtes Ziel auszurichten. Das erfordert eine große Klarheit in Bezug auf die Absicht.

4. Ich lebe, wenn ich mit meiner gesamten Aufmerksamkeit im
„Hier und Jetzt" bin. Das Vergangene ist vorbei und die Zukunft ist noch nicht da.

Das Leben findet in der Gegenwart statt. Die Seele ist zeit- und raumlos. Über sie sind wir mit höheren Dimensionen verbunden, in denen es „Zeit" nicht gibt.

5. Wenn ich alles, was ich tue, mit der Kraft meines Herzens mache,
fließt die Liebe in alles hinein und ich bin glücklich.

Die Kernaussage, die alle Wahrheiten umfasst, lautet: „In Wahrheit ist es nur Liebe." Liebe strömt aus der Quelle allen Seins, aus Gott. Diese Liebe findet ihre Entsprechung in unserer fünften Herzkammer, unserer inneren Flamme und Verbindung mit Gott über das Christus-Licht. Die wahre Liebe ist frei, denn sie ist ohne Erwartung. Die Liebe, die ein Mensch empfinden kann, ist von einer Sehnsucht nach Nähe, Zuwendung, Geborgenheit und Wärme getragen. Es erfüllt uns mit überströmender Freude und einem Glücksgefühl, wahre Liebe zu empfangen und zu geben. Liebe verletzt nie und heilt alle Wunden.

6. Mein gesamtes Potenzial ist in meinem Inneren. Meine Intuition
und innere Führung sind machtvoll und vertrauenswürdig.

In mir ist alles angelegt, um ein glückliches und erfülltes Leben zu führen. Über die Anbindung und die Stille ist es möglich, in die Weite des inneren Raumes, den Raum der Seele, einzutauchen. Alle Antworten auf unsere Fragen finden wir in uns selbst. Wir dürfen unserer Intuition vertrauen. Sie kennt unseren Seelenplan.

7. Es gibt viele Möglichkeiten, etwas zu tun.
Ich bleibe flexibel und orientiere mich am Erfolg.

Der Weg ist das Ziel, mit allen Erfahrungen, die ich gemacht habe und noch machen werde. Keine Erfahrung war vergebens und aus den schmerzvollsten schöpfe ich die größte Stärke. Ich richte meine Gedanken auf das Positive und lasse mich im Fluss des Lebens treiben. Ich bin zur richtigen Zeit am richtigen Ort und tue genau das Richtige.

Mit einem Seufzer las Eva den letzten Satz noch einmal durch und fand ihn sehr stimmig. Sie speicherte den Text und saß für einen Moment ganz ruhig da. Ein Luftzug, der Evas Wange streichelte, ließ sie aufblicken. Irritiert sah sie zum Fenster. Es war geschlossen. Der Gedanke an den Engel kam ihr in den Sinn. Da sie allein im Zimmer war, fragte sie ihn: „Das war jetzt sehr viel Theorie. Wahrscheinlich müsste man es mehrmals lesen, um die Tiefe der sieben HUNA-Lebensweisheiten zu verinnerlichen."

„Was spürst du, wenn du diese Zeilen liest?"

„Ich glaube, dass ich das noch etwas genauer erklären muss. Viele haben noch nichts von der fünften Herzkammer gehört. Außerdem ist für mich der Begriff ,Christus' sicherlich ein anderer als für einen Katholiken. Wo soll ich denn da anfangen? Ich möchte über HUNA und Heilsteine schreiben und merke, dass ich vorher über grundlegende Dinge nachdenken sollte. Abgesehen davon gibt es so viele Begriffe, die nicht jedem vertraut sind. Als ich mich mit Philosophie beschäftigt habe, dachte ich, dass ich niemals eine letzte Frage stellen würde, denn aus der Antwort auf die eine Frage ergab sich gleich die nächste."

„Wie umfangreich soll dein Buch denn werden? Wenn ich deinen Gedanken folge, dann wird es wohl so umfangreich wie die Bibel."

„Das Gefühl habe ich manchmal auch. Es lässt sich kein Thema isoliert von einem anderen darstellen. Alles hängt irgendwie mit allem zusammen."

„Alles ist EINS."

„Da siehst du es. Jetzt wollte ich mich an die Erklärung der HUNA-Lebensweis-heiten machen und jetzt kommt der nächste Brocken: die sieben geistigen Gesetze. Wenn ich die aufgeschrieben habe, dann fühle ich mich wie im Film ,Und täglich grüßt das Murmeltier', denn dann werde ich bestimmt zu dem Entschluss kommen, dass ich diese Gesetze auch wieder erklären müsste – und so weiter, dann werde ich nie fertig."

„Gefällt dir der Gedanke, nie fertig zu werden?"

„Nein, denn ich habe ja schon so vielen von diesem Buch erzählt und diejenigen, die selbst schon ein Buch geschrieben haben, sagten, dass man irgendwann mal zum Schluss kommen muss."

„Da sind sie ja wieder, die Anderen. Ich wollte nicht wissen, was die Anderen dazu sagen, sondern ob dir der Gedanke gefällt."

„Nein, mir gefällt der Gedanke nicht. Ich hoffe, dass es mir gelingt, gute Gedanken niederzuschreiben, in denen sich der eine oder andere wiederfinden könnte und Ideen für seinen Weg bekommt."

„Es sind nicht nur die Worte, liebe Eva, welche die Menschen berühren werden. In dem Moment, wo du nicht nur die Sätze herunter schreibst, sondern durch dein Gefühl belebst, werden sie auch im Energiefeld des Lesers lebendig. Das, was du schreibst, kann in der Tiefe nicht durch die Worte allein gefühlt werden, denn das Gefühl ist es, was umgekehrt auch durch ein Wort ausgelöst werden kann. Die Lebensweisheiten sind nichts, was man liest und auswendig lernt. Sie sind nur dann lebendig, wenn sie von euch Menschen gefühlt, erfahren und gelebt werden. Du hast in deinem Buch sehr gute Gedanken aneinandergereiht. Die sieben HUNA-Lebensweisheiten lesen sich sehr schön und sind gut auf den Punkt gebracht. Dennoch wird wohl kein Leser dabei sein, der so stark berührt sein wird, dass er eine Gänsehaut bekommt oder es ihm die Tränen in die Augen treibt. Versuche, die theoretischen Grundlagen mit Leben zu füllen, indem du deine Erfahrungen mit einfließen lässt. Erinnere dich an Momente, in denen du glücklich warst, dich verliebtest und verrückte Dinge getan hast. Berichte mit Gefühl von deinen Ängsten, deinen Zweifeln, und fasse diese in Worte. Du hast selbst schon gesagt, dass die analytische Steinheilkunde aus der Gedankenfeder von Michael Gienger stammt. Welche Ideen hast du dazu? Welche Erlebnisse könntest du anführen, um die Theorie zu beleben? Befreie deinen Geist und werde kreativ. In dieser Welt gibt es kein ‚Das geht nicht' oder ‚Das gibt es nicht!', denn in der Welt deiner Gedanken ist alles möglich. Schreibe deine Ideen auf, teile dich mit und gib anderen Menschen Impulse, damit auch sie sich ihre eigenen Gedanken machen. Dann halte inne und lass geschehen, was geschehen möchte. Halte nichts fest, sondern übergib es dem Geistigen, damit es sich hier manifestieren kann."

„Dann fange ich jetzt am Anfang von allem an. Bitte helft mir, damit es kein Text wird, der sich so liest, als hätte ich ihn irgendwo abgeschrieben."

„Dann schreibe ihn doch mit deinem Bewusstsein. Oben steht die Theorie und jetzt gib Gas. Zeige, was in dir steckt und hauche deinen Worten Leben ein.

Aber lass dir sagen, dass du deinen Hochmut zügeln solltest, denn der ist hier fehl am Platz. Mach dir deine Arbeit nicht dadurch kaputt, indem du damit prahlst, wie großartig du bist. Aber mach dich auch nicht klein, denn die Gabe, die dir von Gott geschenkt wurde, die Menschen über deine Worte zu berühren, möchte in den Mantel der Achtsamkeit, Demut und Bescheidenheit eingehüllt werden und sich so offenbaren. Öffne dein Herz und gehe mit Freude deinen Weg."

Die Worte des Engels hallten in Evas Herzen nach. Dann wurde es still... In ihr breitete sich eine Leere aus und aus dieser drangen die Zeilen zu ihr, die ihre Finger wie ferngesteuert niederschrieben. Obwohl in diesem Moment keine Kerze brannte und keine leise Musik zu hören war, erlebte Eva einen heiligen Moment, der sich seinen Ausdruck in einer gewöhnlichen Alltagssituation suchte. Für einen oberflächlichen Betrachter saß Eva an ihrem PC und schrieb. Niemand hätte ahnen können, dass sie in diesem Moment durch ein Tor geführt wurde und Stimmen des Lichtes zu ihr sprachen.

Ein himmlischer Plan

Gott ruhte in sich, in aller Stille und war erfüllt und geborgen in seinem tiefen Frieden. „ICH BIN die LIEBE, die Leere, das Vertrauen, die Ewigkeit und die Ur-Quelle von allem, was ist, war und sein wird", fühlte er. Und aus diesem Gott-Zustand ertönte ein Klang, welcher mit einem Licht verbunden war und sich wellenartig ausbreitete. Die Schöpfung von allem begann. Das Licht und der Klang wurden immer dichter, je weiter sie sich von ihm, aus seinem Zentrum als Ur-Quelle entfernten. Gott fühlte sich als Licht und als Klang und es gefiel ihm. Seine Sehnsucht nach der Erfahrung, aus dem Seins-Zustand herausgelöst zu sein und sich als Individuum erfahren zu können, weckte seine Kreativität. Und während Gott sich immer weiter aus seinem Zentrum entfernte und sich ausdehnte, erschienen die unbegrenzten Möglichkeiten, wie sich Schöpfung ausdrücken konnte. Er fasste sie in Worte, um sie als etwas Begrenztes und Eigenständiges wahrnehmen zu können. Doch das reichte ihm nicht. Er war sich der Macht seiner Worte bewusst, denn sie wurden durch ihn erschaffen und so stellte er ihnen die Disziplin zur Seite. Sie wurde die Wächterin über die Worte und umhüllte die Grammatik, Logik und Rhetorik als Trivium, dem Drei-Weg, welcher zu ihm führte.

Gott strahlte immer facettenreicher. Sein Licht und sein Klang wurden immer differenzierter und er schöpfte die Arithmetik als die Kunst, seine Schöpfung auch über die Zahlen zum Ausdruck zu bringen. Doch als er sah, dass die Arithmetik noch nicht vollkommen war, kreierte er einen Raum, indem sie sich entfalten konnte und nannte ihn Geometrie.

Seine Freude und das damit verbundene Glück,
unbegrenzt schöpfen zu können, Universen entstehen
zu lassen, welche die Herrlichkeit seiner Kraft und Macht
zum Ausdruck brachten, ließen ihn erneut still werden.
Gottes Klang hatte sich auf seiner Reise verändert und
spiegelte die in allem enthaltene Harmonie, den
Gleichklang zwischen ihm und der Schöpfung.
Er würdigte den Weg, den er zurückgelegt hatte,
indem er den Klang als eine Zahlenfolge in der Zeit zum
Ausdruck brachte und diese zu seiner Muse, der Musik,
erklärte. Sie sollte es sein, welche als der Herrlichste
aller Wege ein Gefühl der Einheit in Gott offenbarte.

Und Gott erklärte die Arithmetik, Geometrie, Kosmologie
und Musik zu den mystischen Schätzen, dessen alleinige
Essenz der wahren Bedeutung bei ihm bleiben sollte.
Gott segnete dieses Quadrivium mit dem Zauber des Guten,
Wahren und Schönen und wusste, dass es gut war.

Dann nahm er eine Handvoll Sternenstaub, die Ausdruck
seines Klanges, seines Lichtes und seiner Liebe waren,
küsste und segnete sie und ließ sie los, auf dass sie den Weg
zurücklegten, den er gestaltet hatte. Sie fielen durch die
Dimensionen bis zu einem Punkt, an dem Gott in einer
Atempause verweilte. Hier hatte er die goldene Wiege im
Schoße der Gottesmutter aufbewahrt, in der sich seine
göttlichen Samen zu Menschen, Tieren, Pflanzen und Kristallen
entwickeln durften. Gott schenkte der Krone seiner
Schöpfung den freien Willen, dass sie jederzeit über die
göttlichen Wege zu ihm zurückkehren konnten und legte
ihnen dafür den Schlüssel in Form eines Kristalls in ihre Herzen.

„Herzkristall" in Form eines Bergkristall-Dodekaeders

Evas Hände glitten von der Tastatur herunter auf ihren Schoß und ruhten dort für eine kleine Weile. In ihrem Inneren vernahm sie die Klänge von Kirchenglocken und Gongs. Dazu mischten sich verschiedene Instrumente und Gesangsstimmen. Triumphierend, jubilierend riefen sie zum Aufbruch in die Weiten des Universums. Diese Klänge waren nicht von dieser Welt. Noch klang alles harmonisch, doch dann hörte es sich an, als wenn sich einzelne Musiker vor Beginn einer Orchesterprobe oder eines Konzertes warmspielten. Ein wirres Getöse ohne Sinn und Verstand schien die anfängliche Harmonie völlig zu zerstören. Die Geräusche wurden leiser, so als entfernten sie sich, wie ein vorbeirasender Zug.

Dann herrschte wieder Stille … Stille …

Eva merkte, dass sie unruhig wurde. Sie fragte sich, ob noch etwas passieren würde. Sie saß wie versteinert da und wartete. Für Eva waren Stille und Ruhe oftmals schwer auszuhalten. Sie atmete ganz flach und ihr Herz schlug schnell in ihrer Brust. Wie lange würde sie diese Stille noch ertragen können?

Dann hörte sie den einzelnen Schlag von einer Triangel. Eva atmete durch. Es war nur ein simples „Ping" eines scheinbar anspruchslosen Instruments.

Doch dieses Geräusch schaffte es, dass sich Eva schlagartig entspannen konnte. In diese Leere hatte sich mutig eine Stimme gewagt, die es schaffte, Eva aus ihrer inneren Versteinerung zu lösen. Sie atmete jetzt ruhig und schloss ihre Augen. Dabei öffnete sie ihre Seele für eine große Liebe, die sie zeit ihres Lebens begleitet hatte: die Musik.

Die *Geistige Welt* spielte für sie Beethovens 9. Sinfonie – „Freude schöner Götterfunken". Eva fühlte sich augenblicklich geborgen und bekam das ersehnte Gefühl, wovon sie gerade eben noch geschrieben hatte: Die Musik sollte es sein, welche als der Herrlichste aller Wege ein Gefühl der Einheit in Gott offenbarte. Eva folgte ihrem Impuls und suchte auf YouTube das Musikstück. Während sie realisierte, dass es sich um die Europahymne handelte, fiel es ihr wie Schuppen von den Augen. Wie lautete doch der Text?

Freude schöner Götterfunken,
Tochter aus Elysium.
Wir betreten feuertrunken,
Himmlische, dein Heiligtum.
Deine Zauber binden wieder,
was die Mode streng geteilt.
Alle Menschen werden Brüder,
wo dein sanfter Flügel weilt.

Text: Friedrich Schiller

Alle Menschen werden Brüder. So wird es in der Europahymne besungen. Diesen Wunsch hatten wohl auch schon unsere Ahnen und es ist beachtlich, dass sich der Wunsch nach Freiheit, Einheit und Brüderlichkeit wie ein Menschheitskarma anfühlt, dass es nun endlich zu verwirklichen gilt – und so, wie es bis jetzt aussieht, wird das in Europa geschehen, denn auf diesem Kontinent ist alles möglich.

In diesem Zusammenhang fiel Eva ein, dass in der 115-jährigen Geschichte des Nobel-Preises, mit Bob Dylan erstmals ein Musiker den Literatur-Nobelpreis 2016 für „seine poetischen Neuschöpfungen in der amerikanischen Song-Tradition" erhalten hatte. „Das ist für mich ein passendes Beispiel dafür, dass sich der Geist der Menschen befreit, die alten Traditionen brechen und alles Denkbare auch realisierbar wird", philosophierte Eva. Sie fragte sich jedoch, wie viel so eine Auszeichnung wert sei, wer darüber entschied und welche Kriterien eine Rolle spielten. Während der zwei Amtszeiten von Barack Obama war die amerikanische Nation mit ihm als obersten Kriegsherrn ununterbrochen im Krieg, obwohl er diesen bei seiner Amtseinführung nicht fortsetzen wollte. Unter ihm wurde sogar ein Luftkrieg im Irak und Syrien begonnen. Aber auch er ist ein Beispiel dafür, dass alles möglich ist und man als Friedensnobelpreisträger nicht dazu verpflichtet ist, seinem Preis auch Ehre zu machen.

Eva stand auf, zog sich Jacke und Schuhe an und verließ das Haus. Nur einige Schritte musste sie gehen, bis sie die asphaltierte Straße verlassen und auf dem Feldweg weiterlaufen konnte. Ihr Gedankenkino war immer noch im Gang und sie spürte, dass sie sehr aufgewühlt war. Dass die Musik eine so wichtige Rolle in ihrem Leben spielte und sie bereits seit frühester Kindheit eine tiefe Beziehung zu ihr aufgebaut hatte, hatte Eva vergessen.

Die Luft war frisch und einige Pfützen ließen darauf schließen, dass es kräftig geregnet hatte. Mühsam bahnte sich die Sonne einen Weg durch den wolkenverhangenen Himmel und das Aufblitzen eines Wassertropfens erinnerte Eva an den Herzkristall, auf den sie später noch genauer eingehen wollte.

Eva fragt sich, ob der Engel bei ihr war und stellte sich vor, wie er neben ihr herlief. Sie entschied, dass sie einfach darauf vertrauen wollte, dass sie ihn jederzeit ansprechen und um Rat fragen könnte.

„Es ist doch großartig, dass ich jetzt eine Vorlage habe, um auf die fünfte Herzkammer einzugehen. Vorhin überlegte ich noch, wie ich das am besten erklären könnte und jetzt erklärt sich das Herzfeld von ganz allein."

„Manchmal muss man einfach die Geduld aufbringen und vertrauensvoll abwarten. Vieles erledigt sich dann durch ein Wunder."

Eva lächelte. Es schien zu klappen. Der Engel war da.

„Als ich das erste Mal etwas über die fünfte Herzkammer hörte, wollte ich nicht so recht daran glauben. Ich zweifelte und redete mir ein, dass man sich ja viel ausdenken könne. Erst als ich in einem Buch las, dass bei einer Herzoperation zufällig die fünfte Herzkammer entdeckte wurde, in der sich das ‚Göttliche Atom' befinden soll, sagte mir eine innere Stimme, dass das die Wahrheit ist und nicht nur das, ich konnte die Wahrheit fühlen und zwar mit meinem ‚Göttlichen Atom'. Mein Herz wurde ganz warm und ich hatte das Gefühl, dass ich mich an dieser Stelle ausdehnte. Besonders gefiel mir, dass diese Kammer die Form eines Dodekaeders hat. Du weißt doch, das ist der Fünf-Flächner, der so ähnlich aussieht wie ein Fußball. Aber ich werde mich zu diesem Thema in meinem Buch nicht verzetteln, denn es gibt so geniale Bücher dazu und jeder, der mehr wissen möchte, wird das richtige für sich finden. Fest steht, dass der Herzkristall eine direkte Verbindung mit Gott hat."

Eva nahm den Impuls wahr, dass sie stehen bleiben sollte. Sie folgte dieser Eingebung und öffnete sich innerlich für das, was der Engel ihr sagte.

„Schließe deine Augen und verbinde dich mit deinem Herz-Dodekaeder. Welchen Stein würdest du ihm zuordnen?"

„Dieses Feld ist feinstofflich und daher ist es mit meinem Bewusstsein nicht möglich, ihm etwas Materielles aus Stein überzustülpen."

„Dann formulieren wir den Auftrag an dich anders: Mit welchen Stein ist es möglich, sich mit der fünften Kammer in deinem Herzen zu verbinden?"

„Ich würde einen Bergkristall nehmen. Er wird umgangssprachlich auch einfach als Kristall bezeichnet. Das Wort ‚Krist-All' klingt so wie ‚Christ-All'. Christus ist für mich der höchste Schöpfergott, der aus dem unoffenbarten Gott, mit dem ersten Lichtfunken geboren wurde. In der Bibel wird das mit dem Satz ‚Es werde Licht' zum Ausdruck gebracht. Du siehst, es ist nicht alles falsch, was in der Bibel steht", sagte Eva und versuchte einen Hauch von Ironie in ihrer Stimme mitschwingen zu lassen.

„Somit vereint Christus sowohl Gott Vater, als ‚Idee' und Gott Mutter als ‚Form' in sich. Diesen Christus in der höchsten Instanz bringe ich mit Jesus Christus noch nicht in Verbindung. Erst durch die Taufe durch Johannes ergoss sich der Christus-Geist in Jesus von Nazareth, der ab diesem Moment zu Jesus Christus wurde. Das war ein besonderes Ereignis für die Menschheit, denn Jesus war ein Eingeweihter, der als Mensch in der Lage war, die bedingungslose Liebe Gottes zu fühlen und mit seinem SEIN für die Menschen auf die Erde zu bringen." Eva stand immer noch mit geschlossenen Augen da. Sie konnte nicht nachvollziehen, woher diese Gedanken plötzlich kamen. Es fühlte sich so an, als ob sie plötzlich Zugang zu einem größeren Informationsfeld hätte. Sie stellte ihre Gedanken jetzt nicht in Frage, sondern nahm sich vor, diese zu einem späteren Zeitpunkt in ihre Einzelteile zu zerlegen, um die Bedeutung wirklich in der Tiefe erfassen zu können. Der Engel beobachtete Eva ohne sie zu unterbrechen oder nachzuhaken und ermöglichte ihr dadurch, Erkenntnisse aus sich selbst heraus zu gewinnen.

„Ich sehe ein Bild. Vor meinem geistigen Auge wird mir etwas gezeigt. Ich sehe Jesus Christus, wie er ans Kreuz genagelt wird. Er wusste, dass dieser Tod zu seinem Auftrag dazugehören würde. Wenn er eines natürlichen Todes gestorben wäre, dann wäre es nicht möglich gewesen, den Menschen etwas vergeben zu müssen. Seine Liebe für alle Menschen war im Augenblick des Todes so groß, dass er Gott Vater darum bat, den Menschen zu vergeben, denn sie wüssten nicht, was sie täten. Er war dazu bereit, den Menschen zu vergeben, aber der Mensch allein kann nicht vergeben, denn das kann nur Gott durch den Christus. Der Mensch kann dazu bereit sein, zu verzeihen und Gott darum bitten, dass er vergibt." Während Eva sprach, fühlte sie die Botschaft hinter den Worten. Hätte sie das nur irgendwo gelesen, hätte sie die Botschaft in dieser Tiefe nicht erfahren und gefühlt. Sie war sich in diesem Moment bewusst, dass keine Sprache der Welt so eine weitreichende Erkenntnis übermitteln konnte. Auch ihr würde es sicherlich nicht gelingen, nur über die Worte den Menschen dieses tiefe Verständnis für Liebe und Vergebung zu übermitteln.

„Liebe Eva, in dem Moment, wo du die Erkenntnis gewonnen hast und sie in deinem Herzen fühlst, hast du sie auf der Erde manifestiert und auch andere Menschen haben die Möglichkeit, es dir gleichzutun. Jeder Mensch, der dieses Ereignis wirklich in seiner tiefen Bedeutung im Herzen fühlt und es seiner rechten Gehirnhälfte zugänglich macht, der versteht den Unterschied zwischen Wissen und Weisheit. Jetzt werde noch einmal still und erkenne, was in dem Moment geschah, als das Blut Jesu Christi auf die Erde tropfte."

Eva fing an zu zittern und sie wusste nicht, ob sie bereits umgefallen war und auf dem Boden lag, oder ob sie noch auf beiden Beinen stand. Sie fühlte ihren Körper nicht mehr. Vor ihren Augen flackerte es und dann sah sie, wie sich die bedingungslose Liebe Jesu auf und über die Erde ergoss und in alles hineinströmte. Alle Kristalle begannen zu leuchten, aber auch die Pflanzen und Tiere wurden in diesem Moment mit dem Jesus-Christus-Aspekt, der bedingungslosen Liebe, verbunden. Die Herzen der Menschen begannen zu funkeln und zu strahlen, aber das sahen die Menschen nicht. Sie konnten ihre Blicke nicht von dem Leid Jesu Christi abwenden. Sie schufen in diesem Moment ein kollektives Feld der Schuld und des Schmerzes um die Kreuzigung Jesu. „Jetzt ist es an der Zeit, dass wir nicht nur die dunkle Seite der Kreuzigung sehen, sondern auch das Licht der Liebe und die Vergebung, die uns in diesem Moment geschenkt wurden." Evas Tränen strömten über ihre Wangen und sie konnte den Blick nicht von der inneren Schönheit dieser Szene abwenden. Innerlich kämpften die beiden Stimmen in ihr. Die eine sagte, dass man mit Jesus mitleiden müsse, weil er so brutal für die Menschen gestorben sei und die andere Stimme forderte Eva dazu auf, durch das Geschehen mit den Augen der Liebe hindurchzublicken und die EINE Wahrheit hinter allem Schrecken zu erkennen.

Der Engel stand voller Freude neben Eva und genoss diesen Moment der Erkenntnis mit ihr. Dann fragte er sie noch einmal:

„Möchtest du mir jetzt noch einmal sagen, welchen Stein du dem Christuslicht in deinem Herzen zuordnen würdest?"

Eva öffnete die Augen und strahlte den Engel an als sie sagte:

„Alles verbindet uns mit Christus, weil alles mit ihm verbunden ist. Es gibt nichts, was von dieser Liebe getrennt ist. Alle Steine und Kristalle verkörpern das Christuslicht in ihrer Reinheit und Schönheit und sie werden uns stets dabei helfen, uns an dieses Band zu erinnern, auf dass wir heil und gesund werden und glücklich."

Die Sonne strahlte am Himmel und Eva hatte das Gefühl, dass heute alles viel heller und leuchtender schien. Während sie weiterlief, rebellierte sofort wieder ihr Verstand und stellte bohrende Fragen, wie das die Buddhisten sehen würden oder die Juden. Hatte sie diese Erkenntnisse, weil sie christlich getauft und konfirmiert war? Was geschah mit denen, die an gar nichts glauben? Der Aspekt der Liebe schob die bohrenden Fragen zur Seite und Eva fühlte eine große Sehnsucht in sich, diese bedingungslose Liebe sozusagen als Dauergefühl in sich zu tragen. Sie folgte ihrem Impuls, noch einmal die Augen zu schließen und sich über ihrem denkenden Verstand mit dem Herzen zu verbinden, in dem sie Antworten auf ihre Fragen finden konnte. Dann sprach sie zu ihrem Engel:

„Jeder Mensch ist ein Ausdruck seiner Sehnsucht, Liebe zu sein, wenn er sich dafür entscheidet zu leben. Dieses Verlangen trägt er in seinem Herzen und zwar nicht nur für sich allein, sondern alle Menschen tragen es als ein kollektives Bewusstsein in sich. Jeder Mensch will lernen, Liebe zu sein. Das ist ein Zustand, aus dem jede Seele hervorgegangen ist, bevor sie auf die Erde kam und inkarnierte. Nur hier auf der Erde ist es möglich, Erfahrungen zu machen, weil wir uns nur hier als voneinander getrennt wahrnehmen können. In Wirklichkeit sind alle Menschen über dieses kollektive Verlangen, Liebe zu SEIN, miteinander verbunden. Ich glaube, dass jeder Liebe zu SEIN erst üben muss, bevor er sie gänzlich verkörpert. Es ist auf der einen Seite unser größtes Gut und auf der anderen Seite unser größter Mangel. Wir sehnen uns nach Liebe und machen die verrücktesten Dinge, um dieses Gefühl in uns erleben zu können."
Evas Körper fühlte sich an, als sei er an einem Kabel angeschlossen worden, durch das ein leichter Strom floss. Sie war verblüfft darüber, dass sie in der Lage war, solche Gedanken in sich aufsteigen zu lassen und aussprechen zu können.

„Das hast du wunderbar formuliert. Weißt du denn auch, was neben dem Geschenk, Liebe zu sein, die größte Gabe für euch Menschen ist?"

„Nein, gibt es da noch mehr?"

„Deine größte Gabe ist das Gefühl, das du den Menschen gibst, wenn du sie liebst. Es ist die Energie, die du am liebsten mit den Menschen teilst. Es ist das, was die Menschen in dir suchen, wenn sie nach der Seele der Liebe suchen. Diese drückt sich vielfältig aus. Oftmals durch Aufmerksamkeit, durch Zuhören oder durch eine Wertschätzung, die du dem anderen zum Ausdruck bringst. Aber auch ein bedingungsloses Geben, Akzeptieren und Mitfühlen sind Ausdruck deiner Liebe. Den Wert dieser Gabe übersiehst du und hast deinen Wert auch davon abhängig gemacht, wie viele silberne Sterne auf der Schulter deines Hemdes strahlten. Dabei ist dein Wert, Liebe zu schenken, das Natürlichste für dich auf der ganzen Welt, weil du es bist und es dein Seelenauftrag ist."

„… und das gilt für alle Menschen zu jeder Zeit", fügte Eva rasch hinzu.

„So sei es. Aahhmenn", beendete der Engel diesen tiefgründigen Austausch zwischen den Welten.

Rhodochrosit-Herz – Liebe und Lebensfreude

Das Aahhmenn hing noch eine Weile in der Luft und Eva fühlte einen tiefe Dankbarkeit für den Dialog, den sie mit ihrem Engel führen durfte. Alles schien so einfach zu sein, so natürlich und selbstverständlich. Warum konnte sie nicht ständig mit diesen Energien in Kontakt sein – oder war sie es bereits, ohne, dass ihr dies bewusst war? Das Bewusstsein hat eine Schlüsselrolle, dessen war sie sich ganz sicher.

Eva beendete einen zweistündigen Spaziergang und machte sich eine Tasse Tee. Danach suchte sie einige Unterlagen und Bücher zusammen, die sich mit den drei Bewusstseinsebenen beschäftigten. Insbesondere HUNA-Praxis von Henry Krotoschin und auch Beiträge von Ekkehard Zellmer auf YouTube waren für sie gut recherchiert und schlüssig erklärt. Eva nippte an ihrem heißen Tee, rieb sich die Hände und machte sich an das nächste Kapitel ihres Buches.

Die HUNA-Philosophie und die Bewusstseinsebenen des Menschen

Wie komplex das HUNA-Wissen ist, verdeutlicht auch die Lehre zu den Bewusstseinsebenen des Menschen. Wer diese Zusammenhänge verstanden und verinnerlicht hat, kann Antworten zu der Frage finden, warum Heilsteine bei allen Menschen unterschiedlich wirken:

Die drei Bewusstseinsebenen

Das Bewusstsein des Menschen setzt sich aus drei Bewusstseinsebenen zusammen, die in der HUNA-Philosophie als eigenständige Wesenheiten bezeichnet werden:

1. das *Mittlere Selbst* oder mittleres Bewusstsein (hawaiianisch: LONO)

2. das *Untere Selbst* oder Unterbewusstsein (hawaiianisch: KU)

3. und das *Hohe Selbst* oder Überbewusstsein (hawaiianisch: KANE).

1. Das Mittlere Selbst (LONO) – Führer, Lehrer, Berater und Tröster

- bewusster Geist, Wachbewusstsein, ICH-Bewusstsein
- freier, menschlicher Wille, der Entscheidungen treffen kann
- das Gehirn ist die alleinige Steuerinstanz des Mittleren Selbstes
- der Intellekt / das logische Denkvermögen ist in eine linke (EGO-Komponente) und eine rechte Gehirnhälfte (ICH-Komponente) geteilt
- ist kreativ schöpferisch tätig
- kann verantwortungsvoll denken
- verarbeitet Wahrgenommenes
- ist dem Kurzzeitgedächtnis zugeordnet
- hat für das gegenwärtige Leben Verantwortung, Initiative, Willensstärke
- ergreift die Initiative für den Kontakt zum Hohen Selbst über das Untere Selbst
- ist dem Mentalkörper zugeordnet

Das Untere Selbst, Unterbewusstsein (KU) – Helfer, Freund, Wächter und Partner

- ist immer stärker als der menschliche Wille und sein Verstand
- beeinflusst das Denken und Handeln des Menschen
- ist ansprechbar und erziehbar durch das Mittlere Selbst
- ist still dienend in uns
- steuert selbstständig die vitalen Funktionen
  (z. B. Atmung, Herzschlag, Drüsen ...)
- hat alle positiven und negativen Emotionen abgespeichert (Wut, Angriffslust, Zärtlichkeit, spontane Liebe, Mitleid, Selbstmitleid, alle Ängste ...)
- bringt psychosomatische Krankheiten hervor (Bsp.: Magengeschwür)
- ist ein Speicher für Erlerntes und Erfahrenes
- ist Sitz des Gewissens
- steuert die Telepathie über die AKA-Fäden („AKA" = feinstoffliche Verbindungen, polynesisch = „klebrig", altägyptisch = „Schatten")
- steuert die Medialität
- produziert Träume und speichert sie ab

Das Hohe Selbst, Überbewusstsein, (KANE) - Führer, Begleiter, Beschützer, „elterlicher Geist"

- Wesen von höchster Weisheit, Urteilskraft und Güte, vor allem Gnade
- kann als Lichtkörper in menschlicher Gestalt wahrgenommen werden
- sollte mit Liebe, Dankbarkeit, Ehrfurcht und Respekt begegnet werden
- verlangt Glauben, dass es existiert
- führt zu höheren Bewusstseinsebenen / Lichtebenen
- ist eine Weisheit, die den Seelenplan kennt
- steht in enger Verbindung zu den höheren Ebenen, z. B. Engeln und Erzengeln
- erfüllt Wünsche und Gebete, wenn es diese als positiv für den Betreffenden erachtet
- wartet auf die Kontaktaufnahme in Form einer Anrufung

Eva war sich unschlüssig darüber, ob sie alle Aspekte der drei Selbste aufschreiben sollte. Sie entschied sich dann dafür, dieses Thema nur anzureißen. Immerhin war sie keine Expertin für Bewusstseinsebenen und wollte den Leser in erster Linie neugierig machen und ihn dazu ermutigen, sich ausführlichere Literatur zu suchen. Ein paar Ergänzungen zu den Funktionen der Bewusstseinsebenen wollte sie jedoch noch hinzufügen. Obwohl sie große Lust auf einen Kaffee hatte, ermahnte sie sich zur Disziplin, um dieses Kapitel in einem Guss zum Ende zu bringen.

Allgemeine Erklärungen zum Zusammenwirken der drei Bewusstseinsebenen/der drei Selbste

Das Untere Selbst ist bestrebt, dass das Leben harmonisch abläuft. Damit sind auch die körperlichen Funktionen und Abläufe gemeint. Alles soll funktionieren. Dieser ständige Ausgleich wird als Homöostase bezeichnet. Der Verstand kann nicht dafür sorgen, dass die Säfte (Lymphe, Blut, Hormone...) im Fließgleichgewicht sind. Das Untere Selbst hat Programme für diese Abläufe gespeichert.

Der menschliche Körper verfügt über 60 Billionen Zellen – von denen jede 1000 Stoffwechselvorgänge pro Sekunde hat. Das kann von dem Verstand niemals geleistet werden. Diese Vorgänge benötigen ein umfassendes Bewusstsein: das Untere Selbst.

Der Kontakt zum Unteren Selbst geschieht hauptsächlich über den Bauchbereich und spricht unser Bauchgefühl an. Medizinisch wurde festgestellt, dass sich sehr viele Nerven im Bauch befinden und zusammenfließen („Bauchgehirn"); ebenso im Herz („Herzgehirn"). Das Bauchgefühl ist dem Unteren Selbst zugeordnet und das Herzgefühl dem Hohen Selbst.

Das Hohe Selbst hat ein so umfassendes Bewusstsein, dass der Mensch nur zu circa 5 % neuronal damit vernetzt ist und somit auch nur in diesem geringen Umfang darauf zugreifen kann. Der Schwingungsbereich, mit welchem das Hohe Selbst verbunden ist, hat eine so starke Energieladung, dass der Mensch sie nicht direkt aufnehmen kann. Sie muss heruntertransformiert werden, damit der Körper diese aufnehmen und verarbeiten kann.

Dieses geschieht in den Energiezentren des Menschen, den Chakren und wird vom Unteren Selbst übernommen. Man kann die Chakren als feinstoffliche Umwandler und Energieverteiler zwischen der geistigen Welt und dem irdischen Leben bezeichnen.

Das Untere Selbst speichert Erlebnisse und Erfahrungen in den Chakren als positiv oder negativ ab. Der Verstand ist dazu nicht in der Lage. Nur das Untere Selbst kann in der Dreiheit speichern: Daten, Gefühl, Energie. Es wird der rechten Gehirnhälfte zugeordnet.

Wenn ich z. B. einen Apfel esse, speichert es die Daten/Fakten des Apfels (rund, rot, saftig, Obst) und die Gefühle, die beim Essen entstehen (angenehmer, süßer Geschmack, Wohlgefühl oder mehlig nicht aromatisch, unangenehm). Dazu kommt noch der Energiefaktor, d. h. mit welcher Intensität/Stärke, die Speicherung erfolgt, z. B. intensiver Geruch oder schwacher Geschmack. Negative Erlebnisse werden meistens mit einer stärkeren Energie abgespeichert. Somit entsteht ein Ungleichgewicht.

Das Untere Selbst will einen Ausgleich schaffen. Die dunklen, stärker abgespeicherten Energien sollen hochkommen und erlöst werden. Ein starker Gegenspieler des Unteren Selbst ist das Mittlere Selbst. Es lehnt das Negative ab, blockiert es mit den Gedanken. Die Erlösung kann aber nur stattfinden, wenn die Energieladung in Aktion ist, also wenn ich mich direkt in der Situation befinde oder diese durch eine intensive Erinnerung fühlbar ist. Die Umkehrfolge sieht somit nicht vor, dass ich etwas in Heilung bringen kann, was lediglich in meinem Verstand als etwas abgespeichert ist, was noch erlöst werden muss und ich anhand von reinen Vergebungsformeln versuche, es zu neutralisieren.

Situationen, die uns ärgerlich und wütend machen, haben gewaltige Ladungen, die das Erlebnis entsprechend stark und nachhaltig abspeichern. Das Mittlere Selbst reagiert gewohnheitsmäßig bzw. durch erlerntes Verhalten in drei verschiedenen Mustern:

1. *Verdrängen* (Wegdrücken, sich ablenken)
2. *Projizieren* (das Problem auf jemand anderen schieben, z. B. der böse Kollege)
3. *Opferrolle* (ich Arme/r, immer ich)

Die abgespeicherten Energieladungen sind wie tickende Zeitbomben. Wird das Untere Selbst nicht wahrgenommen, werden Träume und Empfindungen übergangen, sucht es sich die nächste Möglichkeit, um eine Erlösung und somit eine Harmonisierung wiederherzustellen: es schiebt die Energieladung in den Körper, die Wut z. B. in den Magen, die Leber und in den Darm. Das Untere Selbst drückt das Problem somit körperlich aus, oftmals spontan über einen Schmerz oder ein Unwohlsein. Die Zellfunktion der Organe ist dadurch gestört und eine Krankheit kann die Folge sein.

Beim Prozess der Heilung ist es wichtig, dass wir Kontakt über das Mittlere Selbst zum Unteren Selbst aufnehmen und mit ihm zusammenarbeiten. Das Untere Selbst ist ein Riese in uns. Wir benötigen dafür die Einsicht und das Verständnis, dass das Untere Selbst ein selbst agierendes Wesen ist: der Geist, der still dienend in uns wirkt. Der Verstand kann nicht bewirken, dass sich z. B. eine Wunde schließt, das kann nur das Untere Selbst.

Das Hohe Selbst ist für den Verstand nicht erreichbar. Man kann mit Worten nicht erklären, was passiert, wenn man mit dem Hohen Selbst in Kontakt tritt. Die biblische Aufforderung, sich kein Bild von Gott zu machen könnte dies zum Ausdruck bringen. Es gibt Werkzeuge in der HUNA-Lehre, die uns für eine Kontaktaufnahme zur Verfügung stehen können. Es ist möglich, sich auf die Begegnung mit dem Hohen Selbst vorzubereiten. Eine tiefe Hinwendung zum Hohen Selbst in aller Stille, das Lösen von alten Anhaftungen sowie eine tiefe Sehnsucht nach Gott lassen Energie fließen und begünstigen die mystische Erfahrung. Es ist nicht möglich, sich die mystische Erfahrung herbeizuwünschen. Es ist jedoch hilfreich, wenn wir das Untere Selbst um Unterstützung bitten. Bei der Kontaktaufnahme mit dem Hohen Selbst kommen wir in einen bestimmten psychischen Zustand, zum Beispiel die innere Erfahrung von Liebe, Licht, Geborgenheit und Weite. Diese sind als Gefühle und Emotionen wahrnehmbar und sie können durch reines Wollen nicht herbeigeführt werden.

„Das wäre ja auch zu schön, um wahr zu sein. Ich hätte mir wirklich viel Ärger ersparen können, wenn ich meine Gefühle und Emotionen steuern könnte", sagte Eva zu sich selbst und fügte hinzu: „Dann hätte ich den Gefühlsknopf auf „Shaka – Hang Loose" gedrückt, das vor allem unter Surfern so viel heißt wie „Mach dich locker".

Sandrose – Emotionale Stabilität

Das Kapitel schien beendet zu sein. Mehr wollte Eva nicht dazu schreiben. Sie sah auf die Uhr und hatte wieder einmal jegliches Gefühl für die Zeit vergessen. Das Schreiben strengte Eva überhaupt nicht an. Sie war putzmunter.

„Wenn ich doch nur im Nachtdienst auch so viel Energie für die Strafanzeigen und Verkehrsunfallanzeigen gehabt hätte", dachte sie wehmütig. Allein der Gedanke daran fühlte sich an, als hätte ihr jemand den Stecker herausgezogen. Oft waren ihr die Augen zugefallen, wenn sie sich nachts an den Computer setzen musste, um die unterschiedlichen Vorkommnisse festzuhalten. Im Fernsehen schienen die Polizisten nur unterwegs zu sein. Sie konnte sich nicht daran erinnern, dass gezeigt wurde, wie viel Schreibarbeit der Beruf mit sich brachte. Zu Beginn ihrer Laufbahn quälte sie sich noch mit den alten Schreibmaschinen rum. Es war jedes Mal ein Drama, wenn sie sich auf dem

Formular vertippt hatte und dann fünf Durchschläge Seite für Seite mit Tipp-Ex korrigieren musste. Als die Formulare auf dem PC eingestellt waren, ging es leichter.

„Zum Glück muss ich mein Buch nicht auf der guten alten ‚Adler' tippen", ging es ihr durch den Kopf. Sie setzte sich für einen Moment in den Sessel und schaute aus dem Fenster in die sternklare Nacht. Dann fielen ihr die Augen zu und sie schlief ein.

Nach einer traumlosen Nacht wachte Eva mit einem steifen Genick auf. Sie saß immer noch im Sessel. Draußen dämmerte es und sie konnte hören, wie die Tür ins Schloss fiel. Tim hatte das Haus verlassen, um zur Arbeit zu fahren. Wie eine alte Frau wuchtete sich Eva aus dem Sessel hoch und musste sich erst vorsichtig strecken. Sie schlich ins Bad und nahm eine kalte Dusche, um die Lebensgeister zu wecken. Beim anschließenden Zähneputzen stellte sie fest, dass ihr ein Frisörbesuch auch mal wieder guttun würde. Doch dafür hatte sie jetzt keine Zeit, denn ihr Buch sollte schließlich fertig werden.

Das Frühstück bestand aus ein wenig Obst und einem Kaffee. Zum Glück hatte Tim die Einkäufe erledigt und Eva konnte darauf vertrauen, dass immer genug Essen im Haus war. Sie fuhr den PC hoch und las das letzte Kapitel noch einmal durch. Dabei trank sie den Kaffee und aß etwas von dem Obst. Den angebissenen Apfel legte sie schließlich zur Seite, denn sie merkte, dass sie innerlich ganz kribbelig war. Eva wusste, dass sie jetzt ein Kapitel mit einer neuen Sichtweise für die Wirkung der Steine schreiben würde und sie war sich sicher, dass sie damit bei vielen Leserinnen und Lesern einen „Aha-Effekt" auslösen könnte. In Windeseile verwurzelte sie ihre Füße mit dem Boden und öffnete blitzschnell ihr Kronen-Chakra, um sich sowohl mit „Oben" als auch „Unten" zu verbinden. Sie hatte ein gutes Gefühl, rief gedanklich den Engel herbei und legte los.

Die Rolle der drei Bewusstseinsebenen im Umgang mit Heilsteinen

Jeder Mensch hat einen individuellen Zugang zu Heilsteinen. Das Untere Selbst spielt dabei eine Schlüsselrolle. Es ist die Ebene, in der alle Erfahrungen aus diesem und allen vorherigen Leben gespeichert sind, während sich die Seele des Menschen immer wieder neu inkarniert.

Alle Erlebnisse, die mit Steinen gemacht werden, speichert das Untere Selbst jedes Menschen ab. Das bedeutet, dass jedes Untere Selbst über einen eigenen Wissensfundus zu den Steinen verfügt, der dem Verstand nicht unbedingt bekannt sein muss. Vielleicht war dieser Teil der Seele in einem anderen Leben in einer steinheilkundigen Kräuterfrau inkarniert und hat einen großen Erfahrungsschatz zusammengetragen. Möglicherweise hat aber auch ein einziges Leben genügt, in dem man mithilfe eines Steines wieder gesund wurde und diese Erfahrung so großartig war, dass sie entsprechend nachhaltig abgespeichert wurde. Es gibt unzählige Möglichkeiten und vielleicht erhalten Sie jetzt einen Gedankenimpuls dazu, welche Heilstein-Erlebnisse in ihrem Unteren Selbst schlummern und welche Erfahrungen Sie bereits gemacht haben.

Es gibt Menschen, die fühlen sich zu Heilsteinen hingezogen und können spüren, dass diese etwas bei ihnen bewirken, ohne dass ihnen bewusst ist, was da geschieht. In solchen Fällen hat das Untere Selbst über feinstoffliche Verbindungsschnüre, die in der HUNA-Philosophie AKA-Fäden genannt werden, Kontakt zum Stein aufgenommen und kommuniziert mit ihm. Wenn der Stein mit dem Unteren Selbst verbunden ist, könnte das z. B. durch eine körperliche Reaktion in Form eines Wärmegefühls oder einem leichten Pochen wahrnehmbar sein. Körperliche Reaktionen werden immer über das Untere Selbst ausgelöst. Es ist auch möglich, dass plötzlich Gedanken zur Ursache von Beschwerden auftauchen. Gerade die Impulse, die überraschend „in den Sinn kommen", sind vom Unteren Selbst losgeschickt worden. Ein selbstbewusstes, ermutigtes Unteres Selbst wird mit Freude intuitiv den „richtigen" Stein zu einem Problem aussuchen. Es beherbergt die medialen Fähigkeiten und ist die Steuerinstanz für die telepathische Kommunikation.

Bei Menschen, die nicht an Heilsteine glauben und diese ablehnen, ist es dennoch möglich, dass der Stein helfen kann, denn das Untere Selbst ist durch seine Programmierung stärker als der Verstand und es weiß, wie es den Heilstein „anzapfen" muss. Auch dann, wenn der Verstand ablehnend reagiert, kann das Untere Selbst das Heilungsprogramm unbewusst durchführen, denn es kennt die Ursachen für die Beschwerden und möchte alles im Rahmen seiner Macht Stehende tun, um bei der Heilung zu helfen. Diese Tatsache dürfte die Menschen in Erstaunen versetzen, die glauben, dass sie an die Wirkung von Steinen glauben müssen, damit diese helfen. Sie müssen keinesfalls glauben und können es dennoch erfahren!

Es gibt Menschen, die es für möglich halten, dass Steine etwas bewirken können, doch bei sich keine Reaktionen feststellten, nachdem sie Heilsteine verwendeten. Die Ursache dafür könnte darin liegen, dass das Untere Selbst die Zusammenarbeit verweigert, weil es eine negative Erfahrung abgespeichert hat, die direkt oder indirekt mit Heilsteinen zu tun hatte. Es gab viele Frauen, die sich im Mittelalter als Heilkundige betätigten und die aufgrund ihres Wissens und Wirkens gefoltert und verbrannt wurden. Diese traumatischen Erfahrungen können dazu geführt haben, dass ein Schwur geleistet wurde, der besagt, dass man sich nie mehr für die Naturheilkunde bzw. für die Wirkung von Heilsteinen öffnen wird. Diese geistigen Manifestationen sind dem Verstand nicht bekannt, denn sie wurden in einem anderen Leben im Unteren Selbst abgespeichert. Das Untere Selbst hat sie sozusagen als Gepäckstück in dieses Leben mitgebracht und es besteht hier und jetzt die Chance, die Programmierung zu löschen bzw. umzuschreiben. Es wird eine große Freude für das Untere Selbst sein, wenn es von diesen alten Fesseln befreit wird und es seine Fähigkeiten wieder voll entfalten kann. Im HUNA gibt es verschiedene Werkzeuge in Form von Übungen, die dabei helfen können, das Untere Selbst zu erlösen.

Ein weiterer Umstand, der für viel Unsicherheit im Umgang mit Heilsteinen sorgt, ist das mangelnde Vertrauen, genauer gesagt mangelnde Selbstvertrauen. Das Untere Selbst wird bei vielen Menschen als nicht vorhanden bzw. nicht erreichbar erlebt. Das führt dazu, dass der Kontakt zu ihm nicht bewusst stattfindet, geschweige denn gefördert und ausgebaut wird. Dadurch, dass Sie dieses Buch lesen, was im Übrigen mit freudiger Aufmerksamkeit Ihres

Unteren Selbstes begleitet wird, schaffen Sie ein gutes Fundament für die Zusammenarbeit von Mittlerem Selbst und Unterem Selbst.

Es gibt viele Menschen, die machen etwas ganz spontan aus dem Bauch heraus und stellen es dann prompt in Frage. Vor allem Kinder greifen intuitiv richtig zu einem Stein, der ihnen ganz allgemein oder zu einem bestimmten Thema Unterstützung geben könnte. Statt dem Unteren Selbst für seinen Impuls zu danken, schaltet sich sofort der Verstand ein und möchte Genaueres zum Stein wissen. Man fragt zum Beispiel den Händler nach der Wirkung und überprüft das dann noch einmal durch Nachlesen in einem Fachbuch. Weil sich beide irren können, zieht man noch eine Karte. Und um gänzlich auf Nummer sicher zu gehen, fragt man bei einem Medium nach. Letztendlich kann das dazu führen, dass man völlig verwirrt ist und zu dem Entschluss kommt, dass Steine sowieso nicht helfen.

Alles, was Sie unternehmen, um den Impuls des Unteren Selbstes zu überprüfen, bekommt natürlich auch Ihr Unteres Selbst mit. Sie können sich vielleicht vorstellen, wie es sich dabei fühlt. Es ist verunsichert, gekränkt und fühlt sich wertlos. Es reagiert eigentlich wie ein Kind, das schreiben lernt und permanent auf sein krakeliges Schriftbild und die mangelnden Rechtschreibkenntnisse hingewiesen wird. Wie motiviert wird es wohl sein, schreiben zu lernen? Wie motiviert wird Ihr Unteres Selbst sein, Ihnen bei der Auswahl des richtigen Steines zu helfen?

Wenn man verunsichert ist, macht man natürlich auch Fehler. Das kann dem Unteren Selbst auch passieren. Geben Sie sich und Ihrem Unteren Selbst die Chance, dieses Vertrauensverhältnis auszubauen und belassen Sie es beim ersten Impuls. Senden Sie Ihrem Unteren Selbst einen Gedanken, dass Sie sich für den Stein öffnen, den es aussucht, und dass Sie sich darauf freuen, was passieren wird. Ganz wichtig ist, dass Sie ehrlich zu sich und Ihrem Unteren Selbst sind, denn das Untere Selbst merkt sofort, wenn Sie es belügen. Sie können vorher noch mit ihrem Unteren Selbst absprechen, ob Sie die Augen schließen und es Ihre Hand zu dem richtigen Stein führt oder ob Sie mit offenen Augen einen Stein erblicken, der Ihre volle Aufmerksamkeit auf sich zieht. Bitte entscheiden Sie sich für eine Möglichkeit und wählen Sie nicht beide aus, denn auch das kann verunsichern.

Während Eva schrieb, hatte sie wieder das Gefühl, als stünde jemand hinter ihr. Ein sanfter Luftzug streichelte ihre Wange und sie wusste, dass sie wieder eine Botschaft aus der Geistigen Welt erhalten würde. Sie faltete für einen Moment die Hände, bat um Führung, Schutz und Hilfe und wartete innerlich auf einen Impuls, der sie dazu veranlasste, die Hände auf die Tastatur zu legen. Eva war ganz ruhig. Ihr war bewusst, dass sie ihre Gedanken ganz zur Ruhe bringen musste, denn nur in der Stille konnten die Worte aus einer anderen Dimension in sie einfließen. In diesem Fall hörte sie keine Stimme, sondern es fühlte sich so an, als wenn sie sich an etwas erinnerte. Diese Erinnerung war auf einmal ganz präsent und Eva fasste sie in Worte, um dieses Wissen auch anderen zugänglich zu machen. Automatisch fing sie zu schreiben an:

Beim Umgang mit Heilsteinen darf das Hohe Selbst nicht vergessen werden.

„Das Hohe Selbst ist mit dem Verstand nicht zu begreifen. Es ist der Teil in euch, der euren Seelenplan kennt. Das bedeutet, dass alles, was ihr bis jetzt zum Thema Heilsteine gelesen habt, durch diese, nennen wir es Instanz, außer Kraft gesetzt werden kann. Denn das Hohe Selbst ist von uneingeschränkter Autorität, dem sich das Mittlere und Untere Selbst hingeben. Sollte es für einen Menschen nicht vorgesehen sein, dass er eine schwere Krankheit besiegt und wieder gesund wird, dann helfen kein Stein, keine Pflanze, kein Medikament und auch kein Gebet. Es mag auf den ersten Blick schwer zu verstehen sein, aber der göttliche Schöpfungsplan, der auch die individuellen Seelenpläne enthält, hat oberste Priorität und wer das anerkennt, der erkennt auch Gott als höchste Macht an.

Wenn es dem Menschen gelingt, seine drei Selbste miteinander zu verschmelzen, dann ist es möglich, mit dem eigenen Seelenplan seinen Frieden zu haben, auch wenn das mit dem menschlichen, eingeschränkten Verstand noch so schwerfällt. Wir wissen um den unerträglichen Schmerz, den Eltern empfinden, wenn ihre Kinder schwer krank sind und keine Chance auf Heilung zu erkennen ist. Häufig wird nach einer Schuld gesucht, nach etwas, was es zu büßen gilt. Ein scheinbar strafender, liebloser Gott wird angerufen und um Gnade gebeten. Alles ist möglich in diesem Schmerz, der hilflos macht und die Herzen verschließt. Doch diese menschlichen Vorstellungen entsprechen nicht der Realität. Gott schenkt den Menschen den freien Willen und dieser wird von ihm respektiert. Der freie Wille ist nicht erst vorhanden, nachdem der Mensch auf die Welt gekommen ist und sich als eigenständiges Wesen entdeckt, sondern dieser freie Wille ist bereits in dem Moment aktiv, wenn der Seelenplan festgeschrieben wird. Dieser Seelenplan legt einen Rahmen fest, in dem der Mensch sein Erdenleben verbringen will. Er beinhaltet die Wahl der Eltern, den Ort der Geburt, die Erfahrungen, die er machen möchte, um sein belastendes Seelengepäck zurücklassen zu können; aber auch Liebesdienste, die in der Form stattfinden, wie sie das menschliche Bewusstsein in ihrer allumfassenden Tiefe niemals begreifen kann. Wer das versteht, ist in der Lage, sich dem Leben hinzugeben. Es gibt Seelen, die wollen die Erfahrung machen, ein Kind zu verlieren. Es gibt wohl keinen Verstand, der sich das freiwillig ausgesucht hätte und dennoch sprechen wir von einer Seelenerfahrung und weisen auf den Unterschied zu einer Lebenserfahrung hin. Die Seele braucht Erfahrungen, um eine gewisse Seelenreife zu erlangen. Das könnt ihr auch auf die Lebenserfahrung übertragen. Denn ein älterer Mensch hat mehr Erfahrungen gemacht, als ein junger. Das macht ihn nicht automatisch zu einem weiseren Menschen, denn es kommt immer darauf an, was der Einzelne aus seinen Erfahrungen lernt.

Das Hohe Selbst steht mit den hohen Licht- und Schöpfungsebenen in Kontakt und somit ist jeder Mensch mit diesen Ebenen verbunden. Diese feinstofflichen Sphären können von vielen Menschen nicht direkt wahrgenommen werden. Sie benötigen etwas Materielles, um sich an deren Existenz zu erinnern und diese in ihr Leben integrieren zu können. Heilsteine sind dafür die optimalen Verbindungsstücke, denn sie können diese hochschwingenden Energien abspeichern und über ihre Grobstofflichkeit heruntertransformieren, um sie dem Menschen zugänglich zu machen. Das kann über eine Segnung oder eine Widmung geschehen, indem die Energie, z. B. die eines Erzengels, angerufen und mittels eines Segens in den Stein gegeben wird. Der Stein ist somit auch eine Verbindungsbrücke zwischen der Geistigen Welt und dem Erdenleben. Das Hohe Selbst bringt euch über die Steine eure wahre Seelenbestimmung nahe. Das Erkennen der Seelenberufung ist die Voraussetzung für die bewusste Annahme und die Hingabe. Innere Kämpfe können beigelegt werden, die Seelenfelder dürfen sich harmonisieren und eine Heilung im Sinne der Einheit beschert auch Gesundheit und Wohlbefinden, so Gott will."

(Botschaft aus der Geistigen Welt)

Evas Finger kamen zur Ruhe. Sie nahm die Maus und scrollte zum Anfang der Botschaft, die sie gerade ohne Unterbrechung heruntergetippt hatte. Wort für Wort nahm sie mit ihrem analytischen Verstand auseinander. Insbesondere der Satz, dass die Steine wie Transformatoren wirken, leuchtete ihr ein.

Vor ihrem geistigen Auge konnte Eva plötzlich einen besonders schönen Heilstein sehen: einen mit Gold bedampften Bergkristall, der Aqua-Aura genannt wurde. Dieser war ihr vor einiger Zeit in die Hände gefallen, als sie eine Ausarbeitung zu Steinen für die Arbeit mit den Bewusstseinsebenen gemacht hatte.

„Eine gute Gelegenheit, diese Ideen mit in das Kapitel einfließen zu lassen", stellte Eva fest. Zielgerichtet zog sie den richtigen Ordner aus dem Regal heraus, nahm das entsprechende Blatt heraus und tippte ihre handschriftlichen Aufzeichnungen ab.

Aqua-Aura – mit Gold bedampfter Bergkristall

Heilsteine für die Arbeit mit den drei Selbsten

Azurit-Malachit kann bei Reinkarnationsarbeit unterstützen, bei innerer Zerrissenheit und unterdrückten Emotionen sowie auch zwanghaften Verhaltensmustern, wie zum Beispiel gestörten Essgewohnheiten und Süchten.

Obsidian kann verschüttete Erinnerungen bewusst machen, Emotionen und Gefühle zurückholen, damit diese verarbeitet und neu abgespeichert werden können.

Pyrit kann dabei helfen, Ursachen für Ängste und Krankheiten zu erkennen und zu unterscheiden.

Brekzien-Jaspis kann bei der Kommunikation mit dem „inneren Kind" unterstützen.

Aqua-Aura ist ein mit Gold bedampfter Bergkristall; Gold ist Lieferant für hochschwingende Lichtenergie und kann bei Klärung der Gedanken unterstützen sowie zu einer uneingeschränkten Anerkennung der eigenen Göttlichkeit im Rahmen der „ICH-BIN-Gegenwart" beitragen.

Herkimer Diamant (beidseitig geschliffener Bergkristall), verbindet die Polaritäten von Himmel und Erde durch die fließende Bewegung einer „8"; macht bewusst, dass alles einer göttlichen Gesetzmäßigkeit im Sinne einer Ordnung unterstellt ist und dass wir Disziplin und Hingabe brauchen, um unseren Seelenweg gehen zu können.

Amethyst verkörpert die spirituelle Macht und reinigt durch Transformation, damit Frieden durch Bewusstwerdung einkehren kann.

Zufrieden rieb sich Eva die Hände und heftete das Blatt wieder in den Ordner. Ihr Buch begann stetig zu wachsen. Es schien seinen eigenen Plan zu haben, denn nach und nach reihten sich die Themen aneinander. Sie wollte den Ordner ins Regal zurückstellen, doch war er so schwer und sperrig, dass sie ihn nicht richtig fassen konnte. Er rutsche ihr aus den Händen und krachte auf das Parkett.

„Vielleicht sollte ich mal eine kurze Pause machen", stellte sie fest. Doch sie bückte sich bereits und wollte den Ordner erst noch zurück an seinen Platz stellen. Leider hatte sich der Bügel geöffnet und einige Seiten waren herausgefallen. Eva spürte intuitiv, dass das kein Zufall sein konnte, und sah sich die herausgefallenen Blätter genauer an. Die erste Überschrift zauberte ein Lächeln in ihr Gesicht.

„Danke für den Hinweis", sagte sie laut zu ihren Helfern. „Ich werde das als nächstes Kapitel einarbeiten. Doch jetzt gönnt mir bitte eine kleine Pause …"

Eva ging in die Küche, um sich ein Glas Leitungswasser zu holen. Tim hatte vor einigen Jahren einen Wasserenergetisierer an die Hauptwasserleitung anschließen lassen. Seit der Zeit tranken sie fast nur noch Leitungswasser, was im Sommer noch durch frisches Nass aus einer nahen Quelle ergänzt wurde. In aller Ruhe trank Eva ihr Glas aus, während sie ein paar Schritte in den Garten ging. Am Himmel zogen dunkle Wolken auf und die ersten Regentropfen fielen ihr auf den Kopf. Schnell zog sie sich wieder ins Haus zurück, schnappte sich ein paar Kekse und hatte ein gutes Gefühl, dass sie draußen nichts verpassen würde.

„Regen ist Segen", sagte sie sich, nahm den herausgefallenen Zettel zur Hand und überarbeitete ihn für ihr nächstes Kapitel.

Heilsteine und ihr Platz in der göttlichen Ordnung

Steine wurden von Gott geschaffen, um ihn zu ehren, seine Engel zu schmücken und der Heilkunst dienlich zu sein. Diese Weisheit übermittelte Hildegard von Bingen in ihrem Werk „Lapis Lapidarium", dem Buch von den Steinen. Das bedeutet, dass die Idee Gottes darin bestand, den Menschen ein Hilfsmittel zu geben, das sie daran erinnerte, einen göttlichen Ursprung zu haben. Die Menschen verloren ihre Erinnerung daran, dass sie in Wirklichkeit geistige Wesen sind, die eine menschliche Erfahrung machen. Die Erde bietet ihnen den idealen Lebensraum dafür, den göttlichen Schöpfungsplan zu erfahren, der die Grundlage für alles Existierende ist. Die Steine sind Materie und befinden sich in der ersten Dimension. In dieser sind die Schwingungen so verdichtet, dass der Mensch sie mit seinen fünf Sinnesorganen erfahren kann. Steine sind sozusagen die Schlusssteine der Schöpfung, denn es ist nicht möglich, dass sich Materie noch weiter verdichten kann.

Die Steine dienen als Hilfsmittel in der Form, dass sie uns unsere geistige Herkunft, mit der wir allzeit verbunden sind, grobstofflich verkörpern. Alles, was wir geistig durch unsere Gedanken aussenden, manifestiert sich als feinstofflicher Bauplan, aus dem sich etwas Materielles entwickeln kann. Die Gedanken zu klären, rein zu halten und sie auf die Ziele des göttlichen Seelenplanes auszurichten, führt zu Harmonie, All-Einheit sowie Gesundheit und Fülle. Steine existieren in allen Dimensionen gleichzeitig und wir können über sie mit den unterschiedlichen Energien in Verbindung treten. Steine haben keinen freien Willen, mit dem sie sich von Gott scheinbar trennen können und symbolisieren den SEINS-Zustand. Wenn wir uns wie ein Fels in der Brandung fühlen, wird uns nichts aus der Ruhe und inneren Mitte werfen können. In HUNA sind Steine der Göttin der Erde „Haumea" zugeordnet, die sie liebevoll in ihrem Schoß hütet.

„Da habe ich ja etwas angefangen", sagte Eva zu sich selbst. „HUNA ist so umfangreich, daraus könnte ich mehrere Bände machen. Vielleicht habe ich mich übernommen. Ich lösche das einfach und suche mir etwas Anderes", haderte sie mit ihrem Schreibprozess.

„Schade, dass du einen Schritt vorgehst und dann zwei zurück", hörte sie den Engel seufzen. „Du weißt doch, dass HUNA ganz viel umfasst. Das würde wirklich den Rahmen des Buches sprengen."

„Also gut. Dann werde ich dir helfen: Stell dir vor, du würdest nächste Woche nicht mehr im Stande sein, dich in irgendeiner Art und Weise mitzuteilen. Oder lass es mich ganz heftig ausdrücken: Stell dir vor, du wärest nächste Woche tot. Was möchtest du der Welt hinterlassen, was noch in keinem anderen Buch zu finden ist?"

„Da muss ich gar nicht lange überlegen. Das sind meine Beiträge zur Paua-Muschel."

„Oh jaaaaa, bitte mach uns und den Leserinnen und Lesern deines Buches die Freude und lass uns an dem teilhaben, was du herausgefunden hast."

„Jetzt tu bloß nicht so scheinheilig. Du warst doch bestimmt dabei und hast alles mitbekommen. Was könnte ich dir schon erzählen, wovon du noch nichts weißt?"

„Wissen und Weisheit sind zwei Paar Stiefel. Mehr werde ich dir an dieser Stelle noch nicht verraten. Aber ich melde mich bei dir, wenn du Unterstützung brauchst. Doch nun ist es an dir, ein Geheimnis zu lüften. Das ist für uns immer ein spannender Augenblick und es fühlt sich an, als wenn ein Kind ein Geschenk auspackt. Mit klopfendem Herzen und staunenden Augen hält es den Inhalt in seinen Händen und ist voller Freude. Genieße diesen Moment, in dem sich der Schatz´ hebt und im Lichte der Wahrheit ein neuer Stern geboren wird."

Eva ordnete ihre Gedanken und erinnerte sich an die Zeit, in der sie die HUNA-Seminare besucht hatte. Sie wollte damals häufig mit dem Kopf durch die Wand, hatte keine Geduld mit sich und wollte ihrer Medialität mit dem Verstand auf die Sprünge helfen. Sie erschuf Illusionen und bastelte sich diese als ihre eigene Wahrheit zusammen. Obwohl es Eva unangenehm war, vertraute sie ihrem Bauchgefühl und wollte im nächsten Kapitel von einem Erlebnis schreiben, das ihr sehr dabei geholfen hatte, eine Illusion von einer Wahrheit zu unterscheiden. Sie hoffte, dass ihr Mut, sich selbst immer wieder zu hinterfragen und den eigenen Schwächen vorbehaltlos zu begegnen, auch andere dazu ermutigen könnte, es ihr gleichzutun.

Ego kontra Herz

Als ich mich mit HUNA beschäftigte, nahm ich an mehreren Veranstaltungen teil. Bei einem Seminarblock kam ich mit der Hüterin der Kristalle in Verbindung, die sich als Wesenheit bei meiner Ausbildungsleiterin meldete und ihr zu verstehen gab, dass sie mit einem Segen in mein Energiefeld geschickt werden durfte. Ich hatte mich bereits mit Steinen intensiv beschäftigt, doch von einer Hüterin der Kristalle bis dahin noch nichts gehört. Zuerst jubelte mein Ego, und es sonnte sich sogleich in dieser Ehre, obwohl ich keine Vorstellung davon hatte, wer sie war und was sie von mir wollte. Mein Herz dagegen freute sich in aller Stille und wusste, dass die Zeit noch nicht reif war, mit der Hüterin der Kristalle zu kommunizieren. Mir war auch nicht bewusst, dass die Geistige Welt mich im Auge hatte und sehr genau beobachtete, wie ich mit meinem neu erworbenen Wissen und Techniken umgehen würde. Erst viel später kam die Einsicht, dass ich noch keine Meisterin war, wenn ich gerade einmal ein Seminar oder einen Tagesworkshop besucht hatte; auch dann nicht, wenn mir darüber ein goldgerahmtes Zertifikat ausgestellt wurde.

Während der unterschiedlichen HUNA-Meditationen und Übungen zeigten sich immer wieder verschiedene Steine. Spannend war es, als ich diese auch dann sah, wenn andere von ihren Erlebnissen sprachen. Ich musste mich sehr beherrschen, um nicht ungefragt meine Impulse dazu auszuposaunen. Eine innere Hand hielt mich fest und ermahnte mich innezuhalten. Da ich selber sehr ungehalten auf Wichtigtuer und Menschen, die angeblich schon alles erlebt hatten und zu allem etwas sagen konnten, reagierte, bemühte ich mich um Zurückhaltung.

Die Hüterin der Kristalle schickte mir Impulse und ich spürte den innigen Wunsch, einen Symbolstein für HUNA zu finden. Ich wälzte die Bücher und versuchte krampfhaft, auf dem analytischen Weg einen Stein zu bestimmen. Mein Vorhaben war nicht von Erfolg gekrönt. Doch eines Tages fiel mein Blick zufällig auf meine Paua-Muschel, in der ich meine Kette aus Perlen und Korallen aufbewahrte, um sie mit neuer Kraft aufzuladen. Innerlich hörte ich den Satz: „Ich bin das Herz des ozeanischen Bewusstseins."

Ja, das war sie tatsächlich und sie sah auch so aus. Ihr schillerndes Lichtkleid aus Violett, Rosé, Gold und Silber zog sich wie fließendes Wasser über ihren

Rücken. Obwohl die Botschaft eigentlich alles aussagte, wollte ich noch mehr dazu schreiben. Mein Kopf lieferte mir alle möglichen Erklärungen, warum die Paua-Muschel so genial passte. Ich überhörte mein Herz, das mich immer wieder dazu aufforderte, abzuwarten und jetzt noch keine genaue Beschreibung zu liefern, weil die Zeit noch nicht reif war. Mein Ehrgeiz packte mich und ich schrieb einen langen Text, indem ich erklärte, wie genau die Paua-Muschel funktionierte.

Etwas in mir malte sich die ruhmreichen Bilder aus, wie ich beim nächsten HUNA-Seminar in einer offenen Sänfte in den erlauchten Kreis der Seminarteilnehmerinnen getragen wurde. Auf einem goldenen Kissen thronte die Paua-Muschel auf meinem Schoß und die Fanfaren bliesen zum Einzug der Gladiatoren. Die Szene kam mir vor wie aus einem Monty-Python-Film. Ich trug ein prächtiges Gewand und verließ mit der Paua-Muschel die Sänfte, stellte mich in die Mitte und prahlte: „Seht her, ihr Suchenden, ich bin erleuchtet und bringe euch die Paua-Muschel."

Ungefragt drückte ich jedem meine Ausarbeitung in die Hand und sonnte mich in meiner Arroganz und Einfältigkeit.

Ganz so schillernd war es in der Wirklichkeit nicht, aber ich musste mein Werk unbedingt an die Frau bringen und so suchte ich mir jemanden, von dem ich glaubte, er würde meinen Fachverstand verstehen und mich bestärken. Maike, eine der Ausbilderinnen, ging mir ins Netz und auch Jeanne als „Channel-Sachverständige" bekam eine Kopie meiner Ergüsse. Maike las den Text durch und ihr Kommentar fühlte sich so an, als wenn mir jemand einen Eimer mit kaltem Wasser über den Kopf geschüttet hätte. Mit ihrer norddeutschen, etwas trockenen Art sagte sie nur den einen Satz: „Die Abalone hat nur eine Schale und nicht zwei."

Ihr Blick gab mir zu verstehen: „Was ist denn das für ein Quatsch?"

Heute würde ich sagen: „Maike, du hast recht. Ich habe mir da etwas zusammengezimmert. Danke, dass du so ehrlich bist." Damals lieferte ich Rechtfertigungen, heuchelte Einsicht und dachte: „Maike ist doof."

Tja, so war ich damals und darüber hinaus war ich auch noch etwas beleidigt der Hüterin der Kristalle gegenüber, weil ich glaubte, sie habe mich auf eine falsche Fährte gesetzt und ins Messer laufen lassen.

*Ich entschloss mich vorübergehend dazu, erst mal nichts zu „channeln".
Sollten die da oben sich doch eine andere suchen …*

*Wie gut, dass ich mein Schneckenhaus hatte, in das ich mich jederzeit zurück-
ziehen konnte. Mein beleidigtes Leberwurstdasein hielt jedoch nicht lange
an und so ging ich weiter, holte mir noch die ein oder andere energetische
Ohrfeige ab, nahm etliche Fettnäpfe mit und blieb dennoch auf meinem Weg,
der mich zumindest ansatzweise zu Bescheidenheit und Demut führte.*

„Es könnte so Vieles leichter sein, wenn wir mit Kritik offener umgehen
würden", dachte Eva. Sie hatte den Spieß oftmals einfach umgedreht und
war nicht bereit, sich selbst kritisch zu hinterfragen.

Häufig hatte sie Nähe zu Menschen gesucht, die ihr sagten, wie großartig sie
sei. Mit ihrer Selbstdarstellung hatte sich Eva jahrelang sehr intensiv beschäftigt, ohne dass ihr das bewusst war. Niemals hätte sie das Haus verlassen,
ohne sich vorher die Haare zu waschen und zu föhnen. Auch ihr wahres
Gesicht verbarg sie seit ihrer Pubertät hinter einer Maske aus Make-up.
Damals hätte sie sich nicht vorstellen können, zum Dienst zu gehen, ohne
dass sie aussah, wie frisch aus einem Ei gepellt. Warum hatte sie so viel
Lebenszeit mit diesen Äußerlichkeiten verbracht?

Warum konnte sie nicht einfach eine unter vielen sein und musste sich auch
durch Fallschirmspringen und ihren Flugschein immer wieder von anderen
abheben? Es fühlte sich sehr gut an, dass sie so viele Dinge bereits losgelassen hatte. Alles schien seine Zeit zu brauchen und das war auch gut so.

Ihr Freundeskreis hatte sich verändert und sie war sehr glücklich darüber, dass
sie jetzt ein paar wirklich gute Freundinnen hatte. Früher beschränkten sich
ihre Bekanntschaften hauptsächlich auf Kollegen. Enge Verbindungen gab
es nicht. Ihre alten Freundinnen ließ sie zurück, als sie zur Polizei ging, und
viele von ihnen waren heute für Eva nicht mehr greifbar, da man sich einfach
aus den Augen verloren hatte. Durch ihre Beschäftigung mit den Steinen
lernte sie viele neue Menschen kennen. Diese Begegnungen waren oft sehr
tiefgründig und Eva freute sich darüber, dass man ihr Vertrauen schenkte und
sie um Rat fragte. Auch in diesem Bereich ging sie durch eine schmerzhafte
Schule und musste begreifen, dass man nicht überall seine Steine mitnehmen
sollte und nicht jeder ihre Begeisterung dafür teilte.

Obwohl sie nie eine Heilsteine-Ausbildung absolviert und kein Zertifikat vorzuweisen hatte, verfügte Eva über ein großes Wissen, das sie sich im Laufe der Jahre angeeignet hatte und auf das sie zugreifen konnte, wenn sie sich für die *Geistige Welt* öffnete. Die Fachliteratur, mit der sie sich beschäftigte, war sehr umfangreich und das Studium der einzelnen Schriften brachte ihr die Erkenntnis, dass jeder Verfasser einen anderen Auftrag hatte und damit einen erheblichen Einfluss auf die Wahrnehmung jedes Lesers nahm. Eva war es gewohnt, Texte zu lesen und zu analysieren. Das hatte sie bei der Polizei täglich gemacht. Sie las die Strafanzeigen, Aktenvermerke und Vernehmungen und hatte immer ein Auge auf die Widersprüche und Ungereimtheiten, wo sie bei ihrer Ermittlungsarbeit ansetzen wollte. In der Heilsteinliteratur fand sie sehr unterschiedliche Herangehensweisen im Umgang mit den Steinen, die, jede für sich genommen, stimmig erschienen. Seit vielen Jahren beschäftigte sie sich nahezu täglich mit Steinen und der Umgang mit ihnen ging ihr in Fleisch und Blut über.

Eva probierte viel aus und war sehr dankbar für Rückmeldungen durch andere Heilstein-Anwender. Hin und wieder hatte sie kleine Informationsabende zu den Steinen und Bastel-Workshops für entsprechenden Schmuck angeboten. Bei einer dieser Informationsveranstaltungen hatte sie zufällig eine Entdeckung gemacht, die für ihre weitere Arbeit sehr wichtig war: Sie übte mit einigen Frauen den spirituellen Zugang zu den Steinen und setzte dabei auch Karten und Bücher ein. Eine der Frauen hörte sich das Problem einer anderen aus der Gruppe an und empfahl ihr intuitiv einen Rutilquarz. Als beide die Beschreibung zum Rutilquarz in einem Buch nachlasen, konnten sie fast alles bestätigen und viele Parallelen zur Ursache des Problems, in diesem Fall eine Herzerkrankung, erkennen. Daraufhin nahmen beide noch ein anderes Buch, welches speziell zu einem Kartenset gehörte und lasen in diesem auch noch einmal die Beschreibung zum Rutilquarz nach. In diesem Buch traf viel weniger zu, als in dem, das sich auf allgemeine Wirkungen bezog.

Das Experiment wiederholte Eva dann noch mit anderen Frauen und weiteren Steinen und kam zum selben Ergebnis. Ganz eindeutig war die Erkenntnis, als zu einem neuen Problem zuerst eine Karte aus einem Heilstein-Kartendeck gezogen wurde. Die Karte mit der dazu gehörenden Beschreibung passte eindeutig. Dagegen lieferte das allgemeine Buch über die Steine eher unbefriedigende Erklärungen und brachte mehr Verwirrung als Vertrauen.

Es war also wichtig, dass man in diesem Bereich mit *einer* Energie arbeitete und diese nicht mit mehreren Energien unterschiedlicher Autoren vermischte, es sei denn, die Autoren arbeiteten in ähnlichen Energiefeldern. Am Beispiel von Michael Gienger konnte sie sehen, dass alle seine Bücher das Ergebnis bestätigten. Dagegen gab es viel Verwirrung, wenn man noch weitere Bücher anderer Autoren um Rat fragte, die energetisch einen anderen Zugang zu den Steinen hatten oder auch ein anderes Bewusstsein für Heilsteine.

In diesem Zusammenhang erinnerte sich Eva, dass sie vor einigen Jahren einen Sodalith anschaute, mit ihm meditierte und innerlich sah, dass er sich in einen Apothekerschrank verwandelte. Sie fragte ihn, was er ihr damit sagen wolle und er antwortete, dass jeder Mensch seinen eigenen Zugang zu Steinen habe und ganz unterschiedliche Impulse und Wahrnehmungen dazu bekäme. Auch wenn acht Personen nahezu identische Wahrnehmungen hätten und nur einer diese nicht bestätige, so seien die der Mehrzahl nicht mehr wert als die des Einzelnen, solange sie wirklich wahrhaftig blieben. Eva hatte die Botschaft verstanden und später sehr wichtige Erfahrungen machen dürfen, als sie sich mit der Paua-Muschel beschäftigte.

Eva suchte auf ihren Dateien ein passendes Foto von der Paua-Muschel. Sie wollte den Leserinnen und Lesern ein Foto präsentieren, damit sie sich von Anfang an eine Vorstellung von der Paua-Muschel machen konnten. Zum Glück musste Eva nicht lange suchen und fand ein sehr schönes Bild, das wiederum eine Erinnerung auslöste:

Eva war vor einigen Jahren mit einer Frauengruppe zu einer Seminarreise nach Gozo, der Nachbarinsel Maltas, aufgebrochen. Zu einem der Ausflugsziele gehörte auch ein „Gaia-Tempel", der sich direkt an der Küste befand. Als die Gruppe die heilige Stätte betrat, bekam jede Teilnehmerin den Auftrag, sich einen Platz zu suchen, still zu werden und auf ihre Wahrnehmungen zu achten. Eva setzte sich auf einen großen Felsbrocken etwas abseits der Tempelmitte und schloss ihre Augen. In der Hand hielt sie bereits die Paua-Muschel, weil sie diese später noch fotografieren wollte. Eva fühlte sich beobachtet und blickte noch einmal zum Hüter dieses Ortes hinüber, der eindeutig als solcher zu erkennen war. Er hatte die Gestalt eines mächtigen Felsbrockens mit einem Gesicht.

Hüter des Gaia-Tempels auf Gozo

Eva atmete ein paar Mal tief ein und aus und fühlte, wie sie nach und nach von einer tiefen Ruhe getragen wurde. Die gegen die Felsen schlagenden Wellen tosten und Eva spürte den Wind, der ihre Gedanken zu einem Ort wehte, der sich ihr innerlich zeigte …

Das Gefühl einer kühlen Sommernachtsluft auf der Haut, war die erste körperliche Wahrnehmung, die Eva spüren konnte. Sie war Teil eines Kreises, in dem mehrere Frauen, die wie wilde Amazonen aussahen, um einen steinigen Altar standen. Jede hielt eine brennende Fackel in der Hand, deren Funken in den Himmel stoben. Auf dem Altar lag ein kleines Mädchen. Sie war mit Muschelschmuck und bunten Blüten geschmückt und wirkte auf Eva, als hätte man sie mit etwas betäubt. Ihre Augen waren leer und ausdruckslos. Eine Frau trat hervor und hielt einen spitzen Gegenstand in der Hand, der Ähnlichkeit mit einem Dolch hatte. Die Frauen brummten und summten fremdartige Laute zu den dumpfen Schlägen einer Trommel. Eva wusste in diesem Moment, dass dieses kleine Mädchen geopfert werden sollte und dass dieser Ort für Menschenopfer vorgesehen war. Entsetzt machte sie sich bewusst, dass sie nicht wirklich an diesem Ort war, sondern nur ein Teil von ihr, der hier und jetzt nicht eingreifen durfte. Evas Verstand schaltete sich ein und bot ihr sofort an, dass sie mit den anderen hier einen

Segen hineinschicken oder am besten noch die *Geistige Welt* um Unterstützung bitten sollte, damit diese schrecklichen Ereignisse irgendwie neutralisiert werden konnten. Kaum hatte sie den Gedanken zu Ende gedacht, da hörte sie einen lauten Ruf, der sich anhörte, als würde jemand mit einer tiefen, dröhnenden Stimme aus einer Höhle zu ihr sprechen. Bei jedem Wort vibrierte ihr ganzer Körper und das damit verbundene Gefühl würde Eva niemals über Wort oder Schrift einem anderen mitteilen können. Es brannte sich jedoch wie rotglühendes Eisen tief in Evas Seele und sie fühlte die Heiligkeit der Worte, die ihr an diesem Ort gesagt wurden:

„Es gibt hier nichts für euch zu tun! Ihr wisst nichts über die heiligen Riten von Menschen, die zu einer anderen Zeit lebten und die ein anderes Bewusstsein hatten, als ihr zu eurer Zeit. Verhaltet euch achtsam und respektvoll und seid demütig bei allem, was ihr tut, und von dem ihr glaubt, ihr müsstet es für Gaia tun. Hütet euch vor allem, für das ihr nicht beauftragt wurdet. Ihr wisst nichts um die Macht und Kraft von heiligen Ritualen und Orten der Großen Mutter. Es gibt hier nichts für euch zu tun!"

Eva fühlte sich in diesem Moment schuldig und minderwertig. Die Botschaft verursachte bei ihr ein schreckliches Schamgefühl. Wie konnte sie nur so naiv sein und mit ihrer Hausfrauen-Seminar-Mentalität irgendetwas „Heiliges" bewirken wollen. Wie hatte sie sich selbst diesem Tempel genährt? Ihre innere Haltung entsprach der einer Touristin in einem Freizeitpark. Die Worte, die sie hier erreichten, ließen sie aus tiefstem Herzen Demut fühlen. Wie arrogant doch „die Krone der Schöpfung" war, zu der sie sich auch zählte. Nichts war ihr heilig.

Warum hatte sie das bis zu diesem Zeitpunkt nicht erkannt? Alles wurde vermarktet, fotografiert und in irgendeinem sozialen Netzwerk gepostet. Eva sah in einer Vision, wie eine Gruppe von „Erd-Heilern" einen Kreis bildete und mit Trommeln und Gesängen irgendetwas machte, von dem Eva keine Ahnung hatte. Selbst die „Schein-Schamanen" schienen auch nicht zu begreifen, was sie da taten. Dann war es Eva gestattet, dass sie einigen Teilnehmern in die Augen sehen durfte und erkannte, dass viele von ihnen reine Selbstdarsteller waren, so wie sie es zeitweise auch war. Sie konnte die anderen erkennen, weil sie sich selbst erkannt hatte. Einige posierten, nahmen segnende Haltungen ein. Sie lieferten eine Show, denn ihre wahren

Gedanken kreisten darum, wie sie wohl von anderen wahrgenommen wurden und wie sie ein gigantisches Selfie für ihre Webseite hinbekommen könnten. Es war grauenvoll. Eva hörte eine sanfte Stimme in ihrem Inneren, die ihr flüsternd zuraunte: „Vater, vergib ihnen. Denn sie wissen nicht, was sie tun."

Evas Erinnerungen und Visionen lösten sich auf und ihr Tagesbewusstsein übernahm nun wieder die Führung. Ganz bewusst spürte Eva in ihren Körper und überprüfte von den Fußzehen bis zum Kopf, ob sie alles bewegen konnte. Sie hatte keine Idee dazu, wie sie mit den inneren Bildern und Erlebnissen umgehen sollte. War das alles Zufall, dass sie immer wieder an Kraftorte geführt wurde und dort Botschaften empfing? Sollte sie diese für sich behalten oder weitergeben? War denn alles zur Weitergabe bestimmt? Konnte man so ein Erlebnis überhaupt mit jemandem teilen? Es fühlte sich so heilig an, so schützenswert. Eva war verwirrt. Daher schickte sie einen Gedanken an ihren Engel, er möge ihr bitte helfen, die Lage richtig einzuschätzen.

„Was hast du zu verlieren, wenn du deine Erlebnisse im Gaia-Tempel mit anderen teilst?", hörte sie ihn sofort und war froh, dass er sich nicht lange bitten ließ.

„Das weißt du doch. Frag doch nicht immer so scheinheilig."

„Dann frage dich, warum du deine Erfahrungen teilen möchtest und was du dir davon versprichst. Wenn es dir darum geht, anderen mitzuteilen, dass du solche Visionen hast und du dich wichtigmachen möchtest, dann lass die Finger davon. Wenn du darüber nachdenkst, dass du dazu ein Seminar machen könntest, nur um Geld zu verdienen, dann raten wir dir auch ab."

Eva spürte kurz in sich hinein und sagte dann: „Nein, das ist es nicht. Mir ist in diesem Moment im Gaia-Tempel ganz viel bewusst geworden. Das, was die Stimme zu mir sagte, hat mich in eine tiefe Demut geführt und mir gezeigt, dass ich mit gewissen Dingen nicht spielen sollte. Das kann man auch damit vergleichen, wenn ich einem Kindergartenkind beim Besuch der Polizeidienststelle meine schussbereite Pistole in die Hand gegeben hätte; selbstverständlich mit dem Hinweis, dass es vorsichtig sein soll. So empfinde ich manches, was in der spirituellen Szene gemacht wird. Und ich bin froh, dass ich gewarnt wurde. Aber ich will mich auch nicht wieder hinstellen und sagen, was andere falsch machen. Von mir würden sie es ohnehin nicht annehmen, auch wenn ich genau dasselbe sagen würde, wie die heilige Stimme. Wer war das eigentlich?"

„Das war Urmel aus dem Eis."

„Sehr witzig! Lass die Scherze! Ich meine das ernst."

„Nun, liebe Eva, diese Stimme hat keinen Datensatz, den du im Einwohnermeldeamt abfragen könntest. Frage nicht nach Namen, frage nicht nach Äußerlichkeiten. Fühle einfach die Qualität der Stimme und das, was sie dir zu sagen hat. Halte deine Absicht rein und sprich, wenn du dazu aufgefordert wirst. Es ist ein innerer Ruf, den du schon kennst. Aber du hast recht. Nicht alles, was du erfährst, ist zur Weitergabe bestimmt, weil es nur mit dir und deiner Entwicklung zu tun hat."

„Ich sehe es schon kommen, dass ich mir wieder den Mund verbrenne."

„Dann wäre das in dem Fall so, dass du besser geschwiegen hättest. Alles, was wahr ist und von dir weitergegeben werden sollte, wird auch von Erfolg gekrönt sein. Aber jetzt mache dir kein Bild davon, wie dieser Erfolg aussehen könnte. Oftmals wirst du gar nichts davon erfahren. Wir werden dir jedenfalls keine Smilies posten, falls du darauf wartest. Solange dein Ego so etwas noch braucht, um sich gut zu fühlen und weiterzumachen, so lange bist du noch von anderen abhängig und manipulierbar. Und jetzt lass dir keine grauen Haare wachsen, sondern schreib endlich das, wofür du dir einen Lorbeerkranz abholen kannst. Aber vergiss nicht …"

„Ja, ja, Achtsamkeit, Bescheidenheit, Demut - ich kann bald ein Lied davon singen."

Müde und nachdenklich ging Eva ins Bett. Es war noch früh am Abend, doch sie hatte Sehnsucht nach ihrer bequemen Matratze. Der Sessel in ihrem Arbeitszimmer war zwar ganz gemütlich, doch für eine ganze Nacht völlig ungeeignet. Mit einem letzten Gute-Nacht-Gedanken an ihren Engel schloss sie die Augen und schlief sofort ein.

Um 2:02 Uhr wurde sie wach und von der ihr bekannten Unruhe aus dem Bett befördert. Tim lag neben ihr und seine Atemgeräusche deuteten darauf hin, dass er tief und fest schlief. Sie hatte ihn gar nicht kommen hören, als

er ins Bett ging und spürte, dass sie ein schlechtes Gewissen ihm gegenüber hatte. Zum Glück hatte er seinen eigenen Freundeskreis und brauchte
sie nicht als Animateurin. Es würden auch wieder bessere Zeiten kommen,
tröstete sie sich. Eva schlich sich hinaus und ging sofort in ihr Arbeitszimmer.
Alle Unterlagen zur Paua-Muschel hatte sie in einem ihrer HUNA-Ordner
aufbewahrt. Ihre gute Vorarbeit in all den Jahren zahlt sich jetzt aus, denn
viele Ausarbeitungen waren bereits so formuliert, dass sie ganze Texte mit
„Kopieren" und „Einfügen" ruckzuck zu einem vollständigen Text zusammenfügen konnte. Das helle Licht des Monitors schmerzte für einen Moment in
ihren Augen. Doch davon ließ sie sich nicht abhalten, denn endlich konnte sie
ihre Paua-Muschel im nächsten Kapitel auf die Bühne stellen.

Paua-Muschel

Die Paua-Muschel

Die aus Neuseeland stammende Paua-Muschel ist eine große Schnecke und gehört zur Gattung der Seeohren beziehungsweise Meerohren. Sie besitzt eine perlmuttreiche Schale, die in den schönsten Farben der Meere schimmert und verkörpert das Herz des ozeanischen Bewusstseins.

In der entsprechenden Fachliteratur wird sie so beschrieben, dass sie das Muskelgewebe, vor allem das des Herzens, stärken würde. Sie helfe bei degenerativen Wirbelsäulenbeschwerden, aktiviere die Thymusdrüse, schütze gereizte, entzündete Haut und Schleimhäute, lindere Juckreiz, verbessere die Sonnentoleranz der Haut, reduziere Entzündungen der Sinnesorgane und wirke auf die für Unterkiefer, Kieferngelenke, Zähne und Rachenraum zuständigen Nerven.

Mir selbst überbrachte sie die Botschaft, dass sie das ozeanische Lebensgefühl ins Bewusstsein bringe. Sie verbindet Körper, Geist und Seele und lässt dabei ein Gefühl entstehen, dass mit EINS-SEIN, Harmonie, Freude und Leichtigkeit beschrieben werden kann.

Die Paua-Muschel unterstützt den Menschen bei seiner Entwicklung und ist vor allem für Kinder ein großer Segen. Sie lehrt uns die Ehrfurcht vor der Schöpfung, die Achtung vor der Tier- und Pflanzenwelt und führt uns zu allem, was generell mit Umweltschutz bezeichnet werden kann. Sie ist eine Brücke zur eigenen Seele und der darin enthaltenen Weisheit, welche über viele Inkarnationen erworben und gespeichert wurde. Man bekommt durch sie ein Gefühl für den Fluss des Lebens, während sie ebenso eine sanfte Brücke in die Geistige Welt darstellt. Mit ihrer Hilfe ist es möglich, sich von Altem zu lösen und sich auch von dem zu trennen, was daran hindert, sich weiterzuentwickeln.

Bei der Sterbebegleitung unterstützt sie die Hoffnung auf den Lichtweg und lässt fühlen, dass man nicht allein ist. Die Paua-Muschel steht mit ihrem Körper dafür, dass man auch nach dem Tod in seiner ganzen Schönheit erstrahlt. Der lebendige Körper, der Muschelfuß stirbt und die Schale, das lichtvolle Seelenkleid, erstrahlt in den Farben des Regenbogens.

Nach dem ersten Abschnitt spürte Eva, dass sie doch noch sehr erschöpft und müde war. Daher schaltete sie ihren PC auf Ruhezustand und legte sich auf das kleine Sofa, welches als Gästebett in ihrem Zimmer stand. Ihre Gedanken hingen noch am Text zur Paua-Muschel und sie erinnerte sie sich an den Tag, an dem sie ungefähr 30 Exemplare davon gekauft hatte. Obwohl sie eigentlich nur höchstens fünf kaufen wollte, hatte sie nicht widerstehen können und eine nach der anderen in ihren Einkaufskorb gelegt. Sie konnte sich noch daran erinnern, dass ihr damals, während sie die Muscheln sorgsam eingepackt hatte, eine Idee gekommen war, alle Muscheln von ihrer Freundin Carmen mit Klang bespielen zu lassen, um zu testen, wie sich die Muscheln vor, während und nach dem Klangerlebnis anfühlten. Carmen war eine Gong-Expertin und hatte eine besondere Gabe, mit Klang zu arbeiten. Auch ihre Freundin Andrea war ihr dabei in den Sinn gekommen. Sie würde mit ihrer medialen Anbindung sicherlich sehr gut unterstützen können.

Ein paar Wochen nach dem Muschel-Großeinkauf hatten sich die drei Freundinnen in Carmens Klang-Zentrum getroffen. Carmen hatte drei Stühle in einem Kreis aufgestellt und Eva breitete die Muscheln auf dem dunklen Teppich in der Mitte aus. Da keine von den Dreien eine Vorstellung davon hatte, wie man die Muscheln am besten untersuchen könnte, setzten sie sich zunächst und betrachteten das wunderschöne Muschelarrangement zu ihren Füßen. Es sah fast so aus, als blicke man in einen Sternenhimmel, denn die Schalen schimmerten glänzend und hoben sich vom dunklen Teppich sehr schön ab. Eva dachte damals sofort an den Satz „Wie oben, so unten" und war sehr berührt von der Vorstellung, dass jede Muschel im Ozean als Gegenstück einen Stern am Himmelszelt haben könnte. Wie viele Muscheln der Ozean beherbergte, konnte sicherlich kein Mensch abschätzen und genauso war es auch mit der Anzahl der Himmelskörper.

Andrea war die Erste gewesen, die das Schweigen brach: „Das gibt's doch nicht. Die reden mit mir. So etwas habe ich vorher noch nie wahrgenommen." Eva konnte es nicht fassen und ihr Ego rebellierte sofort, indem es ihr sagte, dass sie schließlich die Muschel- und Steine-Fachfrau sei und ärgerte sich schon fast ein bisschen, dass ihre Muscheln nicht zuerst mit ihr gesprochen hatten. Eva wusste, dass Andrea niemals einen Spaß gemacht hätte oder irgendetwas erzählen würde, nur um Aufmerksamkeit zu bekommen. Carmen blickte still auf die Muscheln und sagte erst einmal nichts. Als Klangfrau kommunizierte sie auf ihre besondere Art mit ihnen. Es schien, als könne auch Carmen sie hören. Eva fühlte sich, als seien die Außerirdischen gelandet und hätten zu ihnen Kontakt aufgenommen.

Andrea schloss die Augen und man konnte fühlen, dass sie innerlich mit einer anderen Welt kommunizierte. Dann sagte sie: „Sie freuen sich, dass sie endlich gesehen werden." Diesen Satz merkte sich Eva, obwohl Andrea noch mehr dazu sagte. Für Eva hatte er eine besondere Bedeutung und es schien, als fühle sie eine Botschaft hinter den Worten. Mit dem „gesehen werden" war nicht nur gemeint, dass sie optisch gesehen wurden, sondern, dass sie ihren Platz entsprechend ihrer vom Schöpfer übertragenen Aufgabe einnehmen konnten. Eva fühlte sich, als wenn in diesem Moment ein heiliges Wissen wie ein Schatz aus dem Meer geborgen wurde, denn die Zeit dafür war gekommen. Eva empfand eine stille Freude in ihrem Herzen und sie war dankbar dafür, dass sie diesen Moment im Kreise ihrer Freundinnen erleben durfte. Carmen erhob sich und ging zu einem ihrer Gongs. Dann spielte sie darauf einen Klang, der Eva einen Zugang zu den Muscheln öffnete, den sie niemals in eine Sprache hätte kleiden können. Sie fühlte, dass die Paua-Muscheln sie nur auf der Gefühlsebene erreichten und sie diese nicht „channeln" konnte. Den Augenblick der Verschmelzung mit einem Wesen, das Liebe schenkte, genoss Eva und sie erkannte, dass jeder Mensch seine ganz eigene Beziehung zu jedem Geschöpf finden und aufbauen durfte, egal ob es sich um eine Pflanze, eine Muschel, einen Stein, ein Tier oder einen Menschen handelte.

Während sich Eva an dieses wunderbare Erlebnis erinnerte, meldete sich ihr schlechtes Gewissen gegenüber Tim. Ihre Beziehung war etwas abgekühlt, seit sie mit dem Schreiben begonnen hatte. Dagegen war die Beziehung zu ihrem Engel sehr intensiv geworden. „Es scheint kein ganzes Glück zu geben", dachte Eva und blickte aus dem Fenster. Es dämmerte und sie begann zu frieren. Daher entschied sie sich dafür, noch einmal in ihr Bett zu kriechen und sich an Tim aufzuwärmen.

Sie huschte leise durch das Haus und blickte noch schnell auf die Uhr. In einer halben Stunde würde Tims Wecker gehen. Daher war es wahrscheinlich auch nicht schlimm, dass sie ihn jetzt schon mit ihren kalten Händen und Füßen wecken würde. Eva betrat das Schlafzimmer und öffnete das Fenster. Eine frische Morgenbrise strömte hinein. Die Vögel zwitscherten und der neue Tag steckte noch unschuldig in den Kinderschuhen. Eva ließ das Fenster offen, als sie unter die Decke schlüpfte. Sie liebte frische Luft und tastete sich auf Tims Seite vor. Es dauerte nur einen kurzen Moment, da war er wach.

„Na, du Eisblock. Warst du wieder unterwegs?", fragte er mit belegter Stimme.

„Ja. Ich komme wirklich gut voran", erwiderte Eva voller Stolz.

„Das ist ja schön, dann bist du bestimmt bald fertig und du kannst wieder am normalen Leben teilnehmen", provozierte er sie mit einem leicht sarkastischen Unterton. Tim zog Eva an sich und sie genoss die Wärme, die durch ihren Körper strömte. Während Eva auftaute, unterhielten sie sich noch einen Moment und standen dann auf, um in Ruhe gemeinsam zu frühstücken. Tim radelte extra zum Bäcker und holte frische Brötchen, während Eva Saft aus Karotten und Äpfeln auspresste. Nach einem ausgiebigen Frühstück auf der sonnendurchfluteten Terrasse fuhr Tim zur Arbeit. Während Eva das Geschirr in die Küche räumte, erinnerte sie sich daran, dass auch Andrea etwas zu den Paua-Muscheln aufgeschrieben hatte. Sie wählte den unkomplizierten Weg und schrieb Andrea eine WhatsApp, um sie zu fragen, ob sie ihr den Text zur Paua-Muschel mailen könnte.

Eine halbe Stunde, nachdem Eva ihrer Freundin die Nachricht geschrieben hatte, klingelte es an der Haustür. Andrea stand da und hielt Eva grinsend einen Zettel hin. Eva freute sich über den Spontanbesuch ihrer Freundin, die auf dem Weg zur Arbeit war. Eva bot Andrea an, schnell einen Kaffee bei ihr zu trinken, doch sie hatte es eilig und lehnte höflich ab. Freudig nahm Eva das Blatt entgegen und dankte Andrea mit einer Umarmung. Dann sagte sie:

„Ich habe das Gefühl, dass die Paua-Muscheln ganz besonders wichtig sein könnten. Tim hat mir meine vor ein paar Jahren geschenkt, weil ich etwas zum Aufladen für meine Korallen-Perlenkette brauchte. Damals hatte ich noch keine Ahnung, wie die Muscheln „ticken". Meine eigene Muschel liegt auf meinem Nachttisch und die anderen sind in der Vitrine. Ich habe das Gefühl, dass sie wie Tiere in einem Heim darauf warten, dass sie endlich jemand zu sich holt. Es scheint ihnen nicht zu genügen, dass sie nur im Glaskasten liegen und abgestaubt werden. Die anderen Steine strahlen das nicht aus. Die haben wohl mehr Zeit."

Andrea lächelte, als sie sagte: „Das passt zu dem, was ich von ihnen erfahren habe, aber lies das erst mal in aller Ruhe. Ich muss los. Wir hören uns später." Eva winkte Andrea nach, als sie vom Hof fuhr. Eva liebte Andrea wie eine Schwester und sie bewunderte sie für ihre Medialität, ohne dass sie Andrea auf einen Thron stellte und zu ihr aufsah. Andrea sagte von sich, dass sie der Christus-Energie dienen würde und somit hatte sie eine enge Verbindung zu Jesus, Mutter Maria, Maria Magdalena sowie Hildegard von Bingen. Mit vor Freude klopfendem Herzen ging Eva direkt in den Garten, setzte sich unter ihren Ginkgo und öffnete sich für die Botschaft, die Andrea aufgeschrieben hatte:

Die Botschaft der Paua-Muschel

Die Paua-Muschel in Verbindung mit der Mutter-Maria-Energie ist extrem harmonisierend und dabei zurückhaltend - ein Quell der Liebe, der unaufhörlich fließt. Sie ist bescheiden, ausgleichend und still; sie erkennt den Moment, da der Mensch sie hören will und schweigt auch augenblicklich, wenn er sich verschließt und ihr keine Beachtung schenkt. Sie erfreut sich an sanfter Berührung, einem liebevollen Kuss und wenn der Mensch sich an ihrer Schönheit erfreuen kann. Sie ist sehr dankbar für liebevolle Aufmerksamkeit.

Die Paua-Muschel gilt auch als Hüterin der Achtsamkeit, welche immer um Ausgleich bestrebt ist. Sie kann helfen, das Gesetz der Gerechtigkeit zu unterstützen. Wenn wir nicht wissen, ob etwas gut oder schlecht ist, dann kann sie uns dabei helfen, mit einem neutralen Geist zu beobachten (wir können sie dann vor uns legen), um uns dann eine möglichst wertfreie Meinung zu bilden. Denn Meinungsbildung ist wichtig, um die Unterscheidungskraft zu trainieren. Wir dürfen sie flüsternd fragen, ob sie uns etwas zu dem sagen kann, was uns belastet und in uns noch nicht geheilt ist. Wenn es ihr erlaubt ist, wird sie uns mit Wissen versorgen. Doch wenn sie schweigt, dann sollten wir das immer respektvoll anerkennen.

Sie liebt Körperkontakt und freut sich, wenn sie dabei sein darf – wenn wir z.B. zu einer spirituellen Veranstaltung gehen. Sie liebt sanfte, schöne Töne und Klänge, doch keine laute Musik, keine grellen Töne. Sie liebt eine angenehme Umgebung und Atmosphäre und fühlt sich sehr wohl, wenn Gleichgesinnte im Sinne des Bewusstwerdungsprozesses beisammen sind. Dies spürt sie innerhalb einer Offenheit und Hinwendung der Menschen für das Christuslicht in ALLEM. Das gibt ihr Kraft und Energie und ist wie ein belebendes Bad für sie. Wir sollten sie niemals allzu lange Zeit unbeachtet bei Seite legen, wenn wir uns erst einmal für sie entschieden und mit uns genommen haben. Das macht sie traurig und einsam. Sie braucht Zuneigung und verschenkt ihre Zuneigung an denjenigen, der sie liebevoll ausgewählt hat. Ihre Stimme ist so leise und sanft, dass der Mensch, der sie hören möchte eine entsprechend Grundenergie benötigt: leise und sanft. Die Freude, die die Paua-Muschel verspürt, wenn ein solcher Mensch sich für sie entschieden hat, können wir uns nicht vorstellen. Umso schmerzhafter erfährt sie es, wenn sie einfach irgendwo achtlos abgelegt wird. Am Anfang versucht sie dann noch, uns leise zu rufen, aber wenn ihre leise Stimme nicht gehört wird, dann zieht sie sich zurück und es bedarf ehrlicher Hinwendung, um ihr Vertrauen wieder zu gewinnen. Doch sie wird unser ehrliches Bemühen sofort spüren und sich wieder ganz für uns öffnen.

Wenn wir sie zu uns holen, übernehmen wir Verantwortung für ein Wesen. Das soll uns bewusst sein und wir sollen uns eine Paua-Muschel nicht einfach aus Konsumgründen kaufen. Kalkül wird niemals bei ihr wirken. Ihre Energie ist unglaublich berührend. Wir können auch mal eine CD mit sanftem Wasser-geplätscher anstellen. Es tut ihr in einer gewissen Weise gut, aber es ist kein Ersatz für tatsächliches Wasserrauschen und Nähe zum Menschen, der sie in Liebe gewählt hat. Wir können eine ganz spezielle Beziehung zu diesem Wesen herstellen und sie wird uns überschütten mit vielen Geschenken durch ihr Sein und den Botschaften, die sie uns übermittelt.

Nachdem Eva den Text gelesen hatte, legte sie ihn beiseite und blickte in das Blätterdach ihres Ginkgo-Baumes. Die Fülle von Inspirationen, die Andrea aufgeschrieben hatte, musste sie im wahrsten Sinne des Wortes erst einmal sacken lassen. Eva spürte, dass Andrea die Botschaften direkt von der Paua-Muschel erhalten hatte und konnte jetzt auch nachvollziehen, warum sie sie bis jetzt nicht hören konnte: Eva war nicht so leise und sanft wie Andrea.

Ohne einen direkten Vergleich oder eine Bewertung vorzunehmen, machte sich Eva bewusst, dass Andrea einen anderen Auftrag hatte als sie. Beide hatten in der Vergangenheit an den gleichen Themen gearbeitet, ohne dass sie voneinander wussten. Bei einigen Gesprächen hatten sie dann ihre einzelnen Beiträge zusammengefügt und konnten sich gegenseitig an den

Erkenntnissen der anderen erfreuen. Obwohl Andrea einen anderen Text zur Paua-Muschel geschrieben hatte, konnte Eva fühlen, dass sie sich nicht widersprachen, sondern ergänzten. „Jeder Mensch sollte jedoch seine eigenen Erfahrungen mit der Paua-Muschel machen, denn diese sind die wertvollsten", beschloss Eva und fühlte eine wohlige Wärme in ihrem Herzen.

Doch dann tauchten wie aus dem Nichts Bilder vor ihrem geistigen Auge auf, die Eva schlagartig in Panik versetzten. Sie sah Menschen, die sich auf die Muscheln stürzten. Die Szene erinnerte Eva an die Gier und das rücksichtslose Verhalten der Schnäppchen-Muttis, als es bei ALDI Schneeanzüge für Kinder gab. Wie die Furien rannten sie auf die Tische los. Einige wühlten, andere schirmten die Wühler mit ihren Einkaufswagen ab und wieder andere warfen auf Zuruf der Kleidergröße die bunten Anzüge in verschiedene Richtungen. Voller Entsetzen hatte Eva dieses Einkaufsrugby immer aus sicherem Abstand beobachtet und sie war froh darüber gewesen, dass die Tiefkühltheke einen Schutzwall zwischen ihr und den Shopping-Hyänen darstellte.

Ein lautes Lachen holte Eva aus ihrer Schock-Starre zurück. Sie blickte sich um und konnte niemanden sehen.

„Großartig! Lass deinen Gedanken freien Lauf. Ich lach mich kaputt. Du müsstest die Bilder sehen!"

Die Stimme des Engels verwirrte Eva. „Der belauscht mich und lacht sich jetzt einen Ast. Das gibt es doch nicht. Ich kann wirklich nichts mehr denken, ohne dass der Typ das mitkriegt", ging es ihr durch den Kopf.

„Ich habe dich nicht gerufen! Freut mich aber, dass du auch mal etwas zu lachen hast. Aber die Lage ist ernst: Hoffentlich stürzen sich jetzt nicht alle auf die Paua-Muschel, weil sie glauben, sie könne ein Wundermittel sein."

„Na, machst du dir schon wieder Gedanken, was andere sagen und denken könnten? Ich dachte, du seist darüber hinweg", stichelte der Engel.

„Findest du das falsch, wenn ich mir darüber Gedanken mache, ob ich mit meinem Beitrag einen Paua-Muschel-Hype auslösen könnte?"

„Wenn jemand grundsätzlich so veranlagt ist, dass er alles haben muss, was es zu kaufen gibt, dann wird er sicherlich auch die Paua-Muschel haben wollen. Was ist so schlimm daran?"

„Genau das befürchte ich. Viele werden sie sich kaufen, um sie einfach nur zu haben, zu besitzen. Dann werden sie die Muscheln vernachlässigen und sie dadurch traurig machen. Es gibt bestimmt auch Menschen, die sie in der Erwartung kaufen, dass sie jetzt endlich etwas haben, was zu ihnen spricht und sind enttäuscht, wenn sie die Paua-Muscheln nicht hören können. Ich habe sogar schon gesehen, dass sie als Seifenschalen benutzt werden. Oh nein! So ein Elend, die armen Muscheln!" Eva war nahe dran, sich in ein Drama hineinzusteigern.

Der Engel beobachtete sie einen kurzen Augenblick und drückte dann den richtigen inneren Knopf bei Eva:

„Wie schön, dass du dich so pflichtbewusst um deine kümmerst", sagte er mit geheuchelter Anerkennung in der Stimme.

Eva platze der Kragen.

„Das ist ja wieder klasse! Ich hätte mir denken können, dass du mir jetzt damit kommst. Ja, ich vergesse sie oft und dann denke ich mir, dass ich mich nicht verrückt machen sollte, denn sie ist ja nur eine leere Schale. Ich zweifle alles an, was ich zu wissen glaube und finde hundert Ausreden, warum ich keine Zeit hatte. Meine Muschel leidet am meisten, weil sie enttäuscht ist, denn sie weiß, dass ich es eigentlich besser wissen müsste. Bist du jetzt zufrieden?"

„Deine Paua-Muschel leidet nicht mehr als du, falls dich das tröstet."

„Das tröstet mich nicht. Aber wie meinst du das?"

„Sie ist das Herz des ozeanischen Bewusstseins. Sie hat diese All-Verbundenheit und ist mit ihrem Schöpfer verbunden. Sie fühlt sich nicht von ihrem Schöpfer getrennt, erfährt aber über dich, wie es sich anfühlt, wenn Menschen eine Verpflichtung eingehen, von der sie dann irgendwann nichts mehr wissen wollen, weil es unbequem oder lästig geworden ist."

Eva stand auf der Leitung und hatte keine Ahnung, auf was der Engel hinauswollte. „Kannst du bitte etwas deutlicher werden? Ich weiß nicht, was du mir damit sagen willst", hakte sie nach.

„Lass mich dir ein Beispiel nennen: Es gibt Menschen, die träumen davon, Kinder zu haben. Sie genießen die Aufmerksamkeit und die Vorfreude, auch durch die Familie. Sie baden im Konsum und dann ist das Kind plötzlich da, und sie können es nicht weglegen wie eine alte Puppe. Sie werden von diesem kleinen Wesen gebraucht, denn es ist abhängig von der Aufmerksamkeit und Fürsorge. Wenn es das nicht bekommt, dann gerät es in einen Mangel, der es ein Leben lang begleiten kann. Diese Menschen fühlen sich ständig unvollständig, nicht gesehen, nicht geliebt und nicht geachtet. Es wird für sie schwer sein, als Erwachsener eine feste, dauerhafte Bindung mit einem anderen Menschen einzugehen."

Eva hörte zu und fragte sich, was das alles mit ihr zu tun hätte. Immerhin hatte sie keine Kinder.

„Liebe Eva, dein Buch wird auch von Menschen gelesen werden, die Kinder haben", unterbrach der Engel Evas Gedankenfluss und fuhr unbeirrt fort: „Viele Mütter machen sich keine Gedanken darüber, dass ihr Kind sie als nicht anwesend wahrnimmt, obwohl sie von ihm gesehen oder gehört wird. Oftmals sind Mütter mit ihrer Aufmerksamkeit ganz woanders. Meistens hat das etwas mit ihrem Handy zu tun. Spaziergänge mit dem Kinderwagen an der frischen Luft sind für den Körper des Kindes sicherlich gesund. Doch wie muss es sich für den kleinen Wurm anfühlen, wenn die Mutter dabei ihre volle Aufmerksamkeit auf die Kommunikationen mit anderen richtet? Selbst beim Stillen wird telefoniert, Fernsehen geschaut oder mit dem Handy kommuniziert. Das hat gravierendere Folgen, als es euch bewusst ist."

„Ja, mag sein, aber was hat das alles mit der Paua-Muschel zu tun?", hakte Eva erneut nach.

„Die Paua-Muschel spiegelt euren Umgang mit euch und eurer Umwelt wider. Dabei wird in diesem Fall kein Unterschied gemacht, ob es sich um ein Tier, eine Pflanze oder einen Menschen handelt. Wer achtlos einen Stein oder eine Pflanze wegwirft, der hat Gott in allem noch nicht erkannt und wird auch mit sich selbst nicht gerade liebevoll und wertschätzend umgehen. Die Paua-Muschel legt ihren Körper in die Wunde der Wegwerfgesellschaft. Viele Menschen glauben, sie seien besonders wertvoll, weil sie sich ständig das Neueste kaufen. Euer verschwenderischer Umgang mit natürlichen Ressourcen bleibt nicht folgenlos – vor allem nicht für euch selbst, auch wenn ihr das nicht wahrhaben wollt und glaubt, das würde keiner bemerken. Die Pflege und Reparatur eurer Gebrauchsgegenstände ist oftmals gar nicht möglich oder mit mehr Kosten verbunden, als eine Neuanschaffung. Du selbst hast festgestellt, dass du T-Shirts zum Teil nur eine Saison tragen kannst, weil sie dann schon beginnen schäbig auszusehen. Die Mode unterstützt diesen Wegwerftrend auch dadurch, indem sie Produkte auf den Markt bringt, die so beschaffen sind, dass sie nur kurzfristig halten. Sieh dir mal die Ausbrenner-Stoffe an. Sie sind so dünn, dass sie nach dem ersten Waschen fast von allein auseinanderfallen. Die Paua-Muschel kann euch dabei helfen, einen bewussten Umgang mit jedweder Materie zu bekommen. Macht euch bei allem, was ihr tut, bewusst, dass nichts voneinander getrennt ist. Wer etwas herstellt, sollte sich auch fragen, was er damit bezweckt, wem es nutzt und wem es schadet und ob ein Einklang mit allem vorhanden ist. Wenn es euch nur darum geht, Geld zu verdienen und zwar zum Nachteil eines anderen, dann hat das gravierende Folgen für eure Zukunft in diesem und weiteren Leben. Dir fehlt es hier und da auch noch in vielen Bereichen an Bewusstsein."

„Wieso? Unterstellst du mir, dass ich achtlos bin und mir das alles egal ist?", fragte Eva erschrocken.

„Du hast die Berichte im Fernsehen gesehen und auch in Illustrierten gelesen, unter welchen katastrophalen Bedingungen die Bekleidungsindustrie ihre Produkte herstellt. Hast du dein Konsumverhalten deshalb geändert? Kaufst du nur noch das, was du wirklich benötigst oder füllst du deinen Schrank immer mehr, weil du ein Schnäppchen doch noch mitnehmen möchtest? Der Markt reguliert Angebot und Nachfrage. Wenn du nicht mehr so viel kaufst, schonst du die Ressourcen und die Umwelt – so viel steht fest. Und lass dir jetzt keine an den Haaren herbeigezogenen Argumente andrehen, die dich vom Gegenteil überzeugen. Aber bitte verurteile dich nicht dafür. Du kannst dich jedoch nach all dem, was ich dir jetzt gesagt habe, nicht mehr mit verschränkten Armen zurücklehnen und sagen, dass du von all dem nichts gewusst hättest. Du darfst dich aber dafür entscheiden, ob du in Zukunft bewusster leben möchtest. Diejenigen, die das als zu anstrengend empfinden und ganz glücklich mit ihrem Konsumverhalten sind, werden sich zu einer anderen Zeit damit auseinandersetzen müssen. Das Universum vergisst nichts."

Im Dialog mit dem Engel

Ein Windstoß ließ die Blätter des Ginkgos rascheln. Eva lag immer noch im Garten und bemerkte, dass sich eine Gänsehaut an ihren Armen ausbreitete. Daher beschloss sie, ins Haus zu gehen und sich einen heißen Kakao zu machen. Bevor sie wieder zu schreiben begann, setzte sie sich mit ihrem Becher in ihren Lieblingssessel und ließ ihre Gedanken Revue passieren. Eva hatte das Gefühl, dass sie an einer Weggabelung stand und jetzt die Entscheidung getroffen werden musste, wohin sie weitergehen wollte. Durch die Einwände des Engels zeigten sich ganz andere Themenbereiche, die mit der Steinheilkunde und mit HUNA irgendwie nichts zu tun zu haben schienen. Bevor sie diese Entscheidung treffen konnte, nahm sie sich vor, alles, was sie bis jetzt aufgeschrieben hatte, erst einmal im Zusammenhang durchzulesen und gegebenenfalls noch Ergänzungen vorzunehmen. Außerdem sollte es doch eigentlich ein Roman werden. Bis jetzt reihten sich nur Sachtexte und einzelne Erlebnisse aneinander.

Eva musste erst mal tief durchatmen, bevor sie ihre Texte noch einmal las. Beim Kapitel der drei Bewusstseinsebenen geriet sie ins Stocken.

„Wie kann ich dir helfen, liebe Eva?", hörte sie die Stimme ihres Engels.

„Wie gut, dass er so schnell da ist und mir auf die Sprünge helfen kann", dachte Eva.

„Ich gehe davon aus, dass dieses Buch auch von Personen gelesen wird, die von den Bewusstseinsebenen noch nichts gehört haben. Ich habe das Gefühl, dass ich das viel zu theoretisch dargestellt habe. Vielleicht überfliegen einige den Text, weil sie spätestens beim zweiten Absatz glauben, dass sie sich das alles nicht merken können. Falls jemand diese Seiten überblättert und bei der Paua-Muschel weiterliest, dann fehlen ihm wichtige Informationen. Die Texte zur Paua-Muschel fühlen sich für mich viel lebendiger an. Sie sind nicht so trocken und langweilig. Das soll jetzt nicht heißen, dass die drei Selbste langweilig sind, aber …"

Der Engel antwortete nicht sofort, sondern überlegte, wie er Eva auf die richtige Fährte setzen konnte. Dann sagte er: „Ja, diese Überlegungen sind durchaus angebracht. Deine Ausführungen lesen sich in einigen Teilen wie ein Schulbuch und du versuchst, dein Wissen über dieses Thema komprimiert zu vermitteln. Das wird dem einen oder anderen Leser gefallen; insbesondere denjenigen, die es lieben, die Essenz aus etwas präsentiert zu bekommen. Diese Menschen arbeiten dann hauptsächlich mit ihrer linken Gehirnhälfte und ihr Denken ist rein rational ausgelegt. Du hast dieses Wissen über die drei Selbste nach einem Schema aufgebaut. Dagegen ist grundsätzlich nichts zu sagen, denn die einzelnen Passagen sind übersichtlich angeordnet und man könnte recht schnell etwas nachlesen. Doch wir sprachen bereits darüber, dass dein Wissen lebendig gestaltet werden sollte und wir empfehlen dir, dass du das, was du so wunderbar übersichtlich und rein mechanisch beschrieben hast, so erzählst, dass die Menschen dich auch auf einer anderen Ebene verstehen können: Über die Ebene der Gefühle und Emotionen kannst du das Wissen mit Energie aufladen, damit es sich gut speichern oder verinnerlichen lässt."

„Ja, das klingt in der Tat plausibel. Hast du ein Beispiel für mich?" Eva war ganz gespannt, was der Engel aus seinem unsichtbaren Ärmel schütteln würde und schloss die Augen, um sich besser auf ihn und seine Beiträge einzustimmen zu können.

„Denke an deine Schulzeit und auch an deine berufliche Ausbildung. An was kannst du dich noch erinnern?" Eva wollte gedanklich gerade loslegen, da wurde sie auch prompt wieder unterbrochen.

„Nein, beantworte mir die Frage nicht sofort, sondern höre mir zu. Obwohl du dich sehr zeitintensiv auf deine Abschlussprüfungen in den einzelnen Fächern vorbereitet hast, wirst du dich im Einzelnen nicht mehr erinnern können. Der Stoff, den du mehr oder weniger für die Klausuren auswendig gelernt hast, war für dein Leben nicht wichtig. Versuche dich daran zu erinnern, zu welchen Themen du in Strafrecht, Verwaltungsrecht oder Kriminalistik deine Diplomarbeit geschrieben hast."

Eva war verblüfft darüber, dass der Engel sie gerade damit konfrontierte.

„Das ist lange her. Wenn ich mich anstrenge, dann fällt mir das Kunsturheber-gesetz ein. Damit hatte damals keiner gerechnet, denn diesen Exoten haben wir nur mal kurz angesprochen, als es um das Recht am eigenen Bild ging."

Eva strengte ihre grauen Zellen an und fügte hinzu:

"Das müssten wir in Verwaltungsrecht besprochen haben. An das Prüfungsschema kann ich mich auch nicht mehr erinnern, obwohl ich das damals bis zum Erbrechen auswendig gelernt hatte. In Strafrecht weiß ich noch, dass es um einen Fall ging, in dem jemand einem anderen einen Bierkrug auf den Kopf geschlagen hat. Der Fall war total wirr, aber es ging ja auch nur darum, ob wir in der Lage waren, abstrakt zu denken und die für den Menschenverstand absurdesten Zusammenhänge herzustellen."

„Ich weiß, was du meinst. Diejenigen, die schon einmal so einen Sachverhalt bearbeitet haben, können sich in dieses Thema hineindenken. Aber bitte bedenke, dass es auch Leser gibt, die jetzt ein großes Fragezeichen im Kopf haben. Bitte gib ihnen ein nachvollziehbares Beispiel, damit sie dir folgen können. Es ist wichtig, dass du diesen theoretischen Ansatz auch mit Leben füllst. Mach ihn anschaulich und begreifbar."

Eva fragte sich, was das denn alles mit ihrem Buch zu tun haben sollte. Sie wollte den Engel jedoch nicht verärgern oder unhöflich sein. Immerhin gab er sich viel Mühe, ihr zu helfen. „Ich bleibe bei dem Beispiel mit dem Bierkrug. Mit dem normalen Menschenverstand könnte mir sogar ein kleines Kind sagen, was im Prüfungsfall passiert ist: Ein Onkel hat einem anderen Onkel ein großes Glas auf den Kopf gehauen. Der Mann hat „Aua" am Kopf und das Glas ist kaputt. Ich habe in diesem Fall die Sachbeschädigung und die Körperverletzung geprüft, weil das Glas zerstört und der Mann verletzt wurde. Aber so einfach, wie es auf den ersten Blick aussieht, ist es nicht. Für den Juristen wird es schon komplizierter. Oh Mann, das ist jetzt gar nicht so einfach." Eva ermahnte sich dazu, sich jetzt nicht zu verzetteln, sondern wollte ihre Worte so wählen, dass sie auch von einem Kind verstanden werden konnten. „Wie wäre der Fall in einem „Was ist Was-Buch" erklärt?", fragte sie sich. Eva hatte diese Sachbuch-Reihe schon immer geliebt, denn sie war in einer einfach zu verstehenden Sprache geschrieben.

„Ich versuche es mal so zu erklären: Der Gesetzgeber macht einen Unterschied, mit welchen Mitteln zugeschlagen wird. Es dürfte sich jeder vorstellen können, dass es nicht dasselbe ist, wenn mir jemand ein Schnapsglas auf den Kopf haut oder einen Bierkrug. Die Folge in Form der Verletzungen spielt dabei eine Rolle. Wenn der Verletzte dann noch an den Folgen stirbt, dann kommen noch weitere Tatbestände hinzu, die sich mit der Tötung beschäftigen. Ich hoffe, dass man mir bis jetzt folgen kann. Doch jetzt kommt das Absurde: Wir sollten auch die Beleidigung prüfen. Die Argumentation sollte daraufhin hinauslaufen, dass derjenige, der den Krug auf den Kopf bekam, es nicht wert gewesen sein könnte, sich mit ihm verbal auseinanderzusetzen. Frei nach dem Motto: „Du bist eh zu blöd, also spare ich mir die Worte und greife zu einem Mittel, das auch du primitives Wesen verstehst." Da dieses entwürdigende Verhalten möglicherweise eine Beleidigung darstellen könnte, war der Tatbestand zumindest zu prüfen, auch wenn man bei einem Tatbestandsmerkmal zum Entschluss käme, dass nicht alle Kriterien erfüllt wären und somit tatbestandsmäßige eine Beleidigung nicht vorlag." Eva wartete ab, was der Engel ihr dazu sagen würde. Nichts passierte.

„Hallo? Hörst du mir noch zu oder bist du eingeschlafen?"

„Ich höre dir zu und bin immer wieder begeistert, zu welchen abstrakten Denkweisen ihr in der Lage seid. Warum nutzt ihr sie nicht für positive Visionen? Es könnte für euch alles so einfach sein; in allen Bereichen eures Lebens. Doch die meisten Menschen erschaffen sich in jeder Sekunde die kompliziertesten Gedankenkonstrukte und blicken am Ende selbst nicht mehr durch. Du siehst, dass du dich an Vieles nicht mehr erinnerst, weil es für dich keine Rolle spielt. Das Absurde hast du dir gemerkt und zwar nicht nur, weil es außergewöhnlich war, denn du warst sehr, sehr emotional, als ihr euch nach der Klausur ausgetauscht hattet."

„Hä??? Was kommt den jetzt?" Eva hatte keinen blassen Schimmer davon, worauf der Engel jetzt wieder hinauswollte.

„Du wirst dich nicht daran erinnern können, darum helfe ich dir: Als du erfahren hast, dass andere an die Beleidigung gedacht haben, war deine Reaktion – und entschuldige bitte meine Wortwahl, ich geben jetzt deine Worte wieder – 'Ach du Scheiße, daran habe ich überhaupt nicht gedacht. Wer weiß, was ich noch alles vergessen habe'."

Eva war völlig überrascht, dass der Engel sich das alles merken konnte und wollte sich sofort rechtfertigen.

„Ich habe mich halt geärgert, weil ich dachte, dass ich mich nicht gut genug vorbereitet hatte."

„Das ist nur zum Teil richtig. Du hast dich vor allem darüber geärgert, weil du glaubtest, dass andere besser waren als du. Das ist ein wunder Punkt bei dir und du reagierst heftig, wenn man das Gefühl bei dir auslöst, dass du nicht gut genug seist. Aber du bist mutig und schaust dir Vieles an. Du wirst jetzt hoffentlich nicht in die Küche rennen und dir einen Kaffee machen wollen. Bitte bleib hier und heile dieses Feld in dir, indem du es anerkennst und dich nicht dafür verurteilst. Wir führen dich konkret zu einem Gefühl, welches in deinem Unterbewusstsein gespeichert ist und bringen dich mit der Wurzel eines Problems in Kontakt. Du wirst damit vielen Menschen helfen können, denn was du an dir erkennst und heilst, können viele erst dadurch erkennen, dass du es sichtbar machst. Du gibst Licht in dieses Verhaltensmuster und holst es aus deinem Unterbewusstsein hervor. Es wird dir bewusst und der Verstand hat die Möglichkeit zu entscheiden, wie er damit umgeht. Das Unterbewusstsein kannst du nicht mit deinem Verstand steuern. Das, was darin gespeichert ist, trägst du als eine Energieladung mit dir herum und oftmals kommt das eine oder andere zum Vorschein, wenn du es gar nicht gebrauchen kannst. Erlaubst du, dass ich dich in deine tiefsten Gefühle bringe, damit du sie noch einmal erfahren und heilen kannst? Wenn du das tust, dann haben auch die Menschen, die dieses Buch lesen, die Möglichkeit, mit dir zu fühlen. Das, was bei dir heilt, kann auch bei ihnen heilen, wenn sie es zulassen."

„Ich kann mir nicht vorstellen, dass ich mit meinen wunden Punkten an die Öffentlichkeit gehe. Du kannst bei mir so viele Wunden heilen, wie du willst, aber ich brauche jetzt erst mal eine kleine Erholungsphase. Später bin ich bereit, aber bitte gönn' mir noch eine kleine Pause." Eva ging in die Küche und machte sich einen Cappuccino. Sie versuchte, ihre Gedanken zu ordnen. Was passierte gerade mit ihr? Es gab nur zwei Möglichkeiten. Die erste, die ihr der Verstand einflüstern wollte, war, dass sie schizophren sei. Sie hatte mit diesen Kranken im Dienst zu tun gehabt und viele in eine Psychiatrie einweisen müssen. Eva erinnerte sich dunkel an die verschiedenen Krankheitsbilder, die in Kriminalistik gelehrt wurden… Oder war es Kriminologie gewesen? Ach egal, jedenfalls waren das Personen, die erkrankt waren und eine Therapie benötigten. Aber war sie ebenfalls krank? Nein, das war sie nicht. Sie hatte sich jahrelang mit feinstofflichen und energetischen Vorgängen beschäftigt und ihr Wissen ständig korrigiert und angepasst.

In der einen Welt gab es nur Materie und Krankheit und in der Welt dahinter, in der Welt der Gedanken, gab es noch viel mehr. „Schluss jetzt mit diesen alten Denkweisen!", sagte sie laut und dachte an die Ermahnung ihres Engels im Garten, ihre Zweifel endlich loszulassen und sich Medialität und Spiritualität einzugestehen. Nachdem sie den Cappuccino im Stehen getrunken hatte, setzte sie sich hinaus auf die Terrasse. Sie ging davon aus, dass der Engel bei ihr war. Darum sprach sie ihn direkt an. „Ich bin bereit, wir können weitermachen."

„Schön, dass du wieder da bist. Aber die Situation ist nur scheinbar dieselbe. Vorhin warst du noch voll in deinen Emotionen. Jetzt hast du dich beruhigt und wir wollen sehen, wie tief wir mit dir arbeiten können. Erfahrungsgemäß reichen bei dir ein paar kleine Impulse, um dich wieder auf die Palme zu bringen und das ist gut, denn in diesem Zustand kann Heilung geschehen."

„Bevor wir uns um meine Heilung kümmern, bitte ich euch noch um eine Erklärung bezüglich meines Geisteszustands. Ihr wisst ja, dass ich viele Gedanken in einem Buch hinterlassen möchte. Ich weiß für mich, wie ich mit euch umgehe. Ich weiß, dass es in meiner Realität Engel gibt. Was kann ich für meine Leser schreiben, dass sie nicht denken, ich sei nicht „normal"?"

„Geht das schon wieder los? Warum willst du deine Leser manipulieren?"

„Das habe ich doch gar nicht vor. Ich will nur nicht, dass sie schlecht über mich denken und eventuell mein Buch mit ‚Schwachsinn' abstempeln."

„Liebe Eva, die Gedanken, die du dir machst, machen sich ganz viele andere Menschen auch. Die wenigsten gehen damit an die Öffentlichkeit. Du hast einen Auftrag und zu diesem gehört es, dass du unangenehme Dinge und Ängste offen ansprichst und sie dadurch für dich und andere sichtbar machst. Wenn du dich traust, über deine Ängste offen zu reden, dann werden immer mehr Menschen sich dies auch trauen. Auf einmal werdet ihr feststellen, dass ihr alle ganz ähnlich seid und dass Medialität und Spiritualität etwas ganz Natürliches sind. Es gibt Generationen, die machen sich über ihre Enkelkinder Sorgen, weil sie in den Waldkindergarten gehen. Sie befürchten, dass sie da wie Wilde aufwachsen und in Zukunft auf Bäumen leben wollen, um es mal ganz krass auszudrücken. Die meisten von ihnen machen sich allerdings hauptsächlich Gedanken darüber, was die anderen, wie zum Beispiel Tante Hedwig, dazu sagen könnte. Sie selbst finden es gar nicht schlecht, haben aber Angst davor, dass andere Menschen anders darüber denken und das ablehnen könnten."

Eva musste lächeln, als sie sich vorstellte, wie in der Zukunft ganze Straßenzüge von Baumhäusern gesäumt waren und nur mit einem Lendenschurz bekleidete Wilde wie Affen von Ast zu Ast sprangen.

„Mache dir stets bewusst, dass deine Ängste nicht nur deine eigenen Ängste sind. Ängste sind niedrig schwingende Energieladungen, über die ganz viele Menschen miteinander verbunden sind. Du kannst dir dieses energetische Feld, oder sagen wir besser, diesen energetischen Raum, wie eine Wolke vorstellen, die über eine bestimmte Frequenz wahrnehmbar wird. Alles, was du in dieser Angstwolke veränderst, verändert sich auch für die anderen. Genauso verändert sich die Wolke für dich, wenn andere durch ihre Gedanken, ihre Absichten und ihr Verhalten Veränderungen vornehmen. Wir können dir für dieses morphogenetische Feld nur eine Wolke als Vorstellungsobjekt bieten, weil du dir mit deinem dreidimensionalen Vorstellungsvermögen keine fünfte Dimension vorstellen kannst."

Es war für Eva nicht so leicht, die Baumhaus-Vision in eine Angstwolken-Vorstellung umzuwandeln. Daher versuchte sie es gar nicht erst und hörte dem Engel weiter zu.

„Die Gedanken sind nicht gänzlich frei. Sie hinterlassen einen Abdruck im Feld. Diese morphogenetischen Felder sind mit unterschiedlichen Energieladungen gefüllt und überlappen sich. Sie sind nicht starr, sondern ständig in Bewegung, nähren einander und sind bestrebt, eine Harmonie herbeizuführen. Wenn viel Energie verdichtet wird, dann kann sie sich sogar materialisieren. Hast du schon einmal von Elementalen gehört?"

Eva dachte kurz nach und antwortete kurz und knapp: „Ja, das sind geistige Kräfte, also Gedanken, die sich verkörpern können."

„Das ist richtig. Sie sind dazu in der Lage, sich zu verselbstständigen. Elementale können so groß und mächtig werden, dass es sehr schwer sein kann, die Macht über sie zurückzugewinnen und sie wieder aufzulösen. Aber nur ihr Menschen seid dazu in der Lage, denn es sind eure eigenen Dämonen, die nur ihr mit eurer Gedankenkraft bezwingen könnt. Die Macht der Gedanken nährt sich aus der Absicht."

Eva brummte der Kopf.

„Liebe Eva, du benutzt das Wort Engel. Was sind Engel für dich?"

„Engel sind für mich auch so etwas wie morphogenetische Felder. Ich gebe ihnen Gestalt. Zum Beispiel ist Erzengel Michael für mich blau, weil ich gelesen habe, dass er blau ist. Ich habe mir Bilder von ihm angesehen und meine Vorstellung von seinem Äußeren an diese Bilder angepasst. Er ist mal streng und dann wieder gütig und humorvoll. Ich glaube, dass ich ihn bis zu einem gewissen Grad verändern kann. Wenn ich die Bücher von Lorna Byrne lese, bekomme ich auf einmal einen anderen Zugang zu Engeln. Sie sieht sie ganz direkt in menschenähnlicher Gestalt. Das stelle ich mir großartig vor, wenn ich sie so sehen könnte. Manipuliere ich die Gestalt der Engel eigentlich mit meinen Gedanken? Ist so etwas theoretisch möglich?"

„Das ist interessant. Jetzt bringst du das Thema Manipulation ins Feld. Versuche möglichst präzise in Worte zu fassen, was du damit meinst."

Eva stellte sich vor, wie ihr Engel vor ihr stehen würde und begann mit ihren Erklärungen: „Dich habe ich in einer Form gesehen, die wie Nicolas Cage im Film "Stadt der Engel" aussah. Nehmen wir mal an, dass du mit deiner Energie im Mittelalter bei Hildegard von Bingen aufgetaucht wärst, dann hätte sie dein äußeres Erscheinungsbild daran angepasst, wie man zu ihrer Zeit Engel darstellte; vielleicht groß und mächtig mit riesigen Flügeln. Zu einer anderen Zeit hätten dich Kinder vielleicht als kleinen Engel mit einem Kindergesicht gezeichnet. Für andere Menschen haben Engel überhaupt nichts Menschliches an sich, sondern sie haben die Vorstellung, dass Engel abstrakt sind und ihnen als Lichtgestalten begegnen. Es kommt immer darauf an, welche geistige Vorstellung ein Mensch von etwas hat und danach gestaltet sich das äußere Erscheinungsbild."

Der Engel folgte Evas Ausführungen und sagte: „Das kann man erst mal so stehen lassen. Aber es geht hier nicht allein um geistige Vorstellungen, sondern um Bewusstsein. Da solltest du unterscheiden können. Geistige Vorstellung ist auf den Verstand begrenzt. Was ist mit der Manipulation? Manipulierst du, indem du veränderst? Ist jede Veränderung eine Manipulation? Darf das ein Mensch überhaupt?" Der Engel spielte Eva den Ball zu und hoffte, dass sie ihn fangen und nicht gleich zu ihm zurückwerfen würde.

„Moment mal, das sind doch meine Fragen. Aber gut. Tauschen wir die Rollen. Das hört sich jetzt wahrscheinlich etwas hochmütig an. Aber nachdem ich mich mit morphogenetischen Feldern beschäftigt habe, glaube ich, dass ein Mensch in der Lage ist, über seine Gedanken in Energiefelder einzugreifen und sie dadurch zu verändern. Da Engel auch aus Energie bestehen, müsste es möglich sein, dass ich auch diese umgestalten könnte. Vermutlich hängt der Grad einer potenziellen Veränderungsmöglichkeit mit der Kraft des Energiefeldes zusammen. Ich glaube, dass das Energiefeld von Erzengel Michael so stark ist, dass er zum Vergleich mit dem Energiefeld eines ‚normalen Engels' die Größe des Mount Everest hat. Mein Energiefeld ist im Vergleich zu ihm so groß wie ein faustgroßer Stein. Wenn ich ihn mit aller Wucht gegen den Felsen werfe, weil ich ihn damit verändern will, wird das nicht wirklich eine spürbare Veränderung bewirken. Habe ich recht?"

„Für dich ist das so. Das ist deine Realität. Du bist tatsächlich in der Lage, solch eine winzige Veränderung im Energiefeld von Erzengel Michael vorzunehmen. Du hast dich darauf begrenzt, weil Erzengel Michael für dich etwas Riesiges und Mächtiges ist. Du achtest und respektierst ihn, weil du glaubst, dass Gott ihn so geschaffen hat. Er schuf ihn nicht willkürlich als einen mächtigen Engel, sondern er hat sich etwas dabei gedacht und das ist dir heilig. Du hast Erzengel Michael in deiner Welt dazu gemacht, wie du ihn wahrnimmst und aus diesem Grund ist er in deiner Realität auch genauso. Es sind deine Vorstellungen und Glaubenssätze. Du stellst ihn in deiner persönlichen Hierarchie über dich. Du betest zu ihm, indem du ihn um Unterstützung in Situationen bittest, von denen du glaubst, dass du sie allein nicht bewältigen kannst. Du achtest ihn als etwas Göttliches. Dieses Bild hast nicht nur du von ihm, sondern ganz viele Menschen sehen ihn auf diese Weise. Diese vielen Gedankenbilder stärken ihn."

„Das würde ja umgekehrt bedeuten, dass er sich in Luft auflösen würde, wenn niemand an ihn glauben würde. Wenn alle Bildnisse von ihm verschwinden würden und alle Bücher, in denen er erwähnt ist. Wenn alle Menschen ihn vergessen, überall auf der Welt, dann hört er einfach auf zu existieren? Das glaube ich nicht. Das kann nicht sein."

„Solange auch nur ein Mensch an ihn glaubt, wird er niemals sterben und sich niemals in Nichts auflösen können. Dieser Glauben ist so tief in eurer Seele verankert, dass kein menschlicher EGO-Verstand gegen diesen Glauben ankommt. Erzengel Michael wird so lange existieren, bis ihr Menschen ihn nicht mehr als etwas Eigenständiges wahrnehmt, sondern er Teil von euch geworden ist. Ein Teil eurer Seele, die in dieser Welt dann nicht mehr nach Göttlichkeit fragt, sondern IST. Es gibt Menschen, die setzen göttlich Sein mit Gott gleich. Keine Seele wird jemals Gott sein können, denn sie ist aus ihm hervorgegangen. Das ist der Gott-Kind-Aspekt, den Jesus Christus verkörpert hat. Für viele Menschen ist das die schwierigste Vorstellung überhaupt, dass jeder ein Kind Gottes ist. Ihr habt die göttliche Kindschaft noch nicht angenommen. Und solange ihr sie bei euch ablehnt, könnt ihr sie bei einem anderen Menschen zwangsläufig auch nur ablehnen. Ihr Menschen könnt in der Tiefe nur das als wahr, echt und somit als real annehmen, was ihr erlebt habt. Erleben bedeutet, dass es immer mit einem Gefühl verbunden ist. Dieses tiefe Gefühl haben schon einige Menschen erlebt. Das sind die Mystiker und Mystikerinnen. Eine dir sehr vertraute Mystikerin ist Hildegard von Bingen. Sie hat Gott erfahren und zwar als ein Licht, ein Feuer, welches zu ihr sprach. Und obwohl ihr Verstand ihr immer wieder einzureden versuchte, dass sie nicht würdig genug sei, als seine ‚Posaune' Gottes Wort in die Welt zu bringen, erlebte sie Gott als ein real existierendes Licht. Dieses Gefühl hat ihren Glauben an Gott gestärkt und dieser Gottglaube verlieh ihr Macht."

Mit höchster Aufmerksamkeit hörte Eva dem Engel zu und spürte eine Veränderung in seinem Energiefeld. Ihr Brustkorb wurde warm und es fühlte sich so an, als wenn er sich weiten und über ihren physischen Körper hinaus ausdehnen würde. Mit ihren Gedanken sank sie in den Raum ihres Herzens und eine weitere Botschaft kam wie auf den Schwingen eines Vogels zu ihr.

Klosterruine Disibodenberg

Hildegard von Bingen

„Die Menschen zur damaligen Zeit nahmen Gott als die stärkste Macht wahr und jemand, der glaubhaft von sich behauptete, dass Gott durch ihn sprechen würde, besaß uneingeschränkte Autorität, die selbst die Kirchenoberhäupter nicht entmachten konnten, sonst hätten sie ihre eigene Existenz infrage gestellt."

Evas Verstand kam schlagartig aus ihrem Herzen in den Kopf zurück. Er wollte sich nicht damit zufriedengeben, dass sie wie ein Radioempfänger mehrere Sendungen von Engeln und anderen Wesenheiten aus der Geistigen Welt ungebeten empfangen konnte. Die Zweifel meldeten sich und sie fragte:

„Was ist das? Die Stimme fühlt sich ganz anders an. Wer spricht denn da?"

Mit klopfenden Herzen wartete Eva einen Moment ab. Innerlich wusste sie, dass sie auf diese, von ihrem Verstand gestellte Frage keine Antwort erhalten würde. Daher setzte sie sich an den PC und hoffte auf einen Impuls, die Antwort niederschreiben zu können. Eva atmete bewusst ein und aus und konzentrierte sich wieder auf ihr Herz. Sie wurde von einer tiefen Ruhe getragen und ihre Finger flogen mit den Worten über die Tastatur.

„Lass dir gesagt sein, mein liebes Kind, dass du keine Angst zu haben brauchst. Fühle einfach in die Qualität meiner Worte und in das hinein, was ich dir zu sagen habe. Du darfst entscheiden, ob du es anschließend als einen Erguss deiner blühenden Fantasie beurteilst oder als etwas, das ich dir tatsächlich mitgeteilt habe. Nun, du weißt selbstverständlich, wer ich bin. Doch du stehst jetzt auf der Bühne und spielst die Unwissende, weil du deine Leser überzeugen möchtest, dass du die Wahrheit sprichst. Und darum bitte ich dich noch einmal, bleibe du bei dir. Richte deinen Fokus von den anderen weg, denn da sind noch Ängste und diese Ängste schnüren dein Energiefeld zusammen. Doch wenn du mit der *Geistigen Welt* in Kontakt kommst, ist es wichtig, dass du angstfrei bist. Sei unbesorgt, denn ich will dich gewiss nicht dafür verurteilen. Niemand kennt deine Angst besser als ich. Sie ist so menschlich. Jeder, der sich mit der *Geistigen Welt* schon ein wenig intensiver beschäftigt hat, wird wissen, von welchen Zweifeln er geplagt wird. Diese Zweifel dürfen sein, denn ihr lebt jetzt in einer Zeit, wo das Geistige aus der Realität verbannt wurde und nur das sein darf, was über die Grenzen des Verstandes nicht hinausgeht. Dieses Thema wird in deinem Buch immer mal wieder aufgegriffen und zieht sich wie ein roter Faden vom Anfang bis zum Ende hindurch. Die *Geistige Welt* erobert sich nun immer stärker ihren Platz in eurem Leben zurück. Die Wahrheit kann zwar bis zu einem gewissen Grad unterdrückt und auch verheimlicht werden, doch sie hat die Eigenschaft, dass sie etwas Elementares ist, etwas, das von Gott erschaffen wurde. Die *Geistige Welt* ist da, auch wenn sie sozusagen im Dunkel liegt. Die Sterne sind auch bei Tage am Himmel und werden nicht nur in der Dunkelheit aufgehängt. Die *Geistige Welt* fängt schon mit euren Gedanken an. Man kann sie nicht sehen, aber es wird wohl niemand unter euch sein, der von sich behauptet, er würde nicht denken. Das Problem, das sich im Laufe der Jahre vergrößert hat, ist die Fähigkeit zu lernen, wie man denkt. Eure Kinder lernen in der Schule Rechnen und Schreiben und natürlich auch noch sehr viel andere sinnvolle Dinge. Kleine Kinder haben noch einen ganz natürlichen Zugang zu ihrem Schutzengel. Sie können ihn sehen, weil der Verstand diese natürliche Fähigkeit noch nicht zerstört hat. Wer von euch hat im Kinderzimmer gesessen, den Kaffeetisch gedeckt und mit seinen Puppen Teestunde gespielt? Kamen bei dem einen oder anderen nicht auch andere Gäste? In der Welt eurer Vorstellungen kamen Prinzessinnen und Prinzen zum Tee und ihr habt sie bewirtet. Wer von euch ist von seiner Mutter zur Ordnung gerufen worden, dass ihr damit aufhören sollt, weil doch niemand da sei? Für die Kinder sind das prägende Erfahrungen. Das, was die Mutter sagt, ist die Wahrheit. Das glaubt ihr so lange, bis ihr in der Lage seid, euch eure eigene Wahrheit zu erschaffen. Die Bilder und Vorstellungen wurden von Generation zu Generation weitergegeben und jetzt seid ihr an dem Punkt angelangt, wo die Energie so hoch ist, dass ihr die *Geistige Welt* zwar auch als Erwachsener wahrnehmen könntet, doch eure Glaubenssätze sind noch stärker und darum wendet ihr euch nicht zu ihr hin, sondern von ihr ab. Diejenigen, die sich dennoch für die *Geistige Welt* öffnen, wählen den Schutz einer Religionsgemeinschaft, wo man ganz offiziell beten darf und in der es auch Engel gibt. Andere bewegen sich in spirituellen Kreisen und haben dort auch einen gewissen geschützten Raum, in den die *Geistige Welt* eingeladen wird. Dazwischen scheint es nicht viel zu geben. Die meisten von euch wissen überhaupt nicht mehr, an was sie glauben können. Das alte Gottesbild hat ausgedient, denn niemand ist bereit, an einen Gott zu glauben, der die Katastrophen in der Welt zulässt. Auf der einen Seite fordert ihr den freien Willen und auf der anderen, dass Gott den freien Willen dadurch einschränkt, indem er eingreifen soll, wenn ein Unheil droht. Wie soll das gehen? Billigt ihr den anderen zu, was ihr auch für euch in Anspruch nehmt? Dürfen andere Menschen auch ihren freien Willen durch eine persönliche Meinung haben und zum Ausdruck bringen, die sich in keiner Weise mit der decken muss, wie ihr sie habt?

Gerade die Menschen, die sich als Deutsche identifizieren, weil sie in diesem Teil der Welt leben und aufgewachsen sind, tragen die Last der Knechtschaft auf ihren Schultern. Ihr lebt in einem Land, indem ihr euch offiziell die freie Meinungsbildung zugesteht. Doch ist das in der Wirklichkeit auch tatsächlich so? Wie schnell werdet ihr von anderen zu „etwas" gemacht, weil ihr ihre Meinung nicht teilt? Wie geht ihr selbst mit euren Liebsten um, wenn sie mit euch nicht einer Meinung sind? Das ist ein wunder Punkt und ich fühle deine Ängste, wenn du konkret etwas benennen müsstest. Ein konkretes Beispiel würde auch hier die Theorie veranschaulichen. Doch die Angst, für deine persönliche Meinung sanktioniert zu werden und einen Stempel aufgedrückt zu bekommen, lässt dich erstarren. Das ist ein großes Feld, das die Deutschen nähren. Die Angst, auch von anderen Staaten zu etwas gemacht zu werden, was in der Vergangenheit eine Rolle spielte, hemmt euch in der Weiterentwicklung. Ihr haltet an der Vergangenheit fest und geißelt euch, weil ihr dieses Gefühl kennt. Ihr lebt in einem Land, welches christlich geprägt ist. Was ist das für euch, das Christentum? Was war es für eure Vorfahren und was bedeutet es für eure Kinder? Lebt ihr die wahre Botschaft Jesu, dass man seinen Nächsten lieben soll, dass man vergeben soll? Denn so heißt es doch im „Vater Unser". Und vergib uns unsere Schuld, wie auch wir vergeben unseren Schuldigern. Vergebt ihr euch selbst für das, was ihr euch immer wieder selbst antut? Wenn ihr es tätet, wäre die Schuld von euch genommen. Schuld bedeutet, dass man jemanden etwas schuldet. Wem oder was seid ihr etwas schuldig? Für wen bezahlt ihr? Für eure Ahnen? Für eure Väter? Für das, was Menschen vor euch getan haben und für das ihr bezahlen sollt? Wollt ihr ein Leben lang für etwas zur Verantwortung gezogen werden, was eure Großväter getan haben und wollt ihr eure Kinder und Kindeskinder auch dafür verantwortlich machen? Wollt ihr, dass eure Kinder die Verantwortung für eure Taten übernehmen? Wann ist es gut? Wann ist es ausgeglichen und abgegolten? Wann dürft ihr frei sein und euch so entfalten, wie ihr möchtet? Diese Freiheit fängt im Kopf an, in eurem Geist, der sich über eure Gedanken ausdrückt. Wollt ihr der *Geistigen Welt* einen Platz in eurem Leben einräumen? Wenn ja, wie soll er aussehen? Macht euch die tiefe Sehnsucht nach der *Geistigen Welt* bewusst. Ihr befriedigt sie über das Fernsehen, über Filme, über Alkohol und Drogen. Das sind eure Ventile, denn das Bestreben und die Fähigkeit, in die *Geistige Welt* abzutauchen, die Emotionen zuzulassen, steckt in jedem von euch. Ihr seid geistige Wesen, die eine menschliche Erfahrung machen. Der erste Schritt beginnt damit, dass ihr euch bewusst werden müsst, an wen oder was ihr glauben wollt. Wer an sich selbst glaubt, der wird zu allen Kräften Zugang haben und seinen eigenen Weg der Selbstmeisterung beschreiten. So haben es bereits viele vor euch gemacht – und die Welt lebt von dem Mut und der Entschlossenheit jedes Einzelnen.

Vergebt euch und vergebt den anderen, damit sich das Feld der Schuld in Fülle wandeln kann. Verleugnet euren wahren Kern nicht, sondern wendet euch eurer Schöpferkraft zu. Lasst den Frieden in der Welt in eurem Herzen seinen Anfang finden. Amen.

Ich bin Hildegard und personifiziere ein Kraftfeld des Gottglaubens, der Demut und Hingabe aus Leidenschaft."

Evas Finger standen still. Sie nahm ihre Hände von der Tastatur und spürte, wie ihr ein Kloß im Hals steckte. In Gedanken sagte sie den Satz: „Danke Hildegard, aber ich kann dir nicht versprechen, dass ich das in meinem Buch abdrucken werde."

Sie stand auf, ging zum Fenster und öffnete es. Ein angenehm kühler Luftzug wehte ihr entgegen. Sie blickte auf den Bildschirm, schüttelte den Kopf und fragte sich, wo sie stehen geblieben war, bevor Hildegard sich an sie gewendet hatte.

„Du wolltest noch etwas zu Manipulationen sagen", hörte sie wie auf Knopfdruck eine Stimme in ihrem Inneren.

„Ja, wir sind von Hildegard von Bingen unterbrochen worden. Aber du oder ihr fühlt euch schon wieder anders an. Mit wem spreche ich denn jetzt? Engel bist du das? Ist Hildegard bei dir? Das hat sich gerade so angefühlt, als würdet ihr beide zu mir mit einer Stimme sprechen … So langsam verliere ich wirklich die Übersicht."

Eva ging in die Küche und holte sich ein Glas Wasser, dann setzte sie sich in ihren Sessel. Sie hoffte, dass die *Geistige Welt* ihr Erklärungen dafür liefern würde, was da gerade geschah. Sie trank ihr Wasser und schaute auf den Monitor ihres PCs. Ein farbenprächtiger Bildschirmschoner, der wunderschöne Naturaufnahmen zeigte, zog für einen Moment ihre Aufmerksamkeit auf sich. Dann stellte sie das Glas zur Seite und schloss wieder die Augen. Für einen kurzen Augenblick wünschte sie sich, dass sie dieses Buch niemals begonnen hätte. Anfangs lief alles noch nach Plan und sie hatte sich durch die analytische Steinheilkunde hindurchgearbeitet. Den einen oder anderen Exkurs in die Welt der Esoterik hatte sie in Kauf genommen. Aber das, was sich jetzt abzeichnete, konnte sie nicht mehr greifen. Sie bat die *Geistige Welt* um Klärung und fragte:

„Könnt ihr mir bitte mal sagen, wer da noch alles mitmischt? Meinen Engel und Hildegard kenne ich ja. Einzeln komme ich gut mit euch klar, aber wenn ihr mir jetzt zusammen irgendwelche Botschaften gebt, dann habe ich wirklich Schwierigkeiten, euch entsprechend zu kennzeichnen. Ihr wisst doch, dass ich überall meine Quellen angeben muss und die Leute immer wissen wollen, von wem was kommt und wer, wie, wann, wo, wem, was gesagt hat."

„Mein liebes Kind, nun kannst du anhand dieses Beispiels erklären, wie du mit der *Geistigen Welt* kommunizierst. Und bereits der erste Satz lässt erkennen, dass es sich wieder um dein Bewusstsein, deine Wahrnehmung und deine Kommunikation handelt, über die du etwas mitteilen möchtest. Es gibt in dieser Welt keine Verallgemeinerungen. Mit dieser Welt meinen wir sowohl die Geistige als auch die Irdische. Beide existieren nebeneinander und sind doch miteinander verbunden. Und diese Verbindungen und Trennungen gibt es auch in der *Geistigen Welt*. Es ist nicht so, wie viele denken, dass die *Geistige Welt* aus ‚einer Suppe' besteht und doch ist die Suppe ein gutes Beispiel, wenn wir sie differenziert betrachten. Die Suppe besteht aus vielen Zutaten und wird mit der Brühe zusammengehalten. Die Brühe ist der Aspekt des Geistes. Sie lässt die Kartoffelstückchen in sich schweben und durchdringt sie dabei."

Vor ihrem geistigen Auge sah Eva eine Gemüsesuppe und versuchte, sich diese Geist-Brühe vorzustellen, wie sie durch die Kartoffeln blubberte. Es wollte ihr nicht so recht gelingen und die *Geistige Welt* lieferte ihr sofort eine kleine Hilfestellung, indem sie sagte:

„Bitte versuche nicht, unser Beispiel allzu wörtlich zu verstehen, denn es ist nur ein Bild. Doch wir sehen, dass du darüber nachdenkst, wie die Brühe in die Kartoffel kommt. Wenn du die Kartoffel in einer giftigen Substanz gekocht hättest, würdest du sie auch dann nicht essen, wenn du sie mit klarem Wasser abgespült hättest. Die Brühe durchdringt auch die Kartoffel."

Erleichtert atmete Eva auf.

„Okay, ich denke jetzt mal abstrakt. Dann geht es besser." Jetzt wurde es jedoch noch komplizierter, denn Eva hatte keine Vorstellung davon, wie man sich abstrakt vorstellen könnte, wie eine Geist-Brühe eine Kartoffel durchdringen soll. Sie wollte es jedoch gut sein lassen und die *Geistige Welt* ignorierte ihren gedanklichen „Kauderwelsch-Salat". Unbeirrt fuhr die Stimme fort:

„Sehr schön. Das Gemüse hat verschiedene Bestandteile, die jedes für sich, auch räumlich abgegrenzt sind. Wenn man sie im Mixer püriert, dann ist die *Geistige Welt* das, was du gerade fühlst. Ganz viel Brei, den man auf den ersten Blick nicht als Brühe, Kartoffel, Erbsen, Bohnen, Karotten, Lauch und so weiter unterscheiden kann. Die *Geistige Welt* besteht aus einzelnen Energien, die sich miteinander überlagern und vermengen können. Die Menschen waren es, die diesen Energien Namen gegeben haben und wenn du fragst, wer wir sind, dann versuchst du, Namen zuzuordnen. Du ordnest bestimmte geistige Aspekte einer ‚Person' aus der *Geistigen Welt* zu, als würdest du eine Akte erstellen und diese dann in eine bestimmte Schublade legen, um die Informationen einordnen zu können. Doch so klar strukturiert, wie du es gerne hättest, ist die *Geistige Welt* nicht. Hildegard ist ein gutes Beispiel für ihr eigenes Energiefeld, was man sich auch als Suppe in einer anderen Suppe vorstellen könnte."

„Bei Hildegard von Bingen habe ich mich auch immer gewundert, warum so viele normale Menschen eine Verbindung zu ihr haben. Ich hatte das Gefühl, dass meine Hildegard eine ganz andere ist, als die Hildegard, die meine Freundin wahrnimmt." Hin und wieder in der Vergangenheit hatte sich Eva mit ihrer Freundin Andrea über Hildegard von Bingen unterhalten. Beide hatte sich darüber ausgetauscht, wie sie diese Energie wahrnahmen und was sie ihnen zu sagen hatte. Doch diesen Gedanken wollte sie nicht weiterführen, denn die *Geistige Welt* schien mit den Erklärungen noch nicht fertig zu sein

„Das ist in der *Geistigen Welt* genauso wie auf der Erde. Du weißt doch: Wie im Himmel, so auf Erden. Wie im Geistigen, so im Materiellen. Wie oben, so unten. Wie innen, so außen. Das Bild, das du von deinem Mann hast, ist ein anderes, als das, was sein bester Freund von ihm hat. Und du kommunizierst auf einer anderen Frequenz mit ihm; anders als sein Chef zum Beispiel. Ihr Menschen seid in der Lage, eure Schwingungen für die Kommunikation anzupassen, indem ihr zum Beispiel eure Aufmerksamkeit bündelt und in eine Richtung lenkt. Der Teil von dir, der auf der gleichen Frequenz wie die Energie von Hildegard von Bingen schwingt, der kann auch nur auf die Energieladungen in Form von Informationen zugreifen, die dort abgespeichert sind. Hildegard von Bingen hat zu Lebzeiten riesige Energiefelder geschaffen, die sich gegenseitig überlappen. Allein das Feld mit dem holistischen Wissen der Naturheilkunde ist gigantisch. Sie war eine starke Persönlichkeit mit starken Emotionen und hat mit ihren Gedanken, Gefühlen und letztendlich mit ihrem Glauben dieses Feld erschaffen, auf welches ihr noch heute zugreifen könnt."

Wieder änderte sich die Energie und Eva wusste, dass Hildegard jetzt präsent war und direkt zu ihr sprechen würde. Eva hatte nicht das Gefühl, dass sie jetzt aufstehen und schreiben müsste, sondern sie sich einfach auf die Botschaft konzentrieren konnte. Eva freute sich über Hildegards Gegenwart und setzte sich aufrecht ihn, um ihr auch äußerlich Achtung und Respekt entgegenzubringen.

„Aber mein liebes Kind, ich habe dir bereits früher schon einmal gesagt, dass dieses Feld zu einer bestimmten Zeit auf eurer Zeitachse entstanden ist, die ihr Mittelalter nennt. Und es wäre töricht von euch, wenn ihr nur das für richtig, wahr und unumstößlich festhalten wolltet, was ich mit meinem Bewusstsein erschaffen habe. Darum bitte ich jeden Einzelnen, dass er stets prüfen möge, ob alles, was ich als richtig und wahr hinterlassen habe, auch seine Wahrheit ist. Es gibt viele Menschen, die sich mit meinem Wissen über Heilkräuter und -pflanzen beschäftigen. Doch der heutige Dinkel zum Beispiel ist nicht derselbe, auf den ich zurückgreifen konnte. Bei aller berechtigter Kritik an der Art und Weise, wie ihr eure Pflanzen anbaut, dürft ihr eines nicht vergessen: Der menschliche Körper hat sich an seine Umwelt angepasst. Wenn ihr in der Lage währet, mit euren Körpern zu mir in die Vergangenheit zu reisen, dann würde vieles, was zur damaligen Zeit gut verträglich war, mit dem Körper der Moderne nicht verstoffwechselt werden können. Umgekehrt würde ich es nicht ertragen können, mit meinem Körper aus der Zeit des Mittelalters in eure Zeit zu reisen, denn das, was ganz viele von euch nicht bewusst spüren, sind die Energieladungen, die über eure modernen Telefone und Sendemasten alles überstrahlen. Ich würde das so empfinden, als ob mein Körper an einen elektrischen Weidezaun käme. Ihr habt euch angepasst, eure Körper haben sich angepasst. Jede Zeit hat ihre individuell passenden Heilkräfte. Die Kräuter können nur so gut sein, wie das, was man ihnen, auch an Düngemitteln und Wasser, zufügt und was somit als Grundlage vorhanden ist. Aber bitte trennt euch von dem Gedanken, dass alles verseucht sei und ihr nur noch Umweltgifte zu euch nehmt. Eure Körper können damit sehr gut umgehen. Und dennoch ist das Maß, welches ihr an unterschiedlichen Giften zu euch nehmt, in einem kritischen Bereich. Es gibt ein einfaches Maß für jeden Menschen, mit dem sich sehr Vieles wieder ins Gleichgewicht bringen lässt. Dieses gesunde Maß lässt sich mit ‚ein Halb' oder ½ ausdrücken. Auf der einen Seite ‚ein Halb' mal mehr, auf der anderen Seite ‚ein Halb' mal weniger. Dieses Maß übertragt ihr auf alle Bereiche eures Seins; auf Körper, Geist und Seele, auf Nahrung, Bewegung, Lernen, Meditieren, Beten, Aktivität und Stille.

Jeder hat sein eigenes Maß, jeder hat seine eigenen Vorstellungen dazu und weiß, wo er bei sich anfangen könnte. Aber nicht in ‚Hau-Ruck-Manier', sondern mit den Schritten ‚ein Halb'. Esst die Hälfte von dem, was ihr heute esst. Bewegt euch ‚ein Halb' mal mehr, wie gewohnt. Wenn ihr zu wenig in die Stille geht, dann fangt an und steigert es mit der Formel ‚ein Halb'. Esst bewusst mit wertschätzenden Gedanken für diese Nahrungsmittel und prüft mit dem Gefühl, ob diese Dinge tatsächlich nahrhaft sind oder euren Körper belasten. Es gibt auch da keine Einschränkungen. Selbst ein Stück Schokolade kann nahrhaft sein, denn Genuss nährt die Seele. Ihr seid nicht nur Körper, sondern auch Geist und es ist so wichtig, dem Geist die richtige Nahrung zu geben. Und eines möchte ich an dieser Stelle auch noch sagen dürfen: Ich habe zu meiner Zeit großen Wert auf Hygiene gelegt. Das, was ich auch in den von Mönchen geführten Klöstern mit angesehen habe, ließ mich oftmals erschaudern. Hygiene ist wichtig, doch euer Verständnis davon solltet ihr liebevoll auf den Prüfstand stellen. Ohne das weiter ausführen zu wollen, bitte ich auch hier um eine Aufmerksamkeit auf das Waschen der Kleidung und die Dosis der Seife sowie deren Bestandteile. Denn die Lauge ist nicht in dem Moment verschwunden, wo sie die Waschmaschine verlassen hat, sondern sie kommt zu euch zurück, wie alles in einem Kreislauf wieder zurückkommt. Das Wasser ist ein Teil davon und es ist eurer Lebenselixier Nummer Eins. Schafft auch da ein neues Bewusstsein. Jeder Einzelne leistet mit seinen Gedanken und seiner Umsetzung einen Beitrag und ist für diesen verantwortlich. Jeder Mensch betrügt sich selbst und alle anderen, wenn er glaubt, dass es auf seinen Beitrag nicht ankäme. Es ist ein Irrglaube zu denken, dass es auf das Bisschen, was man selbst zu tun im Stande ist, im Vergleich zum großen Ganzen nicht ankäme. Jeder Gedankenimpuls schafft einen Abdruck im Feld. Diese Felder werden sich dann miteinander vernetzen und machtvoll sein. Es gibt viel zu tun, es ist alles da. Das energetische Feld, welches dieses Buch erschafft, ist wie eine Schaltstelle, über die sich die Leser miteinander vernetzen. Alle positiven und negativen Gedanken vernetzen sich über Relais miteinander. Das Internet ist ein riesiges Feld und darum prüft auch dort, was ihr hineingebt. Ihr seid nicht unsichtbar, auch wenn viele das Gefühl haben, sie seien es. Jeder leistet seinen Beitrag für eine bessere oder schlechtere Welt. Macht euch selbst das Geschenk der Wertschätzung und begreift, dass die Natur ein lebender Organismus ist, dessen Teil ihr seid. Gott segne euch."

Das vertraute Gefühl einer weichen Berührung an ihrer Wange ließ Eva spüren, dass Hildegard sich jetzt verabschieden würde. So plötzlich, wie sie kam, so verschwand sie auch wieder. Eva war glücklich darüber, dass sie zu ihr sprach. Im Laufe der Zeit verstand sie immer mehr, dass sie Hildegard jedoch nicht wie ihren Engel rufen konnte und sie sofort da war. Sie hatte ihr zu verstehen gegeben, dass sie selbst genau prüfen würde, aus welchem Grund Eva sich an sie wendete. Einige Male hatte Eva vergeblich nach Hildegard gerufen, um sie um Rat zu fragen. Hildegard wollte, dass Eva sich nicht von ihr abhängig machte. Sie sollte ihre eigenen Erfahrungen machen und ihr Geist würde nur dann frei sein und neues Gedankengut in die Welt bringen können, wenn er unbeeinflusst war. Ganz beseelt von der glücklichen Begegnung mit ihr sagte Eva zu ihrem Engel:

„Die *Geistige Welt* fühlt sich zum Greifen nah an. Sie ist ein Teil von mir, das spüre ich und dennoch tauchen immer wieder diese Zweifel auf. Wer kann mir sagen, dass ich mir das alles nicht nur eingebildet habe? Du weißt doch, dass ich eine blühende Fantasie habe."

„Meine liebe Eva. Du kannst dir nur immer wieder bewusst machen, dass dir in diesem Fall dein Verstand keine Antwort geben kann. Er arbeitet eher kontraproduktiv. Du hast ursprünglich gelernt, dass es so etwas wie die *Geistige Welt* eigentlich gar nicht gibt; und wenn solche Vorstellungen doch vorhanden sind, dann nur als Krankheitsbild. Wie fühlt sich das für dich an, was du gerade erklärt hast? Spürst du eine tiefere Wahrheit darin? Du kannst deinen Lesern nicht vorschreiben, wie sie dein Buch finden oder bewerten sollen. Fange nicht an, sie dazu zu verleiten, dass sie nur deinen Worten Glauben schenken dürfen. Jeder hat die freie Wahl, den freien Willen und die Pflicht, sich seine eigenen Gedanken zu machen. Du kannst jedoch für deine Leser Argumente für das Vorhandensein der *Geistigen Welt* anbieten, denen du folgen würdest, weil sie für dich logisch oder zumindest nachvollziehbar sind. Du kannst auch noch weiter versuchen, dich als Person von den – für dich verrückten – Esoterikern abzugrenzen, indem du noch zwanzig Seiten über dein normales Leben schreibst. Rechtfertige dich, von mir aus noch einhundert Seiten lang, dass du ein ganz normaler Mensch bist. Ich weiß das, du weißt es und die anderen werden sich ihr eigenes Bild von dir machen. Das ist ganz wichtig, dass du ihnen das zugestehst und sie nicht dafür verurteilst, weil du selbst viele Menschen verurteilst, die anders sind als du."

Sofort fühlte sich Eva von ihrem Engel angegriffen und konterte: „Das mache ich doch gar nicht. Ich verurteile sie doch nicht. Okay, ich weiß ja, dass ihr das sehen könnt ..."

Eva fühlte sich ertappt und versuchte, sofort zu schlichten in dem sie eingestand: „Du hast schon Recht ... Ich verurteile viele Menschen und rege mich über sie auf. Aber ihr müsst zugeben, dass ich mich da schon erheblich gebessert habe. Ich bin regelrecht tolerant geworden und würde jeden segnen, der mit Badeschlappen, Muskelshirt und Boxershorts ins Büro käme. Ich würde ihn innerlich mit den Worten begrüßen: ‚Sei gegrüßt Bruder, von dir können wir noch viel lernen.'"

Gekonnt setzte Eva ihre Unschuldsmiene auf, doch der Engel sah ihr an, dass sie wieder einmal recht zynisch versuchte, auf ein für sie unakzeptables Verhalten hinzuweisen.

„Ach, Eva, wir lieben deinen Humor. Aber auch hier sehen wir natürlich, was du empfindest, wenn du dir deinen Kollegen so vorstellst. Es ist eine Illusion, wenn du glaubst, dass die reinen Worte ausreichen. Du kannst nicht tolerant denken, du kannst es nur sein und dieses SEIN, so wie du bist, fühlst und denkst, das ist der Beitrag, den du in das morphogenetische Feld gibst."

„Ja, ich weiß. Ihr kennt mich ja bestens und wisst, dass ich manchmal über das Ziel hinausschieße. Ich bemühe mich um Besserung, okay? Lasst es gut sein. Wolltet ihr nicht noch etwas zu euch sagen? Ich meine, zu eurer Energie? Immer schwanke ich in der Anrede zwischen ‚du' und ‚ihr'. Du hast doch noch andere bei dir, oder? Vielleicht einigen wir uns ab jetzt darauf, dass ich dich mit ‚euch' anrede. Der Papst spricht von sich doch auch immer in der dritten Person, oder? Kann man euch Engel manipulieren?"

„Wir sind gar nicht so viel anders, als ihr Menschen. Ein großer Unterschied zu euch Menschen besteht darin, dass wir noch nie in einem menschlichen Körper inkarniert waren. Für uns ist es nicht möglich, von jetzt auf gleich ein Mensch zu werden. Falls du dich fragen solltest, warum das nicht geht, gibt es eine ganz einfache Antwort: Gott hat das für die Engel nicht vorgesehen. Sie sind seine Sonderbotschafter mit einem unkündbaren Dauerarrangement."

Nachdenklich zog Eva die Augenbrauen hoch, als sie nachhakte: „Wieso hast du dich denn in Gestalt von Nicolas Cage gezeigt?"

„Du hast dir die Frage gerade selbst beantwortet, meine Liebe. Ich habe mich lediglich in Gestalt eines Menschen gezeigt. Ich bin kein Mensch geworden. Außerdem war das eine glückliche Aneinanderreihung von Sinnestäuschungen. Aber das Geheimnis werde ich an anderer Stelle lüften. Das heißt, du wirst selbst darauf kommen. Es bleibt in diesem Punkt also weiter spannend. Aber nun zu deiner vorletzten Frage: Es gibt einige Engel mit Sonderaufträgen, zu ihnen gehören auch die Schutzengel. Je bewusster ein Mensch ist, desto klarer ist ihm, dass es den Schutzengel gibt. Einige Menschen fühlen ihn sogar. Sie sprechen mit ihm, sie danken ihm und bitten darum, dass er sie beschützt. Für diese Menschen ist der Schutzengel so real, dass er sich zu einem gewissen Grad auch materialisiert hat. Du kannst dir vorstellen, dass so ein Engel viel mehr Kraft besitzt, als jene Engel, die vergessen werden. Sie sind zum Teil regelrecht arbeitslos, weil sie überhaupt nicht beachtet werden. Jeder Schutzengel kann durch die Gedanken des Menschen erhöht, im Sinne von gestärkt, oder erniedrigt, im Sinne von geschwächt, werden. Diese Engel sind aber auch in einem großen, kollektiven Schutzengelfeld verbunden. Dieses nimmt Einfluss auf den einzelnen Engel, der, genau wie ihr Menschen, in mehreren Energiewolken verwoben ist. Alles, was du mit Zielrichtung auf deinen Engel denkst, verändert ihn. Du kannst dir sicherlich vorstellen, wie vielfältig die Möglichkeiten der Einflussnahme, im Sinne von positiver und negativer Manipulation sind."

Schweigsam hörte Eva zu, ohne zu unterbrechen. Ihr schlechtes Gewissen meldete sich, als sie an ihren eigenen Schutzengel dachte. So eine richtige Beziehung hatte sie zu ihm nicht aufbauen können. Doch bevor sie den Gedanken zu Ende spinnen konnte, führte der Engel seine Erklärungen zu sich und seinen „Kollegen" weiter aus:

„Dann gibt es noch die Erzengel, die über Jahrtausende durch die menschlichen Gedanken genährt worden sind. Sie bestehen aus mächtigen Energiefeldern und werden von vielen Menschen aus verschiedenen Kulturen verehrt und angebetet. Sie sind sozusagen die ‚Stars' der *Geistigen Welt*. Es ist großartig, welche Kraft viele eurer Erzengel-Skulpturen und Erzengel-Gemälde haben. Wenn ihr sie anschaut und euch ganz darauf einlasst, können diese

Kunstwerke eure Gedanken noch verstärken. Große Meisterwerke, wie die von Michelangelo, sind wahrhaftig *geist-reich* und hinterlassen ihre Spuren in den energetischen Feldern, auf die ihr auch mit eurer Vorstellungskraft Einfluss nehmen könnt."

Verunsichert fragte Eva:

„Sagt mal, soll ich das alles aufschreiben? Wenn das so weitergeht, dann wird aus meinem Heilsteinbuch ein Engelratgeber. Wer weiß, was euch noch alles einfällt oder besser gesagt, was ihr mir einfallen lasst. Ist das denn so wichtig, dass die Leser über all das Bescheid wissen?"

„Es ist wichtig und sollte unter dem Aspekt betrachtet werden, dass ihr das, was ihr heute sät, morgen ernten werdet, denn eure Seelen werden wiederkommen. ‚Nach mir die Sintflut', ist eine Einstellung, die viele von euch haben. Ihr bereitet aber jetzt die Zukunft für eure Kinder und auch für euch selbst. Das Rad des Lebens sieht es nun einmal vor, dass viele noch einmal herkommen müssen, um das in Ordnung zu bringen, was sie in einem vorherigen Leben an Kummer, Schmerz – oder um es allgemeiner zu formulieren: an schlechter Energie – zurückließen. Man kann vor dem Leben nicht davonlaufen und jeder Mensch ist für alles, was er tut, selbst verantwortlich. Du leistest mit deinem Buch, aber vor allem mit den damit verbundenen geistigen Prozessen einen Beitrag. Darum prüfe immer wieder deine Absicht und mache dir bewusst, dass du entsprechende Felder auch bei den Menschen verstärken und abschwächen kannst, die über dieses Buch mit dir in Berührung kommen. Sei dir bewusst, dass du nur das ins Feld gibst, was du tatsächlich und wahrhaftig bist und belebe es mit Beispielen, in die man sich hineinfühlen kann."

Jetzt konnte Eva die Zusammenhänge erkennen. Sie dankte den Engeln für ihre Botschaften und hatte das Bedürfnis nach Bewegung und frischer Luft. Daher zog sie sich die Turnschuhe an und marschierte strammen Schrittes eine Stunde durch die umliegenden Felder. Als sie zurückkam, checkte sie die Nachrichten auf ihrem Handy. Bis auf ein paar Werbe-Mails war alles ruhig.

Flugangst

Das Telefon klingelte und Eva ging ins Wohnzimmer, wo sie es auf dem Tisch neben der Couch entdeckte. Auf dem Display erkannte sie, dass ihre Freundin Anina anrief. Eva nahm den Hörer ans Ohr und begrüßte sie mit den Worten:

„Hallo Uschi, schön, dass du dich mal bei mir meldest."

Anina musste lachen. Sie hatte leider noch keinen Klischee-Namen für Polizistinnen gefunden und konnte daher auf den Stewardessen-Namen „Uschi" nicht kontern.

„Ich habe endlich Urlaub und wollte mich mal mit dir treffen. Bis gestern war ich bei einer Schulung für Flugbegleiter. Sie testen jetzt ein neues Programm gegen Flugangst. Ich dachte mir, dass dich das interessieren könnte."

„Gibt's jetzt die mobile Narkosespritze für unterwegs oder eine Extraportion Cognac?", neckte Eva ihre Freundin. Anina ging nicht auf Evas Provokationen ein, sondern erklärte ihr mit dem diplomatischen Charme einer Chef-Stewardess kurz und knapp, worum es bei der Schulung ging:

„Es gibt Meditationen, die man sich während des Fluges anhören kann. Eine neue Studie hat gezeigt, dass sehr viele Menschen unter Flugangst leiden und eine Therapie zwar etwas bringt, aber die Angst im Flugzeug wieder hochkommen kann – wenn auch vielleicht nicht so heftig wie zuvor, aber bei den meisten ist sie dennoch weiterhin vorhanden."

Interessierte hörte Eva zu und fragte sich, wie das wohl in der Praxis ablief. Sie fragte nach: „Wie kommen die Fluggäste an die Meditation?"

„Das ist ein Programm, das sie selbst auswählen können. Die Kopfhörer sind ja am Platz und über das Unterhaltungsprogramm kann jeder individuell auswählen, was er möchte. Den Start kriegen die meisten überhaupt nicht mehr mit, wenn sie gedanklich mit der Mediation beschäftigt sind. Diejenigen, die sich das ausgedacht haben, vermuten, dass es viel ruhiger und entspannter an Bord zugehen wird, weil sich die ängstlichen Fluggäste nicht mehr gegenseitig mit ihrer Flugangst triggern werden. Das ist ja auch logisch, denn wenn im Flugzeug Menschen mit Flugangst sitzen, dann verstärkt sich dieses Angst-Feld ja durch die Gefühle jedes Einzelnen. Genauso ist es umgekehrt. Je mehr Fluggäste entspannt sind, desto angenehmer ist die Atmosphäre an Bord. Ich bin neugierig, ob sich das bei allen Airlines über kurz oder lang durchsetzen kann. In zwei Wochen geht es los. Ich werde dir berichten. Da fällt mir ein, dass ich dich schon länger danach fragen wollte, ob du mir auch einen Stein gegen Flugangst empfehlen könntest."

Da musste Eva gar nicht lange überlegen, denn sie hatte sich schon mit dem Thema beschäftigt und auch eine Ausarbeitung zu Reisekrankheiten gemacht. Daher antwortete sie wie aus der Pistole geschossen:

„Ich empfehle Dumortierit. Der ist im Handel auch als „Take it easy-Stein" bekannt. Der Magnesit eignet sich auch. Er wirkt entkrampfend durch sein Magnesium – wie der Name schon sagt. Wenn du magst, schicke ich dir mal etwas zu."

„Ja, das wäre super", freute sich Anina. Vielleicht können wir uns aber auch bald mal sehen. Dann schaue ich mir die Steine bei dir an und du musst sie mir nicht zuschicken. Du hast doch bestimmt welche da, oder?"

„So machen wir das. Ich gebe dir welche mit. Wenn es sich ergibt, kannst du sie ja auch direkt für mich testen. Ich bin immer dankbar für Rückmeldungen von Anwendern."

In diesem Zusammenhang erzählte Eva, dass sie gerade ein Buch über Heilsteine schrieb. Sie freute sich darüber, dass ihre Freundin bei so einer modernen und fortschrittlichen Airline arbeitete. Anerkennend stellte Eva fest: „Also ich finde, dass dein Unternehmen schon total weit ist. Das wäre doch vor einigen Jahren undenkbar gewesen. Das bringt euch bestimmt viele Kunden. Viele Piloten sind ja auch spirituell, aber ich glaube, dass das den meisten gar nicht bewusst ist. Kannst du dich noch an den Piloten erinnern, der auf dem Hudson-River gelandet ist?"

Anina schwärmte: „Ja klar, das war absolut spektakulär. Großartig, wie der Pilot das gemacht hat."

Eva erinnerte sich: „Ich war an dem Tag auf einem Seminar in Frankfurt. Die Veranstalterin war ein Medium, das offensichtlich dazu in der Lage war, uns zu übermitteln, was sich da ereignet hatte und ich hatte keine Zweifel an ihrer Glaubwürdigkeit. Sie sagte, dass sich der Pilot ganz sicher gewesen wäre, dass er es schaffen könne. Er hätte volles Vertrauen in seine Fähigkeiten gehabt und auch auf Gottes Hilfe vertraut. Dieses Gefühl sei so stark gewesen, dass es dazu geführt hätte, das Flugzeug sicher auf dem Fluss zu landen. Alle Passagiere konnten gerettet werden. Der Glaube versetzt halt Berge."

„Ja, das hat meine Kollegen und mich auch sehr beeindruckt", erklärte Anina. „Gut, dass es Menschen gibt, die in einer solchen Stresssituation die Nerven behalten. Ruf mich an, wenn du Zeit hast. Tschau und alles Liebe."

„Für dich auch. Bis bald."

Mit klopfendem Herzen legte Eva das Telefon zur Seite und ging hinaus in den Garten. Sie versuchte sich vorzustellen, welche Möglichkeiten die Menschen hätten, wenn sie in vielen Bereichen die spirituellen Erkenntnisse ganz selbstverständlich nutzen würden. Begeistert fragte sie ihre geistige Führung: „Habt ihr das mitgekriegt? Ich hätte mir das in dieser Form nie vorstellen können."

Sofort war die vertraute Stimme da, die kritisch anmerkte:

„Bist du dir da sicher? Ihr Menschen könnt euch so vieles vorstellen. Das ist genau die Voraussetzung dafür, dass auch immer mehr in der irdischen Welt real existieren wird. Es gibt nichts, was nicht zuerst als Gedanke da war. Ihr werdet erfahren, dass vieles nur dann neu geschaffen werden kann und auch funktionieren wird, wenn ihr ihm eine Chance gebt. Es gibt nichts Blockierenderes als die sogenannten ‚Bedenkenträger', die hinter allem und jedem einen Haken vermuten. Kannst du dir vorstellen, dass du über deine Gedanken deine Flugangst für dich allein therapieren könntest?"

Eva erschrak, als sie so unvorbereitet auf ihr Geheimnis angesprochen wurde.

„Wieso wisst ihr... ach ja, das könnt ihr ja auch sehen. Gibt es eigentlich nichts, was man vor euch verbergen kann?"

„Zumindest nichts, was deine Seele nicht auch wüsste. Was hältst du davon, wenn du deine Leser an deinen Erlebnissen mit der Flugangst teilhaben lässt? Du wolltest dein Buch mit Leben füllen und für die Arbeit mit dem Unterbewussten etwas Fühlbares hinterlassen. Nur wenn du selbst ins Fühlen kommst, dann kannst du auch anderen dabei helfen, in ihre Gefühle zu kommen."

„An was habt ihr da gedacht?" Eva spürte, wie die Angst vor der Antwort in ihr hochkam. Ihr Herz schmerzte plötzlich und ihre Gedanken suchten nach einem Ausweg, wie sie aus dem Thema Flugangst wieder herauskommen könnte.

Mit sanfter Stimme sagte ihr Engel:

„Du musst nichts schreiben, was du nicht möchtest. Es geht hier auch nicht darum, dass du dich an den Pranger stellst und auf deine scheinbaren Schwächen hinweist. Das, was du fühlst, das fühlen ganz viele Menschen. Vielleicht wird dir das eine oder andere bewusster, wenn du dich deiner Angst stellst und sie aushältst. Wenn du sie bewusst fühlst, dann ist sie aus dem Unterbewusstsein ins Bewusstsein gekommen. Sei froh, wenn das passiert, denn nur im bewussten Umgang mit der Angst, wird sie für dich lenkbar und kann geheilt werden."

In Evas Gedanken schossen Erinnerungen an die Zeit, als sie den Pilotenschein machte. Ihre Hände wurden schlagartig kalt und ihr Magen krampfte sich zusammen.

„Dazu fällt mir spontan der Dreiecksflug von Egelsbach nach Aschaffenburg und von da weiter nach Karlsruhe/Baden-Baden ein. Mir wird schon ganz schlecht. Ich wollte das eigentlich nicht noch mal erleben."

„Das musst du auch nicht, denn du sitzt jetzt zu Hause und gehst nur gedanklich in dieses Ereignis zurück. Du schilderst, was du gefühlt und erlebt hast, während wir bei dir sind und dir Impulse geben, damit du verstehen kannst, was da passierte. Du hast die freie Wahl, jederzeit auszusteigen. Das konntest du im Flugzeug nicht. Mach dir und vielen Menschen das Geschenk, indem du sie auf deine gedankliche Reise mitnimmst. Schildere wahrhaftig deine Erlebnisse und verurteile dich bitte nicht dafür, dass du damals nicht alles perfekt gemacht hast. Darum geht es hier nicht. Du hast dein Bestes gegeben und dieses Erlebnis ist ein Beispiel für die große Glaubenskraft, die in dir und in jedem Menschen steckt."

Eva atmete tief ein und aus und entspannte sich dadurch etwas. Sie hatte keine Vorstellung von dem, was ihr geistiger Freund vorhatte, aber sie vertraute ihrem Gefühl, dass sie sich auf ihren Engel verlassen konnte.

„Also gut. Dann gehe ich jetzt mit meiner Erinnerung an den Tag zurück, an dem sich meine Sichtweise auf die Geistige Welt erheblich veränderte."

„Das freut uns. Setze dich an den Computer und schreibe deine Gedanken auf. Das ist wichtig, weil du nur dann die Emotionen über die Worte transportieren kannst. Deine Erinnerung ist nur halb so viel für die anderen wert, wenn du sie im Nachhinein in einer entspannten Schreibhaltung für dein Buch niederschreibst und aus deinem Gefühl nahezu raus bist. Es kann heftig werden. Je stärker du fühlst, desto mehr fütterst du das Feld. Erinnere dich daran, was wir zu den morphogenetischen Feldern gesagt haben. Zuerst kam die Theorie und jetzt kommt die Praxis. Und lass uns bitte noch einen Hinweis für alle Menschen geben, die ebenfalls Angst beim oder vor dem Fliegen haben: Lasst euch von dieser Geschichte berühren, sensibilisiert euren Geist und lasst alle Bilder und Gefühle in euch aufsteigen, die bis jetzt noch im Unterbewusstsein sind. Fühlt mit Eva, aber leidet nicht mit ihr. Und jetzt macht eurem Herzen Luft und verbindet euch im Geiste mit dieser Geschichte. Stellt euch vor, wie ihr in ein gold-silber-violettes Licht eingehüllt werdet und lasst geschehen, dass sich eure Angst beim Lesen, Fühlen und Geschehenlassen in diesem göttlichen Licht der Erkenntnis wandeln kann.

Möge für jeden von euch die größtmögliche Heilung geschehen. So sei es!"

Zwischen Himmel und Erde

Vor einigen Jahren begann ich, einen Flugschein für ein motorisiertes Kleinflugzeug zu machen. Die Ausbildung war so aufgebaut, dass ich einige Stunden mit dem Fluglehrer flog und dann auch einen Alleinflug, einen sogenannten „Dreiecksflug" absolvieren musste. Dieser war so gestaffelt, dass ich zu einem beliebigen Flugplatz flog, landete, das Flugzeug abstellte und auf dem Tower die Landegebühr bezahlte. Dann ging es weiter zum nächsten Flugplatz, wo dasselbe Prozedere ablief und wieder zurück zum Flugplatz, von dem ich ursprünglich gestartet war. Beim Auto darf man erst ohne Fahrlehrer allein fahren, wenn man den Führerschein erworben hat. In der Fliegerei gehört der Alleinflug zum Teil der Ausbildung, also noch bevor man den Flugschein ausgehändigt bekommt. Bevor man den Dreiecksflug absolviert, fliegt man allein Platzrunden. Das kann man sich so vorstellen, dass um jeden Flugplatz Luftstraßen, in Form eines Rechtecks, vorgeschrieben sind, damit ein geordneter An- und Abflug möglich ist. Dieses Rechteck heißt Platzrunde und besteht aus entsprechenden Queranflügen bzw. Gegenanflügen und dem Endanflug. Die Nummer auf der Landebahn bezeichnet die Himmelsrichtung, in der an- und abgeflogen wird. Daraus ergeben sich für jede Bahn zwei entgegengesetzte Richtungen (zum Beispiel 18 für Richtung 180 Grad und 36 für Richtung 360 Grad, als klassische Nord-Südausrichtung).

Mein Schulungsflugplatz war Egelsbach, in der Nähe von Darmstadt. Es war ein warmer Sommerabend mit wenig Wind, als sich mein Fluglehrer dazu entschloss, dass es für mich nun an der Zeit sei, allein die Platzrunde zu fliegen. Die Schulung mit ihm machte mir großen Spaß. Er war ruhig, sehr feinfühlig und brachte mir das Fliegen mit seinem Leitsatz bei: „Kritik ist, wenn ich nicht lobe."

Bevor er aus der Cessna ausstieg, sagte er mehrmals, dass ich mir überhaupt keine Gedanken machen bräuchte. Ich hätte das wunderbar hingekriegt und würde das auch schaffen, wenn er nicht neben mir säße. Hätte ich Hans, meinen Fluglehrer, nicht gekannt, hätte ich mir Sorgen gemacht, denn er schien aufgeregter als ich. Während ich mich zum Rollen bei Egelsbach-Vorfeld anmeldete, sah ich meinem Fluglehrer nach, der mich nicht aus den Augen ließ und mit seinem schwarzen Täschchen unterm Arm winkend auf den Tower zulief, um mich im Auge zu behalten. Es war ein schönes Gefühl und der erste Alleinflug ist sicherlich für jeden Flugschüler etwas ganz Besonderes.

Am Rollhalt checkte ich noch einmal alles und meldete mich abflugbereit beim Tower. „Delta, Echo, India, Bravo, Foxtrott, QNH 1003, Wind still, Start frei", ertönte die Stimme in meinem Ohr und ich spürte die Freude und leichte Anspannung am anderen Ende. Ich rollte auf und hörte noch einmal die Stimme des Towers: „Los geht's!", ganz so als wolle er mir ebenfalls Mut zusprechen.

Ich hatte die Botschaft verstanden. Mit einem Lächeln im Gesicht drückte ich den Schubhebel nach vorne und donnerte mit meiner Cessna 152 über die Piste. Mit Blick auf den Fahrtmesser zog ich behutsam das Höhenruder, um das Bugrad zu entlasten und wurde kurz darauf auf dem Luftkissen empor-gehoben. Da flog ich nun in dem Bewusstsein, dass ich jetzt auf mich allein gestellt war. Die Situation war auf einmal neu, obwohl ich die Abläufe schon zigmal geübt hatte. Das Vertrauen wuchs mit jedem Meter, den ich zurück-gelegt hatte und auch beim Endanflug kam keine Spur von Unsicherheit auf. Ich meldete mich für einen „touch and go". Als ich aufsetzte, hörte ich einen kurzen Applaus im Hintergrund des Towers und die freudig aufgeregte Stimme von Hans in meinem Kopfhörer: „Sieht gut aus." Na dann, auf ein Neues, dachte ich, stellte die Klappen auf „Start", schob die Vergaservorwärmung vor und gab Gas, um noch eine Runde zu fliegen. Ich genoss das Gefühl, etwas gelernt und mir erarbeitet zu haben. Die Erkenntnis, wieder ein Stück über mich selbst hinausgewachsen zu sein, machte mich stolz und froh.

An dieser Stelle wurde Eva von ihrer geistigen Führung unterbrochen:

„Liebe Eva, lass uns an dieser Stelle analysieren, wie du deinen ersten Alleinflug erlebt hast. Wie erging es dir, als dein Fluglehrer ausstieg?"

Eva überlegte kurz, bevor sie antwortete:

„Ich war stolz, dass er mir zutraute, allein die Platzrunde fliegen zu können und ich vertraute ihm, dass er mich richtig einschätzen konnte."

„Hast du es dir selbst zugetraut?", hakte die Stimme nach.

„Ja, aber ich hätte wahrscheinlich noch damit gewartet, um auf Nummer sicher zu gehen."

„Glaubst du, dass irgendjemand in der Lage ist, dich und das, was du kannst und bist, besser einzuschätzen als du selbst?"

Diese Frage war nicht leicht zu beantworten. Eva versuchte es, ihrer geistigen Führung zu erklären. „Das kommt darauf an. Hans hatte Erfahrung mit Flugschülern und er konnte mich mit anderen vergleichen. Außerdem hatte er ein gutes Bauchgefühl und schien seiner Intuition auch vertrauen zu können. Ich habe es mir selbst zugetraut, weil ich ein natürliches Gefühl zum Fliegen habe. Insbesondere bei den Landungen habe ich intuitiv besser reagiert als mit dem Verstand. Aber wenn ich mir das recht überlege, dann kennt mich niemand so gut, wie ich mich selbst."

„Und diese Erkenntnis liefert dir gerade dein analytisch denkender Verstand, nicht wahr?"

„Ich bin immer beruhigt, wenn mir mein Verstand nichts anbietet, was im Widerspruch zu meinem Gefühl und meiner Intuition steht", entgegnete Eva.

„Dein Fluglehrer war mit dir über die feinstofflichen Energiefäden, die sogenannten AKA-Fäden, verbunden. Seine volle Aufmerksamkeit war bei dir
und diese Verbindung hat dich zusätzlich gestärkt. Wenn er Zweifel gehabt
hätte und seine sorgenvollen Bedenken in das morphogenetische Feld
gespeist worden wären, dann hättest auch du Zweifel und Unwohlsein
wahrgenommen. Dein Fluglehrer war sich seiner Verantwortung bewusst. Er
vertraute dir und dennoch wusste sein Unterbewusstsein von dem ‚Karma-
Paket', das deine Seele trug. Hans konnte dies mit dem Verstand nicht
begreifen, denn der Verstand ist zu begrenzt, als dass er auf das Unterbewusstsein zugreifen könnte. Obwohl Hans Erfahrungen mit dir im Flugzeug
gemacht hatte und grob einschätzen konnte, wie du auf bestimmte Situationen
reagieren würdest, war ihm bewusst, dass man für niemanden die Hand
ins Feuer legen kann, auch nicht für dich. Es gibt Kurzschlussreaktionen,
die nicht vorhersehbar sind. Deine Seele hatte alles vorbereitet, um dich an
etwas zu erinnern, damit du es fühlen und heilen konntest. Die Erkenntnis, die
du im Nachhinein daraus ziehen wirst, wird vielen Menschen helfen können,
die Ähnliches erlebt haben und ein Trauma mit sich herumtragen. Gehe jetzt
ganz in deine Erinnerung und hole das Gefühl an die Oberfläche. Nur so wird
es den Lesern möglich sein, mitzufühlen und der eigenen Angst zu begegnen.
Bist du bereit?"

Zeit und Raum sind relativ

Eva war bereit. Sie schrieb ein Buch und hatte offensichtlich darüber eine
Möglichkeit, mit einer anderen Dimension Kontakt aufzunehmen. Ihr Werk
war die Bühne, auf der sie selbst in wechselnden Rollen agierte. Eva war
Erzählerin, Polizistin, Pilotin, Geistliche … oder wie sollte sie sich selbst
bezeichnen, wo sie doch mit Engeln sprach? „Ich bin in einem realen Raum
innerhalb eines Raumes der Realität. Wenn jemand das Buch liest, dann
kommt noch ein Raum hinzu - der des Lesers", überlegte Eva. Vergeblich
versuchte sie, sich einen transparenten Körper vorzustellen, der alle Räume
miteinander verschmelzen ließ. Ein inneres Bild entstand, das ein holografi-
sches Konstrukt zeigte. Die Handlungen und Figuren in ihrem Buch hatten
eigene Dimensionen. Alles war für sich getrennt und doch miteinander verwoben. Sie fragte sich, wo sich die Leser des Buches wohl an genau dieser

Stelle befinden würden. Ein neuer Film lief vor ihrem geistigen Auge ab. Es fühlte sich so an, als wenn sie mit einer Zeitmaschine reisen und dadurch in die Zukunft sehen konnte. Die erste Sequenz zeigte Menschen, die im Flugzeug saßen und sich auf den bevorstehenden Urlaub freuten. Sie hielten die Luft an und überlegten, ob sie weiterlesen sollten. Möglicherweise würde gleich ein schrecklicher Flugzeugabsturz geschildert werden. In der nächsten Szene sah Eva andere Menschen auf dem Sofa sitzen. Sie lasen ihr Buch ganz entspannt bei einer Tasse Tee. Dann sah sie Menschen, die im Schwimmbad auf der Wiese ihr Buch lasen. Pendler lasen es im Zug und waren auf dem Weg von der Arbeit nach Hause. Schulklassen lasen es als Lektüre und lieferten sich spannende Diskussionen. Kritiker hielten es in den Händen und machten sich Gedanken darüber, wie sie es einschätzen sollten, denn so ein Buch gab es bisher noch nicht. Eva sah in einer Vision die Lektorin, wie sie händeringend ihre Heldenreise suchte. Die Lektorin fand sich selbst in diesem Buch und fragte sich, wie das geschehen konnte, denn Eva hätte doch beim Buchschreiben gar nicht wissen können, dass eine Lektorin ihr Manuskript überarbeiten würde. Lächelnd und kopfschüttelnd las die Lektorin das Werk und machte hier und da einige Randbemerkungen. Selbst die Gedanken der Lektorin waren für Eva in dieser Dimension sichtbar: „Heilig's Blechle, wie kann man des denn am beschte ordne, um den Leser nette im Chaos z'rücklasse?", überlegte die Lektorin. Eigentlich hätte Eva nicht schreiben dürfen, was ihre Lektorin dachte, denn aus ihrer Erzählperspektive war das nicht zulässig. Doch in ihrem Buch schien das keine Rolle zu spielen. Eva hatte sich über alle Beschränkungen hinweggesetzt und zeigte mit diesem Manuskript auf, was die Schrift alles darstellen konnte und dass die kreative Umsetzung ein „das gibt es nicht, das darf nicht sein, das geht doch nicht, denn das hier ist keine Heldenreise!", nicht akzeptierte.

„Doch, das geht. Hier steht es", dachte Eva und stellte die Regel auf, dass das Genre von gestern nicht mehr das Genre von heute ist und sich wandeln kann, wie alles im Leben. Obwohl alle Leser zu unterschiedlichen Zeiten, an unterschiedlichen Orten an dieser Stelle im Buch ankommen würden, kämen sie eben doch alle hier an. Für das energetische Feld dieses Buches waren die unterschiedlichen Zeiten nicht von Bedeutung, denn in dieser Dimension gab es keine Zeit. Es gab nur ein JETZT.

Eva lächelte und stellte sich vor, dass jeder Leser jetzt einen Lichtstrahl aus seinem Herzen heraus in das morphogenetische Feld des Buches senden würde und dachte: „Wie schön, dass ich über dieses Buch mit anderen Menschen verbunden bin, die ich nicht kenne."

„Wenn dann noch ein Gefühl von Verbundenheit entstehen könnte, dann würde sich dieses Feld um das Buch noch mehr mit positiver Energie aufladen", überlegte Eva und wurde kreativ. Wieder einmal wendete sie sich direkt an die Leserinnen und Leser ihres Buches:

„Wir machen jetzt alle zusammen ein kleines Experiment, bei dem jeder mit-machen kann: Wir schließen unsere Augen und stellen uns vor, dass wir uns in den Bergen befinden. Jetzt tasten wir mit beiden Händen nach links und rechts und fühlen eine Hand auf jeder Seite, die wir mit unseren Händen halten. Wir spüren einen kurzen Moment in diese Verbindung, bis wir uns wirklich verbunden fühlen und dann rufen wir mit der ganzen Kraft unseres Herzens: „Ich liebe dich!" Der Berg antwortet im Kanon mit: „Ich liebe dich, ich liebe dich, ich liebe dich!"

Wir sind voller Freude und spüren, wie leicht und spielerisch es sein kann, wenn sich Liebe verteilt."

Mit dieser Übung wollte Eva bei jedem ein Gefühl von Verbundenheit und Zugehörigkeit auslösen, aber vor allem die Einsicht, dass dieses EINS-SEIN keine Grenzen kennt. Für einen Moment wären alle Leser über diese Zeilen miteinander verbunden und würden selbst Teil der Handlung. Raum und Zeit wären in dieser Dimension nicht vorhanden und eine All-Verbundenheit könnte für jeden so einfach fühlbar sein.

„Danke, dass ihr alle mitgemacht habt. Jetzt dürft ihr weiterlesen."

Die *Geistige Welt* war jetzt still und die Hoffnung, dass die Menschheit es schaffen konnte, dass sich alle miteinander versöhnten, strahlte in den schönsten Regenbogenfarben in die Welt. In einer strahlenden Vision sah Eva, dass die Pioniere der neuen Zeit auf dem Weg waren. Eva war nur eine von vielen, die sich selbst und ihre Ängste immer wieder überwanden, um Neues ins Leben zu bringen. Die *Geistige Welt* meldete sich erneut zu Wort:

„Das war ein sehr schönes fiktives Erlebnis, welches du den Menschen geschenkt hast. Du hast dir damit selbst eine große Freude bereitet, denn du konntest fühlen, dass die Seelenverbundenheit existiert. Man muss den Einzelnen nicht kennen, um zu ihm ein Gefühl zu haben. Lass die Menschen an deinen Ängsten teilhaben und hilf ihnen, dass dadurch auch ihre sichtbar werden. Nur Mut."

Eva konzentrierte sich und setzte an der Stelle mit dem Schreiben an, wo sie unterbrochen wurde.

Todesangst im Cockpit

Irgendwann kam der Tag, an dem ich keine Ausreden mehr fand, den Dreiecksflug nicht antreten zu können. Ich hatte ihn sorgfältig geplant und vorbereitet. Der Flug sollten von Egelsbach nach Aschaffenburg und von da weiter nach Karlsruhe/Baden-Baden gehen. Auf der geplanten Flugroute entlang des Rheins herrschte oft Nebel, der sich tagelang nicht auflöste. Die Flugsicht war eine Voraussetzung dafür, den Flug antreten zu können. Ich war hin und hergerissen. Auf der einen Seite war ich froh, dass ich noch Zeit gewonnen hatte, auf der andere Seite spürte ich, dass die Zeit knapp wurde, denn das Wetter wurde mit Voranschreiten des Herbstes immer problematischer.

Nachdem ich mit einem Fluglehrer der Flugschule alles besprochen hatte, machte ich mich an einem sonnigen Septembermorgen auf den Weg. Ich startete wie gewohnt und flog in Richtung des Pflichtmeldepunktes, welcher in der Nähe von Dietzenbach lag. Doch gleich nach dem Start wurde ich unsicher und spürte, dass mein Magen rebellierte. Mit jeder Sekunde spürte ich, dass Angst in mir aufstieg. Ich konnte mir den Grund für diese Angst nicht erklären. Alle Instrumente zeigten Normwerte an, die Sicht war gut, der Motor lief ruhig und ich hatte mich gewissenhaft vorbereitet. Der Pflichtmeldepunkt, bei dem ich mich ein letztes Mal abmelden musste, um dann den Funkkanal zu wechseln und mich bei der Flugsicherung „Langen-Information" anmelden zu können, kam bedrohlich nahe. Ich versuchte, mich zu beruhigen, redete mir ein, dass ich den Flug nach Aschaffenburg schon einige Male sehr gut hinbekommen hatte und konzentrierte mich auf die Instrumente im Cockpit.

Ich sah die große Halle am Boden, die für mich den Pflichtmeldepunkt markierte, und hatte das Gefühl, als ob ich mit meiner Abmeldung eine Hand loslassen würde, die mich über dem Abgrund festhielt. Egelsbach-Tower bestätigte mit: „Verlassen der Frequenz genehmigt, guten Flug!"

Die Hand ließ mich los und eine Eiseskälte hüllte mich ein. Meine Hände waren schweißnass und kalt, mein Herz raste. Ich atmete flach und fühlte, dass ich dabei war, die Kontrolle über mich und das Flugzeug zu verlieren. Ein Teil in mir rief: „Flieg zurück, kehr um!", ein anderer: „Das kannst du nicht machen, was sollen die von dir denken. Du musst weiterfliegen, sonst gefährdest du deine Ausbildung."

Dann herrschte Stille. Eine bedrohliche Stille, die mir den Verstand raubte. Ich sah auf meine Instrumente und wusste plötzlich nicht mehr, was genau ich da ablas. Ich blickte auf den Fahrtmesser und die Zahlen hatten für mich keine Bedeutung. Ich sah den künstlichen Horizont und wusste nicht, was er mir sagen wollte, ich schaute auf den Kurs und auch dieses Bild hatte für mich so viel Aussagekraft, als ob mir jemand chinesische Schriftzeichen zeigen würde und von mir verlangte, ich sollte vorlesen und erklären, was dort stand. Ich verlor jegliches Gefühl für die Zeit und hatte keine Ahnung, wie lange ich mich in diesem Zustand befand. Ich schaute aus dem Fenster und konnte meine Position nicht bestimmen. Mir stiegen die Tränen in die Augen und ich fühlte mich völlig allein und hilflos.

Von einem Moment auf den anderen hörte ich die Stimme eines Piloten, der sich für den Anflug auf Egelsbach am Funk meldete. Ich drückte die Sprechtaste und sagte, dass ich die Kontrolle verloren hätte. Egelsbach-Info bat mich darum, meinen Rufnamen zu nennen und ich schrie: „Ich weiß es nicht! Ich weiß nicht, wo ich bin! Ich kann nichts mehr erkennen! Ich weiß nicht, was ich machen soll!"

Für einen Moment, der sich für mich wie eine Ewigkeit anfühlte, hörte ich nichts. Dann meldete sich Egelsbach-Info erneut. Die Stimme war alles andere als zuversichtlich. Ganz offensichtlich hatte der Funker den Ernst der Lage sofort erkannt. Er sagte, dass er wisse, wer ich sei. Ich befände mich auf dem Weg nach Aschaffenburg und ich solle mich beruhigen und ihm sagen, welche Flughöhe und welchen Kurs ich flöge.

„Ich weiß es nicht, ich habe alles vergessen! Ich weiß nicht mehr, wie man ein Flugzeug fliegt!", hörte ich meine eigene Stimme im Kopfhörer.

Mit noch mehr Panik in der Stimme hörte ich ihn sagen, dass er mir das QDM gäbe, dann käme ich zum Platz zurück.

„Was ist das?", hörte ich mich selbst fragen. Dann war wieder diese schreckliche Stille. Mein Gefühl sagte mir, dass mir der Funker nicht mehr helfen konnte. Ich saß allein in einem Flugzeug, von dem ich nicht mehr wusste, wie man es fliegt und hatte eine unsägliche Panik, dass ich aus dieser Situation niemals lebend rauskommen würde. Ich fing an zu beten: „Oh mein Gott, bitte hilf mir!" Zu mehr war ich nicht in der Lage.

Egelsbach-Info meldete sich erneut mit den Worten: „Eva, wir holen dich da raus." Die Stimme klang ganz anders als vorher und ich klammerte mich an diesen Satz. Wer auch immer da zu mir sprach, meinte es ernst. Ich fühlte, dass das nicht nur so ein Spruch war, um mich zu beruhigen, sondern dieser Mensch daran glaubte, dass er mir helfen könnte. Er sprach mit ruhiger Stimme und ich fühlte mich wie in Watte gepackt. Meine Erinnerungen waren immer noch nicht wieder da, aber ich war in der Lage, die Stimme des Lotsen in meinen Kopf zu lassen und entsprechend umzusetzen. Ich las die unterschiedlichen Anzeigen ab, gab die Ziffern über Funk durch und leitete sanft eine 180 Grad-Wende ein.

„Lass dir Zeit, flieg einen großen Halbkreis, ich weiß, dass du das kannst", wies mich die ruhige Stimme an. Ich flog den Radius oder besser gesagt, etwas in mir machte die erforderlichen Handgriffe, auf die ich mit meinem Verstand keinen Einfluss hatte. Die Fluglage war stabil, das spürte ich, und der Lotse brachte mich nach Hause. Anfliegender Verkehr wurde über Funk darüber in Kenntnis gesetzt, dass eine Notlage bestünde und der Funkkanal frei bleiben müsse. Dann sah ich den Flugplatz und fühlte Sicherheit und Vertrauen. Die Angst war weg und ich glaubte daran, dass der Teil, der bis jetzt geflogen war, auch die Landung hinbekommen würde. Im Endanflug konnte ich erkennen, dass Feuerwehrfahrzeuge neben der Landebahn Aufstellung genommen hatten. Ich hatte das Gefühl, dass tausend Augen auf mich gerichtet waren und alle die Luft anhielten. Dann setzte ich auf.

Ich spürte, dass das Feld mit mir ausatmete. Die Menschen auf dem Tower, in den anderen Flugzeugen, die Fluglehrer, die Feuerwehrleute, wir alle waren in diesen Minuten EINS. Ich fühlte eine Dankbarkeit, die ich mit Worten nicht beschreiben konnte.

„Du kannst gleich die erste Bahn rausrollen", hörte ich erneut die Stimme, die jetzt wieder so anders klang. Meine Erinnerung war vollkommen zurückgekehrt. Ich stellte das Flugzeug vor der Halle ab und sah einen meiner Fluglehrer auf mich zukommen. Er nahm mich in den Arm und ich konnte meine Tränen nicht mehr zurückhalten. Ich war unendlich erleichtert und voller Dankbarkeit, dass ich wieder festen Boden unter den Füßen hatte. Nachdem ich meinem Fluglehrer Alf meine Erlebnisse geschildert hatte, sagte er zu mir: „Du hast einen riesigen Vorteil mir gegenüber! Ich kenne das, was du erlebt hast, nur aus den Büchern. Du weißt genau, wie sich das anfühlt."

„Darauf hätte ich gern verzichtet.", sagte ich zu ihm.

„Sag das nicht. Wenn sich so etwas wieder einmal zeigen sollte, dann kannst du schnell reagieren. Die Situation hat sich schließlich aufgebaut. Wenn du das nächste Mal mit so einer Angst konfrontiert wirst, brichst du einfach den Flug ab – und zwar an der Stelle, wo du noch handlungsfähig bist. Ich kann dich zu diesem Erlebnis nur beglückwünschen. Das haben noch nicht viele erlebt und überlebt", sagte er und klopfte mir anerkennend auf die Schulter.

Die Seele vergisst nichts

Die inneren Bilder lösten sich auf und Eva konnte plötzlich Nena hören, die sang: „Wunder geschehen, ich war dabei. Wir dürfen nicht nur an das glauben, was wir sehen."

„Danke für das passende Lied. Ich brauche jetzt eine Pause, denn ich fühle mich, als sei ich gerade erst aus dem Flugzeug ausgestiegen", sagte Eva, während sie auf „Speichern" drückte und den PC ausschaltete.

„Deine Erinnerungen wurden lebendig. Obwohl du zu Hause bist und dich in Sicherheit wiegst, reagiert dein Körper mit den Gefühlen, die du abgespeichert hast. Das, was du geschildert hast, ist ein hervorragendes Beispiel für die Zusammenarbeit mit den drei Selbsten", erklärte der Engel.

„Moment mal, ich habe gedacht, dass Gott mir Hilfe geschickt und mir sozusagen das Ruder aus den Händen genommen hat. Wollt ihr mir sagen, dass da kein Engel war, der mich nach Hause brachte? Das waren doch nicht die drei Selbste. Das fühlte sich für mich aber so an, als wären das Engel gewesen." Eva stand auf und ging in die Küche. Der Engel machte bestimmt einen Scherz mit ihr.

„Also dein Schutzengel ist ganz schön ins Schwitzen gekommen. Deine geistige Führung war auch da, aber wir dürfen nur dann tätig werden, wenn wir dazu von dir gebeten und ermächtigt werden."

Eva wollte sich gerade ein Glas aus dem Schrank nehmen, da hielt sie in der Bewegung inne, weil sie glaubte, sie könne ihren Ohren nicht trauen.

„Also das ist ja wohl ein dicker Hund! Ich schwebe da oben in Lebensgefahr, habe alles vergessen und ihr verweigert mir die Hilfe, weil ich euch nicht persönlich mit Namen angesprochen habe? Damals habe ich mich mit Engeln und spirituellen Dingen überhaupt noch nicht beschäftigt. Da haben ja alle verloren, die von euch noch nichts gehört haben. Na schönen Dank auch." Evas Stimme wurde immer lauter und sie fühlte sich verraten und verkauft.

„Bist du fertig?", fragte der Engel ruhig und gelassen. Er wusste, dass er beim nächsten falschen Wort Eva zum Platzen bringen konnte.

„Ich bin im Moment fix und fertig und total enttäuscht von euch! Dass ihr so viel Wert auf Etikette legt, das hätte ich nicht gedacht. Wundert euch bloß nicht, dass viele mit euch nichts zu tun haben wollen. Da ist man wirklich besser bedient, wenn man an gar nichts glaubt, dann wird man wenigstens nicht enttäuscht." Eva füllte sich ein Glas Wasser ein und trank es aus. Sie hatte rote Flecken am Hals und im Gesicht und hatte jetzt keine Lust auf schlaue Engelsprüche. Sollte er doch jemand anderen therapieren. Sie hatte für heute die Nase voll.

„Sagtest du nicht gerade, dass du dich mit Engeln und spirituellen Dingen damals noch nicht beschäftigt hättest? Du führtest weiter aus, dass Gott dir das Ruder aus den Händen genommen hätte und wir, die Engel, dann weitergeflogen seien. Warum sollte Gott das tun? Glaubst du, dass irgendjemand etwas besser kann als Gott? Oder ist Gott und die Engel für dich dasselbe?"

Mit einem beleidigten Unterton fragte Eva: „Geht's noch komplizierter? Ich blicke gerade überhaupt nicht mehr durch."

Der Engel hatte nicht vor, auf Evas Spielchen einzugehen. Er konnte natürlich sehen, dass sie sich immer mehr in ihrem Leid baden wollte – und das am besten noch vor ihm als Zuschauer.

„Bist du aufnahmebereit oder möchtest du dich noch etwas in deinem Drama suhlen?", fragte er daher leicht provokant.

„Ich höre euch zu und bin sehr gespannt."

„Lass uns deinen Flug analysieren. Deine Seele wollte diese Erfahrung machen. Auch wenn du jetzt gleich wieder meutern willst, schluck es bitte herunter, höre einfach zu und lass das, was wir dir sagen, auch in dein Herz. Dein Verstand könnte jetzt an seine Grenzen kommen und überfordert werden."

Eva hörte dem Engel zu, der sie begleitete und ging in den Garten. Sie legte sich direkt auf den Rasen und schloss die Augen.

„Du hast eine Seelenerinnerung an einen Flugzeugabsturz in diese Inkarnation, also in dieses Leben mitgebracht. Deine Seele besteht aus einem energetischen Feld, welches nicht stirbt, sondern dich als Basis für all deine Leben begleitet. Die Seele ist ein Teil deines Unterbewusstseins, deines Unteren Selbstes und damit der Speicherplatz für alles, was du emotional erlebt hast.

Wenn du stirbst, dann stirbt dein physischer Körper, wozu auch dein Gehirn mit deinem Verstand gehört. Das verstandesmäßige Denken erlischt in dem Moment, wo du deine vitalen Körperfunktionen verlierst und der Hirntod einsetzt. Dennoch bekommst du alles mit, falls du an Geräte angeschlossen bist, die deine Atmung und deinen Herzschlag steuern. Dein Unterbewusstsein ist mit diesem Teil von dir gekoppelt und steuert die vitalen Funktionen und verlässt den physischen Körper erst, wenn auch dieser seinen letzten Herzschlag und Atemzug getan hat. Dieser Vorgang ist energetisch. Das Unterbewusstsein ist ein Bewusstsein mit Persönlichkeit. Es gibt Situationen, da tritt der Tod so plötzlich ein, dass weder das Unterbewusstsein noch der Verstand realisieren, was da geschieht. Im Zustand völliger Verwirrung tritt dann der Tod ein. Das hat die Folge, dass der unsterbliche Seelenkörper für eine unbestimmbare Zeit erdgebunden sein kann. Das bedeutet, dass die Seele in ihrem Umfeld bei den Menschen bleibt, von denen sie geliebt wird. Die Gedanken und die Sehnsucht der Hinterbliebenen nach dem geliebten Verstorbenen füllen das morphogenetische Feld um den Verstorbenen emotional an und die Seele nährt sich darin."

Das hatte Eva alles schon gehört. Es gab Bücher darüber und ein paar davon hatte sie schon gelesen. In ihrem Bücherschrank standen u. a. die Bücher von Elisabeth Kübler Ross und sie hatte keine Zweifel daran, dass jede Seele ihren eigenen Weg gehen musste. Sie fragte sich, worauf die Engel hinauswollten.

„Bitte lass uns an dieser Stelle noch den Hinweis geben, dass es in diesem Bereich keine Verallgemeinerungen gibt. Die Todesart bestimmt nicht immer, dass eine Seele noch eine Zeit lang erdgebunden ist oder gleich in eine andere Lichtebene wechselt. Das soll an dieser Stelle aber nicht näher erläutert werden. Vielleicht schreibst du dazu noch ein anderes Buch. Denn gerade für deine ehemaligen Kollegen ist es wichtig, dass sie ein erweitertes Bewusstsein und einen daraus resultierenden neuen Umgang mit dem Tod bekommen. Lass uns vorwegnehmen, dass die Holzkreuze an Unfallstellen nicht förderlich sind. Auch wenn die Hinterbliebenen auf diese Weise trauern, so mögen sie sich bewusst werden, dass sie an dieser Stelle einen Teil der Seele des Verstorbenen mit ihrem Schmerz und durch ihre Gedanken halten. Es bleibt ein Ort des Schreckens, wenn immer wieder nach der Ursache und einer Schuld gesucht und daran erinnert wird. Frieden kann nur da einkehren, wo wir lernen, zunächst zu akzeptieren. Das bedeutet nicht im Geringsten, dass man etwas toleriert und gutheißt. Es sollte sich anfühlen, wie ein: „Ich erkenne an, dass hier ein schreckliches Unglück geschehen ist."

Eva setzte sich aufrecht hin. Sie war immer noch nicht wieder friedlich und wies den Engel zurecht: „Da verlangt ihr wirklich viel. Die Menschen trauern so unterschiedlich und ich denke nicht, dass man ihnen vorschreiben sollte, wie sie trauern dürfen. Da gibt es kein Richtig und Falsch."

Behutsam versuchte der Engel, auf Eva einzuwirken und sagte: „Da hast du ganz recht. Ebenso gibt es keine zeitlichen Vorgaben, wann die Trauer abgeschlossen sein sollte. Viele Menschen greifen bei der Trauerarbeit zu Ritualen oder haben das Gefühl, dass sie alles tun müssen, damit der Verstorbene nicht vergessen wird. Das Holzkreuz, ein Foto und Blumen sind klassische Rituale, um den Verstorbenen nicht zu vergessen. Wir bitten euch lediglich darum, dass ihr darüber nachdenkt, ob ihr diese Rituale etwas abändern könntet."

„Und was schlagt ihr vor?", fragte Eva.

„Gerade bei Verkehrsunfällen kann es hilfreich sein, wenn sich die engsten Hinterbliebenen an der Stelle treffen, wo das Unglück geschah. Es dürfen Kerzen und Blumen mitgebracht werden. Auch ein Foto des Verstorbenen kann helfen, mit seiner Seele in Kontakt zu kommen. Man könnte sich an den Händen halten, Musik hören, ein Gebet sprechen und sich erinnern. Meistens ist die Seele des Verstorbenen anwesend, weil sie die Hinterbliebenen so lange begleitet und tröstet, wie sie es brauchen. Die Lieder von Unheilig, „So wie du warst, bleibst du hier" oder „Stark", bringen das sehr schön zum Ausdruck. Es gibt auch einige instrumentale Stücke von Ennio Morricone, die sich für so eine Abschiedszeremonie sehr gut eignen. Aber jeder wird das individuell richtige Musikstück finden. Die Empfindungen, die durch Musik ausgelöst werden, sind sehr unterschiedlich. Die Erinnerungen an den Verstorbenen bleiben im Herzen und man akzeptiert, dass seine Seele gehen möchte. In solchen Momenten sind Heerscharen von Engeln anwesend und diese innige Verbundenheit mit dem Wunsch, dass die Seele in Frieden ruhen möge, beinhaltet auch, dass sie losgelassen wird, damit die Engel sie ins Licht bringen. Das ist ein großer Akt der Gnade, wenn sich Angehörige darüber klar werden, dass die Trennung nur auf Zeit ist und das sie möglicherweise von dieser Seele abgeholt werden, wenn die eigene Lebensreise zu Ende geht. Vielleicht ist irgendwann die Zeit reif, nachdem der Verstobene schon lange nicht mehr unter ihnen ist, ihn endgültig zu verabschieden. Oftmals kehrt erst dann Ruhe und Frieden bei den Hinterbliebenen ein, wenn sie die Seele nicht mehr festhalten. Wenn man den Ort des Abschieds verlässt, dann sollte alles mitgenommen werden. Die Kerze darf stehen bleiben, sollte aber nicht mehr angezündet oder durch eine andere ersetzt werden und auch die Blumen dürfen zurückbleiben, bis der Wind sie fortträgt. Holzkreuze und Fotos sind an einem solchen Ort nicht förderlich."

Amethyst-Kreuz

Eva erinnerte sich an einige Unfallorte, an denen Hinterbliebene Holzkreuze aufgestellt hatten. An manchen Stellen standen sogar mehrere, weil immer wieder an der gleichen Stelle schwere Unfälle geschahen. Gab es da etwa einen Zusammenhang? Können erdgebundene Seelen so starke Energiefelder hinterlassen, dass sie Autofahrer zu unkontrollierbaren Handlungen veranlassen, die zum Unfall führen? Selbst wenn es so wäre, wollte das bestimmt niemand wissen. Ein Lächeln huschte über Evas Gesicht, als sie einen Polizisten sah, der sein Kreuzchen auf der Verkehrsunfallanzeige bei „Unfallursache: erdgebundene Seele" machte. Wie schade, dass man dieser erdgebundenen Seele nicht noch ein Bußgeld aufbrummen konnte, scherzte Eva und hörte den Ausführungen des Engels weiter zu.

„Jetzt haben wir weit ausgeholt. Aber die Seele und der Weg der Seele sind mit wenigen Worten nicht zu beschreiben. In deinem Fall hat die Seele den eigenen Tod des Flugzeugabsturzes nicht läutern können, weil deine Hinterbliebenen in einem damaligen Leben keinen Frieden fanden. In ihrem Schmerz gaben sie dir die Schuld. Sie wollten nicht, dass du fliegst. Sie trauten es dir nicht zu und obwohl du eine gute Pilotin warst, haben auch die negativen Gedanken deiner Angehörigen dazu geführt, dass du dir selbst nichts mehr zugetraut hast und in einem entscheidenden Augenblick versagtest. Du gerietest damals in eine Schlechtwetterfront, hattest keine Sicht und deine Maschine geriet ins Trudeln. Du hast es nicht geschafft, sie abzufangen, denn anstatt an dich und das, was du kannst zu glauben, hast du dich aufgegeben." Der Engel machte eine bedeutungsvolle Pause und erinnerte sie mit sanfter Stimme: „Du hast sogar Gott vergessen und somit waren du und deine Seele verloren."

Mit offenem Mund starrte Eva vor sich hin. Was erzählte ihr da der Engel? Sie hatte einen Flugzeugabsturz in einem anderen Leben nicht geheilt? Oh Mann, das wurde ja immer verrückter. Zum Glück war es nur ein Flugzeug und kein UFO. Evas Verstand trat von der Bühne ab. Das war ihr jetzt definitiv zu hoch. Dennoch sagte sie mit dem Wissen ihres Herzens: „Ich habe keine Erinnerung. Aber das, was ihr sagt, fühlt sich so an, als sei es die Wahrheit. Ich habe mich schon oft gefragt, warum ich das Schicksal immer wieder herausgefordert habe. Ich hatte auch das Gefühl, dass ich unbedingt den Flugschein machen sollte."

„Das hatte viele Gründe. Es ist auch ein Thema dabei, wogegen du häufig ankämpfst."

„Und wogegen kämpfe ich an?"

„Gegen dich und deinen Seelenauftrag. Du sollst den Himmel auf die Erde bringen. Aber du nimmst das sehr wörtlich. Deine Seele ist auf der Erde, um ihr Karma abzuarbeiten. Sie hat sich einige Baustellen aus anderen Leben mitgebracht, die sie hier in Ordnung bringen möchte. Aber du bist auch noch mit einem Sonderauftrag ermächtigt worden: Bringe du die EINE WAHRHEIT ins Bewusstsein der Menschen und baue ihnen eine Brücke zu Gott."

„Als ob es nur EINE WAHRHEIT gäbe", ging es Eva durch den Kopf und sie fragte: „Hat nicht jeder seine eigene Wahrheit? Ist die nicht genauso richtig, wie die eines anderen?"

„Es gibt nur EINE WAHRHEIT, die höchste Form von schöpferischer Intelligenz und reinstem Bewusstsein – viele nennen sie Gott. Sie spannen Gott vor ihren Karren und missbrauchen diese höchste Weisheit, um eigene egoistische Ziele zu verfolgen. Das, was die höchste Macht euch zugestanden hat, den freien Willen, gestatten viele ihren Mitmenschen nicht. Jeder darf seine eigene Meinung haben und trägt auch dafür die Verantwortung. Das sollte euch bewusst sein. Jetzt steht ihr vor einem Scherbenhaufen, denn jeder hat sich seine Vorstellung von Gott so zurechtgebogen, dass nichts mehr zueinander passt. Glaubt ihr, dass Gott oder sagen wir neutraler, die höchste Form von Intelligenz, will, dass es Verlierer und Gewinner gibt und dass Menschen anderen vorschreiben sollen, an wen und was sie zu glauben haben, wenn doch Gott selbst es ihrer freien Entscheidung überlässt?"

Eva spürte, dass sich die Energie der Stimme wieder verändert hatte. Die Worte wirkten so kraftvoll auf sie, dass sie augenblicklich ihre innere Haltung veränderte. Mit dieser Stimme war nicht zu spaßen. Das sollte zwar nicht heißen, dass man mit Engeln seine Späße treiben könnte. Doch diese Energie verdiente in einem besonderen Maße Achtung und Respekt. Eva setzte sich im Schneidersitz hin und hörte aufmerksam zu.

„Gott ist kein alter Mann auf einer Wolke. Er war es nie und wird es niemals sein. Die Religionen haben ein Bild von Gott gezeichnet, das dem Zeitalter des Wassermanns nicht mehr standhalten kann. Diejenigen, die versuchen, Gott mit ihren Gedanken zu verändern und ihn sich den eigenen Wünschen entsprechend zurechtzubiegen, sind denen gegenüber im Vorteil, die an überhaupt nichts glauben; weder an sich selbst noch an etwas Höheres. Von daher gibt es Glaubensgemeinschaften, die werden durch ihre starken Emotionen mächtig, auch wenn sie zu etwas beten, was in ihren Augen Gott ist, aber mit der EINEN WAHRHEIT und der höchsten Intelligenz nichts zu tun hat. Glaubt ihr, dass die höchste Intelligenz, die absolut neutral ist, einen Unterschied zwischen Männern und Frauen machen würde? Was hätte sie davon? Diesen Unterschied machen Menschen, denn sie sind in der Lage zu bewerten, abzulehnen und zu manipulieren.

Die höchste Intelligenz und Weisheit trägt alles in sich und führt aus sich selbst heraus das in Harmonie, was nicht mit ihr im Einklang ist."

Eva hatte Schwierigkeiten, den Worten gedanklich zu folgen. Sie fragte sich, was sie mit Gott zu tun hatte und fragte daher:

"Ich verstehe immer noch nicht, was meine Aufgabe ist. Was hat das Ereignis im Flugzeug mit all dem Gott-Glauben zu tun? Welche Rolle spielt dabei der Absturz im anderen Leben? Warum bin ich Polizistin geworden, wenn ich den Beruf dann wieder aufgeben musste? Das ergibt doch alles keinen Sinn!"

"Es ergibt nur dann keinen Sinn, wenn du diesen nicht selbst erkennst. Wir können dir diesen Sinn nicht zeigen, denn das wäre bedeutungslos. Wir führen dich auf deinem Weg und geben dir Impulse. In dem Moment, wo du es schaffst, dich zu erkennen, werden deine Seelengeschwister dir folgen und im selben Moment mit dir aufwachen. Bis jetzt sind ganz viele mit dir gegangen. Bis zu diesem Punkt – und nun steht ihr alle an der Klippe und schaut in den Abgrund und wir können euch nicht sagen, was als nächstes passieren wird. Denn ihr entscheidet, ob und wann ihr springt. Was macht das mit dir? Wann bist du gesprungen? Wann wirst du in diesem Leben springen? Wer springt mit dir? Und jetzt erlaube dir, liebe Eva, uns zu erzählen, was im Flugzeug passierte. Sieh hin und blicke der Wahrheit ins Auge. Du musst dir selbst den Schleier von den Augen ziehen. Solange du es dir nicht gestattest, das, was du bist, zu sehen, kann dir niemand seine Augen leihen."

In Evas Kopf drehte sich alles. Die Stimme sprach in irgendwelchen Gleichnissen zu ihr. Eben saß sie noch im Flugzeug. Jetzt sollte sie an einer Klippe stehen und irgendjemand sollte mit ihr springen. "Ich kann nicht mehr", dachte sie und hoffte, dass die Stimme endlich Klartext mit ihr reden würde.

"Ich will ja wissen, wer ich bin! Aber ich weiß nicht, wie ich das machen soll. Ich habe schon so viele Bücher gelesen und Meditationen durchgeführt und hatte das Gefühl, dass ich nur bis zu einem bestimmten Punkt komme."

"In dem Moment, wo du etwas willst, bist du nicht in einer Schwingung, die demütig mit einem offenen und liebenden Herzen empfängt. Das hat hier alles nichts mit Wissen und Wollen zu tun, sondern mit einem von stiller Weisheit getragenem SEIN."

Der Schleier des Vergessens wird hinweggefegt

„Schließe deine Augen und öffne dich für die höchste Intelligenz, das höchste Bewusstsein, das du Gott nennst."

Eine Windböe erfasste Eva, die immer noch auf dem Rasen saß. Sie verlor den Halt und kippte im Schneidersitz nach hinten. Für einen kurzen Moment öffnete sie ihre Augen und blickte in den Himmel. Bedrohlich zogen dunkle Gewitterwolken auf und Eva konnte in der Ferne ein Donnergrollen hören. Sie hatte das Gefühl, dass ihr nur noch wenige Minuten blieben, bevor das Unwetter so richtig über sie hereinbrechen würde. Dennoch blieb sie liegen und hoffte, dass der Engel ihr endlich die Antworten liefern würde, auf die sie selbst nicht kam. Eine Windböe jagte die nächste und die ersten Regentropfen fielen in ihr Gesicht.

„SIEH HIN! ERKENNE DICH SELBST!", hörte sie eine gewaltige Stimme, die im Einklang mit dem nächsten Donnerschlag zu ihr drang. Eva atmete ganz bewusst tief ein und aus und war sich sicher, dass sie nur jetzt, aber nie mehr später erkennen könne, wer sie wirklich war. Sie schloss die Augen und übergab sich ganz ihrer geistigen Führung, die ihr die inneren Bilder und Gefühle wie in einer Parallelwelt präsentierte:

Eva saß in einem offenen Flugzeug. Sie hatte Handschuhe an und trug einen nostalgischen Fliegeranzug. Durch das Wasser auf ihrer Brille war ihre Sicht verschwommen und stark eingeschränkt. In ihrem Gesicht spürte sie die prasselnden Wassertropfen wie eine harte Gischt. Eva flog mitten durch ein Unwetter und sie hatte Mühe, die Maschine stabil in der Luft halten zu können. Plötzlich war die Sicht ganz weg, denn sie befand sich mitten in einer Wolke und verlor die Orientierung. Verängstigt blickte sie sich um und bemerkte bestürzt, dass die ersten Eisansätze an der Tragfläche zu sehen waren. Eva wusste in diesem Moment schon, dass sie abstürzen würde, wenn es ihr nicht gelänge, aus der Wolke herauszufliegen. Sie bereute, dass sie gestartet war. Sie haderte mit sich und damit, dass sie nicht auf die anderen gehört hatte, die sie vor diesem Flug gewarnt hatten. Neben ihr zuckte ein Blitz und sie riss intuitiv das Ruder so heftig zur Seite, dass sie ins Trudeln geriet. Sie glaubte nicht daran, dass es ihr gelingen könnte, die Maschine abzufangen, sondern gab den Stimmen Macht, die ihr sagten, dass sie nicht fliegen sollte.

Sie kämpfte nicht, sondern ließ das Ruder los und wartete auf den Aufschlag. Dann wechselte die Szene und Eva saß jetzt im Flugzeug bei ihrem Dreiecksflug. Körperlich lag sie jedoch mitten im Gewitter auf dem vom Regen durchtränkten Rasen. Doch das spürte sie nicht mehr, denn die Visionen waren so stark, dass sie nur noch die Situation im Flugzeug während ihres Dreiecksfluges wahrnahm. Mit einem lauten Donnerschlag hörte sie eine mächtige Stimme, die ihr erneut sagte: „ERKENNE DICH SELBST!"

Eva ließ die Worte tief in ihr Herz einsinken und es war, als wenn sie einen Schleier von ihren Augen wegziehen würden. Mir kraftvollen Worten sprach Eva:

„Ich sitze im Flugzeug und mein Verstand schaltet sich aus. Es ist etwas in mir, das viel größer ist, als ich es wahrhaben will: mein Unteres Selbst. Mein Verstand ordnet sich meinem Unteren Selbst unter, denn es weiß, dass ich diese Erfahrung machen muss, um weiterzugehen. Das Gefühl der Ohnmacht, der Kälte, der Angst ist allgegenwärtig. Niemand scheint mehr da zu sein, der mich hält und mir Orientierung gibt. Ich bin gefangen in mir und es fühlt sich an, als würde ich in der stockfinsteren Nacht umherirren. Ich spüre eine Gefahr und merke, wie die Energie des Todes mich einzuhüllen droht. In dieser Angst, in dieser Dunkelheit schießt ein Impuls aus mir heraus, der mich an Gott erinnert. Wo nichts mehr ist, da ist Gott! Mein Glaube an ihn ist so zart wie eine Daunenfeder im Wind und doch reicht dieser Hauch aus, um in mir ein Licht zu entzünden, das mich Gott fühlen lässt. Ich weiß, dass ich nicht allein bin. ER ist da. Die Angst hat in der Dunkelheit Raum bekommen und jetzt ist dieses Licht in mir. Ich sehe eine Lichtgestalt in mir und um mich herum. Sie gehört zu mir. Ich bin ein Teil von ihr und sie ist ein Teil von mir. Ich spüre mein Hohes Selbst und dass dieses Hohe Selbst mit dem Hohen Selbst des Lotsen vom Tower verbunden ist. Es spricht innerlich zu mir und ich kann es äußerlich über meine Kopfhörer hören. Ich weiß, dass ich dieser Stimme vertrauen kann, wenn ich alle inneren Widerstände und Ängste loslasse und mich vertrauensvoll in seine Hände begebe. Mit dieser Entscheidung greift mein Unteres Selbst durch mich und meinen Körper zum Ruder und ich fliege zurück. Das Symbol der 180 Grad-Wende bringt mich zurück auf den Kurs nach Hause. Mein Verstand steht dabei still, hält sich zurück. Er blockiert nicht, er lässt es geschehen und mischt sich nicht ein. Mein Hohes Selbst ist mit meinem Unteren Selbst verbunden, weil ich es über meinen Glauben an

Gott ermächtigt habe. Ich kann Heerscharen von Engeln sehen, die neben mir herfliegen. Sie lachen und freuen sich darüber, dass wieder ein Mensch sich selbst, in seiner größten Angst und Dunkelheit, überwunden hat, indem er sein EGO kreuzigte und zu Gott zurückkehrte – zu dem Teil von Gott, der nicht außerhalb und getrennt existiert, sondern ein Teil jedes Menschen ist."

Die Vision, die Eva empfangen hatte, war so gigantisch, dass sie nicht mitbekam, wie das Gewitter über sie hinweggezogen war. Die letzten Regentropfen fielen aus den Wolken und landeten auf ihren Augen, wo sie sich mit den Tränen ihres Seelenschmerzes verbanden. Sie fühlte sich, als sei sie im Feuer getauft worden. Ihre Seele schwang sich in Gestalt eines Phönix aus der Asche auf und erstrahlte in einem kristallinen Licht. Ihren völlig durchnässten und in den Pfützen liegenden Körper konnte Eva noch immer nicht fühlen, aber ihre Seele. Auch ihre geistige Führung konnte sie wahrnehmen, die ihr sagte: „Da du dich nun in deiner Größe erkannt hast, werden auch die anderen sich in ihrer Größe erkennen können. Gott ist in jedem Menschen und Gott fühlt mit jedem Menschen. Alles, was ihr als Menschen im irdischen Leben an Freude und Schmerz erfahrt, das erfährt auch Gott in und durch euch. Erkennst du nun, dass du Gott für nichts die Schuld zu geben brauchst? Die Vorwürfe, Gott würde euch in eurem Schmerz allein lassen und Katastrophen nicht von euch abwenden, lösen sich in diesem Moment in Schall und Rauch auf. Der Mensch hat einen Verstand, der mit dem freien Willen ausgestattet ist und dieser ist die einzige Trennung von Gott, die ihr in diesem Erdenleben erfahren dürft. Solange es euch nicht gelingt, Herr über euren Verstand und eure Gedanken zu sein, indem ihr still werdet, könnt ihr Gott niemals als einen Teil von euch wahrnehmen. Doch solltet ihr niemals vergessen, dass ihr zwar ein Teil von Gott, nicht aber Gott selbst in seiner allumfassenden Intelligenz seid, denn sonst wäret ihr keine Menschen."

Eva spürte, wie das Leben in ihren Körper zurückkehrte. Sie freute sich darüber, dass sie fror, dass sie körperlich etwas empfand, stand auf und schüttelte sich wie ein Hund das Wasser aus den Haaren. Dann zog sie die nassen Sachen aus und lief splitterfasernackt durch den Garten in Richtung Haus. Noch nie zuvor hatte Eva sich so auf eine heiße Dusche gefreut, wie in diesem Augenblick.

Sie betrat gerade die Terrasse, als sie Tim in der geöffneten Tür stehen sah. „Ausgerechnet jetzt muss er mich so sehen", dachte sie. Tim blickte von der nackten Eva in den Garten, wo ihre Klamotten lagen, dann wieder auf Eva und hatte keine Erklärung für das, was er da mit ansehen musste.

„Muss ich mir Sorgen machen?", fragte er sie und hielt ihr ein Handtuch hin.

„Nein, alles ist bestens. Ich bin nur vom Gewitter überrascht worden und wollte den Parkettboden nicht nassmachen. Schnell huschte sie an ihm vorbei und suchte das Bad auf. Die heiße Dusche tat ihr gut. Sie fühlte sich danach müde und erschöpft und beschloss, gleich ins Bett zu gehen. Tim schaute noch kurz zu ihr herein, setzte sich auf die Bettkante und streichelte ihr ganz zärtlich über den Kopf. Seine Augen blickten sie fragend an. Eva erwiderte seinen Blick mit einem Lächeln und war dankbar, dass er sie nicht mit bohrenden Fragen konfrontierte, obwohl sie ihm ansah, dass er am liebsten gewusst hätte, was sie bei Gewitter im Garten gemacht hatte. Tim hatte ein feines Gespür dafür, wann Eva etwas mit sich selber ausmachte und wann sie das Bedürfnis hatte, mit ihm zu reden. Er war ein Schatz, das wurde ihr in diesem stillen und innigem Moment erneut bewusst.

Adam und Eva springen Fallschirm

Nach einer traumlosen Nacht erwachte Eva am anderen Morgen erst gegen 9 Uhr. Tim war bereits wieder auf der Arbeit. Eva ging ins Bad und fand da ihre Sachen, die immer noch klamm waren. Offensichtlich hatte Tim ihre Klamotten aus dem Garten geholt und zum Trocknen über die Badewanne gehängt. Sie zog sich ihre Sportsachen an und ging eine große Runde durch die Felder spazieren. Sie wollte ihre Gedanken ordnen und konnte das wie immer am besten bei Bewegung an frischer Luft.

„Guten Morgen, liebe Eva. Wie geht es dir?", hörte sie die Stimme ihres Engels.

„Hallo! Das ist wirklich ein guter Morgen … Ich fühle mich wie neu geboren und würde dir gern meine Erkenntnisse zum gestrigen Tag zusammenfassen."

„Nur zu. Ich bin gespannt", hörte sie die erwartungsvolle Stimme ihres geistigen Freundes.

„Jetzt kann ich meinen Auftrag hier auf der Erde mit anderen Augen sehen: Ich sitze im Flugzeug und steige in den Himmel. Meine Sehnsucht nach dem Element Luft, nach der Freiheit des Geistes ist riesig. Doch ich weiß, dass ich mich nicht ins Geistige flüchten darf. Ich lebe auf der Erde und darf das Geistige im Irdischen verkörpern und auf meine Weise auf die Welt bringen."

Eva machte eine bedeutungsvolle Pause bevor sie fortfuhr.

„Ganz oben im Himmel habe ich mich als einen Teil Gottes erkannt. Ich stehe am Tor und darf wählen, wohin die Reise geht. Ich entscheide mich für die Erde, für meinen Auftrag und ich habe keine Angst und werde springen."

Während Eva ihrem geistigen Begleiter ihre Erkenntnisse mitteilte, sah sie parallel dazu in ihrem Inneren ein großes Flugzeug, in dessen Kabine viele Fallschirmspringer saßen. Obwohl es nicht erforderlich war, da der Engel diese Bilder ebenfalls wahrnehmen konnte, fasste Eva das, was sie sah, für ihn in Worte:

„Ich sehe mich, wie ich in 4000 Metern Höhe mit anderen Fallschirmspringern im Flugzeug bin. Wir springen alle, denn jeder, der springt, vertraut der Materie in Form des Fallschirms, der ihn auffängt und sicher zur Erde bringen wird. Jeder Springer will nicht im Himmel bleiben, sondern zurück auf die Erde, sonst würde er nicht springen. Jede Seele des Menschen kommt freiwillig aus dem Geistigen und nimmt ein großes Risiko auf sich, wenn sie sich den Gesetzen der Materie beugen muss, um in einem menschlichen Körper zu inkarnieren. Die *Geistige Welt* ist die Ewigkeit, in der es keinen Tod gibt. Wir Menschen sind im übertragenen Sinn alle wie Fallschirmspringer und ein gewisser Grad an Mut und Risiko gehört im Leben dazu, sonst können wir uns gleich lebendig begraben lassen."

Während Eva sprach, erinnerte sie sich an eine Zeit, wo sie tatsächlich Fallschirm gesprungen war. Plötzlich hatte sie eine Idee:

„Ich schreibe die biblische Geschichte um. Hör mal zu und sage mir, was du davon hältst: Eva gibt Adam den Apfel und sagt zu ihm: ‚Lass uns unsere Erfahrungen außerhalb Gottes machen. Wir verlassen das Paradies und wenn wir keine Lust mehr haben, kommen wir einfach zurück. Ich habe ja einen Flugschein und kann uns zurückbringen. Gott hat die Tür für uns immer offen und wir dürfen entscheiden, wie und wo wir leben.' Voller Freude nimmt Eva als Tandem-Masterin Adam mit. Beide springen zusammen und genießen, dass sie so mutig sind, in vollem Bewusstsein aus dem Paradies zu fallen.

Neugierig unterbrach der Engel Eva und fragte sie:
„Was ist denn ein Tandem-Master?"

Soweit hatte sie gar nicht gedacht. In ihrem Sprachgebrauch fanden sich mittlerweile viele Wörter, die ihr vor ein paar Jahren noch nicht geläufig waren. In diesem Zusammenhang nahm sie sich vor, in ihrem Buch ein Glossar mit entsprechenden Begriffserklärungen einzufügen. Der Tandem-Master musste da unbedingt aufgenommen werden. Dem Engel antwortete sie kurz und knapp: „Unter einem Tandemsprung versteht man einen Fallschirmsprung, bei dem zwei zusammen springen und mit einem Gurt und einem Fallschirm verbunden sind. Der Tandem-Master hat den Passagier vor seinem Bauch und führt den Sprung aktiv als Verantwortlicher durch. Er lenkt den Fallschirm und gibt Anweisungen für die Landung. Aber jetzt wieder zurück zu Adam und Eva: Der Baum der Erkenntnis ist im Paradies bedeutungslos, da die beiden dort die Antworten auf ihre Fragen nicht finden werden. Sie brauchen das Gefühl des Getrenntseins von Gott, weil sie sich nur auf diese Weise als Individuen erfahren können und erst dadurch der freie Wille Bedeutung bekommt, sich bewusst und aus freien Stücken für Gott zu entscheiden. Nur in der Trennung von Gott kann die Entscheidung getroffen werden, sich ihm freiwillig zuzuwenden. Eva und Adam lassen sich auf ein Abenteuer ein und sie nehmen sogar die Gefahr des Todes in Kauf."

Der Engel verstand, worauf Eva hinauswollte und sagte: „Das ist wirklich ein sehr interessanter Vergleich, den Fall aus dem Paradies mit Fallschirmspringen zu erklären. Ich bin schon ganz gespannt, was dir noch dazu einfällt."

„Ich bin auch noch nicht fertig. Während Eva mit Adam im freien Fall ist und den Wind in ihrem Gesicht spürt, wendet sie ihr Antlitz der Sonne zu. Die Sonne ist für sie das sichtbare Symbol für Gott, denn Gott ist Licht. Sie ist voller Vertrauen in ihre liebevolle Beziehung zu Gott. Adam wird sich währenddessen bewusst, dass er sich gänzlich in Evas Hände begeben hat. Er vertraute ihr anfangs, doch nun sagt ihm der Verstand, dass er keine Kontrolle über den freien Fall hat, denn sie ist die Tandem-Masterin und entscheidet, ob und wann sie den Fallschirm zieht..."

„Stopp!", rief der Engel. „Du ratterst das hier herunter und dir ist gar nicht bewusst, wie viel Weisheit in den wenigen Zeilen stecken. Bitte lass mich noch einmal hervorheben, dass Eva in diesem Fall für das Vertrauen steht. Eine Beziehung zu Gott, die nicht auf das Fundament des Vertrauens gebaut wird, ist bedeutungslos. ‚ICH BIN das Vertrauen', sagt Gott in deinem *Himmlischen Plan*. Gott ist Vertrauen. Vertrauen ist ein Zustand, genauso wie die Liebe. Entweder vertraust du oder nicht. Wenn es dir oder jemand anderem gelingen sollte, dein Vertrauen in Gott zu zerstören, dann hat er deine Verbindung zu ihm gekappt. Immer wieder sprecht ihr die Affirmationen, in denen ihr von Vertrauen sprecht. Doch in den meisten Fällen bleibt es bei dem innigen Wunsch, Vertrauen haben zu wollen. Ihr sehnt euch nach Vertrauen und könnt es noch nicht fühlen. Das Vertrauen in Gott bringt euch augenblicklich zu ihm zurück und spiegelt sich in eurem ‚Hohen-Selbst-Vertrauen'. Ein selbstbewusster Mensch trägt Gott bewusst als einen Teil von sich in seinem Innersten und das sieht man ihm auch an. Er hat Vertrauen in sich und seine Fähigkeiten und das macht ihn stark. Aber jetzt habe ich viel heruntergerattert. Ich hoffe, dass ich dich nicht überfordere."

Eva dachte an ihren Namen und freute sich, dass ihre Eltern sie so bedeutungsvoll genannt hatten. Für einen Moment liefen Eva und der Engel nebeneinander her. Dann nahm sie den Faden wieder auf und setzte ihre Paradiesgeschichte fort:

„In seiner Angst wendet sich Adam immer stärker von Eva und der Sonne ab und sieht nur noch nach unten, wo er seinen eigenen Schatten auf der Erde erkennen kann. Adam gerät in Panik. Er hat sich bewusst von Gott und Eva abgewendet, hat das Vertrauen in beide verloren und kann jetzt den Tod fühlen. Er bedauert, dass er Eva die Macht über sich und sein Leben gab, indem er ihr blind vertraute und mit ihr sprang. Er kann jetzt nichts mehr kontrollieren und fühlt sich ihr ausgeliefert. Eva kann Adams Angst spüren. Sie sagt ihm, dass sie ihn liebt und er sich auf sie verlassen könne. Mit ihrer sanften Stimme bittet sie ihn darum, die Kontrolle aufzugeben und ihr zu vertrauen. Eva spricht mit der Sanftheit ihrer Herzensstimme zu ihm und kann ihm mit wenigen Worten deutlich machen, dass eine liebevolle Beziehung keine Macht und Kontrolle braucht. In dem Moment, wo er sich der Sonne und ihr wieder zuwenden würde, könnte er seinen Schatten nicht mehr sehen, weil er ihm auch keine Aufmerksamkeit mehr schenken würde. Adam wendet sich der Sonne und Eva zu, denn mit ihrer Hilfe gelingt es ihm, sich selbst aus dieser Angst zu erlösen und dadurch mit ihr zu versöhnen. Für mich ist Eva ein Ausdruck der weiblichen Kraft und der Schlüssel für den Weg der Erlösung durch Vergebung, die wir nur im Zustand des ,Falls', bewusst annehmen können. Während beide in der Abendsonne am geöffneten Rettungsschirm der Erde entgegenschweben, können sie beobachten, wie sich der blaue Himmel rosa färbt."

Apfel oder Feige?

Die Sonne kam in diesem Moment hinter einer Wolke hervor und schien Eva ins Gesicht. Der Engel war einen Moment still und sagte dann:

„Das ist eine wunderbare Interpretation der Paradiesgeschichte, liebe Eva. Dir ist schon viel bewusst geworden und es ist schön, dass du unkonventionelle Wege findest, dein Wissen auch über kreative Geschichten anderen zugänglich zu machen. Betrachte jetzt bitte deine Version im Vergleich zur Geschichte, wie sie in der Bibel steht, aus dem Blickwinkel einer Ermittlungsbeamtin. Wo würdest du nachhaken? Was erscheint dir nicht plausibel? Welche Punkte würdest du für die Staatsanwaltschaft noch klarer ausarbeiten?"

Eva verstand, was der Engel meinte. Für sie war das alles klar. Sie verstand die tiefen Zusammenhänge, weil sie sich selbst auf die Suche gemacht hatte und ihr vieles dabei bewusst geworden war. Doch sie musste auch bedenken, dass ihre Leser von all dem womöglich noch gar nichts gehört hatten und es ihnen schwerfallen könnte, ihren Gedanken zu folgen.

„Dann zerlege ich den Sachverhalt in einzelne Häppchen. Es beginnt damit, dass Eva Adam den Apfel gibt und sie ihn dazu auffordert, dass Paradies zu verlassen und Erfahrungen außerhalb Gottes zu machen. Ich würde mich fragen, was der Apfel für eine Bedeutung hat. Da fällt mir spontan Avalon ein – ein heiliger Garten mit Apfelbäumen. So stelle ich mir das Paradies vor, so wie es auch in der Bibel beschrieben ist. Die Priesterinnen sind in der Avalon-Mythologie mächtige Frauen, die in die Mysterien des Lebens eingeweiht waren. Die biblische Eva wurde mir als ein Mensch ‚2. Klasse' verkauft, die aus Adams Rippe erschaffen wurde und sehr unselbstständig wirkte. Alles, was ich über sie im Kindergottesdienst und auch später im Religionsunterricht erfahren hatte, führte dazu, dass ich mir ein Bild von einem dummen Blondinchen machte, das sehr naiv war und sogar auf eine blöde Schlange hörte. Die biblische Eva, so wie sie mir von anderen vermittelt wurde, brauchte nur schön und süß zu sein. Schade, dass ich nicht von Anfang an neutral, das bedeutet für mich vor allem wertungsfrei, unterrichtet wurde. Aber das Thema hat mich früher auch nicht so interessiert und meine geistige Trägheit hat ihren Anteil daran gehabt, dass ich mir über viele Dinge überhaupt keine Gedanken gemacht habe. In dem Alter, als ich mit Adam und Eva konfrontiert wurde, habe ich nur Sport und Musik gemacht und alles andere lief so nebenher. Erst seit ein paar Jahren überprüfe ich meine Glaubenssätze und da gibt es noch viel aufzuräumen. Aber das wisst ihr ja."

„Dann sei dir bewusst, wieviel Verantwortung du übernimmst, wenn du ein Buch schreibst und es allen Menschen zugänglich machst. Viele leiden vielleicht auch unter geistiger Trägheit und übernehmen deine Argumente und Ansichten, obwohl sie nicht ganz zutreffend sein könnten. Dein Bewusstsein, deine Erkenntnisse und Empfindungen fließen hier mit ein und beeinflussen auch die Leserinnen und Leser. Alles, von dem du nicht wirklich überzeugt bist, solltest du in deinem Buch nicht thematisieren. Vielleicht kommt dir auch noch eine Erkenntnis, nachdem du das Buch bereits fertig hast. Alles entwickelt sich weiter - auch du mit deinen Erkenntnissen und deinem Bewusstsein."

Eva hörte aufmerksam zu und sie verstand, dass sie die Verantwortung nicht nur beim Bücherschreiben hatte, sondern dass sich diese auf alles bezog, was aus ihrem Mund kam. Sie erinnerte sich, dass auch sie früher immer wieder Gerüchte am Laufen hielt. Plötzlich kamen Eva zwei Figuren in den Sinn, die wie von einem hessischen Komiker-Duo erdacht schienen. Die Vision baute sich blitzschnell vor ihrem inneren Auge auf. Renate und Marlies, zwei Kassiererinnen in einem Supermarkt, unterhalten sich:

Marlies: „Du Renate, hast du schon gehört? Die eine Spirituelle, die da mit dene heilige Nasenbären. Die hat ja wieder ä neue Kaddedeck gemacht."

Renate: „Du meinst die Esoterische mit dene Laubfrösche, die da a Buch drübber geschribbe hat. Ja, die kenn ich. Die is immer so aufgesetzt. Die soll sich ja auch mit diese annere Spirituelle in de Haare habbe."

Marlies: „Ehrlich? Die hat doch mit dene vom Verlach aach nur Zores gehabt. Die mit dene, du weiß schon, die diese heilische Scherzartikel verkaufe. Ach! Nein sowas!"

Renate: „Ja, der Herr Müller hat's gesagt. Gestern, bei die Joga-Stund. Naja, aber isch hab nix gesagt."

Marlies: „Isch ach net. Na, dann sinn mir uns ja widder einisch. Om Schandi sach isch da nur."

Die inneren Bilder lösten sich auf und Eva hatte Mühe ins Tagesbewusstsein zurückzukommen. Immer wieder passierte es, dass sie aus einer Gemütslage herausgerissen wurde. Das, was eben passierte, war ganz typisch dafür. In einem Moment war sie hoch konzentriert und arbeitete etwas analytisch ab und im nächsten Moment kamen ihr solche Gedanken, wo sie ein ernstes Thema einfach durch den Kakao ziehen musste. Für Eva waren solche gedanklichen Abschweifungen immer seil heilsam. Vor allem dann, wenn es um ihre eigenen ‚Fettnäpfe' ging.

„Aber dadurch komme ich immer wieder von meinen eigentlichen Ideen ab", sagte sie zu ihrem Engel.

„Was ist so schlimm daran? In dem Moment, wo du es schaffst, durch deinen Humor ein Lächeln in dein Gesicht zu zaubern, bist du mit deinem Herzen in Kontakt. Das Herz legt nicht jedes Wort auf die Goldwaage und versucht nicht das Problem auf jemanden zu projizieren. Das Herz ist offen und bereit für Vergebung, die niemals aus dem Verstand allein kommen kann. Stell dir vor, du würdest die Knöpfe bei jemandem drücken, der so eine Situation kennt und noch verletzt ist. Vielleicht gerätst du zuerst in den Fokus, denn du holst den Schmerz nach oben. Aber in dem Moment, wo du die Schatten und die ungeheilten Felder berührst, sind sie offen für die Heilung, die aber nicht durch dich geschieht, sondern durch Liebe und Vergebung."

Eva nickte verständnisvoll und ging gedanklich an den Punkt zurück, wo sie bei Eva stehengeblieben war.

„Die Eva in meiner Geschichte ist selbstbewusst, verantwortungsbewusst und liebenswürdig. Sie hat einen Flugschein, ist Tandem-Masterin und möchte Adam dabei helfen, sich selbst zu erfahren, indem sie ihn aus seinem Paradies mit auf die Erde nimmt. Im Paradies ist der Zustand der Trennung nicht erfahrbar. Alles ist Licht, alles ist Liebe, alles ist gut und fühlt sich an, wie ein Zustand nach einem Orgasmus, wo man als Frau nur noch apathisch lächelnd daliegt und sogar die To-do–Liste für den Mann vergessen hat."

„Oh, jetzt wird es aber spannend. Davon haben wir Engel überhaupt keine Vorstellung. Erzähle mir mal, wie das ist."

Abrupt blieb Eva stehen und versuchte sich vorzustellen, wie der Engel völlig erregt zu zittern begann. Mit ihrer Vorstellungskraft steckte sie ihm noch ein Paar riesige Flügel an, die durch das Zittern so raschelten, als wenn man Krepppapier aneinander reiben würde. Dann sagte sie leicht pikiert:

„Na, du bist mir ja einer. Aber wo wir gerade beim Thema sind. Ich muss irgendwie noch eine heiße Liebesszene in mein Buch mit einbauen. Heutzutage wollen die Leute doch so etwas lesen. Sonst kauft das Buch keiner."

Der Engel war zunächst still und Eva fragte sich, ob er der richtige Berater für sie in sexuellen Angelegenheiten war.

„Da hätte ich auch schon eine geniale Idee für dich", hörte sie ihn mit tiefer Stimme hauchen. „Zieh dich aus und beschmier dich mit Honig, Nutella und Himbeermarmelade. Binde dir ein Tuch über die Augen und setzt dich so vor den Kühlschrank. Wenn Tim heute Abend nach Hause kommt, dann wird er sich sofort an den Film 9 ½ Wochen erinnern und dich vernaschen."

„Um Gottes Willen! Nachdem mich Tim gestern wie einen triefenden Sack nackt aus dem Garten kommen sah, kann ich mich heute unmöglich mit süßer Pampe beschmieren und vor den Kühlschrank setzen. Er würde das ganz sicher falsch verstehen und mich direkt in die Klinik fahren. So etwas muss sich ergeben. Bei uns ist zurzeit nicht wirklich ‚Amore' angesagt, wenn du verstehst, was ich meine. Ich habe überhaupt keinen Sinn für erotische Erlebnisse. Fällt dir nichts Anderes ein?"

„Im Moment leider nicht."

„Das ist vielleicht auch besser so. Ich will dich nicht überfordern. Vielleicht schreibe ich mal einen Liebesroman. Dann wäre ich gedanklich eher in der Thematik.

Interessiert hörte der Engel Evas Erklärungen zu und fragte:
„Und was ist die To-do-Liste für den Mann?"

„Kennst du die etwas nicht? Na, da hast du ja echt Glück. Ich kenne keine Frau, die keine To-do-Liste für ihren Mann hat. Darauf steht alles, was ganz wichtig ist und unbedingt noch von ihm erledigt werden muss. Ich gebe dir mal ein paar Beispiele: Müll rausbringen, Staubsaugen, Tanken, Getränke holen, kleinere Reparaturen im Haushalt, Einkaufen oder Holz reinholen und so weiter und so weiter. Wenn die Liste abgearbeitet werden soll, leitet die Frau die Anfrage üblicherweise mit der rhetorischen Frage ein: ‚Könntest du noch schnell dieses und jenes machen?' oder ,Sei so gut und mach bitte noch schnell dies und das!' oder ,Es müsste noch mal schnell dieses und jenes gemacht werden. Sei so lieb.' Ganz wichtig dabei ist, dass man als Frau nett ist und nicht keift. Aber zu nett darf man auch nicht sein, sonst wird der Auftrag gern mal überhört."

Eva warf dem Engel einen Blick zu. Er machte den Eindruck, als wenn er froh darüber war, dass es in seiner Welt so eine Liste nicht gab.

„Wo waren wir stehen geblieben? Ach ja, genau hier – kleiner Wortwitz. Lass uns weitergehen. Auf alle Fälle wäre mir ein Paradiesaufenthalt auf Dauer zu langweilig. Es ist doch schön, wenn man das ICH-Bewusstsein hier auf der Erde erfahren und annehmen kann. Die Individualität macht das Leben bunt. Wir Menschen dürfen bloß nicht damit anfangen, die Vorgaben dafür machen zu wollen, wie bunt es werden darf. Das sollten wir Gott überlassen."

Beide gingen schweigend ein paar Minuten nebeneinander her. In Evas Kopf galoppierten die Gedanken, wie ein vorbeirennendes Pferd.

Der Engel unterbrach sie nicht, sondern wartete auf Evas geistige Ergüsse, die sie ihm dann auch präsentierte:

„Ich kann mir nicht vorstellen, dass Gott eine Zwei-Klassen-Menschheit schaffen wollte. Die katholische Kirche stellt das noch so dar, dass die Männer zur 1. Klasse gehören und ihnen alle hohen Posten und Ämter zustehen, während die Frauen zur 2. Klasse gehören und bedienen dürfen. Selbstverständlich im Namen Gottes. Das ist alter Quatsch und wir dürfen selber entscheiden, an was wir mit unseren Gedanken festhalten wollen."

„Gott schenkte den Menschen seinen Geist, denn ihr seid Geist vom Geiste Gottes. Er kann sich ausdehnen, ist grenzenlos und erfährt dadurch auch keine Beschränkungen. Die Blockaden und Schranken entstehen nur im Verstand, in euren Gedanken. Sie leisten oft Widerstand, sind unbeugsam und geben sich den Emotionen hin, ohne zu überlegen, warum sich etwas ganz anders darstellen könnte, als es erwartet wurde. Sie handeln gegen ihre wahre Natur, denn die wahre Natur des Gedankens ist anpassungsfähig. Durch den freien Willen des Menschen kann er selbst in jedem Moment entscheiden, was er denken will. Es ist eine faule Ausrede zu sagen: ,Ich bin halt so. Ich kann nichts dafür, dass ich stur bin, immer alles besser weiß und nicht nachgebe. Ich bin halt so, dass ich nicht verzeihen kann, mich immer benachteiligt fühle und das Leben als einen schweren Gang sehe, wo ich bei allem die Arschkarte gezogen habe. Ich bin halt so. Ich bin nicht dick, ich habe nur schwere Knochen und bestimmt auch eine Stoffwechselstörung. Außerdem sind das bei mir die Gene. Ich bin halt so und mein Gewicht hat nichts damit zu tun, dass ich mir jeden Abend vor dem Fernsehen eine Tüte Chips und zwei Liter Eistee reinhaue. Ich bin halt so. '"

Eva freute sich, dass der Engel bei all der Heiligkeit immer wieder Worte verwendete, mit der viele Leser etwas anfangen konnten. Obwohl das Wort *Arschkarte* aus dem Mund eines Engels etwas gewöhnungsbedürftig klang.

Eva rettet Adam

„So, dann schreib jetzt mal in deinen Gedanken den Abschlussbericht für die Akte, damit wir hier in der Sache ‚Paradies' mal zum Ende kommen."

Eva holte tief Luft und legte sofort los:

„Für mich ist die Sache klar. Adam und Eva waren die ersten, die freiwillig das Paradies verlassen haben. Der Gott, so wie ich ihn kenne, hätte sie niemals hinausgeworfen. Wenn wir das Leben auf der Erde wertschätzen, dann brauchen wir auch keinen Schuldigen suchen, der uns das irdische Leben eingebrockt hat. Weder Eva noch Adam sind an irgendetwas Schuld. Adam hat es sogar auf sich genommen und den Ur-Schatten in die Welt gebracht. Wie sollten wir wissen, was gut ist, wenn wir das Böse nicht erfahren würden. Wie sollten wir wissen, was hell ist, wenn wir keine Vorstellung von Dunkelheit haben. Wir brauchen diese Polaritäten, die uns aufzeigen, an was wir glauben und woran wir festhalten wollen. Wie sollen wir Menschen mit unserem freien Willen etwas auswählen können, wenn es nur ‚dies' gibt und nicht ‚das'? Das wäre ja so, als wenn ich Tim losschicke und ihm sage, dass er 10 gemischte Körnerbrötchen holen soll und er kommt mit einer Tüte Milchbrötchen an. Oh, wie abwechslungsreich."

Bei dem Gedanken an die Brötchen knurrte Evas Magen. Sie griff in die Jackentasche und holte ein Bonbon raus. Genüsslich ließ sie es sich auf der Zunge zergehen, während sie etwas undeutlich weitersprach:

„In meiner Geschichte ist Eva die weibliche Kraft, die sich zu keiner Zeit von Gottes Antlitz abwendet, weil die weibliche Kraft in uns die liebevolle Beziehung zu Gott aufrechterhält. Sie hadert nicht, sondern erkennt diesen Gott als höchste Autorität und Ausdruck liebender und fürsorglicher Eltern an. Das passt nicht zu dem Bild, was die Kirche von der weiblichen Kraft vermitteln will. Denn das würde im Umkehrschluss bedeuten, dass kein Mensch mehr einen ‚Vertreter Gottes' in Amt und Würden bräuchte. Jeder Mensch trägt in sich die weibliche Kraft, die ihn aus sich selbst heraus immer wieder mit Gott verbindet."

Eva hörte, dass jemand klatschte. Immer mehr stimmten in das Klatschen mit ein und es steigerte sich in einen tosenden Applaus. Eva stand da und wusste, dass sie recht hatte. Das war also die Ursache dafür, dass die weibliche Kraft von der Kirche diskreditiert wurde. Eva ist der Schlüssel, mit der die Gottespforte geöffnet wird und jeder trägt diese Kraft in sich. Jeder Mensch ist mit männlichen und weiblichen Aspekten ausgestattet. Jeder Mensch trägt die heilige Familie als Vater, Mutter und Kind in sich, wurde Eva bewusst und sie erinnerte sich, dass sie als Kind immer Vater, Mutter, Kind gespielt hatte. Das war das erste Spiel, das sie mit ihren Puppen und mit ihren Freunden gespielt hatte. Die Seele schickte ihr diesen Lebensauftrag in Form eines Spiels, damit sie es schon als kleines Kind üben und verinnerlichen konnte.

„Welche Rolle hast du immer gespielt, liebe Eva?
Kannst du dich daran erinnern?"

„Ja, das kann ich. Ich war immer der Vater. Ich kann mich daran erinnern, dass ich als Mädchen im Kindergarten den Reiter bei einem Singspiel dargestellt hatte. Im Kindergottesdienst war ich beim Krippenspiel meistens diejenige, die den meisten Text hatte. Oft war ich der Stern oder der Sprecher, nie die Maria – und dann habe ich mir auch noch einen klassischen Männerberuf gesucht. Meine erste Lieblingsfarbe war blau. Sag mal, bin ich falsch gepolt?"

„Nein, deine männlichen Aspekte sind nur stärker in dir vertreten als deine weiblichen. Aber das ist auch gut so, denn für das, was du als Lebensaufgabe hast, wirst du diese männliche Durchsetzungskraft auch benötigen. Aber jetzt lass uns nach Hause gehen. Den Rest klären wir später."

Seite an Seite lief Eva mit ihrem Engel nach Hause, den sich zwar nicht sehen, aber dennoch ganz deutlich wahrnehmen konnte. Eva hatte das Bedürfnis nach Einsamkeit und machte sich ein leckeres Frühstück aus Müsli und Obst. Sie fühlte sich heute nicht dazu in der Lage, den ganzen Tag am PC zu verbringen und zu schreiben. Diese Fülle von Erkenntnissen musste erst mal sacken. Die Gespräche mit ihrem Engel, der sich wohl auch etwas zurückgezogen hatte, denn sie konnte ihn in ihrer Küche nicht wahrnehmen, waren so heilsam und sie freute sich auf das, was der Engel ihr noch mit auf den Weg geben würde. Da die Sonne schien, suchte sie sich ein schattiges Plätzchen auf der Terrasse und machte es sich auf der Liege bequem.

Der Schwarzmagier

Ein Luftzug wehte Eva um die Nase. Ihr war klar, was das zu bedeuten hatte und sprach ihren Engel an: „Wollen wir da weitermachen, wo wir vorhin aufgehört haben? Das Thema Eva interessiert mich sehr. Gibt es da noch mehr zu erfahren?"

„Adam und Eva und auch die *Heilige Familie* beschäftigen zurzeit sehr viele Menschen. Achte mal drauf, wie viele Bücher zu diesen Themen in den nächsten Jahren auf den Markt kommen werden. Ich habe aber ein anderes Thema, das ich mit dir gern besprechen würde, denn es gehört mit zu dem Prozess der Bewusstwerdung. Bitte beantworte mir die folgende Frage: Kannst du dir vorstellen, wer die Menschen glauben lässt, dass sie jemanden außerhalb von sich selbst brauchen, der sie zu Gott bringt?"

Eva überlegte und dachte an die Kirche. Das Denken fiel ihr jetzt jedoch schwer, denn sie war müde und hoffte auf eine schnelle Antwort ihre Engels. Daher sagte sie: „Nein. Mir fehlt da noch ein Aspekt, den ich immer übersehe."

„Das ist der Schwarzmagier. Das mag jetzt etwas düster und bedrohlich klingen, doch das ist es nicht. Ihr dürft euch bewusst machen, dass jeder Mensch den Schwarzmagier in sich trägt. Der Gegenpol zu ihm ist der weiße Magier."

Entrüstet setzte sich Eva auf. „Jetzt wollt ihr mich aber verkohlen. Ich habe doch keinen Schwarzmagier an beziehungsweise in mir. Das wüsste ich aber."

„Dann wollen wir jetzt eine kleine Palette seines Ausdrucks und Wirkens sichtbar werden lassen. Schließe deine Augen, damit du sehen kannst, was wir meinen. Siehst du das kleine Kind, das sich vor der Kasse brüllend und heulend auf den Boden wirft? Das ist der Schwarzmagier, der bereits in einem Kind wütet."

Eva konnte die Szene augenblicklich vor ihrem inneren Auge sehen. Amüsiert stellte sie fest: „Das ist für mich ein bockiges Kind, dem man mal eine klare Grenze setzen sollte. Jetzt kauft die Mutter ihm auch noch ein Eis. Ich glaub's nicht. Dann macht es doch das nächste Mal wieder Terror."

„Zumindest war das Verhalten des Schwarzmagiers in diesem Fall von Erfolg gekrönt. Nun liebe Eva, versuche es etwas abstrakter zu sehen. Was geschieht hier?"

„Das Kind will etwas haben und die Mutter mit seinem schlechten Verhalten dazu bringen, dass es seinen Willen bekommt."

„Das Kind manipuliert, denn es nimmt auf den freien Willen der Mutter Einfluss. Die Mutter hatte nicht vor, ihrem Kind ein Eis zu kaufen. Jetzt befindet sie sich in einer kleinen Notlage, denn das Kind setzt ihr ordentlich zu. Es brüllt wie am Spieß. Die Mutter sorgt sich und schämt sich. Doch was ist noch viel belastender für sie? Ihr Kind muss weinen, weil sie ihm kein Eis kauft. Sie fühlt sich schuldig, im Sinne von verantwortlich dafür, dass es ihrem Kind schlecht geht. Dieser Fall ist eine formvollendete Manipulation. Die Mutter ist der Situation scheinbar hilflos ausgeliefert. Ein starker Wille der Mutter und Disziplin würden den kleinen ‚Teufel' zur Räson bringen. Doch was tun die meisten von euch? Sie geben nach und ändern ihre ursprüngliche Meinung, damit wieder Ruhe und Frieden einkehren kann und sie sich nicht schuldig fühlen müssen. Sieh die Kinder an, die Fernsehen schauen wollen und es in irgendeiner Weise von den Eltern eingeschränkt wird. Was für ein Theater! Es reicht schon, wenn ein Kind die Backen aufbläst und ein böses Gesicht macht. Sofort wird alles getan, um den Schwarzmagier in ihm zu besänftigen. Das Handy ist ein gefundenes Fressen für den Schwarzmagier, denn ihr habt es als Gesellschaft anerkannt, dass dieses Gerät zu den für euch lebenswichtigen Kommunikationsmitteln gehört und eine entsprechende Einschränkung mit einem Freiheitsentzug gleichgesetzt wird. Schau dir die Jugendlichen an. Die Eltern haben es aufgegeben, den Konsum von Computerspielen,

Fernsehen oder Handy einzuschränken oder gar zu verbieten. Sie wollen keinen Stress und sie haben auch erkannt, dass sie sich selbst zum Sklaven ihres Handys gemacht haben und nicht mehr als gutes Beispiel vorangehen können."

Aufmerksam hörte Eva zu und ließ in ihrer Vorstellung die Bilder lebendig werden.

„Hier ist noch ein klassisches Beispiel für den Schwarzmagier: Frauen rufen bei ihren Männern im Büro an und beschweren sich über die Kinder."

Mit einem ironischen Unterton in der Stimme sprach der Engel weiter: „Männer lieben natürlich solche Anrufe und spielen das Spiel mit, weil sie es sonst spätestens zu Hause ausbaden müssen."

Eva hatte das Gefühl, dass sie die armen Mütter verteidigen müsste und stellte sich innerlich schützend vor sie, in dem sie sagte:

„He, Moment mal, jetzt werdet ihr aber zynisch. Wenn Frauen ihre Männer anrufen, dann doch nur, weil sie überfordert sind und sich Rat und Hilfe holen wollen."

„Aha, und warum geben sie ihren Männern das Gefühl, als seien sie in diesem Moment für das schlechte Verhalten der Kinder verantwortlich? Wenn die kleinen Drachen zu Hause über Tisch und Bänke gehen, dann drohen die Mütter den Kindern damit, es dem Papa zu sagen. Sie greifen schnell zum Telefon und rufen bei ihm an. Ungefragt schütten sie den armen Vätern die Emotionen und Erwartungen über den Kopf und halten dann den Kindern den Hörer hin, damit der Papa ihnen jetzt mal richtig Dampf machen kann. Der Schwarzmagier der Mutter manipuliert. Er will seinen Kopf durchsetzen und dabei möglichst nicht den Buhmann spielen. Der Böse, das soll gefälligst jemand anderes sein. Der Schwarzmagier ist sehr geschickt und intrigant. Er weiß, dass der Mann im Büro meistens nicht ungestört telefonieren kann und Hemmungen hat, den Frauen einmal gehörig die Meinung zu sagen."

Jetzt geriet der Engel so richtig in Fahrt und setzte noch einen drauf, um das Ganze noch anschaulicher zu machen: „Sicherlich sei es den Frauen auch zugestanden, dass sie vormittags dringend mit ihrem Mann telefonisch absprechen müssen, wer in zwei Wochen zum Grillen kommt, dass der Rasen unbedingt gemäht werden muss und dass wieder einmal eingekauft werden sollte. Die Botschaft dahinter lautet: ‚Ich bin schließlich auch wichtig und muss mich um alles kümmern. Jetzt bist du mal dran.' Diese Vorlage in Form von Druck und schlechtem Gewissen dient dann hervorragend dazu, Dinge anzusprechen, die man schon lange mal sagen wollte."

Eva wusste genau, was der Engel meinte. Sie hatte solche Szenen auch immer mal wieder von ihren Kollegen mitbekommen und oft gelogen, dass sich die Balken bogen. Wenn wichtige Anrufe von daheim sitzenden Feldwebeln kamen, wurde Eva vorgeschickt, die dann mit bedauernswerter Stimme mitteilte, dass der Mann draußen bei einem schwierigen Fall sei und so schnell nicht auf die Dienststelle zurück käme. Aufgrund der Handys ging das jetzt nicht mehr so leicht. Überall und zu jeder Zeit erreichbar zu sein, war nicht immer von Vorteil.

„Ich habe noch ein Beispiel für dich, liebe Eva."

„Nur zu, ich bin ganz Ohr."

„Der Schwarzmagier liebt die Opferrolle. Er suhlt sich in seinem Unglück und bringt jeden dazu, sofort alles zu tun, um Verständnis und Schonung zu ernten. Der Schwarzmagier lässt euch sogar ernsthaft glauben, dass immer nur ihr die ‚Dummen' seid, immer nur ihr die meiste und schwerste Arbeit machen müsst und alle anderen sich die Rosinen herauspicken. Er manipuliert euch und sein Umfeld und läuft zur Hochform auf, wenn er mit Tränen in den Augen und einem Engelsgesicht sagt: ‚Ich habe es doch nur gut gemeint.'"

Jetzt kam auch Eva in Fahrt und es fühlte sich fast wie ein Spiel an, wo man sich gegenseitig die Bälle zuspielte und jeder immer noch einen draufsetzen konnte.

„Wow, diesen Kotzbrocken von Schwarzmagier kenne ich. Da fällt mir noch viel mehr ein. Mein Schwarzmagier liebt das Drama. Er kreiert die schlimmsten Szenen, lässt mich glauben, ich könnte etwas nicht, obwohl ich mich nicht einmal ernsthaft bemüht habe. Er tut sich selbst so leid, weil er ja so gerne etwas tun würde, aber das leider nicht möglich ist, weil er psychisch labil und übersensibel ist. Keiner könnte ihn verstehen. Das wäre aber gar nicht schlimm, denn er meint, er sei sowieso viel zu intelligent und spirituell für den Rest der Welt. Wenn mein Schwarzmagier es schafft, dass ein Psychologe ihm noch bestätigt, dass er sogar krank sei und überhaupt nichts dafür könne, dann platzt der Schwarzmagier vor Glück, weil er über die Krankheit die Macht behält und noch weiter ausbauen kann. Der Verstand liefert sich ihm voll aus, denn Krankheit ist etwas, das in unserer Gesellschaft unter den höchsten Schutz gestellt ist und Türöffner für alle Manipulationen sein kann. Ein Kranker bedarf der Schonung, der Aufmerksamkeit und des Mitleids. In diesem Zustand kann er sich alles herausnehmen. Der Schwarzmagier tut alles, um diesen Zustand zu erhalten…"

Jetzt zog der Engel die Notbremse, denn er konnte sehen, dass Eva sich auf dünnes Eis wagte. Darum fiel er ihr prompt ins Wort: „Liebe Eva, bitte sei achtsam und sensibel und sprich keine Verallgemeinerungen aus. Manche Krankheitsbilder sind tatsächlich so heimtückisch und haben nichts mit den Manipulationen des Schwarzmagiers zu tun. Der Verstand wird in vielen Fällen niemals in der Lage sein, die wahren Ursachen für ein bestimmtes Krankheitsbild zu erkennen. Die blockierten Gedanken und Gefühle sind oftmals in den Körper ‚gerutscht' und haben sich da manifestiert. Es gibt Menschen, die kämpfen gegen ihre schweren Krankheiten an und tun wirklich alles, um wieder gesund zu werden. Sie sind mutig und tapfer und voller Hoffnung, dass sie die Krankheit besiegen. Einem wirklich Kranken würde man niemals unterstellen, dass er krank spielt, denn man fühlt es und sieht es ihm an. So ein Mensch hat keine Kraft für Spielchen. Er möchte nur wieder gesund werden und ist oftmals dabei, sein ganzes Leben gravierend zu verändern."

Da hatte der Engel recht und Eva war froh, dass er alles ins rechte Licht rückte. Er fuhr fort: „Dann gibt es andere Menschen, die haben auf den ersten Blick genau dieselbe Krankheit, doch eine völlig andere innere Haltung dazu, die ihnen nicht bewusst sein muss. Sie zelebrieren ihre Schwäche und nähren sich von dem Mitleid, das ihnen entgegengebracht wird. Die Krankheit ist ihre Bühne. Berge von Tabletten werden jeden Tag eingenommen. Ganze Setzkästchen werden damit gefüllt und zur Schau gestellt. In einigen Gruppen gibt es sogar einen internen Wettstreit, wer der Ärmste und Bedauernswerteste ist. Sie erzählen sich von ihren Krankheiten und Operationen. Wer die meisten und kompliziertesten Erkrankungen hat, der steht ganz weit oben in der Hierarchie. Jeder hört ihm aufmerksam zu. Händeringend und kopfschüttelnd wird Anteil genommen und der ungebrochene König ist der, der immer noch einen draufsetzen kann. Der Arztbesuch wird zum Freizeitevent und es wird auch in Kauf genommen, dass man sich stundenlang in das

Wartezimmer setzt, um sich dann den Blutdruck messen zu lassen. Danach kann man wieder jammern, dass es so lange gedauert hat, der Arzt nicht genug Zeit hatte und man sich obendrein auch noch bei anderen Patienten angesteckt hat. Wenn er die Geschichte beim nächsten Seniorennachmittag erzählt, dann ist ihm die allerhöchste Anteilnahme gewiss. Seht ihr, wie viel Potenzial darin steckt? Außerdem ist Krankheit ein riesiger Wirtschaftszweig und wer möchte da an einem Ast sägen?"

Eva hatte zwar noch an keinem Seniorennachmittag teilgenommen, doch sie wusste, was der Engel meinte. Ihre Frisörbesuche waren auch jedes Mal eine Exkursion durch die Enzyklopädie der Krankheiten. Aufmerksam hatte sie zugehört, wenn die Leute von ihren „Check-ups" berichteten und wie zufrieden der Arzt gewesen sei. Eva war davon beeindruckt, dass viele Menschen glaubten, dass sie ohne Vorsorgeuntersuchungen mit einem Bein fast im Sarg standen und dass ein Auto ohne regelmäßige Inspektionen den nächsten Winter nicht überleben würde.

In diesem Zusammenhang erinnerte sie sich auch an einen Vorsorgetermin beim Frauenarzt, bei dem ihr zuerst vorgeworfen wurde, dass sie viel zu spät kam, obwohl doch die Praxis dafür sorgte, dass sie fünf Monate auf einen Termin warten musste. Dann wurden ihre homöopathischen Mittel ins Lächerliche gezogen und zuletzt ihr eine völlig sinnlose Untersuchung aufgeschwatzt, der sie sich leider trotz ihrer Zweifel nicht erwehren konnte und für die sie auch noch 60.- Euro Selbstbeteiligung hinblättern durfte.

Der Engel folgte ihren Gedanken und ließ sie gewähren, obwohl er befürchtete, dass sie sich schon wieder gedanklich vergaloppierte. Verständnisvoll bemerkte er: „Liebe Eva, das passiert vielen Menschen jeden Tag und glaube mir, dass die meisten so fühlen wie du, sich aber nicht trauen, etwas zu sagen. Es wird in Zukunft darauf ankommen, dass ihr lernt, zu euch zu stehen. Sagt offen und ehrlich, was ihr wollt und hört damit auf, euch Gedanken darüber zu machen, ob es einem anderen gefällt oder nicht. Der Arzt hat dich in dem Moment vergessen, wo du sein Zimmer verlässt. Du grübelst den ganzen Abend daran herum und ärgerst dich, dass du nicht standhaft geblieben bist. Bereite dich innerlich auf den nächsten Termin vor und sei mutig, zu dir und deinen Wünschen zu stehen. Auch der Arzt darf lernen, dass er die Anliegen der Patienten respektiert. Vielleicht ist ihm gar nicht bewusst, dass er manipuliert, weil sich ein bestimmtes Verhaltensmuster verselbständigt hat. Mit der Angst der Menschen lässt sich immer ein gutes Geschäft machen und unter dem Deckmantel der Gesundheitsvorsorge ist moralisch gesehen vieles erlaubt. Letztendlich kann sich nur jeder Mensch selbst auf die Schliche kommen und seinen Schwarzmagier enttarnen. In dem Moment, wo er erkannt ist, verliert er die Macht. Wenn einem Menschen bewusst ist, dass er manipuliert, um sich einen Vorteil zu verschaffen, dann sollte ihm auch bewusst sein, dass er die Folgen dafür zu tragen hat."

Eva wusste natürlich, dass der Arzt gute Argumente für seine Vorsorge-untersuchung hatte. Daran gab es auch nicht zu rütteln. Aber die Art und Weise, wie er dabei vorging und ihre Meinung völlig ignorierte, ärgerte sie. „Wo doch überall der Schwarmagier seine Klauen ausfährt", dachte Eva.

„Ihr könnt nur dann frei sein und ihm nicht ins Netz gehen, wenn ihr an euch und eure eigene Kraft glaubt. Nur ihr könnt dem Schwarzmagier Macht geben. Das kann niemand anderes, denn ihr habt den freien Willen. Ihr könnt euch dafür entscheiden, ein bestimmtes Produkt nicht zu nehmen und stattdessen gesunde Lebensmittel zu kaufen und euch mehr zu bewegen. Wenn ihr das Gefühl habt, ihr bräuchtet irgendetwas, um besser, gesünder, angesehener oder lebendiger zu sein, dann sollten bei euch die Alarmglocken klingeln. Es gibt in allen Bereichen gute Produkte und gute Behandlungen, aber ihr entscheidet darüber, wie viel Macht ihr ihnen gebt und ob ihr euch davon abhängig machen wollt. Wenn ihr jederzeit das Gefühl habt, dass ihr wirklich mit etwas aufhören könnt und euch dabei noch gut fühlt, dann seid ihr frei und unabhängig. Fühlt ihr euch einem Produkt, einem Händler, einem Arzt oder Therapeuten auf irgendeine Weise verpflichtet, dann sitzt ihr schon in der Falle, ohne es zu merken. Gerade der Satz: ‚Ich könnte ja, wenn ich wollte, aber ich will nicht', ist weit verbreitet. In diesem Fall spricht entweder das Herz über den Verstand oder der Schwarzmagier über den Verstand. Wer von beiden spricht, ist einzig und allein durch das Gefühl zu unterscheiden und das empfindet jeder Mensch anders."

Aufmerksam hörte sie dem Engel zu und es zeigten sich sofort ein paar Bei-spiele, die ihr dazu in den Sinn kamen: Süßigkeiten, Zigaretten, Alkohol, aber auch Nahrungsergänzungsmittel in Form von bunten Pillen in edlen Verpa-ckungen. Der Engel machte keine Pause, sondern redete ununterbrochen weiter:

„Oftmals ist ein enger persönlicher Kontakt der Grund dafür, dass man sich als Verräter und Schuldiger fühlt, wenn man etwas nicht mehr möchte. Schaut euch alle Bereiche eures Lebens an und macht es euch bewusst. Ihr seid keine hilflosen Opfer. Ihr selbst macht euch dazu und oftmals ist auch eine gewisse Erwartungshaltung oder Gier der Preis dafür, dass ihr dem Schwarzmagier Raum gebt."

Eva konnte nicht mehr liegen und setzte sich auf. Das Thema mit dem Schwarzmagier machte sie innerlich unruhig. Sie atmete bewusst tief ein und aus und hatte das Gefühl, dass ihr Schwarzmagier etwas damit zu tun hatte. Auf das Thema sensibilisiert, hörte sie dem Engel aufmerksam zu und achtete auf kleinste körperliche Reaktionen.

„Seid auf der Hut, wenn es an euren Geldbeutel geht. Da seid ihr oft sehr sensibel und spürt genauer hin. Wenn euch etwas ,teuer' vorkommt und sich ein ungutes Gefühl zeigt, dann hinterfragt es augenblicklich. Das bedeutet im Umkehrschluss nicht, dass jedes hochpreisige Produkt nicht sein Geld wert ist. Spürt da bitte ganz genau in euch hinein. Ihr seid alle abhängiger, als euch das bewusst ist, aber die wenigsten von euch wollen das hören und sich dessen bewusst sein. Denn am Ende leben viele auch von den Abhängigkeiten ihrer Mitmenschen und profitieren davon."

Eva bekam plötzlich Rückenschmerzen im Lendenbereich. Sie stand auf und lief ein paar Schritte im Garten. Die Bewegung tat ihr gut. Der Engel sprach währenddessen weiter: „Seid vorsichtig, wenn es um Empfehlungen geht. Ihr schafft auch da Verbindlichkeiten. Haltet euch mit Geschenken zurück. Alles hat ein Maß und Ziel. Denkt mal darüber nach. Nicht jedes Geschenk kommt von Herzen und ist frei von jeglicher Erwartung. Das sind alles Themen des Schwarzmagiers. Der Schwarzmagier macht sich das Vertrauen der Menschen zunutze. Er agiert sehr gern im eigenen Familien-, Bekannten- und Freundeskreis. Denn da kann er sich der Gutgläubigkeit und des Vertrauens gewiss sein. Unzähliges Leid ist entstanden, weil bei Familienangehörigen und Freunden Versicherungen und andere bindende Verträge abgeschlossen wurden. Testamente und Eheverträge sind die Ausgeburt dessen, womit ihr euch und den anderen die freie Meinung und den freien Willen nicht zubilligt. Eine Meinung ist frei, wenn sie jederzeit verändert werden kann. Der freie Wille macht euch zum Individuum und ist Ausdruck eurer Persönlichkeit.

Das ist das größte Geschenk, das ihr von Gott erhalten habt. Gott oder das universelle Bewusstsein achtet euren Willen. Ihr achtet weder euren Willen noch den eurer Mitmenschen. In dem Moment, wo ihr den Willen anderer manipulieren wollt, respektiert ihr nicht den Willen Gottes. Das, was daraus entsteht, ist das Gefühl, schuldig zu sein und ein schlechtes Gewissen zu haben."

„Herrje, was ist denn mit dir los? Du kommst ja vom Hundertsten ins Tausendste", versuchte Eva den Engel zu stoppen. Das war wirklich sehr anstrengend, ihm zuzuhören und sie merkte, dass sie vieles gar nicht hören wollte. Doch der Engel war noch hartnäckiger als ihr Frauenarzt und ignorierte Evas Befindlichkeiten. Er redete einfach weiter: „Nun, was bedeutet das Wort *Gewissen*? - Wider besseres Wissen. Obwohl ihr etwas erkannt habt, ignoriert ihr es und macht weiter wie bisher. Es ist zu allgemein gesprochen, wenn ihr sagt, es gäbe keine Schuld. Wie definiert ihr Schuld? Wenn eine Religion euch sagt, was ihr zu tun oder zu lassen habt, nimmt sie da nicht auch Einfluss auf euren freien Willen? Kann es sein, dass sich eine Religion über den höchsten Willen Gottes stellt? Würde sie in diesem Moment nicht zwangsläufig eine Schuld auf sich laden und von vornherein zum Scheitern verurteilt sein? Gott sagt nicht, dass ihr auf ihn hören und an ihn glauben müsst, denn dann würde er den freien Willen einschränken, den er euch vorher geschenkt hat. Er wartet und freut sich, wenn ihr es tut und euch ihm zuwendet. Der Begriff Gott ist mittlerweile so negativ besetzt, dass man einen neuen und neutralen Begriff verwenden müsste, um euch das, was Gott ist, erklären zu können. Das Gott-Vater-Bild hat ausgedient. Ein neues Bewusstsein etabliert einen anderen Umgang mit Gott als höchste Form von Intelligenz."

„Kann ich das irgendwo nachlesen?", fragte Eva. Du hast mir einiges gesagt, das ich gern für mein Buch aufarbeiten würde. Aber gönn' mir mal eine Pause. Das würde dir meine zukünftige Lektorin ganz bestimmt auch empfehlen. Du musst mal deinen Redeschwall unterbrechen. Geh doch mal in den Garten. Ach nee, da sind wir ja jetzt schon. Dann geh in die Küche und mach dir einen Tee. Du kannst auch in mein Arbeitszimmer gehen und das Fenster aufmachen. Verstehst du, was ich meine?" Eva hoffte, dass der Engel endlich mal die Klappe halten würde. Langsam strengte sie das an, obwohl alles, was er sagte, sehr interessant war.

Evas Taktik schien zu funktionieren. Als hätte man auf einen Ausstellknopf gedrückt, war plötzlich alles ruhig – allerdings nur für zehn Sekunden. Dann legte er erneut los: „Das hier ist keine Heldenreise und auch kein Kindergeburtstag und erst recht kein Wunschkonzert, sondern die Realität."

Plötzlich sah sie vor ihrem geistigen Auge den Engel, der sich in einen Zirkusclown verwandelte und aus seinem Ärmel eine Taube schüttelte, die in die Luft flog. Überrascht stellte Eva fest, dass der Engel mehr Möglichkeiten hatte als sie, kreative Pausen einzulegen.

Dann verwandelte er sich zurück in Nicolas Cage und philosophierte weiter: „Ich hoffe, dass dir meine kleine Einlage gefallen hat. Jetzt darfst du mir wieder zuhören. Der Gegenspieler von Gott ist der Schwarzmagier, den ihr auch Teufel und Satan nennt. Das ist kein schwarzes Wesen im Außen, vor dem ihr davonlaufen und euch verstecken könnt. Gott hat dieses Wesen in dem Moment geschaffen, wo er euch den freien Willen schenkte – und er war sich dessen bewusst, wie viel Macht er euch Menschen dadurch zubilligte. Doch der Teufel kann Gott nichts anhaben, nur euch Menschen kann er die Hölle auf Erden bringen. Wer ständig gegen alles ist, sich nur auf Konfrontationskurs befindet, bewusst seinen Mitmenschen und der Natur schadet, der kann in seinem Herzen keinen Frieden und kein Glück empfinden."

Eva hielt sich die Ohren zu und der Engel war augenblicklich still. Dann hörte sie ihn zuerst summen und dann singen: „Ich wollt ich wär' ein Huhn, ich hätt' nicht viel zu tun..."

„Schon gut, schon gut. Ich habe verstanden, dass ich dich auch hören kann, wenn ich mir die Ohren zuhalte", sagte sie völlig erschöpft.

„Ich wollte meine Ansage nur ein wenig auflockern und dir eine Atempause gönnen. Aber wenn dir mein Minnegesang nicht gefällt, dann zaubere ich wieder für dich", sagte er Engel mit einem schelmischen Grinsen.

„Soll das heißen, dass du immer noch nicht fertig bist? Zum Glück sitze ich nicht am Computer und muss das alles mitschreiben, sondern darf dir nur zuhören", sagte Eva und legte sich demonstrativ mit einem lauten Stöhnen auf die Liege zurück.

Von da beobachtete sie den Engel und sah, dass er sich einen Gartenstuhl zurechtschob und es sich direkt neben ihr ebenfalls bequem machte. Er räusperte sich und redete weiter:

„Jeder Mensch hat ein Gewissen und das ist der schärfste Richter. Diese Gewissen sitzt im Unterbewusstsein und sendet Impulse, die der Verstand blockieren kann. Und dennoch ist das Gewissen da. Das Unterbewusstsein ist mit dem Überbewusstsein verbunden und kennt den göttlichen Plan. Es weiß um Seelenabsprachen, um Erfahrungen und hat einen größeren Überblick über Gesamtzusammenhänge. Es gibt keinen Kampf zwischen Gott und dem Teufel. Es gibt auch keinen Kampf zwischen Licht und Schatten. Die Angst vor dem Teufel ist die größte Angst in euch, vor eurem Willen, der sich gegen Gott entscheiden kann. Diese Angst ist sogar noch stärker als die Angst vor dem Tod. Ihr habt Angst vor eurer Macht und Courage und dies führt euch zwangsläufig in die Ohnmacht. Die Verantwortung für den Teufel könnt ihr niemandem übertragen. Wenn ihr Gott mit den Worten anruft: ‚Und führe uns nicht in Versuchung, sondern erlöse uns von dem Bösen', dann sollte es euch bewusst sein, dass ihr euch selbst darum bittet, den Angeboten und Versuchungen des Schwarzmagiers widerstehen zu können und euch nicht in dessen Hände zu begeben."

Der Engel erhob sich und ging ein paar Schritte in Richtung des Ginkgo-Baumes. Aus diesem kamen zwei Vögel, die sich auf die Schultern des Engels setzten und laut zu zwitschern begangen. Sie ließen sich von ihm wie zahme Wellensittiche streicheln und flogen dann weg. Mit langsamen Schritten kam der Engel zurück, setzte sich und sprach weiter: „Ich hoffe, dass du dich entspannen konntest. Darf ich weitersprechen?"

Eva starrte ihn an und sagte nur: „Bitte."

„Ihr kennt euch am besten. In lichten Momenten, wo ihr mutig und ganz ehrlich zu euch selbst seid und euch nicht selbst etwas vormacht, wisst ihr, dass ihr auch hochmütig, eitel, gierig und schwach seid und manchmal jemanden braucht, der euch vor euch selbst beschützt. Doch was wäre die Folge davon, wenn es diesen jemand wirklich geben würde? Gott müsste euch entmündigen, euch euren freien Willen wegnehmen und über euch bestimmen. So wie ein Vater, der seinem vierzehnjährigen Sohn die Autoschlüssel wegnimmt, damit er sich und andere nicht gefährdet. Wollt ihr das wirklich? Wollt ihr, dass ein anderer oder eine höhere Intelligenz euch ein-schränkt, wo ihr doch schon bei einem Verbot eines Eises oder Handys einen riesigen Aufstand macht?"

Plötzlich stand der Engel auf und verwandelte sich in einen Ziegenbock, der laut meckerte und sehr unangenehm roch. Eva hielt sich die Nase zu und ihr wurde leicht übel. Dann verwandelte er sich in eine schwarze Kobra, die sich vor Evas Liege aufrichtete und ihr fest in die Augen blickte. Eva bekam fast einen Herzinfarkt. Wenn sie vor etwas Angst hatte, dann waren das Schlangen. Bewegungslos lag sie da und hoffte, dass das Tier so schnell wieder ver-schwinden würde, wie es gekommen war. Um die Schlange herum tanzten plötzlich Feuerzungen, die aus dem Boden kamen. Sie loderten immer höher auf und Eva hatte das Gefühl, sie würde sich an ihnen verbrennen. Die Flammenwand, die sich im Kreis um die Schlange ausgebreitet hatte, wurde immer dichter, sodass die Kobra nicht mehr zu sehen war. Eva lag immer noch regungslos auf ihrer Liege und wünschte sich, dass sie es hätte gut sein lassen. Wenn sie den Engel in Ruhe gelassen hätte, dann wäre er wahrscheinlich nicht auf diese Gedanken gekommen. Eine unbeschreibliche Wut stieg in ihr auf und sie malte sich aus, wie sie es dem Engel heimzahlen könnte, nachdem er mit seinem Schauspiel fertig wäre. Je mehr sie ihren Emotionen freien Lauf ließ, desto heißer wurde ihr. Sie hatte das Gefühl im Inneren eines Vulkans zu sein. Heiße Lava lief an ihrem Körper vorbei und brannte sich schmerzhaft in ihre Haut. Das blanke Entsetzen packte Eva und sie schrie: „Willst du mich foltern?! Wie kannst du mir das antun, nach all dem, was ich für dich getan habe?"

Sie fühlte sich hilflos und ausgeliefert – und der Schmerz, der ihren ganzen Körper plagte, nahm von ihren Gedanken Besitz. Sie hatte Todesangst und fühlte, dass sie alles dafür getan hätte, aus dieser Situation befreit zu werden. Doch dann tauchte wie aus dem Nichts ein Geistesblitz in ihr auf und sie machte sich bewusst, dass sie sich in jedem Augenblick ihre eigene Realität schaffen konnte. Mit letzter Kraft mobilisierte sie die Vorstellung, dass sie auf einer saftigen, duftenden Blumenwiese liegen und in friedvoller Stimmung den Moment genießen würde. Sie konzentrierte sich, so gut sie konnte, auf diese Vision der Blumenwiese und musste hartnäckig gegen die Widerstände der Zweifel ankämpfen, als der Vulkanschlot ihre Aufmerksamkeit immer wieder auf sich ziehen wollte. Doch Eva war stärker und bündelte ihren Fokus auf das Gefühl, keine Schmerzen zu haben, die weiche Wiese zu fühlen, den blumigen Duft zu atmen, den blauen Himmel zu sehen, den warmen Wind auf ihrer Haut zu fühlen und frisches, klares Brunnenwasser zu schmecken. Es funktionierte. Evas Verstand konnte es im ersten Moment nicht glauben, aber ihre Umgebung verwandelte sich. Sie schenkte der Hölle keine Beachtung und sah jetzt einen ganzen Schwarm von Engeln, die sie in eine violette Energiekugel einhüllten und in die Vision ihrer Blumenwiese absetzten. Alles war gut. Sie hatte es geschafft, sich selbst und ihre dunklen Gedanken zu überwinden. Sie hatte im entscheidenden Moment darauf vertraut, dass nur sie selbst es mit der Kraft ihres Glaubens an das Gute schaffen würde und sich auch aus einer scheinbaren Katastrophe befreien konnte. Völlig erschöpft schlief sie sie ein.

Irgendwann wachte Eva auf. Der Lärm des Rasenmähers vom Nachbargrundstück hatte sie geweckt. Verstört sah sie sich um. Langsam kehrten die Erinnerungen an den Vulkan und die Blumenwiese zurück. Eva setzte sich auf und hielt Ausschau nach dem Engel.

„Der kann was erleben", dachte sie, während sie aufstand und den Garten nach ihm absuchte. Da Eva den Engel nicht finden konnte, ging sie ins Haus, um dort nach ihm zu suchen. Sie fragte sich, ob er sich in Luft aufgelöst hatte und zweifelte an ihrem Verstand. Eva war so erschöpft, dass sie sich zum ersten Mal keine Gedanken darüber machen wollte, was in ihrem Kopf Fantasie, Traum oder Wirklichkeit war. Es war ihr egal und sie hatte auch nicht das Gefühl, das Erlebnis mit irgendjemandem teilen zu wollen. Das Gefühl von Gleichgültigkeit machte sich in ihr breit und die Erkenntnis zeigte sich, dass man nicht alles zerreden sollte und es für manche Dinge einfach keine Erklärung gab.

In der Küche machte sich Eva einen Espresso und nahm ihn mit in ihr Arbeitszimmer, wo sie dann auch ihren Engel fand. Er stand am Fenster und schien sie zu erwarten. Mit einem freundlichen Lächeln deutete er auf ihren Sessel. Im Stehen trank Eva noch schnell den Espresso aus und setzte sich.

„Heute steht aber wirklich viel auf dem Programm. Das muss ich erstmal verarbeiten. Ich habe heute kein Bedürfnis mehr nach ‚großem Kino' und würde dir gern einfach nur noch zuhören, wenn es recht ist", sagte Eva mit patziger Stimme.

Der Engel kam auf sie zu und legte seine Hand auf ihre Schulter, während er sprach: „Liebe Eva, du hast etwas arrangiert, dass dir nicht bewusst war, darum lass es mich dir kurz erklären. Ich wollte dir eigentlich nur ganz sachlich meine Sichtweise zum Schwarzmagier erklären. Du bist in die Handlung eingestiegen, als wenn du eine Handlung für dein Buch schreiben würdest. Statt einfach nur zuzuhören und die Worte in deinen Kopf und in dein Herz zu lassen, hast du sozusagen ein Animationsprogramm kreiert. Eigentlich wolltest du Unterbrechungen für meinen langen Dialog, doch anstatt einfach zu signalisieren, dass für einen Moment nichts passiert, lässt du mich irgendetwas machen. Du beobachtest mich dabei, kommst aus deinen ursprünglichen Gedanken raus und hast Probleme damit, den Faden wiederaufzunehmen und energetisch da anzuknüpfen, wo wir vor der Unterbrechung waren. Das hier ist kein Drehbuch für die Schwarzwaldklinik oder irgendein anderes Unterhaltungsprogramm. Es ist eine Möglichkeit, Wissen zu kommunizieren. Stell dir vor, im Mathematikunterricht würde recht trocken der Stoff an der Tafel vermittelt werden. Du musst deine Aufmerksamkeit bündeln und auf das Thema lenken, wenn du etwas lernen willst. Wenn jetzt ständig jemand hereinkäme und den Unterricht mit irgendwelchen Ablenkungen unterbrechen würde, dann könntest du das Wissen nur zum Teil aufnehmen, weil ein Teil der Aufmerksamkeit auf etwas Anderes gelenkt wäre. Man kann sich nicht gut konzentrieren, wenn ständig jemand aufsteht, das Fenster öffnet, vielleicht noch mit dem Nachbarn tuschelt, heimlich auf sein Handy schaut und immer wieder Geräusche durch herunterfallende Stifte oder sonstiges zu hören ist. Kannst du mir folgen? Frage dich nach der Absicht bei allem, was du tust. Bitte setze dich an deinen Computer und schreibe. Wir werden den Text nicht so oft unterbrechen. Ihr müsst wieder lernen, euch über eine lange Textstrecke konzentrieren zu können. Wenn ihr etwas nicht beim ersten Mal versteht, dann lest es noch einmal. Du hast nicht den Auftrag einen Krimi zu schreiben, den man meistens nur einmal liest."

Aufmerksam hörte Eva zu. Sie verstand den Engel, stand wortlos auf und fuhr den PC hoch. Mit ein paar Klicks war sie in ihrem Manuskript an der Stelle angekommen, wo sie weiterschreiben konnte. Sie nahm sich vor, nicht zu unterbrechen, sondern brav alles aufzuschreiben, was der Engel ihr sagte.

Der Engel stellte sich hinter Eva und beobachtete sie, während er sprach:

„Lass mich an meine bisherigen Ausführungen zum Schwarzmagier anknüpfen: Der Teufel, Satan oder wie ihr ihn auch nennen wollt, ist keine schwarze Gestalt mit Pferdefuß. Das sind Bilder, die Menschen geschaffen haben, die zu einer anderen Zeit lebten. Eure Seele hat solche Erinnerungen mit in dieses Leben gebracht, denn ihr seid nicht zum ersten Mal auf dieser Welt. Diese Angst vor Satan ist so mächtig, weil sie durch euch und ganz viele Menschen am Leben gehalten wird. Das sind letztendlich auch morphogenetische Felder. Früher war Gott als eine Ur-Gewalt noch die höchste Instanz, weil die Menschen ihn im Kollektiv dazu gemacht haben und ihr Überleben davon abhing. Sie hatten einen anderen Umgang mit der Natur und deren Kräften. Irgendwann begann es, dass der Glauben und der Wille des Menschen aus den eigenen Reihen eingeschränkt wurden. Der Schwarzmagier kommt hier zum Zug. Der Mensch ist sehr intelligent und er versteht es, dass er ganze Massen beherrschen kann, wenn er sie über die Angst vor Gott gleichzeitig von ihm trennt. Damit das aber nicht sofort auffiel, holte er sich zum Schein Gott als die höchste Macht an die Seite und glaubte, diese Macht instrumentalisieren zu können. Ganz einfach ausgedrückt: Der Mensch glaubte, dass er Gott vor seinen Karren spannen konnte, um in dessen Namen menschliche, egoistische Ziele durchzusetzen. Das ist ein klassischer Fall von Hochmut im Gegenpol zu mangelnder Demut. Die Menschen selbst haben dieses Scheingebilde mit ihrer Angst am Leben gehalten. Noch heute gibt es Unzählige, die von sich glauben, dass sie arme, kleine Sünder seien und Buße tun müssten. Auf diese Weise halten sie sich selbst klein, machen sich selbst zu schwachen Menschen und sind manipulierbar – der Schwarzmagier lässt grüßen."

Erschrocken unterbrach Eva das Tippen und hakte nach: „Das hört sich ja so an, als wenn die Kirche ein Konstrukt vom Teufel höchst persönlich wäre. Also das kann ich auf gar keinen Fall in mein Buch schreiben. Selbst wenn es so wäre. Könnt ihr euch vorstellen, was ich mir da alles anhören muss?"

„Da siehst du es. Da ist sie wieder, deine Angst. Doch jetzt solltest du ihr ins Auge sehen und erkennen, dass die Angst nicht etwa eine Angst vor Gott ist, sondern vor der Kirche und ihren Machenschaften. Behalte aber auch da im Auge, dass Kirche nicht ein Überbegriff für alles sein kann und nicht das Gleiche ist, wie die Geistlichen und ihr Glaube. Es gibt so viele Geistliche, die einen Engel auf Erden verkörpern. Hildegard von Bingen war nur eine von Vielen, die im Sinne der Nächstenliebe handelten. Viele Pastoren und Priester helfen in den Gemeinden und geben dort ihr Bestes aus dem Herzen heraus. Sie sind es, die Gott als eine gebende Liebe durch ihr eigenes Tun erfahrbar machen. Aber wir geben dir natürlich recht, dass man sich mit mächtigen kirchlichen Institutionen nicht gefahrlos anlegen sollte. In dem Moment, wo du in der Angst bist, bist auch du manipulierbar und verletzbar. Doch das wird nicht das erste und letzte Mal sein, dass du dir die Finger verbrennst."

Eva glaubte ihren Ohren nicht zu trauen. Der Engel diktierte ihr einen hochbrisanten Text, bei dem sie als Autorin in die Schusslinie geraten könnte und tat so, als sei das überhaupt nicht schlimm, denn sie hätte sich ja schon öfter die Finger verbrannt. Wutentbrannt schmetterte sie los: „Ihr habt gut reden und spannt mich vor euren Karren, damit ich den Menschen eure Gedanken zugänglich mache. Ihr sitzt da im Geistigen schön im Trockenen und wir hier unten auf der Erde müssen eure Suppe auslöffeln."

Der Engel amüsierte sich über Eva und wusste, dass er sie in dieser Stimmung nur mit ihren eigenen Waffen schlagen konnte. Bodenständige Argumente wollte sie nicht hören. Daher legte er sich jetzt so richtig ins Zeug:

„Jammer, jammer, heul, heul, ich bin so arm, ich habe kein Geld. Ich würde ja so gerne, wenn ich könnte, aber... Ich bin so spirituell, dass ich meinen Körper nicht mehr pflegen muss. Ich habe kein Geld, bitte gib mir die Dinge billiger, ich bin so arm. Ich kann nicht putzen, weil ich in einem anderen Leben beim Putzen umgebracht wurde, ich Arme, schluchz. Meine Eltern haben mich so schlecht behandelt, darum bin ich heute so bedauernswert, schnief, schnief. Keiner mag mich. Immer ich! Immer muss ich für andere etwas tun, und überhaupt, ich habe schließlich kein Geld ... He, Franz! Komm mal her! Bring der Eva mal 'nen Schnaps – die kollabiert gleich!"

Der Engel hatte den richtigen Knopf bei Eva gedrückt und sie musste herzlich lachen. „Ihr seid ja richtige Spaßvögel. Aber mal ehrlich: Wenn ihr so mit uns sprecht, können wir euch nicht erstnehmen."

„Wir euch auch nicht", entgegnete er prompt.

Doch dann fühlte sich Eva plötzlich so, also würde der Engel sie veralbern. Enttäuscht sagte sie: „Oh Mann, wie kann man bei so einem ernsten Thema so entgleisen? Es war doch alles so tiefgründig, so spannend. Ein Hauch von Heiligkeit lag in der Luft. Endlich mal etwas Neues. Neue Gedanken, die die Leser fesseln und in Staunen versetzen. Und da macht ihr mit euren Sprüchen alles zunichte. Wie soll ich denn den Faden wiederaufnehmen?"

„Du hältst ihn noch in der Hand. Merkst du das nicht? Das hat doch alles miteinander zu tun. So lange ihr aus eurem Drama nicht aussteigt und einen Schlussstrich unter die Vergangenheit zieht, bleibt ihr in eurem Jammertal gefangen. Wir könnten weinen, wenn wir euch bei dem beobachten, was ihr tut. Aber auch wir lassen uns nicht auf das Drama ein und akzeptieren eure Wünsche. Jammert euch gegenseitig die Ohren voll und bestärkt euch darin, dass ihr ganz arme Wesen seid. Ihr belügt euch selbst und die anderen und es scheint auch keinen zu stören. Wenn euch die Freundin sagt, dass jetzt mal Schluss ist und ihr bitte eure Schulden bei ihr zurückzahlen sollt, dann ist doch sie für euch die Böse, weil sie offensichtlich kein Verständnis für euch hat. Sie soll ruhig sein und so tun, als wüsste sie nicht, dass ihr für ganz viele Dinge Geld habt, nur nicht für eure Ausstände. Ihr biegt euch alles so zurecht, wie es euch in den Kram passt und glaubt, dass ihr unsichtbar seid und keiner merkt, was ihr tut. Die Freundin, die alles gutheißt, ist auch keine wahre Freundin, denn sie nährt euch durch ihr Verhalten in eurer Illusion. Seid mutig und nehmt in Kauf, dass ihr nicht ‚everybody's darling' sein könnt, wenn ihr zur rechten Zeit einen wohlgemeinten Tritt vors Schienbein gebt. Der Jammerlappen ist auch eine Form des Schwarzmagiers. Er verleugnet seinen Wert und seine Ehre und das ist der schrecklichste Selbstbetrug, den es gibt."

Jetzt verstand Eva, was der Engel meinte und sie fand, dass er recht hatte. Sie kannte einige Menschen, die ihre Schulden nicht bezahlten. Trotz mehrfacher Aufforderung hatte Eva immer wieder hören müssen: „Ich gebe es dir später." Dabei gab ihr die Schuldnerin oft noch das Gefühl, als wenn sie unberechtigt etwas einfordern wollte. „Haste mal 'ne Kippe?", hatte sie auch oft gehört. Manche ihrer damaligen Kollegen hatten sich auf diese Weise jahrelang durchgeschnorrt. Sie wunderte sich, was beim Thema Schwarzmagier alles auf den Tisch kam.

„Und glaubt nur nicht, dass wir nicht auch mitbekommen, wenn ihr eure Striche auf der Kaffeeliste im Büro nicht macht und ständig darauf aus seid, dass ihr ein kleineren oder auch größeren Vorteil auf eurer Seite haben müsst.

Viele Menschen fühlen sich einfach besser, wenn sie einen Vorteil gegenüber anderen haben. Falls ihr denkt, dass das keine Folgen hätte, weil es ja keiner merken würde, irrt ihr euch. Euer Unterbewusstsein bekommt alles mit. Da sitzt euer Gewissen, während der Schwarzmagier im Verstand sitzt und keinen Einfluss auf euer Unterbewusstsein hat. Es kann vorkommen, dass ihr euch mit dem Verstand im Recht fühlt – ganz nach dem Motto: Das machen doch alle so. Das Unterbewusstsein führt immer den Ausgleich herbei. Es kann gar nicht anders, denn es ist unmittelbar mit dem All-Bewusstsein verbunden. Daher kann es passieren, dass derjenige, der immer mal wieder ‚krank macht', um sich vor seinen Pflichten zu drücken, ganz automatisch auch wirklich krank wird. Das Unterbewusstsein ist dafür zuständig, denn es steuert eure Körperfunktionen. Denkt mal darüber nach und redet euch nicht mehr damit heraus, ihr hättet das ja alles nicht gewusst. Ganz nebenbei merken wir noch an, dass jetzt die Zeit gekommen ist, wo jeder alles erfährt, was mit ihm zu tun hat. Wir steuern die Informationen auf eine intelligente Weise, die ihr niemals durchschauen könnt. Freut euch, denn ab jetzt geht es aufwärts."

Eva hatte ein ungutes Gefühl. Sie fühlte sich, als wenn sie jemand durchleuchten würde und ging dann erst mal wie gewohnt zum Gegenangriff über:

„Das klingt ja beinahe so, als wenn ihr die Leute bedroht. Wenn ihr krank macht, dann bestraft euch das Leben, indem ihr krank werdet. Was ist denn das für ein Quatsch?"

„Ja, ja, die Wahrheit tut manchmal weh. Derjenige, der das liest und den es betrifft, der wird sich sein Bild dazu machen können. Vergiss dabei nicht, dass auch du das eine oder andere Schonprogramm für dich gewählt hattest. Zum Glück bist du aufgewacht, auch wenn du dich jetzt so fühlst, als wenn du im Schleudergang für die Kochwäsche sitzt. Nimm es nicht so schwer. Heutzutage kommt niemand mehr auf den Scheiterhaufen. Aber mal im Ernst: Wir brauchen dich für diese Botschaft. Sie hat auch etwas mit dir zu tun und jedem, dem du dabei helfen kannst, aufzuwachen und sich bewusst zu werden, wie alles miteinander zusammenhängt, tust du letztendlich einen Gefallen. Nimm in Kauf, dass du den Leuten immer mal auf den Füßen stehst. Das ist dein Job. Eigentlich müsstest du dich doch längst daran gewöhnt haben. Wie lange bist du schon Polizistin?"

Eva hatte die Nase gestrichen davon voll, anderen auf den Füßen zu stehen und mit erhobenem Zeigefinger „du-du-du" zu machen. Sie war schließlich zu Hause und hatte ein Recht auf Ruhe und Behaglichkeit. Sollten doch endlich mal andere die Ordnungspolizei spielen. Daher sagte sie: „Ich bin im wohlverdienten Ruhestand. Habt ihr das vergessen?"

„Du bist im Dienst, meine Liebe. Nur dass du jetzt ein anderes Wappen auf deinem Ärmel hast und dein Chef etwas feinstofflicher ist als der letzte. Das hier ist alles Kinderkram im Vergleich zu dem, was du noch in Ordnung bringen wirst. Sieh es als kleines Übungsfeld und spür mal hinein, wie es sich anfühlt, wenn man anderen das Stopp-Schild auf den Kopf haut."

Eva atmete durch. Von ihr aus konnte der Engel so viel herumschwatzen, wie er wollte. Sie würde sich nicht mehr aus dem Fenster lehnen. So viel stand fest.

„Seid ihr eigentlich mit dem Schwarzmagier fertig?", fragte sie um das unangenehme Thema vom Tisch zu kriegen.

„Keineswegs. Wir sind mittendrin. Hoffentlich bist du noch aufnahmebereit. Also hör genau zu: Ihr haltet eure Vorstellungen von euch und den anderen stoisch am Leben und ihr gebt dem Teufel, also dem Schwarzmagier, Macht durch eure Gedanken. Er ist ein Teil von euch, weil ihr ihn von Inkarnation zu Inkarnation mitgenommen habt, um ihn endlich zu erlösen. Niemand kann das, außer ihr selbst. Das ist eine große Verantwortung, die ihr habt. In dem Moment, wo euch das bewusst ist, könnt ihr euch aber auch gleichzeitig entspannt zurücklehnen, denn ihr seid von niemandem abhängig, der ihn für euch erlösen muss. Ihr habt die Wahl, wie ihr leben wollt, an was ihr glauben wollt und an was nicht. Wenn ihr euch auf die höchste Intelligenz besinnt, die den perfekten Plan geschaffen hat, in dem alle Menschen gleich sind und jeder ein glückliches und erfülltes Leben haben kann, warum wollt ihr euch für etwas Anderes entscheiden? Durch eure Gedanken und Taten, die der Schwarzmagier beeinflusst, gerät dieser göttliche Plan ins Ungleichgewicht und die logische Folge, die ihr auch aus der Physik kennt, ist die, dass wieder ein Gleichgewicht geschaffen werden muss. Gott ist Ausgleich und Harmonie. Der Schwarzmagier ist der Teufel in dir und nur du kannst ihm mit Liebe, Demut und Disziplin begegnen. Habe allerhöchsten Respekt vor ihm, sei dir seiner Macht bewusst, aber gib dich nicht der Ohnmacht und der Angst hin, wodurch du ihm das Feld überlassen würdest. Verstehst du, was wir dir sagen wollen? Gott ist in dir, weil du ein Teil von ihm bist und der Teufel ist auch ein Teil von dir, der nur im Verstand durch den freien Willen ausgedrückt werden kann. Das bedeutet aber nicht im Umkehrschluss, dass alles, was du mit deinem Willen zum Ausdruck bringst, teuflisch ist. Sagtest du nicht, dass du keinen schwarzen Magier hättest?"

Je mehr Eva über diesen Schwarzmagier erfuhr, desto besser verstand sie die Zusammenhänge. Durch das, was der Engel ihr erzählte, fühlte sie sich, als ob ihr jemand permanent den Spiegel vorhalten würde. Sie blickte nicht länger feige nach unten, sondern sah der Wahrheit ins Gesicht. Mit Mut und Entschlossenheit erhob sie ihre Stimme: „Oh doch, und ich kriege gerade so eine Wut, wo mir klar wird, wie ich ihn bewusst und unbewusst eingesetzt habe und dabei auch mit seiner Energie über andere Menschen in Berührung kam. Ich kenne den Schwarzmagier, der gern mit Verweigerung und Liebesentzug in jeder Beziehung straft. Er lässt die Menschen glauben, dass sie rücksichtslose Egoisten sind, wenn sie sich in ihrem Leben nicht nur einmal verlieben und mit nur einem Menschen ihr ganzes Leben verbringen wollen. Er lässt die Menschen glauben, dass sie selbst nicht glücklich werden durfen, wenn sie andere in ein scheinbares Unglück gestürzt haben. Der Schwarzmagier lässt jeden büßen, der es wagt, seinem Herzen zu folgen, auch wenn er damit die Illusion und Erwartungen von anderen zerstört, alle gegen sich aufbringt und einen Scherbenhaufen zurücklässt. Wenn er spürt, dass er nicht zum Zug kommt, wird er böse oder völlig bemitleidenswert und weist darauf hin, dass man Schuld hat, wenn man Erwartungen von anderen nicht entspricht und diese sich dadurch schlecht fühlen."

Eva kam immer mehr in Fahrt und sie holte kaum Luft, während sie sprach. Besorgt schaute der Engel sie an und erhob die Hand, um ihr zu signalisieren, dass er ihr etwas sagen wollte. Obwohl sie emotional sehr angespannt war, reagierte Eva sofort auf das Handzeichen des Engels und fragte:

„Wolltest du etwas sagen?"

„Ja meine, Liebe, vielleicht solltest du mir das noch etwas genauer erklären, damit ich dich auch nicht falsch verstehe. Was meinst du damit, wenn du sagst, dass dein Schwarzmagier dich für etwas büßen lässt?"

„Ich empfinde das so, dass er dafür verantwortlich ist, dass ich mich schlecht fühle oder ein schlechtes Gewissen habe, wenn ich meinem Herzen folge. Die Ziele des Schwarzmagiers sind sehr EGO-bezogen. Er würde über Leichen gehen, wenn es seinen Zielen dienen könnte. Er ist nicht dazu in der Lage, mit dem Herzen zu korrespondieren. Nehmen wir mal an, es würde sich ein verheirateter Mann in eine andere Frau verlieben und für beide sei es vom Seelenplan so vorgesehen, dass sie zusammen den nächsten Lebensabschnitt partnerschaftlich miteinander verbringen. Das Herz, welches den Seelenplan kennt, würde sich freuen. Dagegen würde der Verstand mit dem Schwarzmagier 1000 Gründe dafür finden, warum das nicht geht. Dass man seine Ehefrau nicht verlässt und man ihr nicht wehtun will. So spricht der Schwarzmagier und wenn er richtig gut ist, dann liefert er so gute Argumente und ein schlechtes Gefühl, dass man ihm folgt."

Kopfnickend hörte der Engel Evas Ausführungen zu und fragte dann: „Und wie hast du das mit den Emotionen des Schwarzmagiers gemeint?"

Mit einem lauten Seufzer antwortete Eva:
„Das ist doch ganz klar. Das sind die Menschen, die sich selbst so leidtun und immer nur herumjammern nach dem Motto: Ich würde ja so gerne, aber ich kann nicht. Ich bin schließlich ein besonders wichtiger Mensch in der Öffentlichkeit und ich kann mir keinen Skandal leisten. Der Schwarzmagier kann ihn aber auch bösartig werden lassen, so dass er seine eigene Frau prügelt oder bedroht. Alles, was den freien Willen eines anderen Menschen einschränkt, ist manipulativ und ein Ausdruck des Schwarzmagiers."

Während Eva sprach, erschienen eine Fülle von Beispielen in ihrem Kopf und sie spürte, dass jeder Mensch seine eigenen manipulativen Spielchen, die er Hand in Hand mit dem Schwarzmagier unternahm, erkennen könnte. Aber dazu würde auch sehr viel Mut und die Gabe der Selbstreflektion gehören. Abschließend ergänzte sie noch einige Punkte, als sie jetzt mit ruhiger Stimme sagte: „Er macht einem glaubhaft, dass man jemandem etwas ‚antun' kann und ihn im Stich lässt, wenn man seinen eigenen Weg geht und bedingungslos zu sich selbst steht. Wenn ihm nichts mehr einfällt, dann führt der Schwarzmagier sogar die Menschen, die ihm nahestehen, in die Schlacht, die für das kämpfen sollen, was er will und mit deren Unterstützung der Kampf um die Macht und Moral ausgetragen wird. Dabei ist er so geschickt, dass er einen in dem Glauben lässt, alle anderen seien mit ihm einer Meinung und wollen das Gleiche. Er sorgt dafür, dass man sich selbst und seine Herzenswahrheit verleugnet und das eigene Leben mit Füßen tritt, indem er droht: ‚Macht nur so weiter, dann habt ihr mich bald unter der Erde. Dann werdet ihr schon sehen, was ihr davon habt, dass ihr einfach macht, was ihr wollt und nicht, was ich will!'"

Der Engel hörte zu und sagte dann trocken: „Und wo ist jetzt bitteschön die Pause? Willst du uns das alles an einem Stück zumuten, ohne dir zwischendrin mal einen Tee zu kochen oder in den Garten zu gehen, damit wir mal durchatmen können?"

Dann lachte der Engel los und auch Eva konnte sich nicht mehr zurückhalten. Nachdem sich beide wieder beruhigt hatten, meinte Eva: „Dass der Schwarzmagier der Teufel sein soll, ist für mich völlig neu. Das habe ich noch nie gehört und obwohl er so teuflisch wütet und sich tarnen kann, verliert er auf einmal den Schrecken. Wenn ich ihn einmal erkannt habe, werde ich ihn immer wieder erkennen können. Was mir einmal bewusst ist, das kann mir nie mehr unbewusst sein. Ich habe fast das Gefühl, dass mein Schwarzmagier froh ist, endlich gesehen zu werden. Denn nur dadurch, dass ich weiß, dass er ein Teil von mir und jedem Menschen ist, kann ich mich auf ihn einstellen und ihn im Auge behalten. Ich allein kann ihn bezwingen und ihn entmachten."

Stolz blickte der Engel auf Eva und freute sich darauf, dass sie es wieder geschafft hatte, die richtigen Schlüsse zu ziehen. Mit einem anerkennenden Lächeln fügt er hinzu: „Die Liebe heilt alles. Verurteile dich nicht dafür. Der Schwarzmagier sehnt sich in seinem Innersten nach Liebe, Wärme und Geborgenheit – nach Gott. Er war wichtig, damit die Menschen auch diese manipulative Seite an sich durch ihn erfahren konnten. Das macht es ja gerade so wertvoll. Wenn ihr wisst, wer ihr seid, aus welchen Energiekörpern ihr besteht, dann habt ihr auch die Möglichkeit, euch und euer Handeln zu verstehen und euch selbst zu vergeben. Die schmerzlichsten Erfahrungen haben die Menschen im Namen der Liebe gemacht. Es gibt keinen größeren Verrat, als die Liebe für Manipulationen zu missbrauchen. Doch jetzt, wo ihr wisst, wie schmerzhaft diese Begegnungen sind, könnt ihr euch dafür entscheiden, den Schwarzmagier endlich zu begnadigen und zu erlösen. Das ist der größte Liebesdienst, den ihr euch selbst gegenüber leisten könnt.

Nehmt den Schwarzmagier in euer Herz, da ist er gut aufgehoben. Durch die Liebe im Herzen wird er aufgeweicht, von Licht berührt und geheilt."

Eva nickte und spürte, wie sich eine wohlige Wärme in ihrem Brustraum ausbreitete. Kopfschüttelnd fügte sie hinzu: „Das Bild, das die Kirche vermittelt, ist völliger Unfug. Aber wenn die Gläubigen erkennen, dass sie keine Kirche mehr brauchen, die ihnen den Teufel vom Leib hält, was haben die Kirchen dann noch für ein Druckmittel? Weiß das keiner? Das kann doch nicht sein, dass nur ich ‚kleines Licht' von euch diese Informationen bekomme?"

„Diese Informationen haben schon sehr viele bekommen", antwortete der Engel. „Doch was dem Einen nützt, das schadet dem Anderen. In den Kirchen herrschen Macht- und Glaubenskriege. Viele kirchliche Konstrukte ziehen ihre Energie aus der Gottesfurcht und dem Geld, mit dem sich die Menschen freikaufen wollen. Die Kirche und der Staat sind ein Dauerthema. Davon weiß Hildegard von Bingen ein Lied zu singen. Und wie ist es heute? Hat die Regierung die Kirche mit ins Boot genommen, wenn es jetzt darum geht, wer die Zeche bezahlen soll, weil immer mehr Menschen ihre Heimat verlassen? Zahlen die Konzerne, die jetzt die Gewinner sind, einen Beitrag? Haben Mobilfunkkonzerne ein großes Herz und geben etwas von ihrem Profit ab? Haben die Industriezweige der Waffenproduktion, ohne deren Beitrag keine Kriege zu führen sind, Mitgefühl für die Menschen, die durch ihre Waffen sterben? Stellt euch vor, dass es ein paar Familien gibt, die alle Reichtümer der Welt besitzen und plötzlich dazu bereit sind, sie mit allen anderen zu teilen. Stellt euch vor, die Kirche würde alle Besitztümer zu Geld machen und den Armen geben. Wozu brauchen Kirchen überhaupt Besitz? Die Gehälter der Geistlichen und Bediensteten zahlt der Staat und zwar nicht von euren Kirchensteuern. Alle kirchlichen Institutionen mit Hotels, Krankenhäusern und so weiter zahlen keinen Cent an den Fiskus. Und seid jetzt bitte nicht so hochmütig und fühlt euch als bessere Menschen, die es verdient haben, dass es ihnen so gut geht. So gut geht es euch auch nicht, aber besser als vielen anderen. Ihr habt selber genug Arme, die am und unter dem Existenzminimum leben. Viele von ihnen haben das aufgebaut, wovon ihr jetzt profitiert. Aber die Alten nützen nichts mehr und sie sollen doch gefälligst froh sein, dass sie ihr Leben haben. Ist es nicht so? Haben die Menschen, die ihr Leben lang gearbeitet haben und euer Land aufbauten, nachdem der Krieg alles in Schutt und Asche legte, eine Lobby?

Werden sie für ihr Leid entschädigt? Hatten sie eine andere Wahlmöglichkeit als ihr oder wurden auch sie manipuliert?"

Eva konnte es nicht glauben, dass der Engel schon wieder loslegte. Es war doch alles gut. „Wir haben mal gelacht und könnten eigentlich an meinem Buch weiterarbeiten", ging es ihr durch den Kopf. Zum Glück kamen diese unangenehmen Beiträge von ihm und nicht von ihr. Sie wollte sich gerade mit verschränkten Armen bequem zurücklehnen, da wurde sie auch schon wieder zur Ordnung gerufen:

„Und bitte lehn dich jetzt nicht zurück und verstecke dich hinter der *Geistigen Welt* nach dem Motto: Das haben aber die gesagt und nicht ich. Dann bist du wieder ein Feigling, vergiss das nicht. Du bekommst keine Schonung, wenn du behauptest, dass die Engel dir das gesagt hätten, um deinem Buch mehr Glaubhaftigkeit zu verleihen und dich raushalten zu können. Gott ist ein Teil von dir, du bist für diesen Teil verantwortlich. Setzt dich mal an deinen PC. Wir möchten dir etwas durchgeben."

Verunsichert nahm Eva ihre Schreibhaltung wieder ein. Ihre Finger ruhten sanft auf der Tastatur. Sie wartet, doch nichts passierte. Unruhig fragte sie nach, wann der Text endlich durchgegeben werden würde.

Dann endlich begann der Engel eine Erklärung abzugeben: „Er ist schon längst bei dir. Du blockierst ihn noch, weil er dir nicht schmeckt. Du musst dich nur deinem Innersten zuwenden und fühlen, was du für dich und deine Leser klar rausstellen solltest. Nimm ruhig deine eigenen Worte. Du musst hier keine hochtrabenden Formulierungen verwenden."

Eva konzentrierte sich auf ihre Mitte und einen Augenblick später war der Impuls da, der ihre Finger wie gewohnt über die Tastatur fegen ließ:

„Das alles schreibe ich mit meinem Bewusstsein, verstecke mich nicht hinter der Geistigen Welt und instrumentalisiere sie nicht für meine Zwecke. Ich stehe zu meiner Wahrheit und lasse mich von niemandem einschüchtern, dem nicht gefällt, was ich schreibe. Für meine Seelenentwicklung ist es wichtig, dass ich mir treu bin und jederzeit mit einem guten Gewissen in den Spiegel schauen kann. Feiglinge und ‚Fähnchen-in den-Wind-Halter' gibt es genug. Wer etwas verbockt, sollte dazu stehen können. Es ist nicht meine Absicht, jemanden persönlich anzugreifen und ihn zu diffamieren. Mir ist bewusst,

dass manche Selbst-Erkenntnisse sehr schmerzhaft sein können. Wer sich eine Welt der Illusionen geschaffen hat, ist oftmals nicht dazu bereit, diese hinter sich zu lassen. Die Wahrheit kommt jedoch immer ans Licht. Bei dem einen früher, bei dem anderen später. Ich übernehme die volle Verantwortung für mich und dieses Buch."

Verwundert unterbrach Eva ihr Geschriebenes. Sie fragte sich, ob das wirklich das war, was ihr auf dem Herzen lag und sie an dieser Stelle aufschreiben wollte. Der Engel kam ihr bei diesem Gedanken zur Hilfe.

„Das war wichtig, dass du dir darüber noch einmal klar wurdest. Du bist hier keine Sekretärin, der wir den Text diktieren. Du hast eine Anbindung in die *Geistige Welt* und kannst darüber zu Einsichten gelangen, die du mit deinem Verstand blockierst. Du willst oft einfach eine ‚Gute' sein. Der Fokus deines Verstandes ist begrenzt. Die Bewusstseinsebenen des Unterbewusstseins und Überbewusstseins sind es nicht. Daher kannst du überdimensional kommunizieren. Diejenigen, die ‚Stimmen hören' und meinen, sie müssten das machen, was sie glauben zu hören, erleben oft etwas ganz Anderes. Einige von ihnen haben jegliche Selbstverantwortung für sich und ihr Leben aufgegeben und leiden unter einem Wahn, der sie fremdbestimmt. Sie haben sich selbst durch ihre Gedanken Elementale geschaffen, die sie so schnell nicht mehr loswerden. Aber das soll an dieser Stelle nicht weiter erklärt werden."

Die Haustür fiel ins Schloss und Eva konnte Tim hören, wie er pfeifend ins Badezimmer ging und sich die Hände wusch. Der Tag war wieder so schnell vorbeigegangen und Eva war jetzt hungrig. Zum Glück hatte Tim eingekauft und sie konnte von ihrem Schreibplatz aus sehen, dass er eine prall gefüllte Einkaufstasche in die Küche trug. Eine halbe Stunde später aßen Eva und Tim zu Abend, erzählten sich die Neuigkeiten des Tages und machten Pläne für das Wochenende. Sie wollten sich mal eine Auszeit gönnen und in ein Wellnesshotel fahren, das Tim als Belohnung für Evas Fleiß gebucht hatte. Nach dem Abendessen schwang sich Tim wieder auf sein Rad und besuchte einen seiner Kumpels. Da Eva gut gesättigt und noch nicht müde war, wollte sie die Zeit nutzen, um noch etwas an ihrem Buch weiterzuarbeiten.

Der Engel wartet bereits auf sie.

Geld

„Wie schön, dass wir uns heute noch mal sprechen. Ich habe ein spannendes Thema für dich auf Lager, das ganz viele Menschen täglich beschäftigt: das Geld."

Gespannt setzt sich Eva in ihren Sessel und hörte dem Engel erst mal zu. Er räusperte sich und begann: „Obwohl ihr alle wisst, wie viele Reichtümer die Kirche besitzt, kümmert ihr euch nicht weiter darum. Anstatt die Erkenntnisse zu nutzen und wirklich eine Umverteilung und Umstrukturierung in Angriff zu nehmen, hackt ihr auf Tebartz van Elst herum und macht ihn zum Sündenbock. Seid ihm dankbar, dass durch sein Handeln Fragen gestellt wurden und Licht ins Dunkel kam. Doch jetzt kehrt ihr alles wieder zu und legt den Mantel des Schweigens darüber, weil es ja angeblich viel wichtigere Probleme gibt, die mit dieser Misere überhaupt nichts zu tun haben sollen. Denn die Angst vor der Kirche steckt noch in jedem Einzelnen und keiner will mutig vorangehen und unter seinen Namen die Flagge der Befreiung schwingen."

Eva wunderte sich darüber, dass der Engel diesen Vergleich aufgriff und fragte sich, ob das überhaupt noch jemanden interessieren würde, da Tebartz van Elst doch jetzt nicht mehr in Limburg war, sondern im Vatikan und dort dem „Päpstlichen Rat für die Förderung der Neuevangelisierung" angehörte. Hoffentlich musste er sich da nicht um finanzielle Dinge kümmern, sorgte sie sich.

„Das Beispiel zeigt dir auch, dass auch Tebartz van Elst offensichtlich nicht allumfassend Gottes Willen vertritt, obwohl viele Menschen grundsätzlich alle Bischöfe als Verkünder von Gottes Wort und Willen sehen wollen. Doch wer ist die Kirche? Das haben wir wohl ausreichend dargestellt. Gott ist sie jedenfalls nicht. Die Kirche ist auch nicht die Religion, obwohl ihr gern alles unter einen Begriff zusammenfasst und dann merkt, dass da irgendetwas nicht stimmt. Sobald Geld im Spiel ist und darüber Freiheit und Macht eingeschränkt werden sollen, werden die Geschütze aufgefahren, die weder vor Ehre und Gewissen, noch dem Leben haltmachen. Die Christen sind da nicht besser als die Juden und auch nicht besser als die Muslime und umgekehrt. Eine Religion ist nur so gut wie die Menschen, die sie mit ihren Gedanken und Gefühlen befeuern. Aber während du dir darüber bewusst wirst, was du alles bist, wachen mit dir Unzählige auf und wir können ein wahres Feuerwerk am

Himmel sehen, denn deine Zeilen haben das Potenzial, andere aufzuwecken. Ihr braucht einen neuen Umgang mit euch selbst und der Religion. Vielleicht schafft ihr nicht gleich alles ab, denn die tiefen Weisheiten haben alle Religionen gemeinsam. Zunächst empfehlen wir einen toleranten Umgang damit. Jeder darf so sein und an das glauben, was das Herz und nicht der Verstand ihm sagt. Das solltet ihr euch und jedem anderen zugestehen."

„Halt!", rief Eva. Sie fühlte sich gerade so schön entspannt und wollte gemütlich Schritt für Schritt das nächste Kapitel besprechen, doch der Engel ratterte schon wieder los, als sei er da stehen geblieben, wo beide vor dem Abendessen aufgehört hatten. „Du bist ja immer noch voll in Fahrt. Vielleicht solltest du auch mal etwas essen und dich entspannen. So wie du drauf bist, ist mir das echt zu anstrengend."

Eva hatte beinahe Mitleid mit dem Engel. Sie überlegte, was sie ihm Gutes tun konnte. Sie schaffte sich in ihrem Arbeitszimmer einen imaginären Raum und stellte sich vor, wie jetzt andere Engel dazukamen und ihn unter eine Dusche mit violettem Wasser stellten. Sein Lichtkleid wurde heller und auch seine Gesichtszüge entspannten sich. Es schien zu funktionieren. Ob sie ihm auch etwas zu essen geben sollte, wusste sie nicht. Sie überließ es der *Geistigen Welt* und konnte sehen, wie er mit unterschiedlichem Farblicht aufgeladen wurde. Interessant dabei war, dass sie gelbes Licht sah, als sie „gelb" dachte und blaues Licht, bei dem Gedanken an blau. Jetzt wollte sie es genau wissen, inwieweit ihre Gedanken beim Engel etwas bewirken konnten. Sie stellte sich vor, wie er auf einer Wellnessliege lag und mit einem wunderbaren Öl eingerieben wurde. Es duftete nach Orangenblüten und der Engel sah aus, als ob er die Behandlung wirklich genießen würde. Eva war ganz begeistert, obwohl sie spürte, dass sie einen Gedanken permanent unterdrückte. Irgendetwas wollte ans Licht, doch sie ließ diesen Gedanken nicht zu. Ihr Verstand flüsterte ihr ein, dass sie sich ruhig mal trauen sollte und nichts Schlimmes passieren könnte.

„Also gut, dann darf sich der unterdrückte Gedanke jetzt zeigen", erlaubte sich Eva. In diesem Moment hörte sie das Piepen eines Lastwagens, der rückwärtsfuhr. Sie hatte diesen lauten Signalton schon oft gehört, wenn das Müllauto auf der Straße rangierte. Jetzt konnte sie sehen, dass ein Kipper rückwärts an die Liege fuhr und die aus Sand und Daunenfedern bestehende

Ladung auf den Engel kippte. Die ersten Kubikmeter kamen ins Rutschen. Eva riss die Augen auf und rief laut: „Stopp! Nein, bitte nicht! So war das nicht gemeint! Ihr könnt doch nicht... Auweia, das gibt Ärger." Dieses Gefühl holte eine Erinnerung hoch, die Eva viele Jahre vergessen hatte und an die sie sich jetzt erinnerte, als sei es gerade erst passiert:

Als Jugendliche hatte sie für irgendeinen Wettkampf im Garten ihrer Eltern Kugelstoßen geübt. Mit dem Spatzenverstand einer Zehnjährigen hatte sie nicht so weit denken können, dass eine Eisenkugel auf einer Rasenfläche entspreche Spuren hinterlassen würde. Nach circa 20 Würfen tat ihr der Arm weh und sie lege eine Pause ein. Während dieser Pause hatte es zu regnen angefangen. Das fand Eva gar nicht schlimm und sie nahm sich vor, nach dem Guss einfach weiter zu üben. Es regnete und regnete. Nach einiger Zeit schaute Eva aus dem Fenster, um sich davon zu überzeugen, wann sie mit dem Training fortfahren konnte. Ihr Blick schwenkte vom Himmel auf den Rasen und schnell wieder zurück in den Himmel, denn das, was sie auf dem Rasen sah, wollte sie sich nicht noch einmal anschauen. Sie hoffte auf eine optische Täuschung. Niemals im Leben wäre eine Elefantenherde über den Rasen gelaufen und hätte dort Abdrücke hinterlassen, in denen jetzt das Wasser stand. Es musste sich um eine Fata Morgana handeln. Ihre Mutter trat noch freudig gestimmt an Evas Seite und fragte sie: „Na, mein Schatz, willst du denn heute gar nichts spielen?"

„Nein, ich werde heute mal ganz gründlich mein Zimmer aufräumen", sagte Eva und hoffte auf Vorschusslorbeeren für den Fall der Entdeckung dieser Rasen-Katastrophe. Sie wendete sich schnell ab und war auf dem Weg in ihr Zimmer. Dann konnte Eva hören, wie ihre Mutter die Wohnzimmergardine mit einem Rutsch zuzog und gleich darauf mit einem noch lauteren Rutsch-geräusch wieder aufzog. Ihre Mutter war dazu in der Lage, die Situation mit wenigen Worten auf den Punkt zu bringen: „Wenn das der Papa sieht ...", konnte Eva sie hören und sie beendete in ihren eigenen Gedanken den Satz mit: „...möchte ich lieber nicht dabei sein."

Die sich fast überschlagende Stimme ihrer Mutter, in der ein Hauch von Panik mitschwang, führte dazu, dass Eva ihre Schritte auf der Treppe beschleunigte. Vorsichtshalber schloss sie die Tür ab und überlegte, wie sie ihr Zimmer am schnellsten bestmöglich in Ordnung bringen konnte. Nach zwei Stunden glänzte es in alles Ecken und Eva fühlte sich fast wieder gut, doch dann kam ihr Vater nach Hause und es gab riesigen Ärger mit Stubenarrest und Fernsehverbot. Der Rasen ließ sich auch nicht mehr so schnell reparieren und seine Wut kochte bei jedem Rasenmähen wieder neu hoch.

Ho´oponopono

Die Erinnerungen in Zusammenhang mit dem Satz „Das gibt Ärger", lösten sich auf und Eva beobachtete, wie ihr Engel von der Liege aufstand. Sie wusste nicht, ob sie lachen oder weinen sollte, denn er sah aus, wie ein paniertes, gerupftes Huhn. Eva hätte jetzt mit einer Standpauke ihres Engels gerechnet, doch er stand nur da und sagte nichts. Das war für Eva noch viel schlimmer. Er musste doch irgendetwas sagen. Immerhin hatte sie ihm das eingebrockt.

Unsicher fragte sie ihn: „Bist du okay?"

Etwas Anderes fiel ihr nicht ein.

Er sagte nur: „Ja." Sonst nichts.

Am Tonfall seiner Stimme konnte sie nicht erkennen, ob er böse, traurig oder beleidigt war.

„Was mache ich denn jetzt bloß?", fragte sie und fühlte sich dabei wirklich schlecht.

„Warum passiert immer mir so ein Mist? Das war doch bestimmt dieses Arschloch von Schwarzmagier. Na, der kann was erleben", rechtfertigte Eva die Misere vor sich und ihrem Engel. „Ich wollte das nicht, wirklich nicht. Wie konnte das nur passieren? Habe ich das wirklich alles mit meinen Gedanken verursacht?", fragte Eva und sie hoffte, dass ihr jetzt irgendjemand sagen würde, dass eigentlich sie das arme Opfer sei und überhaupt nichts dafür könne, dass ihr Engel jetzt so vor ihr stand.

Behutsam ging der Engel auf Eva zu. Obwohl er schrecklich aussah, strahlte er eine Würde aus, die Eva in dieser Intensität zuvor noch nicht bei ihm wahrgenommen hatte.

„Liebe Eva, ich kann dir nichts Anderes sagen, als dass nur du dafür verantwortlich bist, was du denkst und fühlst. Vielleicht wird dir anhand dieses Beispiels klar, dass ihr Menschen Herr über eure Gedanken und Emotionen werden müsst. Das geht nur durch Bewusstwerdung, Disziplin und über die Stille. In meinem Fall waren es nur Sand und Federn auf einem eingeölten Körper. Das sieht zwar schlimm aus, aber es ist harmlos im Gegensatz zu dem, was alles in euch schlummert und welche unterdrückten Gefühle und Rachegedanken in euch brodeln. Macht sie euch bewusst und heilt sie, damit sie euch nicht länger plagen. Du weißt doch, mit welchen Mitteln man diese Gefühle bearbeiten kann, oder?"

Eva war sehr berührt darüber, wie verständnisvoll und lieb der Engel mit ihr sprach, nach all dem, was sie mit ihm angestellt hatte. Eva antwortet: „Ja, ich habe ein Werkzeug aus dem HUNA: das Ho´oponopono, ein hawaiianisches Vergebungsritual. Bitte mach das mit mir zusammen."

Beide setzten sich im Schneidersitz gegenüber. Eva schloss die Augen, legte die Hand an ihr Herz und ließ den Schmerz noch einmal hochkommen. Sie schämte sich immer noch, fühlte eine tiefe Schuld und eine Träne lief ihr über die Wange. Dann sprach sie: „Ich vergebe mir. Ich danke der Situation, dass sie sich mir gezeigt hat. Ich vergebe der Situation und allen Geschöpfen, die daran beteiligt sind. Ich lerne, mich zu lieben. Ich liebe dich. Ich danke dir und ich danke mir für die Bereitschaft zu vergeben. Ich bitte um Gnade und darum, dass ich frei bin. Danke". Eva wiederholte die einzelnen Sätze immer wieder mit eigenen Worten. Sie merkte, dass sie sich von Moment zu Moment besser fühlte. Als sie die Augen öffnete, erblickte sie den Engel, wie er jetzt noch strahlender als zuvor bei ihr saß und sie anerkennend in die Arme schloss.

„Wende dieses Gebet an, wann immer du dich schlecht fühlst. Es hilft dir und du wirst sehen, dass es nichts gibt, was du nicht verzeihen kannst." Der Engel erhob sich und reichte Eva die Hand. Sie besah sich innerlich noch einmal alles, was bisher geschehen war und sagte:

„Wisst ihr was? Ich bin gerade ziemlich sprachlos. Eigentlich wollte ich doch nur ein Steinebuch schreiben. Mir wird so vieles klar. Ich frage mich, ob ich die ganze Zeit im Dämmerschlaf lebte und von den wirklich wichtigen Dingen im Leben überhaupt nichts mitbekommen habe. Warum wird so viel Müll im

Fernsehen gezeigt? Warum gibt es in den Schulen noch den alten staubigen Kram? Die Welt wird sich verändern, wenn wir begreifen, welche Möglichkeiten wir haben und dass jeder Mensch die Kraft hat, eine friedvolle Welt mitzugestalten."

Der Engel breitete seine Arme aus und rief: „Dann tut es endlich! Holt es aus dem Geistigen heraus und bringt es durch euch auf die Erde! Das ist euer Auftrag. Diejenigen, die das nicht wollen oder sich dazu nicht im Stande fühlen, brauchen das nicht zu tun. Aber sie machen sich schuldig, wenn sie demjenigen Steine in den Weg legen, die wahrhaftig für eine bessere Welt kämpfen. Die Krieger des Lichts leuchten von innen heraus und nur sie bringen das Licht auf die Erde, weil sie es verkörpern. Die ‚Gutmenschen' dürfen sich mit ihrem Schwarzmagier versöhnen, ihn in sich selbst erlösen und sich ihre Macht mit dem Herzen zurückholen. Erinnere dich an den Satz, den dir deine Freundin Andrea vor gar nicht so langer Zeit einmal gesagt hatte, und der sich für dich so anfühlte, als wenn dir einer einen Schlag in den Magen versetzt hätte."

Eva erinnerte sich, holte tief Luft und sagte voller Überzeugung:
„Gute Menschen sind zum Kotzen. Seid nicht gut, seid wahrhaftig."

Und der Engel bestätigte mit einem „Ahhmenn."

Lapislazuli – der Stein der Wahrheit

Im Prozess der Bewusstwerdung

Nach diesem Dialog fühlte sich Eva völlig erschöpft. Irgendetwas bereitete ihr Unbehagen. Hatte sie auf einmal Angst vor ihrer eigenen Courage? War das wirklich alles ihr Bewusstsein, das sie durch diesen Prozess mit dem Buch begleitete? Was wäre, wenn auch ihr Schwarzmagier dazwischenfunkte, manipulierte, ohne dass es ihr bewusst war? Wie könnte sie ihm auf die Schliche kommen?

„Liebe Eva, das, worüber du dein Buch schreibst, sind alles Themen von dir, die du bereits erkannt und auch teilweise in die Heilung geführt hast. Achte bei allem auf deine Gefühle und beobachte, wo du bereits gelassen bist und wo du noch mit dir haderst. Es ist unmöglich, dass ein Mensch ein Buch schreibt, das allumfassend jedem gefällt. Du sollst niemanden bekehren und niemandem gefallen. Es ist schön, wenn du Impulse geben kannst und die Menschen dazu bringst, sich ihre eigenen Gedanken zu machen und nicht alles einfach hinzunehmen, was man ihnen sagt."

Eva nickte und fragte in diesem Zusammenhang: „Was kann ich denn machen, um mich besser auf den Prozess der Bewusstwerdung einzustellen?"

„Bevor du medial arbeitest, solltest du dich reinigen. Du hast verschiedene Werkzeuge erhalten. Nutze sie, wähle bewusst aus und arbeite sie nicht ab, wie Päckchen auf einem Fließband. Weniger ist mehr, wenn du bewusst und mit allen Sinnen deine Vorbereitungen triffst. Binde dich über das Herz und über deine göttliche Schwingungsfrequenz an dein Hohes Selbst an. Das Gewissen des Herzens würde niemals Schaden anrichten. Nur das Gewissen des Verstandes ist dazu in der Lage. Der weiße Magier in dir wird immer die Liebe und die Verbindung suchen. Lerne mit den Augen der Liebe zu schauen und durch die Welten hindurchzublicken. Das ist eine ganzheitliche und neutrale Sicht, die du schrittweise verinnerlichen solltest. Sei in allem, was du tust, achtsam, bescheiden und demütig, dann bist du in einen guten Schutz gehüllt. Mache dir stets bewusst, dass jede Entscheidung, die du triffst, die Konsequenz bereits in sich trägt."

Es war spät geworden. Eva schaute auf die Uhr neben ihrem Bücherregal, die 23:32 anzeigte. Sie vermutete, dass Tim bereits zurückgekehrt war und seelenruhig schlief. Müde ging sie ins Schlafzimmer, kuschelte sich an ihn und schlief sofort ein.

Der nächste Morgen verlief wie gewohnt: aufstehen, frühstücken, schreiben und mit dem Engel sprechen. Eva sehnte sich so langsam nach ihrem „alten Privatleben" zurück. Sie liebte den Austausch mit Freundinnen und sehnte sich nach einem Urlaub. Ein Hauch von Wehmut beschlich sie, als sie in der Ferne das Geräusch eines Martinshorns hörte. Der Engel beobachtete Eva, als sie mit dem Staubtuch über ihre Regale in ihrem Arbeitszimmer wischte und dabei ein wenig traurig wieder einmal an ihre Zeit als Polizistin zurückdachte.

„Wir möchten dich darum bitten, uns die Frage zu beantworten, warum du Polizistin geworden bist. Warum wolltest du diesen Beruf unbedingt ergreifen?"

Da musste Eva nicht lange überlegen und antwortete: „Ich wollte Menschen helfen und meinen Beitrag für Gerechtigkeit leisten. Außerdem wollte ich einen sicheren Beruf haben."

„Haben sich deine Erwartungen erfüllt?", hakte der Engel nach.

„Zum Teil ja und dann auch wieder nicht. Das wisst ihr ja. Es kam alles anders, als ich geplant hatte. Aber ich bin nicht enttäuscht, obwohl es mir manchmal noch wehtut, wenn ich einen Streifenwagen sehe."

„Weißt du, welche eine der größten Herausforderungen ist, mit denen ihr Menschen euer ganzes Leben zu kämpfen habt? Es ist die Kunst und die Fähigkeit, sich selbst zu erkennen. Dein Wunsch, Menschen zu helfen, hättest du auch erfüllen können, wenn du Krankenschwester oder Altenpflegerin geworden wärst. Einen Beitrag für die Gerechtigkeit kann nur derjenige leisten, der verstanden hat, dass es nur eine Gerechtigkeit gibt, weil es auch nur eine Wahrheit gibt. Die menschlichen Vorstellungen weichen von der göttlichen Gerechtigkeit zum Teil erheblich ab. Und dass dein Beruf nicht sicherer als ein anderer ist, hast du auch erfahren. Wo doch alles nicht umfassend erreicht wurde, so fragen wir dich, warum du dennoch zufrieden bist, obwohl deine Erwartungen enttäuscht wurden."

So hatte Eva das bisher noch nicht gesehen. Verunsichert gab sie zu: „Das fällt mir so spontan nicht ein. Darüber müsste ich nachdenken."

Der Engel half ihr auf die Sprünge: „Die Antwort wird dir dein Verstand nicht geben können, denn die Gedanken können nicht in die Seele eines Menschen blicken. Darum sagen wir es dir. Du hattest auch ein ‚Macht-Thema', so wie viele deiner Kollegen. Doch das ist nur den wenigsten bewusst. Ein Polizist verkörpert mit seiner Person die staatliche Gewalt und ist dazu befugt, Freiheit, körperliche Unversehrtheit und Leben einzuschränken. Wo sonst gibt es so eine legitimierte Möglichkeit, Macht auszuüben? Wer sich dessen in vollem Umfang bewusst ist, der kann auch verantwortungsbewusst damit umgehen. Wer das nur als ein Spiel sieht, wird am eigenen Leib schmerzlich erfahren, wie es sich anfühlt, wenn Macht missbraucht wird. Spätestens dann, wenn die Macht eingesetzt wird, um egoistische Ziele zu verfolgen, schlägt das Schwert der Gerechtigkeit, das Schwert der einen Wahrheit zu – und zwar gegen denjenigen, der die Macht missbraucht. Du kannst jederzeit entscheiden, welchen Weg du weitergehen willst. Du hast den freien Willen. Wer sich auf die Suche nach der einen Wahrheit macht, der wird sie finden, wenn seine Absicht rein ist. Es ist ein göttliches Gesetz, dass da, wo die dunklen Kräfte wirken, auch gleichzeitig die lichten Kräfte sind."

Eva hörte zu. Nicht nur mit dem Verstand, sondern vor allem mit dem Herzen. Wort für Wort, ein jedes in einen Lichtmantel der Erkenntnis gehüllt, sank tief in sie ein. Die Sätze aus der *Geistigen Welt* weckten ihre Einsicht, ihr Gefühl, und man konnte diese Momente auch nicht sprachlich aufarbeiten und den Lichtmantel der Erkenntnis mit den Werkzeugen eines Lektors sprachlich anpassen. Jeder hatte hier sein eigenes intuitives Verständnis. Der Engel gönnte Eva eine kurze Pause und sprach langsam weiter: „Jeder Mensch bringt seine Themen mit in das Leben. Das Macht-Thema ist nur eines von vielen. Ihr werdet ständig geprüft, sowohl im Beruf, als auch im Umfeld oder in euren Familien. Diese Prüfungen sind letztendlich schmerzhafte Lektionen, durch die ihr die Erkenntnis erlangt, die dafür notwendig ist, um weiter zu gehen und euch als Menschen weiterzuentwickeln. Oftmals müsst ihr dabei Dinge zurücklassen, weil ihr mit den alten Bindungen, die wie Fesseln wirken, keine Entwicklungen in großen Sprüngen machen könnt."

Wieder machte der Engel eine Pause, damit Eva jeden Satz verinnerlichen konnte. „Gerade bei Verlust könnt ihr Menschen eine innere Leere empfinden. Erinnere dich, als du auf dem Dachboden realisiert hast, dass du einen so wichtigen Teil deines Lebens verloren hattest. In diesem Zustand warst du in der Lage, Gottes Liebe, das Vorhandensein einer universellen Kraft zu fühlen und dadurch zu empfangen. Nur wenn du in der Finsternis bist, kannst du es selbst erleben. Das kann dir niemand abnehmen. Sonst wäre es bedeutungslos.

Die Menschen, die ihre Liebsten verloren haben, sei es durch Krankheit oder durch ein schreckliches Unglück, haben die Möglichkeit, in diesem Zustand der Finsternis sich selbst in Gott zu entdecken. Das Gefühl der Trennung wird aufgehoben, wenn hunderte Menschen im Schmerz vereint sind, so wie es auch bei Flugzeugunglücken oder Terroranschlägen der Fall ist. Die Menschen zahlreicher Nationalitäten, welche im Licht des Lebens ein Gefühl der Trennung fühlen, sind in ihrer Trauer, in der Dunkelheit eins. Trotz des Schmerzes finden sie Trost und haben das Gefühl, dass die geliebte Seele nie ganz gehen wird. Im Herzen sind wir niemals getrennt. Das Herz ist die Ebene, in der es den Seelen möglich ist, miteinander zu kommunizieren. Wer innerlich ganz still wird und seine Gedanken auf einen geliebten Menschen ausrichtet, wird ihn in diesem Moment fühlen können. Für die Hinterbliebenen ist die Zeit der Trennung eine gefühlte Ewigkeit, doch für die Seele ist sie kürzer als ein Wimpernschlag im Angesicht der Ewigkeit. Segnet den Schmerz und die Finsternis als etwas, das zum Leben dazugehört. Ihr habt die spirituelle Fähigkeit, diesen Prozess durchzustehen, um euch dann in vollem Bewusstsein dem Licht – Gott in euch – zuzuwenden. Nicht der Verstand, sondern der Geist kann auf diesen erleuchteten, göttlichen Teil zugreifen. Der Verstand kann sich dafür entscheiden und beschließen, dass er diese Phase in seinem Leben annimmt und sich der heiligen Lernaufgabe stellt. Gebt der Finsternis selbst die Ehre und fühlt die Liebe, die in diesem Geschenk enthalten ist. Amen."

Während die Worte in ihrem Inneren nachhallten, schloss Eva ihre Augen und versuchte zu fühlen, was das Gesagte mit ihr machte. Sie hörte die lauten Stimmen der Menschen, die nach dem „Warum" fragten. Warum hast du dir das Leben genommen? Warum ist dieser Unfall passiert? Warum hat das niemand verhindert? Warum habe ich es nicht verhindern können? Warum? Die Stimmen, welche anfangs noch laut schreiend oder stumm anklagend widerhallten, wurden immer leiser, bis eine völlige Stille einkehrte. Dann konnte Eva in ihrem Inneren eine kristallin-goldene Wolke sehen, aus der ihr viele Seelen zuwinkten, mit deren Tod sie direkt oder indirekt zu tun gehabt hatte. Sie wusste in diesem Moment, dass viele Seelen bereits im Licht waren. Doch nicht alle. Einige hingen erdgebunden in einem dunklen Schleier und wirkten, als seien sie ohne jeden Funken Leben. Eva erschrak, als sie deren Hoffnungslosigkeit spürte. In einer Sphäre darüber sah sie Tausende von Engeln.

Sie schauten auf die Seelen hinab, schienen diese zu beobachten, doch weiter geschah nichts. Fassungslos wollte Eva Hilfe für sie holen. „Was ist da los? Warum holt man die Seelen nicht ins Licht? Es ist schrecklich, sie in diesem Zustand zu sehen. Bitte helft ihnen. Sie kommen da allein nicht raus! Warum lasst ihr das zu?" Die Szene raubte Eva fast den Verstand und sie konnte es nicht verstehen, dass ausgerechnet die Engel nichts unternahmen.

„Liebe Eva, das sind Seelen, die schreckliche Dinge getan haben. Sie haben Menschen getötet, weil sie es zu Lebzeiten nicht schafften, ihr EGO zu überwinden und sich Gott hinzugeben. Das hat jetzt nichts mit einem religiösen Glauben zu tun oder mit kirchlichen Vorstellungen von sogenannter Sünde. Sie hatten ihre eigenen Vorstellungen von Gerechtigkeit, sie hatten ihre eigene Wahrheit und glaubten, einem höheren Ziel zu dienen. Es sind Mörder, aber auch Geschäftsleute, denen bewusst wurde, dass sie andere Menschen hintergingen und ihnen dadurch einen erheblichen Schaden zufügten. Sie konnten nicht mehr um Vergebung bitten, weil sie sich selbst nie verziehen haben. Diese Seelen hören eurer ‚Warum?'. Sie spüren die Schuld, die ihr ihnen gebt und sie nehmen diese auf sich. Sie büßen in dieser Sphäre, die ihr mit einer Hölle gleichsetzen könnt. Die Seelen sind an diesem Ort nicht lebendig, sondern sie gehen mit dem Hass, Zorn und der Wut der Menschen in Resonanz und bleiben in diesem morphogenetischen Feld der Ohnmacht. Sie sind ‚gestorben' und haben keinen freien Willen mehr. Sie haben das mitgenommen, was sie an Karma in ihrer Seele abgespeichert haben."

So etwas hatte Eva noch nie gehört. Ihr Verstand kam da auch nicht mehr mit. Sie nahm aus dieser Botschaft das heraus, was sie nachvollziehen konnte und machte sich den Rest passend, indem sie sagte: „Ach so, na dann ist es ja nicht so schlimm. Dann bekommen sie wenigstens da oben ihre gerechte Strafe. Das wird die trösten, deren Kinder von solchen Leuten umgebracht wurden." Verständnisvoll und voller Liebe blickte der Engel Eva an. Er konnte sie so gut verstehen, denn er hatte als Engel einen ganz anderen Zugang zu den Zusammenhängen des menschlichen Lebens und der Seele. Er wusste, dass Eva jetzt, in diesem Schmerz, nur auf diese Weise sprechen konnte. Der Engel fühlte ihren Schmerz und ihre Ohnmacht stellvertretend für alle Angehörigen, aber auch für alle Rettungskräfte, die mit dem Tod von Menschen in Berührung kamen. Dennoch wollte er das, was Eva gesagt hatte, nicht so stehen lassen.

„Liebe Eva, glaubst du das wirklich? Stell dir vor, dass das nur die eine Seite der Medaille ist, die weltliche, die mit dem Verstand durchdrungen werden kann. Wenn jemand einem anderen oder sich selbst nicht vergeben kann, was er getan hat, dann nimmt er diese Erfahrung mit in den Kreislauf der Inkarnationen. Er wird immer wieder neu zurück in die Welt gehen müssen, weil er nur hier die Erlösung für seine Taten erfahren kann. Das ist ein kosmisches Gesetz. In den Momenten, in denen ihr vergebt, werdet ihr frei und befreit auch die Seele des anderen."

Eva schluchzte. Sie wollte das alles nicht hören. Sie empfand es als ungerecht und sagte: „Also ich finde, dass ihr uns auch da sehr viel zumutet. Erst werden die Menschen Opfer eines Unglücks und können nichts dafür, dass sie zum Beispiel durch einen Anschlag einen lieben Menschen verlieren und dann sollen sie auch noch vergeben, damit der Täter erlöst wird? Super Plan. Kein Wunder, dass so viel Schmerz in der Welt ist. Das kann nicht funktionieren."

Der Engel gönnte Eva einen Moment Ruhe, bevor er ihr erklärte: „Vergeben heißt nicht vergessen oder gutheißen. Vergeben heißt: ‚Ich akzeptiere, was mir widerfahren ist.' Ihr könnt den Schmerz ein ganzes Leben lang mit euch herumschleppen und euch der Last beugen. Genauso gut dürft ihr euch dafür entscheiden, alles hinter euch zu lassen und zu verstehen, dass ihr nicht für alles verantwortlich seid, was euch widerfährt. Aber alles, was euch in eurem Leben begegnet, hat mit euch zu tun, sonst wäre es nicht in eurem Leben. Jedoch habt ihr die volle Verantwortung dafür, wie ihr mit eurer Zukunft umgehen möchtet. Entscheidet ihr euch dafür, Opfer zu bleiben oder seid ihr mutig und werdet zum Schöpfer eures eigenen Lebens? Ihr dürft beides."

Evas Verstand rebellierte, doch ihr Herz öffnete sich und die Worte des Engels berührten sie wie eine sanfte Umarmung.

„Es gibt keine Sünde und keine Schuld. Es gibt Lektionen, die jeder im Leben lernen muss. Alles nimmt seinen Anfang im Herzen. Die Wenigsten haben den Mut, sich wahrhaftig anzuschauen, was sie aus den Lebenslektionen lernen können. Diese hinterlassen Wunden in der Seele, die niemand von außen heilen kann. Nur dann, wenn ihr euch und anderen vergebt, könnt ihr wieder heil und vollständig sein. Leiden führt niemals zur Erlösung. Der Verstand kann nicht vergeben. Einzig und allein das Herz ist dazu im Stande, denn das ist der Thron Gottes in euch. Daher beantworten wir nun an dieser Stelle deine Frage, warum wir ‚das' zulassen: Wir akzeptieren euch Menschen und euren Willen und wir können niemanden für euch ins Licht holen. Wir können niemanden an eurer Stelle vergeben. Das könnt nur ihr durch Christus in eurem Herzen und zwar zu Lebzeiten auf der Erde. Viele schaffen es erst auf dem Sterbebett, ihr Leben wahrhaftig zu hinterfragen und in letzter Minute zu verzeihen. Diese Seelen finden dadurch Frieden in der Ewigkeit. Jeder Mensch schadet sich selbst am meisten, wenn er sich und anderen nicht vergibt und an der ‚Schuld' festhält, die es nur in der Illusion der Menschen gibt. Verstehst du die Zusammenhänge? Wir Engel können nicht mehr als ihr Menschen tun – und auch nicht stellvertretend für euch etwas erledigen."

Eva fühlte, dass zwei Seiten ihn ihr miteinander kämpften. Die analytische Polizistin, die aus dem Verstand heraus agierte, versuchte die Weisheit des Herzens, die mit leiser Stimme sprach, zu übertönen.

„Ja, ich kann euch mit dem Verstand verstehen. Mein Herz freut sich und dennoch ist mir bewusst, dass die Menschen über sich hinauswachsen müssen, um einem Täter zu vergeben, der ihr Kind umgebracht hat. Vielleicht ist das wirklich erst dann möglich, wenn wir die drei Ebenen – Mittleres Selbst, Unteres Selbst und Höheres Selbst – miteinander verschmolzen haben, denn dann sind wir wahrhaft göttliche Wesen und Gott, das Göttliche in uns, kann alles, weil es bedingungslose Liebe ist. Wenn ich mir das theoretisch vorstelle, dann scheint so etwas möglich zu sein. Aber in der Praxis weiß ich nicht, wie jemand reagiert, dem ich gerade die Nachricht überbracht habe, dass sein Kind bei einem Verkehrsunfall ums Leben gekommen ist und ihn damit trösten will, dass er dieses schreckliche Ereignis als Lebenslektion akzeptieren sollte, weil es ihm dann viel besser geht – mal leicht übertrieben dargestellt. Das kann sich keiner vorstellen, der so etwas nicht erlebt hat. Es steht niemandem zu, so einen Schicksalsschlag in irgendeiner Art und Weise zu kommentieren oder zu verharmlosen. Aber ich weiß natürlich, was ihr meint. Wir dürfen lernen, unser Denken in neue Bahnen zu lenken und unseren Horizont zu erweitern. Alles, was Menschen in dieser Situation tröstet, ist legitim. Wem die Vorstellung hilft, dass die Seele seines Kindes im Licht ist und dass es ihr gut geht, dem wird es sicherlich besser gehen."

Der Engel konnte auch in diesem Fall Evas Denkweise verstehen und gab ihr noch einen Impuls, um die Zusammenhänge zu verdeutlichen:

„Liebe Eva, bitte mache dir klar, dass wir hier mit Worten kommunizieren. Du kannst nicht denken, dass du vergibst, wenn du es nicht fühlst. Du kannst die Absicht haben, jemanden vergeben zu wollen. Das ist nur dann ehrlich, wenn das auch so gefühlt wird. Gedanken und Worte sind die Werkzeuge des Verstandes. Das Herz und die Seele sprechen eine andere Sprache, die ihr mit Worten nicht ausdrücken könnt. Dennoch sollen die Worte Türöffner für eine Welt hinter dem Wort sein."

Eva machte einen Gedankensprung und fragte: „Wisst ihr, womit ich auch so meine Probleme habe? Mit dem Wort ‚göttlich'. Das klingt für mich immer noch so halb größenwahnsinnig. Ich kenne Leute, die finden sich selbst so göttlich, dass ich sie wirklich kaum ernstnehmen kann. Sie laufen mit einem eingemeißelten Dauergrinsen herum und geben einem das Gefühl, sie hätten die Weisheit gepachtet und seien schon viel erleuchteter als andere. Ungefragt fühlen sie sich in irgendwelche Energien ein, sprechen davon, sie hätten eine Blockade bei einem wahrgenommen und geben so hilfreiche Tipps wie: ‚Atme den goldenen Lotos ein!!!' Oh hui, wenn da nicht gleich das Einhorn um die Ecke kommt, fresse ich einen Besen. Aber ihr wisst, wie ich das meine, oder? In den Seminaren haben sie den Heiligenschein auf, schon während der Pause lassen sie überall ihren Müll rumliegen und danach fahren sie dir eine Delle ins Auto und hauen einfach ab, ohne etwas zu sagen. Es gibt Menschen, die fühlen sich so göttlich, dass sie sich selbst als heiligen Heil-Schamanen und Heiler mit heiligem Heiligenschein bezeichnen… Sie brüsten sich mit erleuchteten Ämtern in anderen Leben und ihr EGO bläht sich auf wie ein Fesselballon. Wenn du sie dann zufällig bei einer Verkehrskontrolle überprüfst und dabei herauskommt, dass sie zig Anzeigen wegen Betrugs, Nötigung und häuslicher Gewalt haben, dann buchst du das nächste Seminar am besten gleich bei den Hells Angels, weil du da wenigstens weißt, mit wem du es zu tun hast."

Der Engel schmunzelte, denn er sah, welche Bilder in Evas Gedankenwelt umherschwirrten. Sie hatte wirklich eine besondere Gabe, unangenehme Dinge humorvoll anzusprechen. Doch leider war sie dabei immer sehr schnell in ihren Emotionen, die sie ungefiltert von sich gab. Statt die Klarheit ihres Verstandes selbstbewusst und loyal einzusetzen, um Probleme sichtbar zu machen, verfiel sie häufig in eine gewisse Arroganz und Sturheit.

Der Engel konnte jedoch sehen, dass sie auf einem guten Weg war und tröstete sie mit den Worten:

„Ach Eva, lass dich nicht lähmen – atme. Das alles ist eine große Herausforderung für euch. Jeder sollte für sich entscheiden, was er mit den Begriffen ,Gott' und ,göttlich' verbindet. Für dich ist Gott etwas Anderes, als für jeden anderen Menschen. Die Kirche erzählt euch nicht alles über Gott. Die wirklich wichtigen Aspekte wurden verschleiert. Die Kirche erzählt letztendlich das, was Menschen über ihn denken. Gott ist jedoch eine übergeordnete Wahrheit. Die Wahrheit bleibt die Wahrheit und alle spirituellen Systeme haben Anteile daran. Die allerhöchste Anerkennung verdienen die Menschen, die sich auf die Suche nach der göttlichen Wahrheit machen. Wenn dir dabei allerlei Obskures begegnet und du dadurch erkennst, was Gott für dich nicht ist, dann bist du doch auch einen großen Schritt vorangekommen, nicht wahr?"

Eva atmete jetzt bewusst ein und aus und war innerlich ganz ruhig und offen.

„Du findest in allen Gotteshäusern Liebe, Wunder und Erkenntnis, jedenfalls bis zu einem gewissen Grad. Stellt nicht auch die Kirche eine Form der Suche nach Gott und spiritueller Wahrheit dar? Leider versuchen die Menschen, diese Suche zu kontrollieren und einzuschränken. Sie halten die Angst am Leben und trennen die Menschen dadurch voneinander. Die Menschheit und die Erde werden nicht dadurch geheilt, indem immer mehr Gotteshäuser errichtet werden, sondern durch die Menschen, die immer weiter nach Gott suchen. Gewürdigt wird die Suche und nicht das, was ihr bereits erkannt habt."

Das war ein besonders kluger Einwand des Engels. Aber sie spürte schon wieder Ablehnung in sich und eine aufkommende Angst. Sie atmete und schob den Gedanken bewusst zur Seite. Der Engel behielt sie im Auge und er freute sich darüber, dass Eva es aus sich heraus geschafft hatte, ihre Gedanken zu kontrollieren und auch ihre Emotionen zu beherrschen. Er hoffte, dass sie es auch in Zukunft schaffen würde. Dann sprach er weiter, nachdem sie wieder ganz ruhig war.

„Ihr lebt in einer Dimension, in welcher der Verstand denkt, und eure Gedanken sind an die Grenzen in dieser Ebene gebunden. Gott denkt durch euch im Rahmen dieser Grenzen. Es ist ja auch nur ein Teil von Gott mit euch auf der Erde anwesend, während ihr dort inkarniert seid. Der ,höhere' Anteil von

Gott ist in anderen Dimensionen und plant da neue Wege für euch. Ihr trefft ständig neue Entscheidungen, erlangt permanent neue Einsichten – und was wäre das für ein Plan, der von vornherein festgeschrieben wäre?! Eure Lebenslektionen sind variabel und flexibel und müssen angeglichen werden. Gott tut das für euch, er hat den Überblick über die Gesamtumstände und entscheidet einzig und allein aufgrund der Liebe."

„Also bin ich doch fremdbestimmt?", fragte Eva.

Der Engel spürte, dass Eva seine Erklärungen wieder mit dem Verstand einer Polizistin in eine Schublade stecken wollte. Daher holte er etwas weiter aus:

„Bevor ihr auf die Welt kommt, legt ihr die einzelnen Lern- und Wachstumsschritte fest. Ihr seid wie eine Rose und besteht aus angenehmen Teilen, den samtigen Blütenblättern, aber auch aus Dornen. Ihr streichelt und ihr verletzt. Das alles wird als Weg angelegt und ihr entscheidet, ob und wie ihr ihn geht. Es ist auch möglich, dass ihr diesen Weg verlasst, andere Erfahrungen sammelt und dann zurückgeht. Diese Möglichkeiten legt ihr an. Es redet euch niemand in diese Abläufe und Entscheidungen rein. Sie werden einfach akzeptiert. Gott legt nur einen Weg fest. Wer sich für diesen Weg entscheidet, trennt seine Verbindung zu irdischen Verträgen. Es ist nicht erforderlich, dass ihr euch in irgendeiner Weise von allem trennen müsst, an was euer Herz hängt. Man kann diesen Weg gehen, ohne ins Kloster zu müssen. Wenn ihr den Weg Gottes geht, dann lasst ihr die irdischen Aspekte zurück und öffnet euch für das große Ganze, für das All-Bewusstsein, für Gott."

Das hörte sich für Eva alles andere als leicht an. Dennoch sah sie es als Chance für eine friedvolle Zukunft aller Menschen und fragte: „Wie können wir es schaffen, uns von dem alten Gottesbild zu befreien? Bis vor Kurzem habe ich selber die Augenbrauen hochgezogen, wenn ich von ‚Gott' gelesen habe. Gott war für mich mit Religion und mit dem Glauben der Menschen verbunden. Die Idee, dass Gott ein riesiges morphogenetisches Feld sein könnte, finde ich vergleichsweise viel treffender."

Der Engel schüttelte den Kopf, denn er sah, dass Eva mit ihrem Verstand nicht weiterkam. Er versuchte es mit anderen Worten: „Du sollst dir kein Bild von Gott machen. Alles, was du dir vorstellst, schränkt Gott gleichzeitig ein. Sieh dir an, wie sich die Gottesbilder im Laufe der Zeit wandelten. Keines war besser oder schlechter als das andere. Sie entsprachen den gedanklichen Vorstellungen und dem Bewusstsein der Menschen ihrer jeweiligen Zeit. Kein Gottesbild ist mit einem Paukenschlag sofort fix und fertig den Menschen präsentiert worden. Es ist aus der Vorstellungskraft jedes Einzelnen entstanden und hat sich im Laufe der Zeit verändert. Die Menschen in jedweder Kultur haben ihre Vorstellungen an das angepasst, was sie sahen und durch was sie geprägt waren. Es ist sicherlich nachvollziehbar, dass der Schöpfungsplan ganz bestimmte Entwicklungsphasen für die Menschen in den einzelnen Zeitaltern vorsah. Es lag wiederum an jedem Einzelnen, wie viel Macht er seinem Bild von Gott gab. Die Zweifel an einer Richtigkeit der Gottesvorstellung waren in jeder Epoche vorhanden. Jesus Christus hätte in der Jungsteinzeit überhaupt keine Chance gehabt, mit Gott in Verbindung gebracht zu werden, weil die Menschen nicht in der Lage gewesen wären, sich Gott als eine menschliche Inkarnation vorzustellen. Die Zeit war einfach noch nicht reif. Das menschliche Bewusstsein brauchte eine bestimmte Zeit, um sich auf der Erde an bestimmte Entwicklungsstufen anzupassen. In einer anderen Dimension ist das anders, da es Zeit nicht gibt. Im Wassermannzeitalter ist vieles vorstellbar und wir sehen, dass immer mehr Menschen dem Gottesbild der Jungsteinzeit offener gegenüber eingestellt sind, als dem der Fische."

„Und was war das Gottesbild der Jungsteinzeit?", fragte Eva mit weit aufgerissenen Augen.

Der Engel lächelte und gab Eva den Hinweis, dass es viel spannender sei es selbst herauszufinden, als wenn er es ihr verraten würde. Dann wagte er einen Ausblick in die Zukunft:

„Der Wassermann kennt keine Grenzen. Die Menschen, die im Wassermann-Zeitalter inkarnieren, werden die Grenzen ihrer Vorstellung überwinden und zahlreiche technische Errungenschaften in die Welt bringen. Jede Zeit hat ihre positiven und negativen Auswirkungen. In der Übergangszeit, in der ihr euch jetzt befindet, werden alle Menschen erfahren, was es bedeutet, nur sich selbst und die eigenen Vorteile auf Kosten anderer zu verfolgen. Es wird eine große Revolution geben. So lange ihr der neuen Zeit mit Kampf und Waffen begegnet, werden viele Menschen ihr Leben opfern müssen. Diejenigen, die nicht bereit sind mitzugehen und dem Zeitgeist des Wassermanns ins Auge zu blicken, werden erkennen, dass die alten Gesellschaftssysteme nicht zukunftstauglich sind und mit ihnen untergehen."

Eva hielt die Luft an. Konnte der Engel das wirklich alles sehen oder hatte er eine blühende Fantasie? Besorgt sagte sie: „Das klingt ja richtig bedrohlich. Ich bin eigentlich froh, dass ich in Zeiten des Friedens aufgewachsen bin und in meinem Land kein Krieg herrscht."

Jetzt schaute der Engel sie genauso an, als wenn sie sich über andere amüsierte, die mit dem Verstand einer Kokosnuss gesegnet waren. Nüchtern erklärte er: „In deinem Land herrscht Krieg. Es gab viele Menschen, die führten zur Zeit des 2. Weltkriegs ein glücklicheres und erfüllteres Leben als mancher, der jetzt inkarniert ist. Der Frieden findet seinen Anfang in jedem Herzen. Je mehr Menschen das begreifen, desto größer ist die Chance, dass ihr einem 3. Weltkrieg entgeht. Oder glaubst du, dass dieser nur in den Vorstellungen von einzelnen Personen seine Saat reifen lässt?"

Eva wusste gar nicht, was sie sagen sollte und hoffte darauf, dass der Engel ihr endlich mal wieder etwas von Licht und Liebe und rosa Wolken erzählen würde. Konnte er nicht einfach mal „Om Shanti" summen und sie mit solchen Geschichten in Ruhe lassen? Mit einem arroganten Gesichtsausdruck plapperte sie los: „Auch wenn das jetzt total egoistisch klingen mag, aber ich hoffe, dass ich den nicht mehr erleben muss."

In diesem Moment sah sie sich aus der Perspektive des Engels. Sie saß in ihrem Sessel und anstelle ihres Kopfes war eine dicke Kokosnuss zu sehen. Sie musste zweimal hinsehen. Dann wendete sich die Perspektive und sie sah wieder ihren Engel als Nicolas Cage, der ein wenig schulmeisterlich erklärte:

„Das klingt in der Tat egoistisch und kann nur aus einem begrenzten Verstand kommen, denn deine Seele weiß, dass du mit hoher Wahrscheinlichkeit nicht zum letzten Mal auf die Erde kommen wirst. Du säst jetzt für dich und deine Seelengeschwister, eure Kinder und Kindeskinder die Samen der Zukunft. Was glaubst du, ab welcher Generation du keine persönliche Bindung mehr spürst und es dir egal ist, ob ein Atomkrieg alles Leben auf der Erde auslöscht?"

„Ich weiß es nicht, aber ich fühle, dass darin tatsächlich der Schlüssel für unsere Entwicklung und unser Seelenheil liegt. Wenn wir alle Menschen als eine Familie betrachten, dann ist es uns nicht mehr egal, ob sie in Afrika verhungern oder nicht, während wir selbst dick und rundgefressen sind und uns in unserem Häuschen mit Garten wohlfühlen."

Jetzt lachte der Engel wieder und blickte optimistisch drein.

„Das Wassermannzeitalter wird alle Religionen vereinen. So ist der Plan. Es werden Menschen kommen, die das verkörpern, was ihr Hohepriester nennt. Sie werden eins sein in Gott und die Menschen einen und göttlich führen. Das wird aber noch ein Weilchen dauern. Sie sind bereits mitten unter euch und werden jetzt schon auf die späteren Inkarnationen vorbereitet. Sie wissen es nicht mit dem Verstand, aber mit ihrem Herzen."

„Oh", sagte Eva und wollte sich gerade die Vorstellung erlauben, wie sie als Hohepriesterin auf einem bequemen Stressless-Sessel aus ätherischer Bio-Baumwolle saß und ein paar Jünglinge ihr saftige Bio-Trauben auf goldenen Mehrweg-Tellern anreichten, da wurde sie auch prompt unterbrochen:

„Und jeder, der jetzt den Gedanken hegen sollte, er könne einer von ihnen sein, dem sei gesagt, dass er noch sehr viel an sich arbeiten muss und möglicherweise die Themen Hochmut, Eitelkeit und Gier noch nicht in sich geheilt haben könnte. Ich will ja niemanden anschauen ..."

Eva blickte sich demonstrativ um, ob noch jemand da war, den er meinen könnte. Sie zwinkerte und grinste. Der Engel sprach unbeirrt weiter: „Nur ihre Seelen sind eingeweiht und ihr könnt sie nur dann erkennen, wenn ihr mit dem Herzen schaut. Ihr werdet verstehen und verinnerlichen, dass alles eine Welle ist, so wie die symbolische Darstellung des Wassermanns diese offenbart. Die Zeit der Fische, wo mit Wasser geheilt wurde und zahlreiche Badekuren entstanden sind, wird durch die Wellen des Wassermanns abgelöst, mit denen die Menschen Heilung finden. Die Zeit der Heilungsmethoden mittels Schwingung - auch durch Kristalle und Klänge - steht bevor."

Eva fiel in diesem Zusammenhang sofort das Buch „Edelsteinfrequenz-Therapie" von Friedrich Pelz ein, und sie vermutete, dass in diesem Werk die ersten Schritte zu einem neuen Umgang mit Heilsteinen, Klängen und Naturstimmen gemacht wurden. Der Engel wurde noch etwas deutlicher:

„So viel Freiheit, so viel Luft, braucht ein Zentrum, weil sie sich sonst verströmen würde und Chaos entstünde. Gott gleicht alles aus und es wird ein Zentrum geben, wodurch alles gerecht und harmonisch geregelt und verteilt wird. Nur diejenigen, die selbst mit allem versorgt sind und meinen, dass die Krümel für das Volk mehr als genug seien, die werden weiterhin alles dafür tun, dass alles so bleibt, wie es ist.

Doch das wird nicht möglich sein; genauso wenig wie die Vorstellung, dass ihr Menschen die Planeten auf ihren Bahnen zum Stoppen bringen könntet. Ihr solltet bei all dem nicht vergessen, dass ihr das Fischezeitalter nicht gemäß dem göttlichen Plan erfolgreich beendet habt. Die Menschheit hat es nicht geschafft, im Sinne der Nächstenliebe zu dienen, barmherzig zu sein und zu vergeben. Es ist euch nicht gelungen, eure Emotionen von Angst, Neid, Eifersucht und Gier zu beherrschen. Das neue Zeitalter kann nur für denjenigen eingeläutet werden, der die Ziele des Fischezeitalters erreicht hat. Wenn ein Mangel an Liebe herrscht, dann wird der Übergang in das Wassermannzeitalter umso schmerzlicher. Ihr tragt jetzt die Konsequenzen und keine Regierung wird es schaffen, euch von eurem Übel zu befreien. Jeder kann nur bei sich anfangen und den Fokus auf das große Ganze richten. Die Waagschale von Arm und Reich ist nicht ausgeglichen und das Universum korrigiert dieses Ungleichgewicht ganz automatisch, weil die kosmischen Gesetze wirken. Ihr könnt sie nicht außer Kraft setzen. Die problematischen Situationen und Konflikte bergen die Chance auf die Befreiung der Persönlichkeit. Wenn es euch gelingt, den Schmerz und das Leid loszulassen, dann werdet ihr selbst zu eurem Erlöser. Segnet dieses Zeitalter und die Chance, an einen gerechten Gott für alle Menschen zu glauben, der keine Unterschiede macht."

„Wow, das sind ja wirklich mal super Zukunftsvisionen. Da bin ich gern dabei, egal ob als Hohepriesterin oder Dienerin. Zuvor möchte ich mich aber nochmal mit den Gottesbildern beschäftigen. Ich glaube, dass die auch für mein Buch wichtig sein könnten. Ganz einfach, weil man die Zusammenhänge dann noch besser verstehen kann."

Eva recherchierte im Internet und verschiedenen Büchern. Nach einer Stunde machte sie den PC an und dachte dabei: „Wenn wir die Vergangenheit nicht festhalten, sondern aus ihr lernen und sie dann loslassen, stellen wir die Weichen für einen Neuanfang ohne Altlasten." Eva rieb sich die Hände und legte los.

Gottesbilder im Wandel der Zeitalter

Die Jungsteinzeit (6000 bis 4000 vor Christus)

entspricht dem Zwillingszeitalter und wird auch Vorzeit genannt. Über diese Zeit können die Menschen nur spekulieren. Der Geist des Zwillings entspricht dem Nomadentum aus jener Zeit. Die Menschen glaubten an die beseelte Natur. Die Landschaft mit ihren Pflanzen, Bäumen und Quellen war heilig. Die Naturgewalten stellten eine Verschärfung der Gotteskraft dar. Niemand wäre auf die Idee gekommen, an Grund und Boden Eigentum zu erwerben und sich Besitzrechte an Mutter Natur anzumaßen. In besonderem Maße wurde der Mond verehrt.

Das Stierzeitalter (4000 bis 2000 vor Christus)

verkörperte den Archetyp des sesshaft werdenden Bauern. Der Ackerbau wurde ausgeweitet und mit der typischen Stiereigenschaft wurden Hab und Gut gesichert und verteidigt. Die ersten Städte entstanden. Mit der Chinesischen Mauer wurde diese Zeitqualität in einem gigantischen Ausmaß irdisch, materiell errichtet. Der Stier gilt in der Astrologie als ein weibliches Zeichen und fand seine Gottesverehrung in der „Großen Mutter", die als Himmelskönigin viele Namen trug (Kybele, Diana, Artemis, Astarte, Hathor, Ischtar und Inanna).

Das Widderzeitalter (2000 vor Christus bis zur Zeitenwende)

entsprach dem Archetyp des Kriegers. In dieser Zeit veränderte sich das Gottesbild drastisch zum männlichen Krieger. Der alttestamentarische Gott JAHWE oder auch die olympischen Götter verbreiteten Angst und Schrecken bei ihren Eroberungen und Kriegszügen. Die Gottesvorstellung entsprach einem nicht transzendentem, menschlichen Äußeren. Bei den Griechen und Römern waren sie ewig jung und unsterblich. Ein dem Widder-Gott innewohnender Egoismus forderte den Menschen Gehorsam und Opfer ab. Die weiblichen Göttinnen wurden dämonisiert. Eva, die Urmutter der Menschen, wurde in jener Zeit verflucht und zur Trägerin der Ur-Schuld degradiert, was auch ihre letzte Erwähnung in der Bibel darstellte.

Das Fischezeitalter (Zeitenwende bis ca. 2000 nach Christus)

entspricht dem Archetyp des Priesters. Das Gottesbild ist nicht vorstellbar. Gott war der Inbegriff von bedingungsloser Liebe, die wir sowohl im Christentum, als auch im Sufismus des Islam finden. Durch Jesus Christus wurde Gott für die Menschen als Mensch sichtbar. Er wählt seine Vertrauten aus Fischern aus. Der sprachliche Spiegel der Fische ist auch in der Fischblase als Zeichen einer „Vesica Pisces" (zwei sich überschneidende Kreise) zu finden. Gott opfert sich selbst durch seinen Sohn, um die Menschen zu erlösen. Die Menschen opfern ihre persönlichen Begierden und Leidenschaften, kreuzigen ihr EGO und stellen sich ins Zentrum des All-Einen. So ist der Plan.

Das Wassermannzeitalter

entspricht dem Archetyp des Mystikers. Der Mensch wird sich immer mehr als Teil des Göttlichen begreifen. Typisch für den Wassermann ist das Streben nach Unabhängigkeit und dem Abbau jeglicher Grenzen und Beschränkungen. Die größte Herausforderung wird die Überwindung einer Trennung von Glauben und Wissenschaft sein, aus der dann ein Gottesbild wachsen darf, in dem sich jeder zu Hause fühlen kann.

Jedes Zeitalter geht fließend in das jeweils nächste über. Wir leben jetzt zwischen dem Fischezeitalter und dem Wassermannzeitalter. Dieses Übergangszeitalter bewirkt, dass wir mit den Energien von zwei Sternbildern zurechtkommen müssen. Beide sind daher abgeschwächt, wirken aber dennoch gleichzeitig. Die versteinerten Ideen des Fischezeitalters sind keine Option für die neue Generation, während die alte Generation an ihren vertrauten Gedanken festhalten möchte und den Freigeist des Wassermanns nicht akzeptieren will.

Um Eva herum wurde es hell und warm. Sie hatte das Gefühl, dass ihr Arbeitsraum sich ausdehnte und ganz vielen Energien aus der Geistigen Welt Raum bot. Es war ein schönes Gefühl und sie vermutete, dass gleich etwas Besonderes passieren würde.

Der Engel meldete sich zu Wort: „Seid offen für die Vorteile beider Zeitalter und übt euch in Toleranz und Geduld. Dann werdet ihr begreifen, dass ein Erwachen der Menschheit nicht mit einem Paukenschlag in den nächsten einhundert Jahren vollbracht werden kann. Doch auch wir freuen uns, wenn ihr Menschen uns eines Besseren belehrt und erkennt, zu was ihr als ein im Kollektiv erwachtes Bewusstsein im Stande seid."

Eva hatte das Gefühl, dass sie unbedingt etwas tun musste. Vielleicht einen Kuchen backen und für Flüchtlinge spenden oder sich mit einer Büchse in die Fußgängerzone stellen und für „Brot für die Welt" sammeln oder ins Tierheim gehen und sich so ein armes Geschöpf nach Hause holen. Vielleicht sollte sie eine Stiftung gründen. Voller Eifer und mit noch weiter aufgerissenen Augen fragte sie: „Was können wir tun, damit wir schneller aufwachen? Was kann ich tun?"

Die *Geistige Welt* atmete laut ein und aus. Es klang so, als wenn alle Menschen in einem Fußballstadion zusammen zuerst ein- und dann aus-atmeten. Dann sagten sie: „Du musst dich zuerst einmal wieder beruhigen und aufhören zu sabbern. Das steht dir nicht. Bitte keine scheinheiligen Hauruck-Aktionen."

Eva schluckte schnell den Speichel runter und setze sich aufrecht hin. Sie konnte den Humor der geistigen Welt fühlen und war gespannt auf das, was jetzt noch käme. „Du kannst nur das in die Welt bringen, was du wahrhaftig bist. Wenn jeder, der diese Zeilen zum ersten Mal liest, glauben würde, dass das alles nur ein Fantasieprodukt eines einzelnen Menschen sein kann, dann hätte dieses Buch nicht mehr Esprit als ein gewöhnlicher Einkaufszettel. Sobald es dir gelingt, die Menschen in ihren Herzen zu berühren und sie ins Gefühl zu bringen, werden diese Worte durch jeden einzelnen Leser belebt. Wenn du viele Menschen inspirieren kannst, an sich zu arbeiten, indem sie bereit sind, sich selbst zu erkennen, dann wird das Feld um dieses Papier noch mehr mit lichtvoller Energie aufgeladen."

Wieder geriet Eva ins Zweifeln und sagte: „Ich weiß nicht, ob ein einzelnes Buch es schaffen könnte, wirklich viel zu bewirken."

Die Geistige Welt antwortete: „Das war gelogen. Tu nicht so bescheiden, wir können sehen, was du wirklich denkst. Aber du hast recht, denn wenn du nicht an dich glauben würdest, wen könntest du dann noch überzeugen? Erinnere dich an deine Begeisterung, während du an den verschiedenen Kapiteln gearbeitet hast. Sagte dir nicht deine Nachbarin ganz beiläufig etwas, was dich aufhorchen ließ?"

„Sie sagte, dass man Glück haben kann, und so ein Buch verfilmt wird ..."

„Ganz genau. Sie hat es ausgesprochen. Einen Impuls, den du im Inneren vernommen hast. Doch du hast dich gleich wieder beschränkt nach dem Motto: Es reicht, wenn viele Leute es lesen und sich Gedanken machen. Zeig doch uns und deinen Lesern, wie deine konkreten Vorstellungen aussehen können. Und vergiss nicht, dass du es nicht nur aussprichst und niederschreibst, sondern dir auch vorstellen musst. Wenn dein Herz jetzt noch für das brennt, was du im Geiste erschaffst, wer könnte dich dann noch aufhalten?"

Evas Wangen glühten und sie wusste sofort, was sie sich jetzt eingestehen durfte. „Also gut, aber kommt mir dann bloß nicht damit, dass ich noch an meiner Demut und Bescheidenheit arbeiten müsste. Ich schöpfe jetzt aus dem Vollen und spüre, wie mein Herz vor lauter Glück zu klopfen beginnt. Dieses Buch wird verfilmt, und zwar in der Art, wie ‚Mamma Mia', als ein Polizei-Fliegerei-Engel-Musik-Film. Die Menschen lieben Polizeifilme. Dieser wird jedoch ganz anders werden und könnte eine neue ‚Tatort-Generation' ins Leben rufen. Ich stelle es mir großartig vor, wenn die Geistige Welt für alle sichtbar wird. Selbst wenn es erst mal nur im Film sein wird. Mit den passenden Schauspielern, die auch um diese Dinge wissen und einer genialen Musik, wird das im wahrsten Sinn des Wortes großes Kino. In der Handlung steckt ganz viel Potenzial. Alles was neu ist und den Zeitgeist repräsentiert, wird mit eingebaut."

In einer Vision sah Eva Bilder von der Elbphilharmonie, in der eine Szene aus ihrem Buch gedreht wurde. Bis ins Detail schmückte sie den Film aus.

Doch dann wurde sie plötzlich unterbrochen: „Spürst du, dass du dich in eine Richtung vergaloppierst? Was ist mit dem Fachteil. Soll den auf einmal keiner lesen? Dein Ego bläht sich gerade auf und sonnt sich schon im Erfolg. War das deine Absicht? Hast du das Buch aus diesem Grund geschrieben?"

Zerknirscht und etwas beschämt blickte Eva drein und gestand: „Nein, ihr habt recht. Ich sehe nur ein kleines Problem: ich habe das Genre nicht klar abgegrenzt. Es soll ein Sachbuch und ein Roman werden – oder besser gesagt, ich möchte einen Roman mit einem Fachteil schreiben. Wie soll ich denn das einem Verlag erklären? Die wollen entweder Fisch oder Fleisch, sonst wissen sie nicht, in welches Regal das Buch einsortiert werden soll. Ich kann eine Strafanzeige nicht in den Unfallordner abhängen und sagen, dass beide polizeirelevante Ereignisse sind und sie zu ‚Strafunfällen' machen."

„Du wolltest etwas Neues auf den Markt bringen und etwas, von dem man nicht den Eindruck hat, du hättest es irgendwo abgeschrieben. Ihr Menschen könnt nicht in den alten Schuhen stecken bleiben und solltet stets daran denken, dass ihr euch selbst mit euren Beschränkungen einengt. Vielleicht ist es gerade das Ungewohnte und Unbekannte, das dieses Buch komplett von anderen unterscheidet und erfolgreich macht. Der Mensch ist neugierig und möchte seine Neugier befriedigen. Selbst wenn es inhaltlich nicht jeden interessieren könnte, hat die Verschmelzung eines Sachbuchs mit einem Roman einen gewissen Reiz. Du liebst es, wenn Wissen unterhaltsam vermittelt wird, denn dann wird es zu einem Genuss für die Seele. Wenn eine Handlung es schafft, jemanden in die Achterbahn der Gefühle zu versetzen, dann wird diese Fahrt nicht spurlos an ihm vorübergehen. Außerdem hast du dir doch bereits vorgestellt, dass du einen Verlag finden wirst, der dieses ‚Experiment' mit dir macht. Vertraust du jetzt deinen Visionen oder nicht? Doch nun komm vorläufig zum Ende und zeige uns, dass du durch dein Denken, Fühlen und Handeln ein elementares Gesetz achtest. Es lautet: Schöpfe, kreiere und dann löse es wieder auf. Hältst du an deiner Schöpfung fest oder bist du bereit sie loszulassen?"

Eva sah rot. Sie glaubte, ihren Ohren nicht zu trauen und hörte nicht richtig hin, nur mit dem Verstand und nicht mit ihrem Herzen.

„Oh, nein, bitte tut mir das nicht an. Ich habe so viel Zeit in dieses Werk investiert. Bitte lasst es mich jetzt nicht löschen!" Die Panik stand Eva ins Gesicht geschrieben und sie hatte Angst, dass man ihr den Boden unter den Füßen wegziehen würde.

Mit ruhiger Stimme hörte sie die *Geistige Welt* sagen: „Daran kannst du sehen, mein liebes Kind, wie deine Beziehung zu deinem Schöpfer ist. Wenn wir dir jetzt sagen, dass du dieses Buch zuerst für dich geschrieben hast, weil wir dich nur auf diesem Weg des Schreibens erreichen konnten und du jetzt die Datei löschen sollst, weil alles im Äther geschrieben steht und nichts verloren geht, was würdest du dann tun? Du darfst alles immer wieder neu schöpfen, aber lass' es los. Halte nichts fest – was würdest du dazu sagen?"

Noch immer war Eva in heller Aufregung. Sie zitterte und ein paar Tränen rollten über ihre Wangen. Sie wollte jetzt aber nicht durchdrehen, sondern darauf vertrauen, dass die *Geistige Welt* am besten wüsste, was jetzt das Richtige für sie sei. Daher sagte sie tapfer: „Ich weiß es nicht und habe gerade das Gefühl, dass es ernst wird. Ich kann nicht abschätzen, welche Folgen das Buch für mich persönlich haben wird. Ich habe Angst vor Angriffen und vor Ablehnung. Aber ich spüre, dass ich jetzt durch einen Prozess mit meiner Seele gegangen bin und damit umgehen kann. Es gibt Dinge, auf die ich keinen Einfluss habe. Wenn jemand anfängt, öffentlich zu der EINEN WAHRHEIT zu stehen, dann werden sich immer mehr Menschen trauen. Ohne das Bewusstsein, dass alles seinen Ursprung im Geistigen hat, werden wir keine bahnbrechenden Veränderungen bewirken und die Grenzen der Materie nie überwinden. "

Eva schloss die Augen und fühlte die *Geistige Welt*. Mittlerweile war ihr Vertrauen so groß, dass es wohl ein letztes Aufbäumen war, eine vertraute Reaktion, die sich vielleicht zum letzten Mal gezeigt hatte. Entschlossen nahm sie das fertige Buch, welches bereits als Vision komplett vor ihr lag, in die Hände und sprach: „Ich liebe dieses Buch und lege es in Gottes Hand. Er weiß, was damit geschehen soll und ich bin dazu bereit, die Erfahrungen anzunehmen und nicht mehr zu hadern, denn ich weiß, dass auch jeder Tiefschlag und Schmerz mich wieder ein Stück in die Demut führt. Aber ich freue mich, wenn wir begreifen, dass alles im Leben einen tieferen Sinn hat, ohne dass wir ihn verstehen müssen. Wir dürfen die Welt aktiv mitgestalten und selbst entscheiden, wie wir leben wollen. Jeder hat die Wahl, ob er in die Opfer- oder die Schöpferrolle schlüpft und in wessen Horn er bläst. Demut ist wichtig, denn sie bringt uns Gott nahe. Wir Menschen dürfen wieder lernen, was es heißt, Demut vor der Schöpfung zu haben. Dann werden wir uns alle im Licht wiedersehen und das Paradies auf Erden schaffen, indem für jedes Menschenherz Glück, Hoffnung, Liebe und Frieden das Gleiche bedeutet."

Ende gut, alles gut

„Hallo Eva, wach auf! Wie oft soll ich dich denn noch rufen?" Alfred, Evas Kollege aus ihrer Fahrgemeinschaft, war bereits umgezogen und stand etwas ungehalten in Evas Büro.

„Engel, bist du das?", fragte Eva noch im Halbschlaf und öffnete langsam ihre Augen.

„Meinst du mich? Wie hast du mich gerade genannt? Engel? Na, lass das bloß nicht meine Frau hören!", reagierte Alfred amüsiert auf Evas Ansprache. „Wo kommst du denn her? Du warst ja richtig weg. Na dann beeil' dich mal. Wir sind schon viel zu spät dran. Ich warte im Auto auf dich."

Alfred holte den Autoschlüssel aus seiner Jackentasche und verließ Evas Büro. Wie versteinert saß Eva da und konnte es nicht glauben, dass sie wieder in ihrem Büro war. Sie rieb sich die Augen, blickte an sich herunter und sah ihre Uniform. Eine Streife lief an ihrer Bürotür vorbei und ein Kollege sagte: „Gude." Eva konnte es nicht fassen und fragte sich:

„Habe ich das alles geträumt? Das gibt es doch nicht. Das war so real oder ist das jetzt der Traum?" Sie griff nach ihrer Einsatztasche und suchte hastig nach dem Holzkästchen und den Steinen. Sie wollte etwas Greifbares finden, was ihr Sicherheit geben könnte. Doch sie fand nichts. Dann riss sie die einzelnen Schubladen ihres Schreibtischs auf und blickte auch unter den Tisch. Nichts. Sie zweifelte an ihrem Verstand und konnte es nicht glauben, dass sie tatsächlich wieder in ihrem Büro saß, als wenn nichts geschehen wäre. Oder hatte sie es überhaupt nicht verlassen?

Intuitiv schloss sie wieder ihre Augen und wollte Antworten auf diese Fragen in ihrem Inneren finden. Dazu nahm sie mit ihrem Engel Kontakt auf. Ihm konnte sie vertrauen und er würde ihr helfen und erklären können, was gerade geschah.

„Hallo Engel, bist du da? Ist das hier real oder träume ich?", fragte sie mit zittriger Stimme.

Noch einmal vernahm sie die gewohnte Stimme in ihrem Inneren, der sie bedingungslos vertrauen konnte: „Für manche Menschen ist das die Realität, für andere die Welt der Träume, der Fantasie und Illusionen. Entscheide selbst, in welcher Welt du leben möchtest. Alles ist möglich. Folge deinem Herzen, indem du die EINE WAHRHEIT suchst und habe Vertrauen. Dann wirst du erkennen, dass alles möglich ist und das Wunder erleben: Polizistin mit Herz und Seele zu SEIN."

Liebe Leserinnen, liebe Leser,

dieses Buch hat einen langen Weg zurückgelegt und ich bin mit ihm durch viele Höhen und Tiefen gegangen. Es war für mich von Anfang an nicht absehbar, welche Entwicklungen es nehmen würde. Im Nachhinein könnte ich ein weiteres Buch mit dem Titel „Ermittlungsakte Heilsteine...MAKING OF" schreiben. Die wesentlichen Bausteine, die im Hintergrund der eigentlichen Melodie dieses Buches mitschwingen, möchte ich an dieser Stelle mit auf die Bühne stellen, da sie dazu beitragen können, das Geschriebene in einem anderen Licht zu sehen.

Der Roman mit seiner Romanheldin Eva spiegelt mich in vielen Bereichen und doch ist die Geschichte keine Autobiografie meines Lebens. Ich bin über 20 Jahre lang Polizeibeamtin gewesen und wurde durch diesen Beruf sehr direkt und unverblümt mit den dunklen Abgründen der menschlichen Seele konfrontiert. Als ich 1988 in den Polizeidienst eintrat, hatte ich nicht die leiseste Ahnung davon, dass dieser Beruf mich auf meine eigentliche Berufung vorbereiten würde, die sich erst circa 30 Jahre später etablieren konnte. Bis vor Kurzem war mir nicht bewusst, welchen Auftrag meine Seele ganz konkret hat. Und während ich hier sitze und mir krampfhaft überlege, wie ich das für die Leserinnen und Leser in verständlicher Form zu Papier bringen könnte, schaltet sich liebevoll und sanft meine geistige Führung ein:

„Mein geliebtes Kind, nun ist es endlich soweit und du hast den Mut, dich so zu zeigen, wie du wirklich bist. Wie wunderbar strahlt dieser Satz „...zeig mir, wer du wirklich bist!" auf dem Cover. Sei dir bewusst, dass du ihn mit deiner eigenen Seelenenergie zum Leuchten bringst. Es ist nicht möglich, die Herzen und Seelen der Menschen zu berühren, wenn du nicht dein ganzes SEIN einbringst und das, wovon du erzählst, wahrhaftig gefühlt und dadurch lebendig gemacht hast. Nur so ist es dir möglich, die Menschen über deine Worte auch auf der Gefühlsebene zu berühren – und zwar in allen Facetten. Mit einem neuen Begriff darf man dieses Buch als ein „Schatten-Buch" bezeichnen. Es legt den Finger in viele Wunden und macht sie dadurch sichtbar. Da du die Erfahrung gemacht hast, wie schmerzhaft es sein kann, von anderen an deinen wunden Punkten berührt zu werden, hast du dich lange geweigert, diesen Part zu übernehmen und die Menschen an ihre ungeheilten Themen zu erinnern. Das bedeutet, dass du nun etwas Verborgenes sichtbar machst, womit die Menschen sehr unterschiedlich in Resonanz gehen können. Du wolltest nicht in den Fokus möglicher Angriffe geraten. Das ist aus menschlicher Sicht natürlich nachvollziehbar. Doch wie du bereits erfahren hast, hat das menschliche Vorstellungsvermögen nicht immer einen großen Einfluss auf den Plan deiner Seele – und das Leben verläuft dann oftmals so, wie du es dir nicht vorgestellt bzw. gewünscht hast. Es ist jetzt an der Zeit, dass du deine persönlichen Belange in den Hintergrund stellst und dein Licht-SEIN immer stärker in deinem Leben zum Ausdruck bringst. Das ist zugegebenermaßen nicht immer einfach und eine gewisse Seelenreife braucht es auch. Du wurdest von UNS gerufen und wenn wir von „UNS" sprechen, so gibt es doch keine Definition, was dieses „UNS" genau meint. Stell dir vor, dass diese Quelle aus vielen transpersonalen Energien besteht, die zum Teil noch sehr weltlich schwingen und denen auch Gefühle wie Humor und Sarkasmus nicht fremd sind. Da du als Übermittlerin dienst, ist es unabdingbar, dass diese Energien frei durch dich fließen können. Die Quelle muss mit dir in Resonanz gehen und umgekehrt. Du hast eine sehr große Schwingungsbreite. Du zeigst dich nicht nur auf der weltlichen und physischen Ebene, sondern auch in psychischer Hinsicht, in deinem Denken und Fühlen. Deine Seelenschwingung verfügt über ein breites Frequenz-Spektrum, durch das sehr unterschiedliche Energien hindurchfließen können, die du dann durch dich ausdrückst und somit von Himmel auf die Erde bringst. Wir freuen uns darüber, dass du einen bunten Blumenstrauß aus verschiedenen Energiequalitäten präsentierst, die somit eine breite Leserschaft erreichen können. Wir sprechen hier von einem Potenzial, was nicht automatisch bedeutet, dass du hier den nächsten Bestseller lieferst.

Doch nun ein paar Worte zu deinem Auftrag:
Es gibt eine Fülle spiritueller Literatur, die inhaltlich sehr viel Wissen und Weisheit enthält. Wir können erkennen, dass ein gesellschaftlicher Trend einsetzt, indem Bücher ein wenig auf das Abstellgleis geführt werden. Lass uns dir dieses Bild geben. Natürlich gibt es immer Bücher und eine begeisterte Leserschaft, doch es zeichnet sich aus unserer Sicht eine Entwicklung ab, dass in Zukunft immer mehr multimedial konsumiert wird und vor allem der Unterhaltungswert dabei eine große Rolle spielt. Mit diesem Buch sprichst du Menschen an, die sich niemals ein reines Buch über Heilsteine oder einen spirituellen Ratgeber gekauft hätten. Die unterhaltsame Wissensvermittlung kann hier punkten. Einen großen Einfluss hat in diesem Werk tatsächlich auch die Musik. Obwohl die Leserinnen und Leser sie mit ihren weltlichen Ohren vielleicht nicht hören können, so schwingen die Melodien doch auf einer unbewussten Ebene mit, da du mit ihnen feinstofflich beim Schreiben verbunden warst. Bestimmte Musikstücke haben dich bei den unterschiedlichen Kapiteln begleitet. Erzähle den Menschen von den Geschichten hinter der Geschichte und entzünde auch bei ihnen die kreativen Gedanken, damit sich aus diesem Buch noch Weiteres entwickeln kann.

Der Gedanke, dass dieses Buch als Vorlage für einen Musikfilm dienen könnte, muss zunächst von dir, aber auch von vielen Menschen genährt werden, damit er dann tatsächlich ganz weltlich umgesetzt werden kann. Alles, was ihr wirklich verändern oder neu ins Lebens bringen wollt, befeuert ihr mit eurer Gedankenkraft. Daher ist es wichtig, dass ihr euch mitteilt und durch die Kraft der Vernetzung kollektiv etwas bewirkt. Stellt euch vor, wie in naher Zukunft nur noch Elektroautos auf den Straßen fahren. Der kollektive Wunsch und die damit verbundenen Visionen nach umweltfreundlichen Fahrzeugen sind stärker als die alten Strukturen, die auf Kosten der Umwelt und damit auch des Menschen existiert haben.

Prüfe stets, wessen Wahrheit du deine Stimme gibst und gehe mutig voran, damit die Menschen dir auf Augenhöhe folgen können."

(Die Quelle, die dich während des Schreibens begleitete)

Ich danke der Quelle an dieser Stelle ganz herzlich, aber nicht nur ihr, sondern allen Menschen, die mich während der letzten Jahre begleitet und unterstützt haben und es mir ermöglichten, meiner Berufung folgen zu können. Ein Herzensdank geht vor allem an die Menschen, die mich und dieses Buch auf unterschiedlichste Weise begleitet haben, damit es in die Welt kommen kann. Möge der goldene Segen jeden Einzelnen in seinem Herzen und in seiner Seele berühren. Danke.

Zuerst hatte ich vor, ein Sachbuch zu den Themen Heilsteine und HUNA zu schreiben. Das Manuskript dazu war auch schon fast fertig. Doch dann war ich in Erfurt bei einem Konzert von UNHEILIG und wurde beim Musikstück „INTRO der Berg" von einer Flut innerer Bilder und Emotionen regelrecht durchgeschüttelt. In einem inneren Film sah ich mich, wie ich zuerst allein einen Berg hinaufging und sich mir dann immer mehr Menschen anschlossen. Es schien, als ob jeder wüsste, dass es kein Zurück gäbe, wenn man sich einmal für diesen Weg entschieden hatte.

Das Buch von Kathleen McGowan „Das Magdalena Evangelium" inspirierte mich dazu, meine Sicht der Dinge in einen Roman mit Fachteilen zu verpacken. Das Manuskript nahm dann seinen eigenen Weg und ich fühlte mich, als ob mich eine unsichtbare Kraft von Kapitel zu Kapitel führte. Als es fertig war, hatte ich eine Fülle von Musiktexten von bekannten deutschen Künstlern als Überleitungen und Ergänzungen zu vielen Themen mit einfließen lassen. Diese musste ich dann leider aus urheberrechtlichen Gründen wieder herausnehmen.

Obwohl ich von meinem Manuskript sehr begeistert war, hatte ich das Gefühl, dass das mit einer Veröffentlichung nicht einfach werden würde. Ich informierte mich bei unterschiedlichen Verlagen und kam dabei mit dem Begriff Genre in Berührung. Beim Verfassen des Exposés wurde mir dann klar, worin der erste Stolperstein bestand. Ich hatte das Genre wie folgt formuliert: Es handelt sich um einen Roman, den manche Menschen auch als Fantasieroman einstufen könnten, mit Fachteilen zu Heilsteinen, HUNA, Bewusstseinserweiterung, Umgang mit dem Tod (auch mit Bezug auf Verkehrsunfälle, Flugzeugabstürze und Terroranschläge), weiterhin Gedanken zu Flugangst, zum Schwarzmagier, zur Astrologie und zu Engelbotschaften garniert mit wunderschönen Fotos von Heilsteinen.

Ich spare mir die Reaktionen der Verlage mit einem verständnisvollen Lächeln im Gesicht. Die Kernaussage aller bringe ich mit folgenden Sätzen auf den Punkt: „Da gibt es noch einiges zu tun, aber in der Idee steckt sehr viel Potenzial. Wir wünschen Ihnen für die Veröffentlichung alles Gute."

Ich ließ mich nicht entmutigen, denn ich fühlte, dass dieses Buch einen Auftrag hat. Zum Glück hatte ich einige Autorinnen bereits kennengelernt und wurde auf „Self-Publishing" aufmerksam. Ich suchte mir also eine Lektorin und fand zum Glück Gabi Schmid, die auch Jung-Autoren coacht und mir auf liebevolle Art schriftstellerische Grundlagen vermittelte. Die Kostenkalkulation für das Buch stand auch schon und in dieser Phase kam der Impuls, doch noch einmal einen Anlauf zu wagen und einem kleinen Verlag mein Buch anzubieten. Der erste Kontakt mit ViaNaturale kam telefonisch zustande und die Zusage erhielt ich noch am selben Tag, worüber ich bis heute unendlich dankbar bin.

Ich möchte mit diesem Buch allen Menschen Mut machen, sich selbst immer wieder ehrlich zu begegnen und dem Ruf der eigenen Seele zu folgen. Wenn wir begreifen, dass wir mehr sind als nur unser physischer Körper und unsere eingeschränkten Gedanken, dann ist es möglich, dass wir uns für das Göttliche öffnen, das wir in unserem Herzen suchen. Mögen wir alle von der Welle des Friedens erfasst werden und gemeinsam in eine glückliche Zukunft blicken. Mögen wir uns daran erinnern, dass wir alle aus der EINEN Quelle stammen und zu ihr wieder zurückkehren, wenn unsere Lebenszeit auf dem wundervollen Planeten Erde zu Ende ist. Machen wir das Beste daraus.

Von Herzen

Melanie Struck

Bildnachweis

Bilder von Manuela Tollerian-Fornoff:
Titel, S. 14, S. 20, S. 27, S. 34, S. 39, S. 50, S. 54, S. 70, S. 71 (Bild 1,2,3,4), S. 81, S. 90, S. 97,
S. 114, S. 121, S. 127, S. 134, S. 201, Rückseite

Bilder von Melanie Struck:
S. 43, S. 47, S. 48, S. 59, S. 61, S. 64, S. 71 (Bild 5), S. 74, S. 144, S. 148, S. 169, S. 182, S. 196, S. 250

Bilder der Bilddatenbank Shutterstock:
S. 67 #333783767 (©Natalia Chuen), S. 103 #124772626 (©Radoslaw Lecyk),
S. 209 # 596768459 (©theskydiveguy)

Bilder von Wikipedia/Wikimedia Commons:
S. 51 links (Original: Freies Deutsches Hochstift - Frankfurter Goethe-Museum,
Source: Transferred from de.wikipedia to Commons by Andrei Stroe.
Author: The original uploader was Luestling at German Wikipedia),
S. 51 rechts (Farbkreis nach Itten, Drawn by MalteAhrens at de.wikipedia. Vectorization by SidShakal,
Raster version from Wikimedia Commons).

Bilder von Thomas Wendt:
S. 69, S. 106, S. 112, S. 113

Quellennachweis

- Aloha - Gelebte Liebe und hawaiianische Huna-Philosophie, Jeanne Ruland, Schirner Verlag, 2011

- Das Magdalena Evangelium, Kathleen McGowan, Bastei Lübbe, 2009

- Die Entstehung der Realität – Wie das Bewusstsein die Welt erschafft, Dirk Starkmuth,
  erschienen im Eigenverlag des Verfassers, 2006

- Die Heilige Geometrie der platonischen Körper, Jeanne Ruland, Gudrun Ferenz, Schirner Verlag, 2010

- Die Heilsteine Hausapotheke, Michael Gienger, Verlag Neue Erde, 1999 / 2004

- Die Lebenscodes, Patty Harpenau, Kailash-Verlag, 2009

- Die Reise nach Hause, Lee Carroll, KOHA-Verlag, 2008

- Die Steinheilkunde – Das Handbuch, Michael Gienger, Verlag Neue Erde, 2014

- Einweihung, Elisabeth Haich, Aquamarin Verlag, 2015

- Engel in meinem Haar, Lorna Byrne, Goldmann-Verlag, 2009

- Enzyklopädie der Steinheilkunde, Werner Kühni, Walter von Holst, AT-Verlag, 2009

- Eva – Wie alles begann, William Paul Young, Allegria, 2016

- HUNA Praxis – Bewusste Lenkung des Schicksals, Schirner Verlag, 2012

- Im Einklang mit der universellen Ordnung, Dr. Diethard Stelzl, Verlag Via Nova, 2007

- Maria Magdalena – Rückkehr und Heilung der Weiblichkeit, Du bist unendlich geliebt,
  Jeanne Ruland, Marion Hellwig, Kartenset, Schirner Verlag, 2012

- Mit Heilsteinen meditieren, Klaus Hüser, CD, Huldersun Verlag, 2009

- Vater Unser - Deine Schatzkarte zu Gott, Kathleen McGowan, Bastei Lübbe 2013

- Von Göttern, Engeln und Propheten: Das Geheimnis der geistigen Felder, Kurt Allgeier, Allegria, 2013

- Zwischen Himmel und Erde – Die Quintessenz aus Esoterik, Astrologie und Tarot, Hajo Banzhaf, Allegria, 2013

733

D. unter selbst löser